KB123497

晦 窩 集

회 와 집

| 발 간 사 |

이 책은 小僧이 私家의 齋室 德元齋 낙성식에 참석하였다가 조태규 거사로부터 부친 曺鳳燮의 유품인 晦窩 曺秉熹 조부님의 晦窩遺集 원고를 받아 우리말로 옮긴 후 이를 세상에 내놓게 되었습니다.

조부님은 昌寧曺氏 집안에서 南冥 선생의 10세손인 諱, 義淳 아버님과 全州李氏 李恒淳 님의 딸인 어머님 사이에서 庚辰年(1880) 10月 1日 원당에서 출생하셨으며, 조부의 諱는 秉熹, 자는 晦仲, 그리고 초명은 柄彩, 조부의 서실도 晦窩라 이름하였습니다.

조부님은 일찍이 어린 나이 때부터 재능이 뛰어났으며 학문을 좋아하셨습니다. 나이 겨우 10세에 家學으로 '19史略', '小學', '大學' 등의 책을 읽으셨으며, 그 후 인근 고을의 여러 벗들과 더불어 밤낮으로 학문에 정진하셨으나 스스로 曲學으로서의 큰 한계를 느끼시고 책을 들고 덕망이 높았던 선진을 찾아 배웠는데, 거리의 멀고 가까움을 따지지 않으셨습니다.

특히 오매불망 경앙함을 그치지 않은 俛宇 郭鍾錫 선생과 晦峰 河謙鎭 선생, 그리고 深齋 曺兢燮 선생으로부터 많은 배움이 있었으며, 그 밖의 많은 鄕友들과도 왕래나 交信을 통하여 학문적 지평을 넓히셨습니다.

조부님께서는 朱子學을 두루 섭렵하셨으며 栗谷 선생의 性理學에도 조예가 깊으셨습니다. 특히 조부님께서 논하신 主宰說은 성리학을 현실해석 쪽으로 진일보시키는 계기를 마련하게 됩니다. 즉, 본질적이고 靜하며 포괄적인 것을 理로, 그리고 이에 작용이 加해져서 변화하는 것을 氣로 관념하시면서 마음(心)을 性, 情, 意, 識의 포괄적인 理로 보시고 그 分殊인 性의 4단 仁, 義, 禮, 智와 7情인 喜, 怒, 哀, 懼, 愛, 惡, 慾과의 관계에서 4性을 검속하고 重情을 守約하여 온갖 변화의 주재가 이루어짐을 究明하셨을 뿐만 아니라 이에 火, 水이론을 곁들여 敬, 知, 讓 및 別의 개념을 밝히셨습니다. 조부님의 주재론은 여기에 그치지 않고 體와 用의 이론까지 도입하여 삼라만상의 생성 변화에 대한 설명을 試圖하는 데까지 이르게 됩니다.

조부님의 詩는 봄바람 불 때는 절을 유람하며 금산에서의 16수 (錦山 16咏) 외에도 佛敎와 儒敎의 不二를 실천하셨습니다.
그것은 敬義의 가풍과 理學의 가르침으로 道를 지향하는 삶이셨습니다. 만약 조부께서 생을 일찍 마감하지 않았으면 주변 사람들에게도 佛家의 안으로 깨달음을 구하고 밖으로 慈悲를 실천하는 큰 포부를 발산하셨으리라 생각됩니다.

그러나 조부께서는 병이 문득 커져 스스로 일어나기 어려움을 알고서 자녀들에게 일러 말하기를 "내 포부를 너희들이 어찌 알겠느냐. 내 비록 죽더라도 너희들은 儒業을 전하는 일을 놓쳐서는 안 될 것이다."라고 유언을 남기시고 며칠 뒤에 만인의 애도 속에 乙丑

年(1925) 4월 26일 향년 46세의 젊은 나이로 애석하게도 생을 마감하셨습니다.

　이제 끝으로 본 晦窩集 발간에 있어서는 많은 분들의 도움이 있었음을 밝히면서 아울러 이분들께 깊은 감사를 드립니다. 어려운 원고를 우리말로 기꺼이 翻譯해주신 南炅 金炫璇 선생님, 어려운 가운데서도 본 책자 發刊을 위하여 경제적 도움을 주신 都阮洛 님, 德川 曹畢禮 님, 그리고 원고교정과 편집의 勞苦를 맡아 주신 鄭容奎 님을 비롯하여 그 외 여러 가지 도움을 주신 많은 분들께 충심으로 감사를 드립니다. 감사합니다.

庚子年 3월 14일

孝宗孫 曹鎬中

동국대학교대학원 박사4학기 比丘尼 西湖 合掌

| 晦窩集序 |

士志於學而才以濟之 師友以資益之 固無難於成就矣 然而顧厄於年命不得盡 究其業者 往往有之 是雖曠世異代 猶有思其人 而追惜之不已 況其在於生同鄉 而誼同門者哉 此余之所以讀晦窩曹公遺集 而深致歎焉 公 山海先生遺裔 自童歲穎拔而勵學 則從晦峰河先生 讀書於龜岡 質疑問難 無所不至 而所熟講 尤在其家學 後拜俛宇郭先生於茶田 以致悅服之意 而訪深齋先生曹公之往來德山 又與之追隨不倦 蓋三先生 學術論議 雖不能無少異 其發明敬義之旨 而爲山海淵源 則一也 故其深慕篤信 有如此焉 然則公之於學 其志其才 俱無所不足 而又得於師友 極一時之選 人莫不期其成就之無難矣 惜乎其業之竟不盡究 而甫踰不惑之年而遽沒也 公 平日 不以著述爲事然 其詩 淸澹典雅 有古作者 風度文 亦犀利喜往復 而其與諸先生論理論禮等書 據經引傳 間附以己見 而究極原委識者 皆以爲可傳也公之孤麟燮 衰輯爲數卷 就校於潛齋河公寓氏而藏之 至今春 始出以問世 因請序於余 竊念 余童時 一獲拜公 而逮弱冠 來學龜岡 則公之不留世 已數年 居常以不得共周旋於師門 爲恨者久矣 於是慨然書卷端如此 以寄其思云爾

歲癸卯 春 淸明節 昌山 成煥赫 序

| 회와집(晦窩集) 서문 |

　선비가 학문에 뜻을 두고 스스로 갖춘 재주로 그 학문을 이뤄가면서 스승과 친구의 도움을 얻는다면 실로 성공하는데 어려움이 없을 것이다. 그러나 타고난 운명 탓에 학업 연구를 모두 다 마치지 못한 사람도 간혹 있다. 이는 비록 광세(曠世)나 이대(異代)라 하더라도 오히려 그 인물을 생각하며 애석하게 여기기를 마지않거든 하물며 같은 고향에서 태어나 같이 동문으로 지낸 입장에서야 어찌하겠는가. 이는 내가 『회와조공유집(晦窩曹公遺集)』을 읽고 깊이 탄식한 바이다.

　공(公)은 산해(山海)선생의 후예이다. 일찍이 어린 나이 때부터 뛰어났으며 학문 수학은 회봉(晦峰) 하선생(河先生)에게서 하였다. 구강(龜岡)에서 독서를 할 때 의심난 것이나 어려운 것을 질문하면 원숙하게 강론을 펼쳤다. 익힌 것은 대부분 가학(家學)에서 배웠다. 훗날 다전(茶田)에서 곽면우(郭俛宇)선생을 뵙고 기뻐 복종한 태도를 다했으며, 심재(深齋:조긍섭曺兢燮)선생이 덕산(德山)을 왕래할 때 거기에도 참여하여 열심히 추종하였으니 아마도 세 분 선생의 학술 논의가 비록 조금의 차이가 없진 않으나 경의(敬義)의 취지를 밝힘에 있어서는 세 분 모두 산해(山海)의 연원(淵源)이기에 그 점은 다르지 않았다 할 것이다. 그럼으로 사모함이 깊고 믿음이 독실함이 이와 같았다. 그렇다면 공은 학문을 함에 있어 그 의지와 그 재주가 모두 부족한 바가 없었으며 또 스승과 벗을 잘 만나 당시 선택할 수 있는 조건을 모두 갖추었으니 무난히 성취할 것은 기약해도 무방했으리라.

　아! 애석하다. 그는 학업을 아직 다 마치지 못하였는데 겨우 불혹(不惑)의 나이를 넘길 무렵 문득 세상을 버렸다. 공은 평소에 저술(著述)을 일삼지 않았다. 그러나 그의 시(詩)는 청담(淸澹)하고 전아(典雅)하였으며 오래 전에 지어놓은 풍도문(風度文) 역시 날카로웠으며 찾아가는 것을 좋아해 여러 선생들과 함께 이치에 대한 논의와 예문에 관한 내용 등과 경전에 근거한 인용문들 틈 사이에 자기 의견을 집어넣어 깊이 연구하여 위식(委識)에 근거한 것들은 모두 후세에 전할 만한 글이었다. 공의 아들 인섭(麟燮)이 자료를 수집해서 몇 권의 책을 만들어 잠재(潛齋) 하우(河寓)씨를 찾아가 교열을 받아 보관하고 있다가 올 봄에 비로소 세상에 내놓으려고 하면서 나에게 서문을 지어 달라 청하기에, 그윽이 생각해보니 나는 어릴 때 한 번 공을 뵐 수 있는 기회가 있었다. 약관의 나이에 구강(龜岡)에서 공부할 때는 공이 돌아가신 지 벌써 몇 년이 지난 뒤였으며 평소 사문(師門)에서 함께 주선(周旋)하지 못한 것을 못내 아쉽게 여긴 지 오래였다. 이에 책 말미에 이처럼 쓰면서 나름대로 생각난 것들을 기록하노라.

계묘(癸卯,1963)년 봄 청명절(淸明節)
창산(昌山) 성환혁(成煥赫)은 서문을 쓰노라.

晦窩集 卷之一 ································ 30

[詩 : 169편]

晦窩集 目錄

晦窩集 目錄

晦窩集 目錄

홀로 앉아서

晦窩集 目錄

晦窩集 目錄

晦窩集 目錄

晦窩集 目錄

晦窩集 目錄

인하여 더욱 받들어 힘써보려고 한다.

견(文見)이 찾아왔다가 곧바로 돌아가고자 하기에 시를 지어 말려본다.

晦窩集 目錄

晦窩集 目錄

晦窩集 目錄

22

晦窩集 目錄

晦窩集 目錄

24

晦窩集 目錄

晦窩集 目錄

晦窩集 卷之二 ································· 224

[書刊文 : 19편]

晦窩集 目錄

晦窩集 目錄

晦窩集 目錄

晦窩集 卷之一

〈회와집 권1〉

●

居家書懷

一春無事坐窮村 牧笛樵歌日夕喧
遙憶落庵諸士友 月明林下瀉淸樽

집에서 생각난 글

봄 내 아무 일 없이 궁촌(窮村)에 앉았는데
목동 초동 노래 소리만 밤낮으로 시끄럽네.
저기 암자에 머문 벗들 뭐하고 있을까 상상해보니
아마도 달 밝은 숲 아래에서 술잔 나누고 있겠지.

●

大雪次朱先生韻禁使諸譬喩字

殘燈守永夜 兀坐無因依
不耐寒無奈 但見雪正飛

朝來聽童報 白雪滿八維

輕鴉但垂首 鬇鬇失舊姿

上施無厚薄 地勢本參差

江空落不見 但覺流漸滋

不待抱甕勞 於焉息塵機

初來容易消 積久翻成基

平沙渾有無 弱枝忽高低

縱人恒所見 造化亦玄奇

良朋乃相阻 誰與慰窮悲

書生例強悍 大塊空寒吹

蔡城擒元濟 程門憶楊時

蕭條成異代 我思紛交馳

대설(大雪)에 주선생(朱先生)
시운(詩韻) 금사(禁使)의 비유자(譬喩字)를 차운하다

쇠잔한 등불만이 지키고 있는 긴긴 밤에

올곧게 혼자 앉았는데 아무 할 일이 없네.

견디지 못한 추위야 어쩔 수 없지만

다만 흩날리는 눈만 쳐다보고 있네.

아침이 되어서야 아이가 일러주는데

하얀 눈이 온 동네를 덮었다 하네.

까마귀는 머리를 푹 숙이고 앉아

털을 터는데 늘 보던 모습이 아니네.

하늘이 베푼 것이야 후박(厚薄)이 없지만

지세(地勢)는 본래 들쭉날쭉 하는 것.

텅 빈 강은 멀리 있어 보이지 않지만

물이 점차 불어날 줄은 알겠구나.

물 길러 올 수고는 덜었지만

어느덧 먼지 자욱한 베틀도 멈췄네.

처음 내릴 때는 쉽게 녹더니

오래 쌓이다보니 도리어 마당이 되었구나.

긴 모래밭이 다 덮여 있는지 없는지 모르겠고

약한 나뭇가지만 조금씩 흔들리고 있네.

인간이 저지른 일이야 항상 보는 바지만

자연의 조화는 역시 현묘하고 기이하구나.

친구들 찾아올 걸음도 서로 막혀버렸으니

누가 있어 이 곤란한 슬픔을 위로해줄까

서생들이야 대부분 강하게 인내하지만

대지에서 불어온 바람은 차갑기만 하구나

채성(蔡城)[1]에서 원제(元濟)를 사로잡고

정문(程門)에서 양시(楊時)[2]를 생각나게 한다.

---

1) 채성(蔡城): 당 헌제 때 오원제가 난을 일으키자 당나라 장수 이소가 눈 오는 밤에 방비가 허술한 틈을 타서 반란의 근거지인 채성(蔡城)을 공격하여 오원제를 사로잡았다는 고사.

2) 양시(楊時): 자는 중립(中立), 호는 구산(龜山). 남검주(南劍州) 사람이다. 일찍이 왕안석(王安石) 등의 신법당을 비난했지만, 나중에 신법당이 다시 득세하게 되어 도리어 관직에서 쫓겨났다. 만년에는 구산(龜山)에 은거하여 구산 선생이라 불렸으며 정호(程顥)·정이(程頤)에게서 학문을 배웠다. 그는 주관[內]으로 객관[外]을 융합하는 방법을 제기했다. '지도'(至道)와 '천리'(天理)는 내심으로부터 체험하여 묵묵히 인식해야 하며, 치지(致知)가 격물(格物)에 선행해야 함을 주장했다. 주희(朱熹)의 학문은 간접적으로 그의 사상을 계승하고 있다.

소조(蕭條)³⁾한 분위기는 시대를 초월하니
내 생각도 어지러이 이리저리 달려 다닌다.

●

永慕齋酬唱二首

虫吟寒夕雁隨陽 落日亭亭客路長
老霧新晴天更淨 衆芳萎盡竹猶香
無事抱琴徒取適 存心看字細尋行
他年却憶今年事 寂寞元湖隔一方

莘莘衿佩到斜陽 晚景依依興味長
竹樹三隣犬吠客 稻花十里水浮香
琢玉崑岡君有手 金谷罰盃我成行
珍重衣冠同樂地 奎星夜夜照南方

영모재(永慕齋)에서 화답한 시 2수

풀벌레 우는 차가운 밤에 기러기는 내려오고
지는 해는 떨어지는데 나그네 갈 길은 멀다.
묵은 안개 다시 개이자 하늘이 다시 맑고
많은 꽃들 시들어 가는데 대나무만 향기롭다.

---

3) 소조(蕭條): 1) 스산하다 2) 불경기 3) 불황

아무 일 없이 거문고 안으니 기분이 가라앉고
마음 다잡고 글자를 찾아 자세히 더듬어보네
먼 훗날 문득 금년 일을 생각하게 되면
적막한 원호(元湖)는 다른 곳이 되어있겠지

신신(莘莘)[4]한 옷 걸치고 해질녘 당도하니
늦은 풍광 의의(依依)[5]한데 마냥 흥겹기만 하구나.
대밭으로 이어진 이웃에 개는 나그네를 짖어대고
벼꽃으로 이어진 십 리 벌판에 향기가 새롭다.
옥 다듬는 곤강(崑岡)에서 그대 솜씨 자랑하고
금곡(金谷)주로 벌주 내린다하여 서로 시를 짓는다.
진중(珍重)한 의관(衣冠)차림으로 함께 즐긴 자리에
규성(奎星)은 밤마다 남방(南方)을 비춰주네.

●

岳淵亭次曺深齋兢燮獐項洞詩

頭流千萬疊 雄鎭轉突兀
或顧如相應 或背如相忽
傍圍如拱璧 削立露眞骨
烟靄還杳茫 林薄長蓊蔚

---

4) 신신(莘莘): 긴 모양, 많은 모양

5) 의의(依依): 1) 연약한 나뭇가지가 바람에 한들거리는 모양, 2) 아쉬워하는 모양,
   3) 섭섭해 하는 모양

絶壁懸無際 欲躋心力竭

株樹亂錯列 丹霞森出沒

願言此婆娑 永矢弄明月

악연정(岳淵亭)에서 심재(深齋) 조긍섭(曺兢燮)의 장항동(獐項洞)시의 차운

천 겹 만 겹으로 겹친 두류산

웅진(雄鎭)[6]하고 돌올(突兀)[7]하다.

돌아다보면 서로 대응한 듯 하고

등지면 서로 소홀한 듯하네.

주위 둘레는 마치 커다란 옥돌 같고

높이 솟은 모습은 진골(眞骨)을 드러내네.

안개가 자욱하니 다시 아득히 멀고

숲은 엷지만 초목들은 무성하다.

끝없이 매달려있는 깎아지른 절벽

오르고 싶어 마음과 힘을 다해보네.

나무들은 어지러이 심겨져있고

붉은 노을은 숲속으로 출몰하네.

바라건대 이 사바(婆娑)세계에서

밝은 달빛 희롱을 영원히 맹세해본다.

---

6) 웅진(雄鎭): 1) 요충지, 2) 세력이 있는 제후, 3) 확고하게 제압하다.

7) 돌올(突兀): 높이 솟아 우뚝함.

庚子夏陪鄭艾山先生入大源寺因賦長句一篇奉呈席下以見區區

天下傷心處　楊岐與墨絲
吾道竟何如　凜若綴旒垂
邈焉千載下　誰能救頭燃
卓哉老栢翁　倡道閩山前
芦下親薰炙　已自得正源
幸我同一世　鼎鐺尚有聞
賤誠薄緇衣　未叩洪鍾響
秉彝同出天　十載山斗仰
今年納火節　御者臨丹邱
吾州山水好　一一皆名區
巍巍方丈山　雄鎮斡維東
寺宇何傑傑　巧當兩峰中
超然思振衣　高駕轉入深
與國論舊學　同安聽鍾音
優優三十豪　追隨盡明碩
賤子亦往忝　得拜春風席
絕壁懸千尋　清醪滿百榼
自憐虫蠢蠕　冥冥無所知
孑孑失疆輔　摘埴迷所之
喫飯從脊皮　宜爾恒告飢
今來得所依　庶免小人域
願賜始終教　春風吹枯木

경자(庚子)년 여름 정예산(鄭艾山)선생을 모시고
대원사(大源寺)로 들어가 장구(長句) 1편을 지어
선생에게 드리는 구구(區區)한 생각들.

천하(天下)가 상심한 부분은
양기(楊岐)[8]와 묵사(墨絲)[9]라네.
우리 도(道,儒敎)는 마침내 어찌하랴?
늠름하기는 마치 철류(綴旒)[10]가 드리운 것 같네.
저 멀리 천 년이 지난 다음에는
누가 능히 두연(頭燃)[11]을 구제할까?
아! 높다란 저 노백(老栢) 옹은
자산(闍山)[12]에서 유교를 주창했다네.
초막에서 직접 훈자(薰炙)[13]하며
몸소 바른 근원을 터득했다네.
다행히 나도 같은 시대에 살아
정당(鼎鐺)[14]을 오히려 들을 수 있었네.
천박한 정성은 치의(緇衣)[15]를 엷게 여기고
두드리지 않아도 종소리는 크게 울리네.

---

8) 양기(楊岐): 임제종(臨濟宗) 양기파의 개조(開祖). ⇒방회(方會)
9) 墨絲悲染 (묵사비염) 먹이 실에 닿으면 물들어 버린다. 먹이 물들어버리면 돌이키기 힘
   들기 때문에 사람이 처음에 어떤 몸과 마음가짐으로 삶을 살아가는가. 처음에 버릇이
   들면 고치기 힘들다는 뜻.
10) 철류(綴旒): 장대 끝에 달아 바람에 나부끼게 한 깃발
11) 두연(頭燃): 머리카락이 불타는 것, 위급함을 비유한 말
12) 자산(闍山=闍堀山), 의령현 북쪽 15리 지점에 있다.
13) 훈자(薰炙): 남에게 좋은 영향을 주어 그를 변화하게 함.
14) 정당(鼎鐺): 세 발에 두 귀가 달린 보물 솥, 선생의 지극한 도.
15) 치의(緇衣): 승복을 입은 사람, 즉 '스님'을 비유적으로 이르는 말

병이(秉彝)는 모두 하늘에서 나오는 것,
10년 동안 산두(山斗)[16]를 우러러 보았네.
올해 납화절(納火節)[17]에는
마부가 단구(丹邱)[18]를 찾아왔다네.
우리 고을은 산수(山水)가 좋아
가는 곳마다 모두 명구(名區)라네.
높다란 저 방장산(方丈山)은
무겁고 웅장하게 동쪽을 둘렀네.
절집들은 어찌 저리 걸걸(傑傑)한가.
교묘하게 두 봉우리 사이에 자리했네.
초연한 생각으로 옷자락을 털며
멍에를 높이 걸고 깊이 들어왔네.
나라일과 함께 구학(舊學)을 논하면서
함께 종소리를 편안히 듣네.
우우(優優)[19]한 30명의 호걸들이
곳곳에서 명석(明碩)을 발휘하는데
이 못난 사람 역시 함께 참여하여
화기애애한 자리에 동참했네.
절벽은 천심(千尋)[20]이나 매달려있고
맑은 술은 백합(百榼,술통)에 가득하네.

---

16) 산두(山斗): 1) 태산과 북두의 준말, 2) 세상 사람으로부터 매우 존경을 받는 사람

17) 납화절(納火節): 季春에 出火 季秋에 納火. 季秋는 음력 9월.

18) 단구(丹邱): 仙境, 理想鄕.

19) 우우(優優): 충족해서 남아돈다는 의미다.

20) 천심(千尋): 천 길이라는 뜻으로, 매우 높거나 깊음을 이르는 말.

스스로 벌레 땅강아지들이 가련한데
어둡고 깜깜해서 알 수가 없네.
혈혈(孑孑)[21]히 보필 받을 곳을 잃어
적식(摘埴)[22]하니 갈 바가 희미하구나.
밥을 먹어도 등가죽이 자주 붙으니
항상 배가 고픈 것은 당연하다.
이제 와서야 기댈 바를 만나
드디어 소인(小人)들 구역에서 벗어났다네.
바라옵건대 시종 가르침을 주시어
따뜻한 봄바람을 고목(枯木)에 불어주소.

●

才山道中與河孟韋相酬三首

十日經營辨此來 螺鬟千點揷雲開
不待振衣登絶頂 坐看蒼翠入深盃

鷄鶩羞同猿鶴來 林霏欲霽路初開
谷深還有登高想 擬跨羣巒快擧盃

平地悠悠獨往來 滿腔塵累欝難開
今朝始信非凡骨 手握靈芝醉玉盃

---

21) 혈혈(孑孑): 1) 외로이 선 모양, 2) 작은 모양, 3) 특출한 모양.

22) 적식(摘埴): 장님이 지팡이를 두드린다는 뜻, '장님이 지팡이로 땅을 두드리면서 가는
    것처럼 어둠 속을 더듬으며 간다.

재산(才山) 도중(道中)에 하맹위(河孟韋)와
서로 술잔을 나누며 3수

열흘을 경영하여 여기를 찾아왔더니
구름에 꽂힌 천 점 나환(螺鬟)[23]이 열리네.
옷자락 떨칠 줄도 잊고 산꼭대기에 올라
앉아서 푸른빛을 멀리 쳐다보며 술잔을 든다.

닭이 원학(猿鶴)과 함께 한 것 부끄러운데
숲속의 눈이 개니 길이 비로소 열리네.
골짜기가 깊어 다시 산상에 오르고 싶은데
산마다 올라 흔쾌히 술잔 들 것을 상상하네.

아득히 펼쳐진 평지를 혼자 왕래하는데
마음속 가득한 우울한 마음 열리기 어렵네.
오늘에야 비로소 보통사람 아닌 줄을 알았으니
손에 영지(靈芝)를 잡고 술잔에 취해본다.

●

六龍齋見廢 忽忽己十年 壬寅夏 遂與韓君瑞金明進
葺而居之 不可無一詩之作 拈韻共賦

一任頹荒已十年 如今還作好林泉

---

23) 나환(螺鬟): 부처의 머리카락이 소라처럼 되었으므로 불두(佛頭)를 나환이라 하고, 또
  산 모양을 이르기도 한다.

本根有地須培養 至理(五字缺)

畢竟文章皆外物 誰將經術覓眞傳

庭前老石全身露 曾見龍飛鳳壽驀

육룡재(六龍齋)가 무너져간 지 벌써 10년,
임인(壬寅)년 여름 드디어 한선(韓瑞)군, 김명진(金明進)과
함께 지붕을 수리하고 지내게 되면서
시 한 수를 짓지 않을 수 없어 운자를 내어 함께 읊어보다.

무너지고 황폐해진 지 벌써 10년
오늘 다시 좋은 임천(林泉)으로 바뀌었네.
뿌리가 살아있으면 반드시 배양해야 하고
지리(至理 五字缺,다섯 글자가 빠졌음)
결국 문장조차도 모두 외물일 뿐
누가 경술(經術)을 연구해 진전(眞傳)을 찾을까.
뜰 앞에 오밀조밀한 바위가 온몸을 드러내니
일찍이 용이 날고 봉황이 앉는 모습을 보았네.

●

五言一絕 貽諸同好

幽居抱夙賞 神越杳茫洲

如今何足說 眞箇此同遊

여러 동호인들에게 주는 오언일절(伍言一絶)

조용히 어릴 때 본 것들을 끌어안으니

정신은 아득한 저 섬을 넘어간다.

지금 어떻게 설명을 다할 수 있으랴

진실한 것은 같이 교유한다는 사실이라네.

●

六行齋 夜坐有感

徙倚巖樓雨滴初 轉頭時事苦難除

流光易自因循失 宿計還憂畢竟疎

永日願隨康樂展 半畦誰借管寧鋤

縱然景物攪人甚 多媿詩囊太半虛

육행재(六行齋)에서의 밤 느낌

(巖樓)로 옮겨왔는데 마침 비가 내리고

머리를 돌리니 괴로운 일들 제거하기 어렵네.

흐르는 세월은 인순(因循)으로 잃게 되고

묵은 계획은 걱정이 되어 결국 소원하게 되네.

하루 종일 편한 걸음으로 살 길을 찾아보지만

작은 밭두둑에 관녕(管寧)²⁴⁾을 누가 빌려줄까

---

24) 관녕(管寧): 한나라 말 황건적(黃巾賊)의 난 때 요동으로 피난을 갔는데 따르는 자가 매우 많았으며, 그의 덕화에 백성들이 감화되어 다투거나 송사하는 일이 없었다고 한다.

비록 경물(景物)이 사람을 일깨워준다고 하지만
시 지을 주머니가 빈 것이 몹시도 부끄럽구나.

●

小話

風欞坐久夜生寒 綠野茫茫接遠山
一樹梅花無數發 鼻觀何妨自來還

작은 이야기

시원한 난간에 밤 찾아오자 찬 기운 돌고
아득한 푸른 들판은 먼 산과 이어져있네.
한 그루 매화나무에 꽃이 무수하게 피었으니
콧구멍으로 날아온 향기를 누가 방해하랴

●

以刊事往丹山中路宿靑峴李聖彦齋聊賦小篇

歷歷丹山路 雲飛欲暮天
明花危石罅 零露洒江邊
淡烟乍有無 明樓忽後先
故人情可掬 達曙語綿綿

舊誼旣款曲 名理究眞詮

理氣多肯綮 同異自有緣

萬竅風聲別 千江月體圓

橫直忽嶺峰 所觀固其然

所嗟人異門 怒目相加拳

請君勉無斁 遠大以期焉

출판 일로 단산(丹山)으로 가는 도중 청연(靑峴)
이성언(李聖彦)의 재실에서 하룻밤 빌려 자며 지은 작은 시편

역력(歷歷)[25]한 단산(丹山)가는 길

구름은 날고 하늘은 저물고자 하네.

위태로운 바위틈에 꽃은 활짝 피고

흩날리는 이슬은 강가에 뿌려지네.

맑은 연기는 잠깐 있다 사라지고

훤히 밝은 누각은 앞뒤로 나열해있네.

친구의 정을 서로 두 손으로 움키고

새벽까지 이야기가 이어지네.

옛 정이 너무도 사랑스럽고 간곡해

명리(名理)도 진전(眞詮)[26]을 연구하네.

이기(理氣)는 긍계(肯綮)[27]가 너무 많아

---

25) 역력(歷歷): 1) 선하다, 2) 분명하다, 3) 역력하다.

26) 진전(眞詮): 「자평진전(子平眞詮)」사주를 설명한 책이름.

27) 긍계(肯綮): 1) 요점, 2) 핵심, 3) 뼈와 살이 접한 곳.

동이(同異)는 저절로 인연이 있다네.
만학(萬壑)에 바람 소리는 별다르고
천강(千江)에 비친 달은 둥글구나.
횡으로 직으로 산봉우리들이 나타나니
보이는 것이란 실로 그런 것이라네.
아! 슬프다 사람들은 각기 문이 달라
부릅뜬 눈으로 서로 주먹질들을 하지.
그대에게 권하노니 근면하고 게으르지 말고.
원대(遠大)한 세계를 기약하시길.

●

靑峴滯雨 書懷二首

忽忽春將暮 有懷誰與酬
他鄕頻息駕 時事苦搔頭
眞知愧傷虎 沈愚思率牛
儒冠徒外面 何能實相求
客裡復爲客 支離雨未休
長悲阮籍道 獨上仲宣樓
囊藥還添病 腹書徒誤謀
一心雖彌切 衆議果難收
太極混魚魯 孝經多贅疣
見色思鴻擧 局墟嗟井浮
帥楊宜有待 林鳥謾相咻

浮雲多變幻 白日但脩悠

孔席不容暖 墨堗只自愁

春光歸荏苒 行色苦遲留

綠葉忽嚶鳥 平原己放牛

新梅花謝雨 古案蛛封繆

覽物思鋤耰 懷人路阻脩

親知還見思 切近反加讎

康樂登山屐 鷗夷泛海舟

何時將二物 到底任敖遊

청연(靑峴)에서 비 때문에 움직이지 못하고 마음 속내를 쓴 2수

홀홀(忽忽)[28]히 봄은 저물어 가는데

마음 속내를 누구와 함께 주고받을까

타향 길이란 가다 쉬다 자주 하지만

시사(時事)만 생각하면 고민스러워 머리를 긁네.

참으로 안다는 것도 호랑이 상할까 부끄럽고

가만히 어리석자니 송아지 끌 때를 생각하네.

유관(儒冠)들도 대부분 외면하는데

어찌 능히 실상을 구할 수 있을까

나그네 길 속에 또다시 나그네가 되어

지루하기만 한데 비는 멈추지 않네.

완적(阮籍)의 방식을 한참 슬퍼해보고

---

28) 홀홀(忽忽): 1) 실의한 모양, 2) 서운하다, 3) 허전하다.

홀로 중선루(仲宣樓)에 오르기도 하네.

주머니 속의 약은 오히려 병을 더하고

배 속의 문장은 그저 계획만 그르치네.

일편단심이야 비록 더욱 간절하지만

대중들의 논의는 과연 거둬들이기 어렵네.

태극(太極)도 어노(魚魯)에 혼란스러워하고

효경(孝經)에도 췌우(贅疣)[29]가 많다네.

얼굴색을 보니 기러기 동작 생각나고

넓은 빈터에 우물 비친 것을 슬퍼하네.

수양(帥楊)은 의당 기대한 것이 있지만

숲속 새는 능청맞게 서로 지저귄다.

뜬 구름은 변환(變變幻)[30]이 많고

하얀 태양은 아득히 멀기만 하네.

공석(孔席)[31]은 따뜻할 겨를이 없고

묵돌(墨埃)[32]은 다만 스스로 근심하네.

봄빛 돌아가는 것이 임염(荏苒)[33]하건만

행색(行色)은 힘들어 더디더디 머뭇거린다.

녹색 잎에 새들은 찾아와 재잘대고

평원(平原)엔 벌써 소를 방목하네.

새로 난 매화는 비를 맞자 시들고

---

29) 췌우(贅疣): 혹이나 돌기와 같이 쓸모없는 살, 또한 도움이 되지 않는 것에 대한 비유

30) 변환(變幻): 갑자기 나타났다 없어졌다 함. 또는 그렇게 종잡을 수 없이 빠른 변화.

31) 공석(孔席): 공자는 도를 행하기 위하여 천하를 周遊하여 그 자리가 따뜻해질 사이가 없었다고 한데서 한 군데 오래 머무르지 않고 왔다 갔다 한다는 뜻.

32) 묵돌(墨埃): 묵자 집의 굴뚝에는 그을음이 낄 새가 없이 바쁘게 돌아다닌다는 뜻.

33) 임염(荏苒): 1) 세월이 덧없이 지나감 2) 덧없이 지나가다

골동품 책상은 거미줄이 쳐져있네.
물건을 보면 싸가지고 갈 생각이 나고
상대방 생각하니 험한 길 멀기만 하다.
친지(親知)는 다시 만날 생각이지만
절근(切近)이 도리어 원수가 될 수도 있지
강락(康樂)은 나막신 신고 산을 올랐고
치이(鴟夷)[34] 는 바다에 배를 띄웠다네.
어느 때나 두 물건을 모두 다 가지고
당도하는 곳마다 맘껏 놀아볼거나.

●

六行齋有感三首

十日苦行役 歸來喜有堂
窓梅花已謝 岸柳葉初長
欲退甘雌伏 奮揚思健剛
有爲當勉力 何用徒歎傷
一册中庸書 三年未卒業
傍人如有問 何說以爲答
何謂宣尼子 東西南北人
聖人長若此 無有讀書辰

---

34) 치이(鴟夷): 그는 작은 배를 타고 강호(江湖)를 떠다니며 이름과 성을 바꾸고 제나라
로 가서는 '치이자피(鴟夷子皮)'라고 하고, 도(陶) 땅으로 가서는 주공(朱公)이라고 하
였음.

육행재(六行齋)에서의 감회 3수

열흘 동안 고생고생 걷고 걸어

돌아와 부모님을 뵈니 기쁘다.

창가의 매화는 이미 시들었고

언덕 위의 버들잎은 많이 자랐구나.

물러나와 자복(雌伏)[35]을 달게 여기고

다시 분발하며 건강을 생각하네.

할 일이 있으면 당연히 힘써야하지만

어찌 그저 탄상(歎傷)만 할 것인가.

중용『中庸』이란 책을 읽고 있지만

3년이 되도록 아직 마치지 못했네.

주변 사람들이 만일 묻거든

무슨 말로 대답해야 할 지 모르겠다.

누가 선니자(宣尼子)[36]라고 했던가,

동서남북 사람들이었네.

성인(聖人)은 역사 속에서 이와 같으니

글 읽을 날이 없었겠다.

---

35) 자복(雌伏): 1) 남에게 굴복하다, 2) 물러나서 속세에서 숨어 버리다, 3) 숨어 지내다.

36) 선니자(宣尼子): 한 무제(武帝) 때 학자 동중서(董仲舒·기원전 198~106)에 의해 공자는 '소왕(素王)'으로 격상됐다. 전한(前漢) 마지막 황제 평제(平帝·기원후 1~5)는 공자에게 포성선니공(襃成宣尼公)이라는 시호를 내려 제후 반열에 올려놓았다.

夜坐述懷

窓明星斗近 境靜露華深

作事愧無術 讀書易放心

故蹤嗟易失 初賦悔難尋

兀坐仍無寐 孤懷自不禁

밤에 앉아 회포를 적어보다.

창이 밝으니 별들이 가깝고

주위가 고요하니 이슬 젖은 꽃 느낌이 깊다.

일을 하려하니 재주 없는 게 부끄럽고

글을 읽노라면 쉽게 방심이 되곤 하네.

옛 자취 쉽게 사라진 것을 슬퍼하고

시 지려는데 생각 막힌 것이 후회스럽다.

우뚝 홀로 앉아서 잠 못 이룬 이 밤에

고독한 마음을 스스로 달래질 못하네.

春懷偶題

一川無際晩霞生 北里杵鳴夜火明

漸看春色來頭暮 不耐風光恁地淸

學因久廢多艱澁 句入深思轉妙靈
畢竟眞工要自得 耳邊傳習豈云誠

봄 회포를 우연히 쓰다.

넓은 냇가에 늦은 노을 피어오르고
북쪽 마을 방아 찧는 소리에 밤불이 밝다.
점차 다가온 늦은 봄빛을 쳐다보니
풍광이 저렇게 맑을 줄을 미처 몰랐네.
오랫동안 공부 손을 놨더니 간삽(艱澁)[37]이 많고
시구(詩句)는 생각이 깊어 다시 묘령(妙靈)해진다.
결국 진정한 공부는 자득을 해야 할 것이니
귓전으로 전해들은 것이 어찌 진실이 되랴.

夜坐述懷 呈諸同好兼簡落菴諸友

來座明樓水一邊 悠悠時事轉茫然
道窮還切乘桴歎 樂處更尋招隱篇
江月猶懸啼鳥下 隴烟無際老牛眠
山中猿鶴俱無恙 好事如今儻續前

---

37) 간삽(艱澁): 괴롭고 껄끄러움.

52

밤에 앉아 술회해서 여러 동호인과
간락암(簡落菴) 친구들에게 보내다.

물가의 누각을 찾아 자리하고 앉으니
아득한 시사(時事)들이 다시 망연하구나.
도가 궁하니 승부(乘桴)[38]하고픈 탄식 간절하고
안락한 곳에서도 다시 초은편(招隱篇)[39]을 찾네.
강이 비친 달빛은 우는 새소리 밑에 매달려있고
진한 노을 내려앉는데 늙은 소는 졸고 있네.
산중의 원학(猿鶴)은 아무 탈이 없으니
지금처럼 좋은 일이 계속 이어가길 바라노라.

寶陵山小集

江草菲菲水自波 湖山深處住生涯
良朋纔到春方盡 小會爲開酒已多
綠野無邊渺歸鳥 羣巒如笑談凝霞
午天坐久己明月 回袖翩翩發浩歌

---

38) 승부(乘桴):《논어》〈공야장(公冶長)〉에 공자가 천하가 어지러움을 탄식하여, "도가 행해지지 않으니 뗏목을 타고 바다에 뜨리라.〔道不行 乘桴浮于海〕"
39) 초은편(招隱篇) : 옛날 진 나라 좌사(左思)가 그의 친구에게 돌아와 쉴 것을 권고한 초은편이란 문장이 있었다.

보릉산(寶陵山) 작음 모임에서

강풀은 비비(菲菲)하고 물은 절로 일렁이고
호산(湖山) 깊은 곳에 머물며 여생을 보내네.
좋은 벗들 겨우 찾아오니 봄이 저물어가고
작은 모임 열었더니 술기운이 벌써 많구나.
푸른 들판 끝없는데 돌아간 새는 아득하고
산들은 마치 웃는 듯 짙은 노을을 애기하네.
대낮부터 앉아있었는데 벌써 달이 떠오르니
소매를 펄럭이며 큰소리로 노래를 부른다.

●

自寶陵乘暮歸家路中口呼

村遠晴仍暗 江浮淡更鮮
層林未落日 窮峽已炊烟
沂水春方暮 通泉誰復傳
夜來興復浩 儻此非眞緣

보릉(寶陵)에서 저물녁 집에 돌아온 길에 구호로 읊어보다.

마을은 저 멀리 맑게 개어 어둑한데,
강물은 흘러 담담하고 신선하다.
깊은 숲 끝자락에 낙조는 지고

54

깊은 골짜기에 저녁연기 피어오른다.
기수(沂水)[40]의 봄은 바야흐로 저물어 가는데
통천(通泉)[41]을 누가 다시 전하랴.
밤이 되어 흥이 다시 일어나니
혹시 이 인연이 참 인연 아닐런지.

●

夜坐感興 二首
實地何須更慕外 門前長物只雲山
舞雩遊子方春暮 諸葛先生但睡閒
大事四天無定計 嘉賓南浦喜開顏
虹橋一斷將誰續 爲把瑤琴仔細看

平生至樂在書帙 寤寐悠悠仰止山
對使幾爲汶上歎 倦眠聊借北窓閒
平林曠野聊憑眺 霽月千峯輒擧顏
物物含春皆自得 此心尤好靜時看

밤에 앉았는데 감흥이 일어서 2수
실지(實地)에서 굳이 다시 바깥을 생각하랴

---

40) 기수(沂水): 중국 산동성에 있는 온천 휴양지.
41) 통천(通泉): 중국 청도지방에 있는 온천 휴양지.

문 앞에 늘어진 것은 다만 구름과 산뿐이라네.
무우(舞雩)⁴²⁾에서 놀던 사람 봄은 저물어가고
제갈선생만이 다만 한가롭게 졸고 있네.
큰일은 사계절 내내 정계(定計)⁴³⁾가 없고
가빈(嘉賓)은 남포(南浦)에서 얼굴을 활짝펴네.
한 번 끊어진 홍교(虹橋)를 누가 다시 이을까
요금(瑤琴)⁴⁴⁾을 잡고 자세히 쳐다보리라.

평생 즐거운 일은 오직 책속에 있는 것인데
자나 깨나 아득히 먼 산만 바라보네.
사신 마주하며 문상(汶上)⁴⁵⁾ 탄식을 얼마나 했던가.
피곤해 졸리기에 북창을 빌려 한가로이 기대네.
긴 숲 넓은 들판만 무심히 쳐다보고
천봉(千峯)에 달 떠올라 문득 고개를 들어보네.
봄빛 머금은 만물이 모두 만족 해 여기니
이 마음 고요할 때 살핀 것을 더 좋아하네.

---

42) 무우(舞雩): 기우제를 지내는 제단. 또는 기우제를 지낼 때 춤을 추는 곳.

43) 정계(定計): 1) 예정하다, 2) 계획을 정하다, 3) 미리 꾸며 놓은 계획.

44) 요금(瑤琴): 아름다운 소리를 내는 거문고.

45) 문상(汶上): 계씨가 민자건을 비땅 재상으로 삼으려 하자, 민자건이 말했다. "제발 나를 위해서 그 뜻을 거두어 주라. 만약 또다시 나를 재상으로 삼으려면 나는 문수에 가 있을 것이다." [季氏使閔子騫 爲費宰 閔子騫曰 善爲我辭焉 如有復我者 則吾必在汶上矣]『논어(論語)』옹야6편.

疊前韻奉懷河兄汝海

一別泉聲岳色裡 春風回首武夷山

鄴候架上牙籤設 文擧樽前歲月閒

久被樊籠無適意 每逢山水爲開顏

苦懷一日如三月 月色中天獨自看

전운(前韻)을 첩운하여 하여해(河汝海)형을 생각하며

산 빛 속의 샘물소리 이별하고 나서는

봄바람에 무이산(武夷山)으로 고개를 돌리네.

업후(鄴候)⁴⁶⁾의 책장엔 아첨(牙籤)⁴⁷⁾이 진열되고

문거(文擧)⁴⁸⁾의 술동이 앞에 세월이 한가롭다.

오래도록 번롱(樊籠)⁴⁹⁾에 갇혀 맞는 뜻이 없지만

매번 산수(山水)를 만나면 얼굴이 훤히 펴진다.

괴로운 회포는 하루가 석 달처럼 길게 느껴지니

중천에 뜬 달빛만 혼자서 멍하니 쳐다본다.

---

46) 업후(鄴候): 당나라 재상 이필(李泌)이 업후(鄴候)에 봉해짐. 업후의 집에는 책이 많아
   서(鄴候家多書) 서가에 삼만 축을 꽂아 놓았다네.(架揷三萬軸)

47) 아첨(牙籤): 상아(象牙)로 만든 책갈피.

48) 문거(文擧): 옛날 향시의 문과에 합격한 자.

49) 번롱(樊籠): 1) 새장, 2) 자유롭지 못한 처지.

河文見(永純)見訪登後山

桃花窈窕柳輕靑 樂意相關鳥對鳴
客到登山春欲暮 興來無酒句還成
行人杳杳平郊遠 淡水微微暮靄生
却恐塵緣相迫逐 衣冠徒愧負儒名

하문견(河文見, 永純)이 찾아와 뒷산에 올라서

도화(桃花)는 요조(窈窕)하고 버들은 푸른데
즐거운 의미 서로 연관돼 새가 화답하며 지저귄다.
손님이 찾아와 뒷산에 오르니 봄은 저물고자 한데
흥이 찾아오니 술은 없어도 시가 절로 나온다.
행인들은 아득한데 넓은 들판은 멀리 보이고
담수는 미미(微微)한데 저물녘 아지랑이 피어오른다.
서로 쫓고 쫓기는 세속의 인연들은 두려운데
의관한 선비가 명예 저버린 것을 부끄러워하네.

疊韻以自歎

西江風浪何時淸 佩劍衝星只自鳴
竟日淹留佳客在 終宵辛苦短篇成

山仍大野旋旋出 雲帶寒波衰衰生
最是紛紛多事處 十分吾己悔前名

첩운(疊韻)으로 자탄(自歎)하면서

서강(西江)의 풍랑은 언제나 맑아질까
패검(佩劍) 충성(衝星)[50]이 저절로 울리네.
가객(佳客)은 하루 종일 머물러 있는데
밤새내 신고(辛苦)로 단편을 완성했네.
산은 들판과 이어져 빙빙 돌아 나오고
구름은 찬 물결 띠고 힘차게 피어 오른다.
세상사 어지러운 일 많은 이곳에서
과거에 명예 쫓던 내 자신을 십분 후회한다.

●

山村卽事

寶陵西北卽吾家 山氣看看日夕佳
野鳥衝烟翻過水 江風撓柳又吹沙
明花浥露臙脂潤 白雨飄窓銀竹斜
爲罷高歌還獨坐 滿汀蘭杜正繁華

---

50) 용천과 태아의 두 검이 땅속에 묻혀서 밤마다 자기(紫氣)를 두우(斗牛) 사이에 내 쏘
   았는데[衝星].

●

산촌(山村)의 풍광

봉릉(寶陵)땅 서북쪽이 곧 우리집인데
산 기운 쳐다보니 해질녘에 아름답다.
들새는 안개를 뚫고 물길 따라 날아가고
강바람은 버들을 흔들며 백사장으로 분다.
활짝 핀 꽃이 이슬 머금어 연지처럼 곱고
흰 구름 창가에 흩날려 대나무가 휘어든다.
노래를 그만 파하고 다시 혼자 앉아있으니
물가에 가득한 난두(蘭杜)[51] 꽃이 활짝 피었네.

●

自丹山閱十餘日而還梅花見落賦 一絶

遷延十載苦何長 幾度臨岐歎失羊
一旬爲客歸來晩 孤負梅花滿地香

단산(丹山)에서 열흘 남짓 지내다가 돌아와
매화 떨어진 모습을 보고 읊은 시 1절

천연(遷延)[52]한 10년 세월 긴 고생의 여정

---

51) 난두(蘭杜): 난두는 향초의 이름인데 흔히 사람의 아름다운 자질에 비유하기도 함.
52) 천연(遷延): 일이나 날짜 등을 오래 끌어 미루어 감.

갈래 길에서 양 잃은 탄식이 몇 번이었던가.
열흘 동안 나그네가 되어 돌아온 길 늦었더니
주변에 가득한 매화향기 나 혼자 저버렸구나.

● 偶成

舍北舍南春水淸 虛汀但听野禽鳴
柴門有客日當午 景物攪人句自成
花落花開三月暮 山遙山近淡霞生
紫琳仙子有前約 玉簡何時列姓名

우연히 읊어보다.

집 북쪽, 집 남쪽의 봄물은 맑은데,
텅 빈 물가에 들새 우는소리만 들린다.
문밖에 손님 찾아왔는데 해는 중천에 떴고
경치가 사람을 흔드니 시구가 절로 나오네.
꽃이 피었다 졌다 하는 3월 봄은 저물어가고
산 멀리 산 가까이 맑은 노을은 피어오른다.
자림(紫琳)의 신선과 예초의 약속 있었으나
언제나 옥간(玉簡)[53]에 이름을 올릴 수 있을까.

---

53) 옥간((玉簡): 옥판 위에 새긴 서적.

喜晴二首

兩牖東西對綠篁 新晴佳氣動林塘

霧收碧巘依依見 露浥紅桃冉冉香

且盡芳樽聊永夜 閒携藜杖逐微凉

雲間月色巧如畵 添得新詩一格長

滿園只是長松篁 向野堂成俯碧塘

乘興直當明月夜 遣愁何待白梅香

山鬟帶霧晴仍暗 春水浮階淡更凉

滿地芳蘭隨手採 懷人欲寄路何長

맑게 갠 날씨가 좋아   2수

양쪽 창문 동서로 푸른 대나무 대하니

맑게 갠 기운이 숲속 연못에서 움직이네.

안개가 걷히자 푸른 절벽이 의의(依依)[54]하게 드러나고

이슬 머금은 붉은 복숭아꽃이 염염(冉冉)[55]히 향기롭다.

술동이 다 비어가니 긴 밤 보내기에 적당하고

한가로이 지팡이 끌고 서늘한 바람 찾아 나선다.

구름 사이 달빛 맑기가 마치 그림 같아

시 한 수 덧붙여 얹으니 격이 한 층 높구나.

---

54) 의의(依依): 1) 연약한 나뭇가지가 바람에 한들거리는 모양, 2) 아쉬워하는 모양, 3) 섭섭해 하는 모양.

55) 염염(冉冉): 1) 부드럽게 아래로 드리운 모양, 2) 한들거리는 모양, 3) 천천히 움직이는 모양.

동산 가득 온통 소나무 대나무만 심겨있고
들판을 향해 지은 집은 푸른 연못을 내려다보네.
흥이 이노라면 곧장 달 밝은 밤이 만들어지니
근심 잊는데 하필 매화꽃 향기를 기다리랴.
안개 띈 뾰족한 산은 개었다 어두웠다 하고
봄물은 계단에 부딪치며 맑았다 서늘했다 하네.
주변에 가득한 난초꽃을 손 가는대로 따다가
생각난 사람에게 보내주자 하니 길이 너무 멀다.

●

再疊前韻述懷兼簡落菴諸君子

歲寒心事對疎篁　風雨蕭蕭過野塘
雙釖徒看牛斗射　一樽聊醉芰荷香
笻穿細霧愁沾濕　門對平沙納晚凉
爲問山中舊猿嶋　春來松桂幾叢長

전운(前韻)을 다시 첩운해서 술회하고
아울러 간락암(簡落菴) 여러 친구들에게

세한(歲寒)의 심사로 성긴 대나무 대하니
비바람은 쓸쓸한데 들판 연못을 지나가네.
쌍검(雙釖)은 두우(牛斗)를 향해 쏘고
일잔(一樽)은 마름 연꽃 향기에 취하네.

지팡이로 안개 뚫고 지나가니 근심이 젖고
문 앞 모래밭을 대하니 서늘한 기운 들어온다.
산중에 사는 옛 원학(猿鶴)에게 묻고자 한 것은
봄 오면 소나무 계수나무가 얼마나 자랐는지?

●

又用前韻呈諸同好

養得疎梅又碧篁 主人淸趣卜林塘
閒中客到猶能睡 妙處詩成自在香
山月溪頭欺曙色 林風水面送微涼
煩君努力求階級 造理何須舌廣長

또 전운(前韻)을 써서 여러 동호들에게 보내다.

매화나무 심고 나서 대나무 심었더니
주인은 발 빠르게 임당(林塘)을 점지했네.
한가함 속에 손님 찾아와 낮잠 자기 좋고
오묘한 곳에서 시 지으니 저절로 향기롭다.
시냇물에 비친 산 달빛은 새벽빛인가 의심하고
수면에서 불어온 숲 바람은 서늘함을 보내주네.
계급(階級) 구하려고 노력한 그대를 번거롭게 하니
조리(造理)가 있으면 하필 말 많을 필요 있으랴.

64

夜坐感懷

江村朝雨浥輕塵　語燕頻來鳴向人
夢罷閒愁還黯淡　飮餘詩思更淸新
山城月出難爲睡　澗道花飛減却春
請看滔滔皆是己　不知誰贋復誰眞

밤에 앉아 느낀 회포를 읊다.

강촌에 내린 아침 비에 가벼운 먼지가 일더니
제비들이 자주 찾아와 사람들을 향해 재잘댄다.
잠에서 깨니 한가로운 수심이 다시 암담해지고
술 마시고 시 읊으니 생각이 다시 맑아진다.
산성에 달 떠오르니 잠자리에 들기 어렵고
시냇가에 꽃 날리자 봄 기분이 줄어든다.
도도(滔滔)함이란 모두 이 같은 것임을 보아라.
어떤 것이 거짓인지 진실인지 알 수가 없다.

往斗芳刊所疊前韻奉懷河汝海

巷道新晴不起塵　風花滿地正愁人
堪嗟孔席無時暖　多愧殷盤戒日新

幾度孤吟暘洞月 一心常到覺山春
田疇處處生新水 谷口何時問子眞

두방간소(斗芳刊所)에서 전운(前韻)을
첩운하여 하여해(河汝海)를 생각하며

골목길이 맑게 개니 먼지 한 점 안보이고
땅에 가득한 바람에 핀 꽃은 사람을 근심스럽게 한다.
공석(孔席)[56]이 따뜻할 틈 없는 것에 놀랍고
은반(殷盤)[57]의 일신(日新)이란 경계에 부끄럽다.
양동(暘洞) 달빛에서 외로이 읊기를 몇 번 했던가,
각산(覺山) 봄에 항상 찾고자한 마음 변함없네.
전주(田疇) 곳곳에서 새로운 물이 솟아나니
곡구(谷口)에서 언제나 그대의 진심 물어볼까.

●

午憩孫仲熙家題壁上

虛明一室淨無塵 滿架圖書樂意新
聊知口耳何能益 到自得時便見眞

---

56) 공석(孔席): [孔席不暇暖], 공자가 앉은자리는 따뜻할 겨를이 없다.
57) 은반(殷盤): 은반은 서경(書經) 상서(商書)의 반경(盤庚)을 말한다.

66

낮에 손중희(孫仲熙)집에서 쉬면서 벽에 시제를 붙이다.

허명(虛明)한 방 정결하고 먼지 하나 없는데
서가에 가득한 도서를 보니 즐거움이 새롭다.
입과 귀로만 안다면 무슨 이익이 있겠는가,
자득한 경지에 이르러야 문득 진리를 볼 것이다.

同孫仲熙往斗芳齋路中口呼

斗芳霽色忽當頭 行到溪村日欲流
野水淸閒堪可濯 林霞浩蕩易爲愁
須感情人成邂逅 每逢佳處便遲留
忽覺山蹊茅已塞 春筇何事獨優遊

손중희(孫仲熙)와 함께 두방재(斗芳齋)
가는 도중에 구호로 읊어보다.

두방(斗芳)의 맑게 갠 빛이 문득 앞에 당도해
계촌(溪村)에 도착하니 해가 넘어가고자 하네.
들 물은 맑고 한가해 의관 씻기에 좋고
숲속 노을은 넓게 펼쳐져 쉽게 수심에 잠긴다.
정 많은 사람끼리 만나는 것에 감회가 다르고
매번 경치 좋은 곳 만나면 자꾸만 머뭇거리네.

산간 계곡이 벌써 어두워진 줄 문득 알았으니
봄나들이가 무슨 일로 이처럼 여유로운지.

●

斗芳齋夜坐疊前韻

春風來坐翠微頭 雲木參天瀑響流
腹裡有書還昧事 山中無酒可消愁
平生儘有滄洲趣 半畝何妨谷口留
一部中庸三歲讀 優優非敢願爲遊

두방재(斗芳齋)에서 밤에 앉아 전운(前韻)을 첩운해서
푸른 산꼭대기 앉은 자리에 봄바람이 불어와
구름 나무 하늘로 솟는데 폭포소리 들려온다.
배속에 책이 있지만 도리어 현실엔 어둡고
산중에 술이 없지만 수심을 사라지게 하네.
평생 창주(滄洲) 찾아갈 뜻 지니고 있었지만
반 이랑 밭이면 곡구(谷口)에 머문 것이 족하다.
『중용(中庸)』을 3년 동안 읽었으니
우우(優優)[58]함으로 감히 자유를 원한 것은 아니네.

---

58) 우우(優優): 넉넉한 모습.

同諸友夜吟二首

殘春窮谷自生寒 暮倚高樓對碧山
客到多煩難勝倦 夜深方睡暫爲閒
渺茫只怕林霞合 洒落聊看海月還
雲際笙歌何處起 回頭三歎杳難攀

門前綠竹自淸風 客自無眠坐夜中
澗道花飛春欲暮 海天雲潑月蒸紅
心存係處身仍倦 事合做時理自通
莫作紛紛看一致 同還爲異異還同

여러 벗들과 함께 밤에 읊다. 2수

봄 끝나간 골짜기에 절로 찬 기운이 일고
저물녘 높은 누각 기대며 푸른 산을 쳐다보네.
손님 찾아와 번잡한데 피곤 이기기 어렵고
밤 깊어 잠자리 들면서 잠깐 한가롭네.
아득히 숲과 노을 어우러진 모습이 두렵고
쇄락한 기분에 바다 떠오른 달빛을 쳐다보네.
구름 끝에 피리소리는 어디에서 들려오는지
고개 돌려 세 번 탄식에도 아득히 오르기 어렵네.

문 앞에 푸른 대나무 청풍이 절로 불고
손님들 잠자리 들 계획 없이 밤중까지 앉았네.
시냇가에 꽃들이 날려 봄이 저물고자 하는데
바다와 하늘에 구름 날고 달은 진하게 붉다.
마음 매어있는 곳에서 몸은 여전히 게으르고
일이 적합하게 이루어질 때 이치는 저절로 통하네.
어지럽게 얽힌 것들을 일치로만 보지 마소
같은 것이 달라지고 다른 것이 같아지는 것이네.

●

偶題

看看乃是車懸虱 慄慄恒如蚊負山
畢竟名同其實異 誰知子莫執中間

우연히 쓰다.

자세히 보면 수레에 이가 매달려있고
몹시도 두려우면 모기가 산을 지고 간다.
결국 이름은 같지만 실지는 다른 것이니
자막(子莫)[59]이 중간을 잡은 줄 누가 알리오.

---

59) 자막(子莫, 魯나라의 賢人): 子莫執中, 執中爲近之, 執中無權, 猶執一也. [출전]《맹자
  (孟子) 진심상(盡心上)》

感事

谷水涓涓萬木深 三年幾度此登臨
篷濤一面遙當戶 山月中霄獨照襟
野鳥輕飛誠底意 浮雲變態定何心
孤懷欲說何由得 直欲呼樽滿引斟

느낌

골짜기 물은 졸졸 흐르고 나무숲은 깊은데
3년 동안 몇 번이나 이곳을 찾아왔던가.
넓은 파도는 멀리 창문 앞에 펼쳐지고
산 달빛 중천에 떠 유달리 내 옷에 비춘다.
가볍게 날아가는 들새는 진실 속의 의미인데
뜬 구름 변하는 모습은 진정 무슨 속내일까
외로운 회포 말하고 싶지만 어떻게 표현할까
즉시 술동이 불러 가득 따라 마시고 싶네.

獨坐

入山還憶泛江湖 此樂須要無處無
老木祭天仍敝日 小匡承水可容壺

林潭月出乍開鏡 海岱雲歸淡展圖
却到潛心燕坐處 默然方是見眞吾

홀로 앉아서

산에 들어와 다시 강호(江湖)의 일들 추억해보니
이 즐거움은 그야말로 무에서 무를 찾는 것 같구나.
늙은 고목은 하늘까지 닿아 여전히 해를 가리고
작은 광주리로 물을 받으면 병은 용납할 수 있겠지.
숲속 연못에 달 솟으니 잠깐 거울 펼친 것 같고
바다 산으로 구름 돌아가니 담색 그림 펼친 것 같구나
문득 마음을 가라앉히고 편히 앉을 곳에 이르니
묵묵한 분위기는 바야흐로 진정한 나를 보는구나.

●

謾吟

客子未歸燕子來 苦懷遙夜向誰開
浮雲變幻不須怪 只怕漫空蔽月迴

그냥 읊어보다.

나그네는 돌아오지 않는데 제비만 찾아오니

괴로운 회포를 긴긴밤 누구에게 얘기할거나.
뜬구름 변환을 결코 괴이하게 여기지는 않지만
다만 하늘 어지럽히며 달빛 가릴까 두렵구나.

待月

十日一歸三日來 萬重蒼翠眼前開
遣愁無酒何由得 獨倚欄干待月迴

달빛을 기다리며

열흘 만에 돌아와서는 3일 내내 찾아오니
만 겹 푸르름이 눈앞에서 펼쳐지는구나.
수심 잊는데 술 없으니 무엇을 붙들어볼까
혼자 난간에 기대어 달 떠오르길 기다리네.

河毅卿弘達見訪喜吟以呈二首

何能千古盡包籠 直待吾心期會通
名理何妨爭甲乙 眞工要在覓邊中
滿園籧籧皆叢竹 隔戶垂垂對碧桐

客裡偏憐成邂逅 願將此意矢無窮

神鱗會不罩而籠 會見龍門水氣通
放棹謾勞廻剡上 買茶還愧入城中
喜深難喩仍携榼 興到何須復抱桐
直挹九州如咫尺 請君莫道渺難窮

하의경(河毅卿,弘達)이 찾아온 것이 기쁜 나머지 시를. 2수

어떻게 천고(千古)의 포롱(包籠)[60]를 다할 수 있으랴
곧 내 마음이 회통하기를 기다려야만 하네.
명리(名理)가 갑을(甲乙) 다툰 것을 어찌 방해하랴
진공(眞工)의 요점은 오히려 찾는 주변에 있다네.
동산 가득 쭉쭉 뻗은 것은 모두 대나무 숲이고
창문 가리며 드리운 것은 푸른 오동나무라네.
객지에서 만남 이루어진 것을 유달리 좋아하니
바라건대 이 뜻이 무궁하기를 맹세하네.

신린(神鱗)을 그물 아니면 바구니로 잡아야 하나
때마침 용문(龍門)을 쳐다보니 물 기운이 통하네.
노 풀어놓고 섬상(剡上)에서 배회하는 것 피곤하고
차를 사서 다시 성 안으로 들어오는 것 부끄럽네.
기쁨은 깊은데 깨닫기 어려워 다시 술통을 끌어들이고

---

60) 포롱(包籠) :기성의 글자 상하좌우 주변에 임의로 점획을 보태어 판단하는 것.

흥이 찾아왔는데 무엇을 할까 다시 오동을 끌어안네.
바로 끌어당기니 구주(九州)가 마치 지척(咫尺) 같구나,
그대에게 청하노니 도달하기 어렵다 말하지 마소.

又用前韻述懷三首

籐蔓樛樹自纍籠 坐看飛泉一道通
日午芝歌高木裡 月明仙笛碧雲中
正愁陋質如燕石 誰識希音有嶧桐
忽覺璆璋充舊府 向來何事嘆吾窮

悠悠塵事縶樊籠 微悃多慚鐵石通
舊學將歸昏黯裡 故人長在暌離中
且看豊嶽雙龍釼 誰識中郎焦尾桐
如此還堪尋樂處 韓公何事欲離窮

恢恢天地果難籠 獨抱高歌秘不通
盜鐘何用攔人耳 惡影還嗟走日中
上竦願爲長檜柏 心虛寧學碧梧桐
匣琴鉉絶將誰續 兀坐深宵意不窮

또 다시 전운(前韻)을 이용해 술회해보다. 3수

나무 휘감은 등 넝쿨이 바구니까지 휘감고 돌아
앉아서 폭포를 쳐다보니 한 가지 도로 통하는구나.
대낮에 높은 나무에 올라 지가(芝歌)를 부르고
달 밝은 밤 푸른 구름 속에 선적(仙笛)을 불어보네.
누추한 재질 연석(燕石)⁶¹⁾ 같음을 몹시 걱정하니
희음(希音)이 택동(嶧桐)⁶²⁾에 있음을 누가 알까.
구장(璆璋)이 구부(舊府)에 가득함을 문득 깨달으니
지난 번 무슨 일로 나의 가난을 한탄했던가.

아득한 세속 사를 울타리 바구니에 매다니
작은 정성 철석(鐵石)처럼 통한 것이 부끄럽네.
구학(舊學)은 장차 어두움 속으로만 돌아가고
고인(故人)은 오래도록 규리(暌離)⁶³⁾ 속에 들어있네.
우선 풍악(豊嶽)의 쌍용검(雙龍釼) 쳐다보지만
중랑(中郎)의 초미동(燋尾桐)을 누가 알랴.
이처럼 다시 편안히 쉴 곳을 찾았으니
한공(韓公)은 왜 궁벽한 곳에서 떠나려 했을까.

넓고 넓은 천지를 바구니에 넣기 어려운 것
혼자서 노래를 품어보지만 비결이 통하지 않네.

---

61) 어목연석(魚目燕石)이란 말이 있음. "물고기의 눈과 연산의 돌"이라는 뜻으로 거짓을
진실로, 어진 사람을 어리석은 사람으로 혼동함을 비유할 때 쓰는 말이다.
62) 택동(嶧桐): 1) 강소성 역양에서 산출되는 오동나무, 2) 훌륭한 금의 재료임, 3) 인재.
63) 규리(暌離): 1) 이별하다, 2) 헤어지다, 3) 갈라지다.

훔친 종으로 어떻게 남의 귀를 막을 수 있으랴
악의 그림자 햇빛 따라 달리는 것이 슬프구나.
위로 솟은 높다란 회백(檜柏) 되기를 원하지만
마음 비운 방법은 차라리 벽오동에서 배우리라.
상자 속 끊어진 거문고 줄을 장차 누가 이을까
홀로 앉아있는 깊은 밤에 생각만 무궁하구나.

●

又贈一絕

客懷如草又如麻 況是空山暮雨斜
賴有故人同不寐 夜深相對發淸歌

또 1절을 주다.

나그네 회포는 풀 같고 삼 같거늘
하물며 텅 빈 산에 저녁 비 내릴 때야
친구가 함께해준 도움으로 잠 못 이루고
깊은 밤 서로 마주 대하며 노래를 부르네.

●

毅卿就寢以詩自嘆

一日看書十日廢 長時爲客幾時家
愁到只憑君欲遣 君眠吾亦可如何

의경(毅卿)과 같이 취침하면서 시로 자탄해보다.

하루 책 읽고 열흘을 노니
장시간 객지생활 언제나 집에 갈 수 있을지
수심 찾아오면 그대 기대어 잊곤 하는데
그대 잠들어 버리면 나는 또 어쩔거나.

●

苦雨

客裡巧逢雨 此懷又如何
泉鳴哀壑暮 谷暗晚風斜
事久難成緒 心忙輒憶家
誰能山下去 樽酒爲吾賖

고달픈 비

객지에서 공교롭게 비를 만났으니

이 회포를 또 다시 어찌할거나
샘물 흐르는데 슬픈 골짜기 저물고
골짜기 어두운데 늦은 바람 비껴간다.
일이 오래되면 실마리 찾기 어렵고
마음이 바쁘면 문득 집 생각이 난다.
누가 능히 산을 내려올 수 있을까
술은 내가 외상으로 마련하리라.

●

不眠

墨突何曾容日黔 楊岐幾度誤人行
窮愁已自無閒日 何事中宵睡不成

잠이 안와서

묵돌(墨突)[64]은 어찌 검어진 것을 용납했으랴
양기(楊岐)[65]는 몇 사람이나 길을 잘못 들게 했는가.
깊은 수심에 벌써 스스로 한가한 날이 없으니
무슨 일이 그리 많아 한밤중 잠을 못 이루는가.

---

64) 묵돌불금(墨突不黔): 묵자의 굴뚝에는 검은 그름이 낄 겨를이 없다. 동분서주하며 몹시 분주한 경우를 일컫 는 말로, 너무 바빠서 한자리에 앉아 있을 여유가 없다는 뜻.
65) 양기(楊岐): 임제종(臨濟宗) 양기파의 개조(開祖). ⇒ 방회(方會).

奉贈趙可見

別去踰三載 今來共一堂
昂昂眞鳳觜 璨璨黃金相
顚倒心先醉 春容句自香
美姿旣不易 努力期成章

조가견(趙可見)에게 드림.

이별한 지 3년이 넘었는데
오늘에서야 한 방에서 만났네.
앙앙(昂昂)한 모습은 봉황 닮았고
찬찬(璨璨)한 얼굴은 황금상이로세
경황이 없어 마음이 먼저 취하고
봄 얼굴에 시구가 절로 향기롭네.
아름다운 자태 지니기란 쉽지 않으니
노력하여 성장(成章)을 기약하세.

與毅卿同話

睡起高堂坐二更 萬林深處一燈明
風驅碧樹微霞散 雷送千峰暮雨橫

分事莫將私事做 人心不似我心誠
憑君說及工夫事 轉覺他歧百種生

의경(毅卿)과 함께 이야기를 나누며

2경 무렵 졸다 일어나 고당에 앉았으니
나무로 꽉 찬 깊은 숲속에 등불이 밝구나
바람이 푸른 나무에 불어 옅은 노을 흩어지고
우레 치는 산봉우리마다 저녁비가 내리네.
분담된 일을 사적인 일로 만들지 말라
남의 마음이 내 마음의 정성과 같지가 않구나.
그대 도움으로 공부에 관한 얘기 듣고 보니
다른 길도 다양하다는 것을 새삼 깨달았네.

春懷

綠樹陰濃晝氣淸 春懷浩蕩若爲情
悠然一醉徘徊久 句在黃鸝第一聲

봄 생각

푸른 나무 짙은 그늘에 낮 기운이 맑은데

봄 생각 호탕한 것이 정이 있는 듯하구나.
아득하게 취해 오랫동안 배회하노라니
꾀꼬리 첫소리 속에 시구(詩句)가 들었구나.

●

听鶯

客裡偏多景物感 黃鶯况復一聲通
願言待我歸家日 然後方啼綠樹中

꾀꼬리소리를 듣고

객지에선 경물(景物) 느낌도 남다른데
누런 꾀꼬리조차 소리를 전하는구나.
바라건대 내가 돌아갈 날 기다렸다가
돌아간 뒤 푸른 숲속에서 울어주소.

●

晴

山光濃翠水涵清 十里晴沙鏡裡明
無端景物攬人甚 每帶奚囊句自成

갠 날

산 빛은 짙푸르고 물은 맑은데

10리 모래사장이 거울 속처럼 밝다.

무단한 경물(景物)들이 손에 잡힐 듯하니

매번 해랑(奚囊)[66]만 있으면 시구는 절로 나온다.

●

夜坐感懷

徙倚高樓對晩晴　客來無睡到三更

飛泉絶壁雷霆鬪　霽月空潭鏡面明

時事恒爲心事係　春懷聊自客懷生

東風無限靑山面　狼子如何綠野情

밤에 앉아 감회를 읊다.

높은 누각으로 옮겨와 늦게 갠 날씨를 대하니

찾아온 나그네 잠 못 들어 3경이 되었네.

절벽에서 쏟는 폭포는 우레가 싸운 것 같고

맑은 달빛 비친 연못은 거울처럼 밝구나.

시사(時事)는 항상 마음에 매인 일들인데

봄 생각은 절로 나그네 가슴속에서 나온다.

---

66) 해랑(奚囊): 명승지를 찾아다니며 쓴 시나 문장 따위의 초고(礎稿)를 넣는 주머니.

동풍(東風)이 무한정 부는 푸른 산 속에
이리(狼子)는 어찌 푸른 들판 정을 못 잊는지.

●

登高二首

林霏初霽亂禽呼 江上烟村極望遙
興到祗憑詩自遣 愁來每對酒還消
跳梁寧學蛙浮井 奮迅常思鷃入霄
徒事紛紛難濟事 且從肚裡破樑條

天遠春浮氣 江淸鷺起沙
行人猶木末 落照忽林峨
緣葉鶯兒出 輕風燕子斜
雲山誠是美 客因可如何
柳岸風初歇 山城雨欲橫
日日邀賓客 何時得暫平

높은 곳에 올라 2수

숲속에 비가 개니 새들은 어지럽게 재잘대고
연기 피어오른 강 위 마을을 멀리 바라보네.
찾아온 흥은 시구(詩句)에 의지해 자연스럽게 보내고
밀려온 수심은 매번 술잔 대하며 사라지게 한다.

다리를 건넌 방법을 어찌 우물 안 개구리에서 배울까
빨리 달릴라치면 항상 하늘로 솟는 솔개를 생각하네.
쓸데없는 일들 분분해 구제하기 어려운 일이니
우선 맘속에서부터 고정 틀을 깨뜨려야 한다네.

하늘은 멀리 보이는데 봄기운 떠오르고
강은 맑은데 갈매기는 백사장에서 난다.
행인들은 마치 나무끝자락 같고
낙조가 지니 문득 숲이 높아 보인다.
푸른 나뭇잎 속에서 꾀꼬리는 날아가고
가벼운 바람에 제비는 비껴난다.
산과 구름의 어울림은 실로 아름답다.
나그네 따른 것이야 어떠한가.
버들 드리운 언덕에 바람이 잦아들고
산성에 비는 흩날리고자 한다.
날마다 손님들을 맞이하니
어느 때나 잠깐 쉴 기회를 얻을까.

●

曉起

晴窓睡罷對朝陽 入眠靑山只麼長
細草正肥流水外 黃鸝偏近綠林傍
莫嘆荏苒春風暮 且看沖瀜蕙佩香

晦窩集　　　　85

客散堂空無與語 悠然一嘯引壺觴

새벽에 일어나서

맑게 갠 창에 잠에서 일어나 아침 해를 대하니
잠속에 들어있는 청산은 마냥 길게 늘어졌다.
흐른 물 너머에 잔디 풀은 부지런히 자라고
푸른 숲가의 누런 꾀꼬리는 가까이 다가온다.
차츰차츰 봄 저물어가는 것 탄식하지 말고
우선 깊고 넓은 혜초향기를 맡아 보소
손님 떠나가고 집은 비어 얘기할 사람 없으니
아득히 한숨 쉬며 술잔을 가져다 마시네.

●

偶成

甲謂乙平心 乙謂甲平心
孰甲孰是乙 平心不平心

우연히 짓다.

갑(甲)은 을(乙)을 보고 평심(平心)하라 하고
을(乙)은 갑(甲)을 보고 평심(平心)하라 한다.

누가 갑(甲)이고 누가 을(乙)인가

평심(平心)하란 말이 불평심(不平心)이로구나.

●

客來

客來無處可偸閒 每向東皐獨詠還

一望風烟如此好 待無事日更來看

손님이 찾아와서

손님들이 찾아와서 한가함 훔칠 곳이 없어

매번 동쪽 언덕에 올라 혼자 읊고 돌아오네.

풍연(風烟)을 한 번 바라보면 이처럼 좋으니

일없는 날을 기다렸다가 다시 와서 보리라.

●

不寐

漠漠江湖遠 蒼蒼雲木深

客來難就睡 興至獨成吟

日暮高生笛 月明單父琴

悠然仍不寐 誰識此時心

잠이 오지 않아서

마막한 강호(江湖)는 멀고
창창(蒼蒼)한 운목(雲木)은 깊다.
손님 찾아와 잠들기 어렵고
흥이 일면 혼자 읊곤 하네.
해가 저물자 고생(高生)에서 젓대소리 들려오고
달이 밝자 선보(單父)에서 거문고 소리 들린다.
아득한 마음에 잠 못 이루고 있는데
지금의 내 마음을 어느 누가 알아줄까

●

有感三首

冉冉春將暮 悠悠人未家
風雲多轉變 日月但橫斜
空費藜懸燭 堪嘆豕渡河
瑤琴出寶匣 絃絶可如何

人情不甚遠 孰不願爲閒
却嫌逢恠罵 猶自作歡顔

巷道無時不起塵 客懷添得雨中新
那當化得身千億 一事來時應一身

88

느낌이 있어서 3수

서서히 봄은 점차 저물어 가는데
마음 들뜬 사람들은 집에 들지 않네.
바람과 구름은 여러 형태로 비껴가고
해와 달은 늘 서쪽으로 기울어가네.
명아주에 매달린 촛불만 부질없이 허비하고
물 건너가는 돼지를 쳐다보고 감탄하노라.
요금(瑤琴)이 보갑(寶匣)에 나왔지만
줄이 끊겼으니 이를 어찌하랴.

인정이야 멀리하고 싶지 않지만
누가 한가함을 원하지 않으랴
문득 괴이한 욕 만나는 것이 싫어
오히려 스스로 기쁜 얼굴을 하네.

시장골목에는 언제나 먼지가 일어나지만
나그네 회포는 빗속에서 더 새로워지네.
어떻게 하면 몸을 천억 개로 만들어
일 하나가 생기면 몸 하나씩 내보낼까.

苦雨

瑟瑟風鳴樹 蕭蕭雨灑城
一身應萬事 殘燭守三更
興至樽方倒 思來句自成
彼哉夸毗子 貌敬豈心誠

고달픈 비

솔솔 바람은 나무에서 울고
쏴쏴 내린 비는 성곽을 씻네.
한 몸으로 온갖 일을 도맡아하니
다 꺼져가는 촛불이 3경을 지키네.
흥이 찾아오면 술동이 기울리고
생각나면 시구(詩句)가 절로 나온다.
저기 굽실거리고 아첨하는 사람들
모습만 공경할 뿐 어찌 마음이 진실하랴.

夜坐

逢迎無外事 夜坐暫爲閒
潝潝泉鳴樹 寥寥月滿山

雲林豈不美 客子每思還
却到無言處 儒冠徒厚顔

밤에 앉은 자리에서

맞이하는 일 외에 다른 일은 없어
밤에 앉아 잠깐 한가한 시간을 갖네.
콸콸 샘물소리는 숲속에서 울리고
고요한 달빛은 산속에 가득하네.
운림(雲林)이 어찌 아름답지 않으랴
나그네는 매번 돌아갈 것을 생각하네
말 없는 세계에 문득 들어오니
선비 차림은 얼굴 두꺼운 차림이더라.

●

河丈栢村采五鳳壽郭贊由鄭汝七仲源見訪適擾不能盡討既而余送客于外至則己去矣夜來情思闇然枕上和睡得七絶各以付呈聊博坐中一粲七首

有語秪憑公欲究 公歸語且爲誰酬
最是從前心卽理 近來儻得快回頭

水逐方圓器自異 空隨大小瓶無同
雖然空水只形譬 以理言之本自通

橫看成嶺側成峰 遠近高低無一同
東坡只是文章客 此語還曾見道通

由來此道本平中 纔涉一邊便落空
行看隨處工夫到 上達圓融太極翁

鼎岳甑峰相對起 德川江水鱖魚肥
一會曾聞留後約 未知儻得及吾歸

今朝一雨過林塘 滿地桑麻幾許長
臨風爲問田園樂 江畔時看餉野筐　右柏村

徙倚空山滴翠微 逢君顚倒着裳衣
我是近來爲客久 如何尺地便旋歸　右贊仲兩兄

백촌(栢村) 하채오(河采伍,鳳壽)어른과 곽찬유(郭贊由) 정여칠
(鄭汝七,仲源)이 찾아와 마침 소란스러워 토론이 끝나지를 않았
다. 이윽고 나는 밖에 손님들을 전송하고 돌아왔더니 모두 이미 떠
나버렸다. 밤이 되어 가만히 생각하다가 잠결에 칠언절구를 지어
각자에게 보내니 그런대로 여러분이 자리한 가운데 한 가지 의미
는 있을 것으로 생각하다. 7수

토론은 다만 그대에게 연구를 부탁한 것인데
공이 돌아가 버리면 누가 답변을 해주랴

중요한 것은 예전부터 심(心)은 곧 리(理)란 사실인데
근래에 와서 갑자기 화두를 돌린단 말입니까.

물은 방원(方圓)을 따를 뿐 그릇이 다른 것이며
공기는 대소(大小)를 따를 뿐 병이 다른 것이니
비록 공기와 물로 비교해 얘기를 했지만
이치로써 얘기하면 본래 스스로 통한 것이지요.

횡으로 보면 고개이고 옆으로 보면 봉우리니
멀고 가깝고 높고 낮음에 따라 각기 다른 것이지
소동파는 다만 문장객일 뿐이지만
이 말로 오히려 도통한 모습을 보여줬었지.

유래를 보면 이 도(道)는 본래 평중(平中)한 것이니
한 쪽으로 치우치자마자 문득공(空)으로 떨어지지
가다가 이곳저곳 공부에 따라 발견하게 되면
위로 원융(圓融)의 태극옹(太極翁)까지 도달하겠지.

솥 고개 시루 봉우리가 서로 마주해 서있고
덕천강(德川江) 물에는 쏘가리가 살쪘겠지
한 번 보고 훗날 만날 약속 들었으면 했는데
잘 모르겠네 혹시 내가 돌아올 때나 되려는지.

오늘 아침 비에 숲속 연못이 넘치더니

밭 가득 심어놓은 뽕나무 삼나무가 얼마나 자랐을까.
자연을 느끼며 전원생활의 즐거움을 물으니
강가에서 들밥 먹고 있는 모습이 간혹 보이더라.

여기까지는 백촌(柏村)에게 보내다.

빈산으로 옮겨오니 푸름이 짙어가고
그대 만남이 너무 반가워 옷을 뒤집어 입을 뻔 했네.
나는 근래에 나그네 된 지가 오래되었으니
어떻게 해야 가까운 고향으로 돌아갈 수 있을지

이 시는 찬(贊) 중(仲) 두 형에게 보내다.

●

文兄致鉉見過同一宿

峽雨蕭蕭過綠扉　長風瑟瑟白雲飛
霧中山色看猶好　樹裡鶯聲聞亦稀
塵世難堪多世事　暮春尙不服春衣
偏憐邂逅逢佳土　淸話一宵便忘歸

문치현(文致鉉)형이 나에게 들러 함께 하룻밤 자면서

협곡의 비는 쓸쓸히 푸른 사립문에 내리고

94

긴 바람은 슬슬한데 흰 구름은 날아가네
안개 속의 산 빛은 바라보기에 너무 좋고
나무숲 속의 꾀꼬리 소리는 드물게 들려온다.
풍진 세상 수많은 일들 감당하기 어려워
모춘이 돼도 오히려 봄옷조차 입지 못하네.
만나더라도 아름다운 선비 만나는 것이 너무 좋아
서로 얘기 나누다 그만 돌아갈 시간을 잊었구나.

●

自歎

眼下無開卷 腹中但有詩
失得知何似 默然只自悲

자탄시

눈 밑에 책은 펼쳐져 있지 않고
마음속에 다만 시구(詩句)만이 있구나.
득실을 알고 있지만 어찌하랴.
묵묵히 말 못하니 스스로 슬프구나.

●

感懷奉呈約泉金先生鎭祜

德川江水古猶今 緬仰當年感慨深
日月但看餘末照 乾坤誰復續遺音
百年簡汗多漁魯 幾度藜紅問卯金
賴有丈人能解事 成功致得至誠心

감회가 있어 약천(約泉) 김진우(金鎭祜)선생에게 보내다.

덕천강(德川江) 물은 예나 지금이나 변함없는데
당시를 살펴보니 감개가 깊구나.
해와 달 쳐다보면 끝자락에 조금 비추는데
건곤 속에 누가 다시 유음(遺音)을 이어갈까.
백년세월 땀 흘린 공부에도 어노(漁魯)는 많고
명아주 붉음을 몇 번이나 겪어 묘금(卯金)을 물을까.
어르신 도움 받으면 이 문제를 풀 수 있을까
오직 지극 정성한 마음만이 성공을 이루리라.

●

又呈二絶

不謀自己得還失 豈顧傍人是與非
所以濂翁看得到 直將無極發而揮

斗芳高客今劉向 太乙眞人幾度還
只愁塵掃掃旋起 積久何妨看復看

또 다시 2절을 보내다.

자기의 득실을 계산도 하지 않고
어떻게 남의 시비를 돌아볼 수 있으랴
염옹(濂翁)이 쳐다보고 알아낸 까닭은
곧 무극(無極)에서 펼쳐진단 것이라네.

두방(斗芳)을 찾은 손님은 오늘날의 유향(劉向)인가
태을(太乙)세상의 진인(眞人)은 몇 번이나 돌아왔나
먼지는 쓸어도 다시 일어난 것이 걱정이지만
쌓기를 오래하면 보고 또 보는데 무어 방훼가 되랴.

●

下坪道中二首

嶺雲初霽藹新陽 入眼山川鏡裡光
浪客江西三月暮 美人村北一樽香
碧空杳杳遊絲沒 萬樹青青大野長
古院於今春草茂 熙寧何獨發歎傷

積雨欣初霽 山光入眼新

事過開面目 詩妙費精神
江上多青草 途中送暮春
傍人且勿問 開卷屬何辰

하평 도중에 2수

산 구름 처음 개자 다시 볕이 들어오니
눈에 들어온 산천들이 거울 속 빛 같구나.
강서에서 방랑하고 있는데 3월은 저물어가고
미인촌 북쪽에 있는 술맛이 향기롭다.
푸른 하늘 아득한데 유사(遊絲)⁶⁷⁾가 사라지고
온갖 나무들이 푸르러가니 큰 들판이 넓다.
옛 서원에 지금 와서는 봄풀만 무성하니
희녕(熙寧) 만이 어찌 혼자 탄식을 하겠는가.

쌓인 비가 시원스럽게 비로소 개이니
눈에 들어온 산 빛이 새롭구나.
일이 많으니 계속 얼굴과 눈을 열어놓고
시가 오묘하니 정신을 허비하는구나.
강 위엔 푸른 풀들이 가득 덮여있고
방랑 중에 저물어가는 봄을 보내노라.
옆 사람들은 나에게 물어보지 마소
책을 펼치는데 오늘이 며칠인지 모른다네.

---

67) 유사(遊絲) : 고요한 공중에 떠돌거나 숲 같은 데 걸려 있는 섬세한 거미줄 따위의 실

院村賒酒用前韻有懷南岩故人

天邊山更好 江山水生新
此世紛多事 何時可適神
深樽如對聖 秀句藹生春
故人曾有約 慚愧負良辰

원촌(院村)에서 외상으로 술을 샀다.
앞 운을 차용하는데 남암(南岩) 친구가 생각나서

하늘 끝자락의 산은 다시 좋게 보이고
강산(江山)의 물은 다시 새로 솟아난다.
이 세상은 어지러워 일도 많은데
어느 때나 정신을 가다듬을 수 있을지
의미 깊은 술자리는 성인을 대한 것 같고
잘 지은 시구는 봄기운 피어 오른 것 같네.
친구와 일찍이 언약이 있었으나
좋은 날 저버린 것이 몹시 부끄럽구나.

斗芳夜坐有感

來日事多前日事 今年人是去年人

客中景物偏多感 況復明朝送一春

두방(斗芳)에서 밤에 앉았는데 느낌이 있어

내일 일은 그 전 앞일보다 많고
금년 사람들은 모두 거년 사람들이네
객지의 경물(景物)들은 유달리 느낌이 많은데
다시 내일 아침이면 또 봄 하나를 보내리라.

●

江上値雨

午天笻屐到林邱 一笑無言俯碧洲
春去詩情猶未己 時來人事不能休
新添細葉欣沾濕 故着虛汀覺漸流
曾是吾行爲客久 不知今夜復何留

강 위에서 비를 만나

대낮에 죽장망혜로 임구(林邱)에 이르러
웃음 한 번 웃고 말없이 푸른 물가를 굽어본다.
봄은 갔지만 시정(詩情)은 아직 멈추지 않고
때가 찾아오면 사람일은 쉴 수가 없네.

새로 자란 잎들은 물 적신 것을 기뻐하고
텅 빈 물가에선 점류(漸流)란 것을 깨닫노라.
일찍이 내 걸음 객지에 나온 지 오래되어
오늘밤 다시 어디에서 유숙할 줄을 모르겠다.

●

阻雨宿挑川

北嶺蒼茫暮雨來　西林雲氣蠻難開
近山己是盤登菜　遠市何須酒滿盃
爲客長時勞跼蹐　懷人中夜獨徘徊
懸知天日明將好　直指元湖伴月迴

비에 막혀 도천(挑川)에서 하루 묵으면서

북쪽 산마루 창망(蒼茫)한데 저녁 비는 내리고
서쪽 숲속 구름은 암울하여 열리기 어렵겠다.
산과 가까워 벌써 쟁반에 나물반찬이 올라오고
시장과 거리가 머니 어찌 술잔 가득하길 바라랴.
객지에 나온 지 오래되어 발걸음이 피곤한데
생각 깊은 사람은 한 밤중에 혼자서 배회하네.
하늘의 태양이 밝고 좋을 지 미리 알기에
곧장 원호(元湖)를 가리키며 달과 함께 돌아오네.

過陶邱臺有感

入德門前落水駛 陶邱臺上白雲飛

鴻爪雲泥今寂寞 倚筇無語却忘歸

도구대(陶邱臺)에 들러 느낌이 있어

입덕문(入德門) 앞에 낙수는 빠르고
도구대(陶邱臺) 위에 흰 구름은 날아간다.
홍조(鴻爪)[68] 운니(雲泥)[69]는 오늘날 적막(寂寞)한데
지팡이 기대 말이 없자 돌아갈 줄 잊고 있구나.

出入德門

門名曰入德 何事出門行

須要無出入 其德方能成

입덕문(入德門)을 나오면서

문 이름이 입덕(入德)인데

---

68) 홍조(鴻爪) : 자취를 알 길이 없거나 경로가 불확실함을 비유적으로 이르는 말.

69) 운니(雲泥) : 구름과 진흙의 차이라는 뜻으로, 서로의 차이가 매우 심한 것을 비유적으로 이르는 말

무슨 일로 문을 나서는가
모름지기 드나듦이 없기를 요해야
그 덕이 바야흐로 완성되리라.

●

午憩紫陽齋奉寄牛山韓丈 (牛山方留暘谷乃見齋)

行到溪村日午天 牛芳爽氣自新鮮
一雨前江添幾尺 回頭無路可寅緣

낮에 자양재(紫陽齋)에서 쉬고 있다가 한우산(韓牛山)
어른에게 보내다. (우산(牛山)은 양곡(暘谷) 내견재(乃見齋)
에서 머물고 있었다.)

걸어 계촌(溪村)에 이르니 해가 중천에 떠있고
우방(牛芳)의 상쾌한 기운은 저절로 신선하구나.
비 내린 앞개울 물은 얼마나 불어났을까
고개 돌려보니 인연(寅緣) 찾을 길이 없구나.

●

望暘谷乃見齋有作

指點江頭一小亭 蔥籠花木列爲屛

微雲天畔鳥同遠 晚柳堤邊水帶靑
長路關心詩摠廢 輕風攪袖酒還醒
知公茶果應相待 末學何能問五經

양곡(暘谷) 내견재(乃見齋)바라보며 짓다.

강 머리에 점찍은 듯 작은 정자 하나 있는데.
총롱(蔥籠) 화목(花木)들이 병풍처럼 벌려있구나.
작은 구름 나는 하늘가에 새도 함께 멀고
늦은 버드나무 둑 가에 물은 푸름을 띠었구나.
긴 길가에 마음 닫으니 시심도 함께 사라지고
가벼운 바람에 소매 나부끼니 술이 다시 깨는구나.
어르신께서 다과(茶果)로 서로 응대할 줄 알지만
말학(末學)이 어찌 능히 오경(五經)을 물어보랴.

●

柏谷途中

客困知何日 事過亦一詩
寒潭淸可愛 晚樹發尤奇
高調無人答 淸香只自知
吾行非屑屑 居者莫相猜

백곡(柏谷) 가는 도중에

객지의 곤란을 알아차릴 날이 언제일까
일도 지나가면 역시 하나의 시라네.
찬 연못은 맑아서 너무 사랑스럽고
늦은 나무에서 핀 꽃은 더욱 기이하구나.
높은 곡조에 답해줄 사람 없고
맑은 향기만이 스스로 알겠구나.
내 걸음이 설설(屑屑)한 것이 아니니
가만히 있는 자는 서로 시기하지 마소.

●

過沙坊嶺

遠岫雲同暗 輕風燕帶斜
潭明方照日 春盡尙餘花
句就超塵韻 飮餘發浩歌
只管循道去 昏卽到吾家

사방령(沙坊嶺)을 지나면서

먼 산골짜기는 구름과 함께 어둡고
가벼운 바람에 제비는 비껴 날아간다.
연못이 밝아 바야흐로 해가 비치고

晦窩集　　　　105

봄이 저무는데 꽃은 아직 남아있네.
시구는 세속 초월한 운치를 찾아가고
넉넉히 마시고선 호가를 부르노라.
다만 길을 따라 가야하지만
어둡거든 곧 내 집으로 들어오소.

●

還家

兩山矗以秀 綠樹何蒼蒼
出去春方暮 歸來日漸長
喘牛依短畆 新水滿平塘
正爾田園樂 悠哉且未央

집에 돌아와서

양쪽 산이 울창하게 빼어났는데
푸른 나무들은 어찌 저리 울창한가.
출타할 때는 봄이 저물 무렵이었는데
돌아오니 해가 점차 길어지고 있네.
헐떡이는 소는 밭이랑에 기대고 있고
새 물은 넓은 연못에 가득 찼네.
이 모습이 진정 전원의 즐거움이니
아득한 기분 아직까지 이어되는구나.

曉起晚興

睡罷晴窓百慮通 樹頭初日煖蒸紅
魚遊潑處天機熟 鳥對鳴時樂意同
獨處堪憐彭澤酒 應期何用豊山鍾
攬衣欲起還成坐 萬象都歸默會中

새벽에 일어나 늦은 흥을 읊다.

맑게 갠 창에서 잠이 깨자 온갖 생각은 통하고
나무 끝에 떠오른 태양은 찌는 듯 따뜻하구나.
고기 헤엄치려는 곳에 천기(天機)가 익어가고
새들 마주 대하며 울 때에 즐거움이 함께하네.
홀로 지낼 땐 유달리 팽택(彭澤)의 술이 생각나지만
응대할 시간에야 하필 풍산(豊山)종을 사용하랴.
옷을 잡고 일어나려다가 다시 앉았더니
만상(萬象)이 묵묵한 깨달음 속으로 돌아가는구나.

自歎

三月忽經四月來 幾時遠道獨徘徊
歎息山蹊茅已塞 行行何日得還開

스스로 탄식하며

3월이 문득 지나 4월이 찾아오니
먼 타지에서 오랫동안 혼자서 배회했네.
탄식하며 걸어가는 산길이 험해 어둡더니
걸어 걸어가지만 언제나 훤해지려나.

●

次逋翁歸山韵

桑麻北陌南陌 松竹前山後山
囂塵幾處方漲 倦鳥高飛始還

포옹(逋翁)의 귀산(歸山)운을 차운하며

북쪽 남쪽 언덕에 뽕나무 삼 심어두고
앞 산 뒷산에 소나무 대나무 숲이라네.
시끄럽고 지저분한 곳이 점차 많아지는데
게으른 새가 높이 날다가 비로소 돌아오네.

●

六行齋奉呈諸同好因以自嘆

諸公不見已多辰 近日工夫幾格新

我是東西南北客 何時復作下帷人

육행재(六行齋)에서 여러 동호들에게 보내고 나서 스스로 탄식하며

여러 공들을 못 본 지 이미 오래지만
요사이 공부는 다시 격이 새로워졌겠지
나는 동서남북으로 돌아다니는 나그네이니
어느 때나 다시 휘장 내리는 사람이 될까.

●

同諸同好夜話二首

戶牖憑高引興新 乾坤回首幾同人
門前栽柳陶彭澤 谷口治田鄭子眞
浪賦新詩題滿竹 細傾深酌暖生春
始知尋摘功還少 具把吾心奉刹塵

綠陰濃滴眼中新 一樹寒梅亦可人
處世紛紜多事累 對君恬憺道吾眞
堪憐初月明涵水 更喜餘花尙殿春
但願歸來堅獨坐 卽今天地漲黃塵

여러 동호들과 함께 밤에 대화를 나누며   2수

높은 창가에 기대고 서니 새로운 흥이 일고
건곤으로 머리 돌리니 함께할 사람 몇이나 될까.
문전에 버드나무는 도팽택(陶彭澤)이 심었고
골짜기 입구의 밭은 정자진(鄭子眞)이 지었네.
새로운 시를 지어 책에 가득 써내려가고
정 깊은 술잔 기울리니 따뜻함이 봄에서 나온다.
찾아나선 공은 도리어 적은 것인 줄 비로소 알았으니
내 마음을 다잡고 사찰 먼지를 받드노라.

녹음이 짙어가니 눈앞이 새롭고
찬 매화나무 한 그루면 역시 괜찮은 것이라네
처세가 어지러워 누를 끼친 일이 많은데
그대 대하니 마음이 편해 내 진실을 얘기하네.
초승달이 밝은데 물에 적신 것이 가련하고
남은 꽃은 오히려 봄 보내는 것이 기쁘다.
다만 돌아가거든 혼자 앉아 있길 원하노니
지금은 누런 먼지가 온천지에 뿌려지고 있다네.

閒居偶題二首

初夏江村事事新 欣然顚倒對情人
哀歌未必排長短 至道何須問假眞
腹裡傷心無寸藝 道中何事送三春
卽今黥刖猶能補 爲向遺編檢舊塵

庭前碧草自新新 幽抱那曾說與人
卷裏至今難得意 世間無處可尋眞
樂時何用無端酒 妙處要看自在春
歌罷悠然仍獨坐 肯敎眉睫上紛塵

한가롭게 지내면서 우연히 쓰다. 2수

초여름이 되자 강촌마을에 일들이 새롭고
흔쾌히 바뀐 분위기에서 정든 사람을 대하네.
슬픈 노래는 반드시 장단을 못 맞추지만
지극한 도를 어찌 진짜 가짜로 물어보랴
배 속의 마음 상하는데 조그마한 재주도 없으니
객지에서 무슨 일을 하며 춘삼월을 보내랴.
지금이라도 들춰내어 보완을 한다지만
남길 자료 펼쳐놓고 옛 먼지를 살펴보네.

뜰 앞에 푸른 풀은 저절로 새롭고

속에 있는 마음은 누구에게 말해줄까
책 속 내용은 지금도 뜻 이해하기 어려운데
세간에 진짜를 찾을 곳이 없더라.
즐거울 때면 무단한 술을 가져다 마시고
묘한 곳에 숨어있는 봄을 중요하게 찾아본다.
노래를 멈추고 멍하니 홀로 앉아있으니
즐거이 분진(紛塵)너머로 눈동자가 올라가네.

●

梁君成玉(圭煥)見訪

端居無一事 爵爵獨逶遲
久別欣叙面 乍談卽賦詩
晴看月漾水 碧愛雲生嵋
感謝情何極 歲寒勿負期

양성옥(梁成玉, 圭煥)군이 찾아왔기에

단정히 지내면 아무 일 없을텐데
우울해서 홀로 머뭇거리네.
오랜 이별이어 흔쾌히 얼굴을 펴고
잠깐 얘기하다 곧 시를 한 수 짓네.
물에 비친 맑은 달빛을 쳐다보고
구름 속에서 나온 푸른 산을 사랑하네.

감사하게 느낀 정이 어찌 끝이 있을까
세한(歲寒)이 되어도 약속 저버리지 마소.

●

述懷

平郊南盡一堂深 兩牖東西萬木陰
到自得時皆實理 不容己處見眞心
俄隨流水移筇遠 爲向靑山抱膝吟
莫嘆虹橋消息斷 寒天明月照幽襟

술회

평평한 들판 남쪽 끝에 집
동쪽 서쪽 창가의 나무숲이네.
자득(自得)의 경지에 와
멈춤을 용납하지 않음본다.
흐른 물 따라 잠깐　지 마소.
청산을 향해 무릎　속을 비추네.
홍교에 소식 끊
차가운 하늘

晦窩集

再疊

虛明一室坐深深 天際雲消日欲陰
說不得時要着眼 事相梗處更求心
幾處囂塵乖夙尙 一川風月發長吟
□絕歎起遐想 爲抱遺編復整襟

'에 깊숙이 홀로 앉아있으니
각지고 해는 그늘이 지네.
땐 눈으로 봐야 하고
아득 시 마음에서 구한다.
책을 붙 남이 더하고
'게 읊어본다.
어나니
하네.

金君明進爲我誦詩一
以奉勉

蒼巒遙可挹 斜照淡還明
妙句聞猶晚 幽香嚼愈生

肩自聳卽次其韻因

古人云喪志 此事勿留情
佳玩行當得 源頭水更清

김명진(金明進)군이 나를 위해 시 한 수를 지어주기에
듣고 났더니 기분이 너무 상쾌한 나머지 나도 모르게
두 어깨가 절로 들썩거려 곧 그 운을 차운하고 그로
인하여 더욱 받들어 힘써보려고 한다.

푸른 산은 저 멀리 보이고
저물어가는 해는 다시 밝아진다.
묘한 글귀는 오히려 늦게 듣고
그윽한 향기는 씹을수록 더 난다.
옛말에 상지(喪志)라고 했거늘
이 일에 정을 머물려두지 마소
재미있는 놀이는 자주 하면 얻어지는 것.
근원에서 흘러나온 물이 다시 맑구나.

●

雨夜遣興

閒來癡坐到中宵 極望烟村十里遙
暮雨千峰風撼樹 亂蛙孤壑水沈橋
也知海約重難得 却喜山盟未易消
聞道西原牟麥好 相期行樂在明朝

밤비에 흥을 보내며

한가로이 멍하게 앉아 한 밤중에 이르러
멀리 연촌(烟村)을 바라보니 십 리나 멀구나.
천산에 내린 저녁 비에 바람이 나무를 흔들고
걸음걸음 걷는 골짜기 길 물에 다리가 잠기네.
바다 같은 약속은 다시 얻기 어려운 줄을 알고
산 같은 맹세는 쉽게 사라지지 않음을 좋아하네.
듣자하니 서쪽 동산의 보리가 좋다고 하는데
내일 아침 행락 길 나서자고 서로 약속하네.

●

同諸人至明月村共賦

明月同來日午時 葛巾林下共逶遲
一醉悠然成晚興 主翁庭畔蘚痕奇

여러분들과 함께 명월촌(明月村)에 당도해 시를 짓다.

해가 중천에 임할 무렵 명월촌에 찾아오니
숲 아래 갈건들이 모두 느릿느릿하구나.
술에 취하자 아득히 늦은 흥이 일어나고
주인 집 마당가에 이끼 흔적이 기이하네.

又得一首

靜坐床頭對碧峰 回看塵土便成空
風高獨嶋歸雲外 日暖黃鶯見樹中
勝處偏憐成邂逅 樂時何必賦幽通
留連滿酌深樽醉 爲向居人問孟公

또 한 수를 얻어

침상에 고요히 앉아 푸른 산봉우리 대하다가
다시 진토를 돌아보니 문득 공(空)이 되는구나.
바람 높은데 외로운 새는 구름 너머로 날아가고
날씨가 따듯하니 누런 꾀꼬리가 숲에 나타나네.
명승지에서 성사된 만남은 유달리 좋은데
즐거울 때에 하필 유통(幽通)을 읊을 것인가.
연이어 머물면서 술잔을 드니 많이도 취했구나.
여기 사는 사람들에게 맹공(孟公)을 묻고 있네.

月夕有懷河晦峰先生河兄汝海

南岩一別已遙遙 望極翻然氣欲消
媿我身同牛馬走 羨公世有鳳凰毛

舊遊不識關何事 結習無容說我曹

欲辨贏糧將向道 只愁擧臂辭盧敖　　晦峰

別去光陰歎逝濤 祇今回首路迢迢

幽閒酷似蘭生谷 奮迅常思鶻入霄

顧我難從千里驥 視君何啻九牛毛

四隣未耜今惟望 蹴壓斑莊倒駱盧　　汝海

달밤에 하회봉(河晦峰)선생과 하여해(河汝海)형이 생각나서

남암(南岩)에서 이별한 지 벌써 오래여서

한참을 쳐다보니 갑자기 기운이 빠질 것 같다.

내 자신은 우마처럼 달려왔던 것이 부끄럽고

그대는 대대로 봉황 깃털 가진 것이 부럽네.

옛날 놀 때야 무엇과 관계되는 것을 몰랐지만

오랜 습관은 우리들 얘기를 용납해주지 않네.

남은 양식 나눠서 장차 도를 향하고자 하지만

어깨 들어 노오(盧敖)를 사양한 것이 걱정이네.

(회봉(晦峰)에게)

이별의 세월 흘러감이 물결 같음에 한탄하노라

지금에 와서 고개 돌려보니 길이 너무 멀구나.

그윽하고 한가함은 마치 골짜기에서 핀 난초 같고

빠르기는 항상 하늘을 나는 송골매를 생각나게 하네.

도리어 나는 천리마를 쫓아가기가 어려우니
그대를 보면 어찌 구우모(九牛毛) 뿐이겠는가.
사방 이웃이 모두 농사짓기를 오직 바라노니
반장(斑莊)을 취압(蹴壓)하고 낙로(駱盧)를 뒤집어보소

(여해 (汝海)에게)

●

懷汝海廣淑舜一諸君子

伊昔愛佳節 山盟未易消
仙臺風借翮 江閣月同舠
慷慨同心事 切磋共晝宵
秪今成阻濶 回首路何遙

여해(汝海) 광숙(廣淑) 순일(舜一) 여러 군자들을 생각하며

옛날 사랑스런 가절(佳節)이 되면
산 같은 맹세는 쉽게 사라지지 않았었지
선대(仙臺)의 바람에 깃을 빌리고
강각(江閣)의 달빛은 배와 함께했었네.
강개(慷慨)는 같은 마음의 일이니
절차(切磋)하며 밤낮을 함께했지.
지금 와서 모든 것이 막혀 버렸으니
고개를 돌리면 길이 어찌 그리 먼지.

汝海以書見寄積闊之餘喜何量哉輒呈小詩一篇以謝先辱笑覽之餘乞賜斤斧

積雨欣始霽　淑氣動碧巒

江流綠渲漾　鳥啼款融歡

佳木何蒼蒼　濃陰滿庭欄

悠然有所思　杖藜徒盤桓

何來一老奚　殷勤扣柴關

兩手擎一紙　開緘累審看

筆奔走龍已　句侈碎琅玕

字字發忠赤　故人此對顏

感謝情何極　于以發自歎

望君如黃鵠　決起任所翰

同好固才彥　遊覽窮巉玩

雙垂白玉佩　磊落動輝爛

妙語覈幽微　玄思通秘慳

至樂復何存　悠哉且末闌

而余獨何爲　失路空蹢躅

靈芝何以得　歲寒無金丹

仰愧南飛翮　俯歎東逝瀾

舊遊坐離闊　幾回夢仙山

既往固無追　後會終詎難

但恐辭盧敖　舉臂入雲端

여해(汝海)가 편지를 보내와 적활(積闊)한 얘기를 들려주는데 그 기쁨을 어찌 한량하랴. 문득 작은 시 1편을 지어 먼저 손을 내밀어 웃어준 것에 사례하고 근부(斤斧)[70] 주실 것을 부탁해 본다.

계속 내리던 비가 흔쾌히 개이더니
맑은 기운이 푸른 산에서 꿈틀대네.
강은 흘러 푸름이 출렁거리고
새는 울어 화한 기쁨을 전하네.
아름다운 나무는 어찌 저리 푸른지
짙은 그늘은 뜰 난간에 가득하네.
아득히 생각한 바가 있어
지팡이 짚고 그저 머뭇거리네.
늙음이 찾아오는 것을 어찌하랴
조용히 나무 사립문을 두드리네.
두 손으로 종이 한 장을 들어
열었다 닫았다 자주 살펴보네.
유려한 붓은 달리는 용 같고
사치스러운 글귀는 옥돌을 부수네.
글자마다 충적(忠赤)[71]을 발하니
고인들도 이것으로 얼굴을 대했지
감사한 정을 어찌 다하랴
이에 스스로 탄식을 발하네.

---

70) 근부(斤斧): 도끼, 나무를 다듬는 도끼, 지도편달의 의미로 쓰임.
71) 충적(忠赤): 충성스러운 마음.

그대 바라보니 마치 황새 같아

임소(任所)로 가는 날개를 결기(決起)하네.

동호인들은 실로 재주 있는 분들이니

유람하면서 구경거리는 다 찾아보소.

하얀 옥패를 쌍으로 드리우니

뇌락하면서 움직임이 휘황찬란하네.

묘한 얘기들은 깊은 의미를 담고 있고

깊은 사유는 숨은 비결까지 통하네.

지극한 즐거움은 또다시 어디에 있을까.

아득히 또 끝이 가로막혔도다.

그러나 나는 홀로 무엇을 하랴

길을 잃고 부질없이 비틀거리네.

영지(靈芝)를 어떻게 얻을 수 있을까

세한(歲寒)이 됐는데 금단(金丹)이 없구나.

남쪽으로 날아간 것을 부끄러워하고

동쪽으로 흘러가는 물결을 탄식하네.

옛날 놀던 자리가 멀리 떨어져 있으니

몇 번이나 신선세계를 꿈꾸었던가.

이미 지나간 것은 따라갈 수 없고

훗날 만남은 끝내 어려운 일이라네.

다만 노오(盧敖)[72]에게 얘기를 해서

어깨 들고 구름 끝으로 들어갈까 두렵구나.

---

72) 노오(盧敖): 몽곡산(蒙谷山) 위에서 신선과 같은 술사를 보고 자기도 신선이 되고자
   한 인물.

廣叔以書來以詩奉謝

不見河公己一年 尺箋良荷辱惟先
舊時好事今難續 獨處幽懷孰與宣
盧子五千書有腹 廣文三十坐無氈
區區但願加呂意 莫棄常平做杳玄

광숙(廣叔)이 서신을 보내와 시로써 감사를 표하며

하공(河公) 못 본 지 벌써 1년이 넘어가는데
잘 지낸단 소식 받고 보니 먼저 욕보게 해드렸네.
옛날 좋았던 일들은 오늘날 잇기 어렵고
혼자 조용히 지낸 회포를 누가 함께해주랴.
노자(盧子)는 5천권 서적이 배속에 있으나
광문(廣文)은 서른 나이에 앉을 담요도 없네.
구구하게 원하는 바는 더욱 관심을 가지시어
평상심 버리지 말고 묘현(杳玄)을 이루시게.

感懷奉寄河晦峰先生

薰風日夕至 碧樹何團團
清陰晝蒙密 鶯啼自悃悃

澗道無餘花 碧草自鮮斑

近聞西郊麥 實抽滿畎間

而我獨何成 覽物生感歎

塵務劇相紛 索處抱孤單

舊聞迷七聖 神功愧九還

感彼節序移 嗟我心事闌

眷彼後渠子(晦峰 一號)

迢迢隔雲關 提携結衆英

恣意任遊盤 歷櫟丹霞組

蕭洒白雲壇 瀹茗同夕飮

挹露供朝餐 六塵轉覺虛

九齒自爲閒 地位何淸高

縹緲隔塵寰 興言撫古琴

訇然響前山 余欲一往听

多愧無羽翰 別來曾幾時

失路空蹣跚 空獨能無憐

吾且同誰歡 有志行當得

前盟詎易寒

감회(感懷)가 있어 하회봉(河晦峰)선생에게 보내며 先生

더운 바람이 밤낮으로 불어오는데

푸른 나무들은 어쩌면 저리 겹쳐 있나.

맑은 그늘은 낮인데도 조밀하니

꾀꼬리 울음이 절로 걱정스럽네.

시냇가에 남아있는 꽃들은 없고

푸른 풀들은 저절로 아롱거린다.

서쪽 들판 보리이삭 소식 들려오는데

낟알이 맺혀 밭두둑에 가득하다 하네.

나는 홀로 무엇을 만들어갈까.

사물을 쳐다보니 탄식이 절로 생긴다.

속세 일들은 심하게 서로 얽혀 있어

외로움 안을 곳을 찾아 나서본다.

칠성(七聖)에 유혹된 말 옛날에 들었으니

신공(神功)은 구환(九還)⁷³⁾을 부끄러워하네.

저 계절의 변화를 느껴보노라면

아! 나의 마음과 일은 늘 가로막힌다.

저 후거자(後渠子,晦峰 一號)를 가까이하려니

저 멀리 운관(雲關)이 막혀있네.

잡아끌어 여러 영웅들을 맺어주어

맘 가는대로 이리저리 노닐어 볼까.

붉은 노을로 맺은 끈은 역력히 비추는데

흰 구름으로 꾸민 제단은 쓸쓸하네.

차를 끓여 저녁 내내 함께 마시고

이슬을 받아 아침 밥상을 장만하네.

육진(六塵)이 모두 텅 빔을 깨달았으니

---

73) 구환(九還): 도가에서 전하는 장생불사약으로 90주야에 걸쳐 9회 달인다고 이 약을 먹으면 3일 만에 신선 또는 흰 학이 된다는 얘기가 있음

구치(九齒)가 저절로 한가로워지네.

지위가 어찌 그리도 청고(淸高)한지

표묘(縹緲)⁷⁴⁾하게 진환(塵寰)⁷⁵⁾을 막았구나.

흥언(興言)하며 거문고를 어루만지니.

큰 소리는 앞산까지 울리는구나.

나는 한 번 들어보고자 하나

날개 없는 것이 몹시 부끄럽고

이별한 지가 일찍이 얼마이던가.

길을 잃고 부질없이 비틀거리니

그대만이 홀로 가련함이 없구나.

나는 우선 누구와 함께 기뻐하랴.

뜻을 갖고 떠난 걸음 당연하지만.

이전 맹세 어찌 쉽게 차가워지랴.

●

文見見訪旋卽欲歸以詩挽之

願子勿歸去 相逢未易頻

共醉一樽薄 同吟碧草新

---

74) 표묘(縹緲): ①멀고 어렴풋하다 ②가물가물하고 희미하다 ③소리가 연하고 길게 이
   끌리는 모양

75) 진환(塵寰): 마음에 고통을 주는 복잡하고 어수선한 세상

견(文見)이 찾아왔다가 곧바로 돌아가고자 하기에
시를 지어 말려본다.

바라건대 그대는 돌아가지 마소
서로 만남이 자주 있는 일이 아니네.
함께 취하니 술동이가 엷어지고
함께 읊노라니 푸른 풀이 새로워지네.

●

又贈文見兼簡汝海廣叔兩兄

百遍相過意有餘 如何乍坐便歸歟
爲見兩公煩致語 忩忩未及一封書

또 문견(文見)에게 주고 겸하며
여해(汝海) 광숙(廣叔) 두 형에게 보내다.

백 번을 서로 만나도 아직 할 얘기가 남는데
어찌 잠깐 앉았다가 문득 돌아가려고 하는가.
문견과 두 어른을 위해 번거롭게 말을 엮었으나
바쁜 나머지 미처 한 개씩 따로 만들지 못했네.

奉寄汝海二首

憐君才德軼前賢

剔玄微 覓中邊

愧我昏慵失路久蠕蠕

但望四隣耒耜出

然氣海 洗丹田

南岩一別已茫然

獨封門 但爲眠

不識何時何處續前緣

只願音書頻惠我

鍼痼病 發蒙顓

여해(汝海)에게 드리다. 2수

그대의 재주와 덕이 전현(前賢)을 앞지름을 사랑하노니

현미(玄微)를 파헤치고 중변(中邊)을 찾아냈지

나는 혼용(昏慵)하여 길을 잃고 오래도록 헤맨 것이 부끄럽다.

다만 사방 이웃에서 농기구들이 나와

기해(氣海)를 태우고 단전(丹田)을 씻어주길 바랄 뿐이네.

남암(南岩)에서 이별한 후 벌써 오래되었는데

홀로 문을 닫고 다만 잠만 자네.

언제 어디서 그 전의 인연이 다시 이어질 지 아지 못하겠다.

다만 음서(音書)가 자주 나에게 보내져와

고질병도 치료하고 몽매한 소견 열어주길 바랄 뿐이다.

●

端陽日有懷晦峰賦此戲呈

長霖歇

人間此日天中節

天中節

榴花開樹

麥穗成實

仙山咫尺天涯闊

美人何日相離別

相離別

光陰無貸

尺書多闕

단양일(端陽日)에 회봉(晦峰)이 생각나
이 시를 지어 장난삼아 보내다.

긴 장마가 그치니
인간 세상에 이 날은 천중절(天中節)이네.
천중절이 되면

석류꽃이 나무에서 피고

보리 이삭이 열매를 맺는다.

선산(仙山)은 지척인데 하늘 끝은 멀고

미인은 언제 서로 이별을 했던가.

서로 이별을 하면

세월을 빌릴 수 없고

척서(尺書)가 오랫동안 없겠구나.

●

向以詩呈文見兄 見兄不鄙見 和韻趣俱到 燦燦乎奪目矣
詠歎之餘 得七絶 率爾寫呈 望覽則幸也 回答 又安敢望也

逢着心猶淡 別歸夢愈頻

括目只三日 工夫幾格新

面目猶難足 再過詎是頻

他豈曾無有 於君意獨新

坐屈還誠愧 獨吾往未頻

雖則勢然爾 那無更續新

瓊詩多態度 百復不知頻

獨余能不愧 賜弊還媒新

我陋固宜棄 君來能不頻
臨風歌杖杜 雲樹望中新

獨夜悄無寐 凄凄雨洒頻
想君岩屋裡 懷抱一般新

悠悠難濟事 隙駟光陰頻
請子勤無斁 奇功待日新

지난 번 시를 지어 문견(文見)형에게 보냈더니 견형이 비루하다 여기지 않고 화답시를 보내왔는데 그 화려한 문장은 눈을 빼앗을 지경이었다. 읊고 감탄하다가 7절(七絶)까지 지었다가 주저 없이 써서 보내본다. 봐주기만 해도 다행이지 회답까지 어찌 감히 바라랴.

만날 때는 마음이 오히려 담담했는데
이별하고 돌아선 후에는 꿈이 더욱 잦네.
괄목(括目)하며 만나기는 다만 3일이었지만
공부(工夫)는 다시 새롭게 변모했네.

면목(面目)은 오히려 만족하기 어렵지만
두 번 들르는 것이 어찌 자주한 것이겠나.
다른 사람은 일찍이 그런 적이 없으니
그대에 대해서는 뜻이 유달리 새롭네.

앉아서 굽히는 것이 진실로 부끄러운 일이지만
유달리 나는 찾아가기를 자주 못했네.
비록 형편이 그렇다고 하지만
어찌 다시 새로움을 이어가지 못하나.

옥빛 같은 시가 모습도 다양해
백 번을 읽어도 지루하지가 않네.
나는 유달리 부끄러워할 줄을 몰라
주신 것은 다시 새 것을 매개하네.

나의 고집도 마땅히 버려야 하지만
그대 찾아오는 것도 자주하지 않네.
바람에 임해 체두(杕杜)[76]장을 노래하니
구름 나무 사이로 보인 곳이 새롭다.

홀로 지샌 밤 걱정에 잠 못 이루고
쓸쓸한 가랑비만 자주 뿌린다.
바위굴 속에서 지낼 그대를 생각하니
회포가 새삼 새롭다.

구제하기 어려운 아득한 일로
극사(隙駟)[77]한 세월이 빠르기도 하네.

---

76) 체두(杕杜) : 有杕之杜 : 우뚝솟은 팥배나무 유체지두 生于道左 : 길 돕고저 자라났나
    생우도좌 彼君子兮 : 저기저 군자시여 피군자혜 噬肯適我 : 나를 따라 오시면 서긍적아
77) 白駒过隙(백구과극) : 문틈으로 지나가는 말. 매우 빠름을 의미함.

132

그대가 바라건대 더욱 부지런하여
기공(奇功)이 날마다 새롭기를 기대하네.

●

謝鄭舜一見訪

閒居就懶拙 僻處絶過從
見子疑如夢 使吾便起聾
交遊未衮衮 離別莫忩忩
落照前溪好 須令一醉同

정순일(鄭舜一)이 찾아온 것에 대해 감사하게 여기며

한가하면 곧 게을러 옹졸해지고
궁벽한 곳에선 교제도 끊어지는데
그대 만나니 꿈인가 의심했으니
나로 하여금 먹은 귀를 들리게 했네.
교유(交遊)할 땐 곤곤(衮衮)[78]하지 말고
이별을 할땐 총총(忩忩)하지 말라.
앞 시냇물의 낙조(落照)는 좋으니
모름지기 같이 취해 함께하세.

---

78) 곤곤(衮衮) : ①끝이 없다 ②많다 ③수두룩하다

●

步月至江上有懷南岩諸君子

積雨初晴水滿橋 南岩新月正良宵

殷勤又向江頭坐 雲樹蒼蒼眼際遙

달맞이하러 강가에 이르렀다가
남암(南岩)의 여러 군자들이 생각나서

쌓인 비가 개이자 물이 다리에 가득한데
남암(南岩)에도 달빛 솟아올라 좋은 밤이겠구나.
은근히 사색하며 강 머리에 앉았더니
푸릇한 구름 나무 끝이 멀리 보인다.

●

往刊所路中逢鄭君汝七口號一絶

澄波白白日華明 一任輕風拂面生

路上偏憐成邂逅 舊來好事更關情

간소(刊所)에 가는 도중에
정여칠(鄭汝七)군을 만나 말로 한 수 짓다.

맑은 물결은 하얗고 햇빛은 빛나고

맘대로 부는 가벼운 바람은 얼굴을 스친다.
길 가다가 만난 만남 유달리 좋아
옛날부터 좋았던 관계를 다시 맺어보리라.

●

宗湖道中用前韻呈鄭君兼簡栢村

行到江頭落日明 江村烟氣淡初生
懷人咫尺何由見 爲我煩君管此情

종호(宗湖) 도중(道中)에 전운(前韻)을 써서
정군(鄭君)에게 주고 백촌(栢村)에게 간찰로 보낸다.

강나루로 산보하는데 지는 해가 아직 밝아
강촌에 담담한 연기가 피어오르기 시작한다.
지척에 있는 사람을 어떻게 만날 수 있을까
내가 그대 번거롭게 한 것도 이 정 때문이라네.

●

用杜工部送蘇四郎韻寄梁君成玉

温温成玉子 一別來何遲
有興難爲酒 無心更賦詩

爾遐如不記 我陋只堪悲

鈍滯多今日 交遊憶往時

道同合天壤 歲晏勿磷緇

欲則皆爲是 勉哉詎復疑

두공부(杜工部)가 소사랑(蘇四郎)에게 보낸 시운을
차운하여 양성옥(梁成玉)군에게 보내다.

따뜻한 성옥이여

이별 후 찾아온 걸음이 어찌 그리 더딘가.

흥이 있어도 술 마련하기 어렵고

마음이 없어도 다시 시를 짓네.

너는 멀어 기억할지 모르지만

속 좁은 내 자신이 몹시 슬프네.

몹시도 무뎌져버린 오늘날

교유(交遊)는 지난날을 추억하게 한다.

도가 같으면 천양지차도 합하는 것

세월 지나면 인치(磷緇)⁷⁹⁾를 말아야지

하고자하면 모두 그것이 되나니

힘쓸지어다. 어찌 이를 다시 의심하랴.

---

79) 楊氏曰:「磨不磷, 涅不緇, 而後無可無不可. 堅白不足, 而欲自試於磨涅, 其不磷緇也者, 幾希」○양시가 말했다. "갈아도 얇아지지 않고 물들여도 검어지지 않은 다음에야 可 함도 없고, 不可함도 없는 것이니, 만약 단단하지 못하고 희지 못하면서 스스로 갈고 물들임을 시험하려 한다면 얇아지고 검어지지 않는 자가 거의 드물다.

●

贈李子健

長夏梅花屋 相逢攬客衣
才姿寔少見 鈍滯將安歸
地熱愁風息 夜深惜月微
殊鄉只一嶺 書疎儻無違

이자건(李子健)에게 주다.

긴 여름 매화꽃 핀 집안에서
서로 만나 나그네 옷을 쥐네.
타고난 재주는 실로 적지만
머뭇거리며 장차 어디로 가리오.
땅이 더우니 바람이 멈출까 걱정하고
밤 깊은데 달빛 희미함을 애석하게 여기네.
다른 고향이란 고개 하나 차이이니
서신이 없더라도 혹시 어김이 없기를.

●

奉寄晦峰

覺里先生是我師 情親不啻作依歸

孤誠指處應無滯 一脉他時賴以持
谷口桑麻初過雨 山中桂樹幾抽枝
幽懷欲說何由得 誤落冗塵獨負期

회봉晦峰에게 보내며

각리(覺里)선생은 나의 스승이시니
정이 친한 사이는 의귀(依歸)할 뿐이 아니네.
내가 질문한 곳에 응당 막힘이 없고
훗날 이로 힘입어 지탱할 수 있으리라.
골짜기에 심은 상마(桑麻)에 비가 지나가더니
산중의 계수나무는 몇 가지나 나왔는지
속내를 얘기하고 싶지만 어떻게 해야 할까.
쓸데없는 곳에 빠져 홀로 기약을 저버렸네.

●

登後山次朱先生南嶽詩二首

窮眺靑冥外 竦身喬木端
連山西北阻 大地東南寬
老石欹將墜 幽泉淸且寒
風烟正如此 坐久却忘還

勝區良在此 獨往太無端

138

屈曲溝塍轉 參差雲海寬

林風颯未已 山日慘將寒

天際一回首 茫茫孤鳥還

뒷산에 올라 주선생(朱先生)의
남악시(南嶽詩)를 차운하다. 2수

푸른 하늘 너머로 멀리 쳐다보고 싶어
교목 끝으로 몸을 솟구치네.
연이은 산들은 서북쪽으로 멀고
대지는 동남쪽으로 넓게 펼쳐졌네.
노석(老石)은 떨어질 듯 기울려 있고
그윽한 샘물은 맑고도 또 차갑구나.
풍연(風煙)이란 바로 이와 같은 것
오래 앉다보니 문득 돌아갈 줄 잊었네.

좋은 경치가 바로 여기에 있으니
홀로 찾아가려니 너무도 무단하네.
굴곡진 도랑과 밭이랑은 구불구불하고
들쭉날쭉 구름바다는 넓기만 하다.
숲속 바람은 불기를 멈추지 않고
산에 걸친 해는 애처로워 차가워진다.
하늘 끝을 향해 머리를 돌려보니
아득히 외로운 새 한 마리 돌아온다.

●

德川江上有懷紫陽諸君子

憶昔山盟未易寒 相携仙侶共雲關

秖今回首天涯隔 黯黯江頭獨醉還

덕천강(德川江)에서 자양(紫陽)의 여러 군자들을 생각하며

옛날 맹세는 쉽게 차가워지지 않을 것을 생각하니

서로 끌어주던 선려(仙侶)들이 운관(雲關)을 함께하네.

지금에 와 하늘 끝자락으로 머리를 돌리다가

어둑한 강 머리를 따라 혼자 취해 돌아온다.

●

夜坐三首

光風浮瀲灩 碧甾淡差池

入戶江聲轉 侵階月色隨

終宵坐且起 此意待誰知

結廬近鬧熱 心期曾未幽

有書徒束閣 無事但梳頭

不辭抱離索 鈍滯秖堪憂

雲飛隱落影 月出照淸漪

暗暗豈無自 明明會有時

問誰要如此 默默發歎噫

밤에 앉아 3수

광풍(光風)이 떠 넘치더니
담담한 푸른 산 빛이 연못에 어른거린다.
문에 들어오는 강물 소리는 구르고
섬돌을 침범하는 달빛은 따라온다.
밤늦도록 앉았다 또 일어났다 하니
이 뜻을 누가 알아주길 기대하랴.

움막이 떠들썩하고 시장과 가까우니
심기가 일찍이 조용하지가 않네.
책이 있어도 그냥 서각에 꽂아두고
일이 없어 다만 머리를 긁적거린다.
이삭(離索)[80]이야 사양하지 않지만
머뭇거리는 것이 다만 걱정이다.

구름 날아가 떨어진 그림자 속에 숨고
달빛은 나와 맑은 물결에 비춘다.
캄캄함이란 어찌 시작됨이 없으랴

---

80) 离群索居(무리를 떠나서 홀로 쓸쓸히 지내다)

밝음이란 역시 때가 있을 것이다.
이 중요한 의미를 누구에게 물어볼까
그저 묵묵히 탄식만 나온다.

●

夜坐遣興

螢火亂初起 林烟淡欲收
虛明對月照 洒落把泉流
境靜恣宜玩 堂空成獨留
定知山水趣 此外更何求

밤에 앉아 흥을 보내며

반딧불은 어지럽게 일어나고
숲속 연기는 담담해 걷히고자 한다.
허명(虛明)으로 달빛을 대하고
쇄락(洒落)하게 흐른 샘물을 뜬다.
주위가 고요하니 마음 편하게 노닐고
마루가 텅 비어 홀로 머물기가 좋다.
산수(山水)의 운치를 제대로 알았으니
이 밖에 다시 무엇을 구하리오.

絶句

烟輕浮藹藹 月照動輝輝
無人賞我趣 獨坐便忘機

절구 (絶句)

안개가 가볍게 덮여 흐릿흐릿하고
달빛은 움직이며 반짝 반짝한다.
내 마음 이해해줄 사람이 없어
홀로 앉았는데 문득 담담해진다.

獨坐

林靄初晴水滿塘 天空遙對鏡中光
夜深華月明如許 獨倚欄干引興長

홀로 앉아

흐릿한 숲이 개이자 물은 연못에 가득하고
하늘이 텅 비니 거울 속 빛을 대한 것 같다.
밤이 깊어 화려한 달빛 밝기가 저와 같으니
난간에 홀로 기대는데 이는 흥이 마냥 길다.

乘醉叉魚至平沙得 十絕

林風厲蛙鳴　野火鬧人語
危塍幾經險　醉去不知處

平沙自成席　坐久不知歸
咫尺臨江水　翻然絕世機

獵獵露華滴　明明星影垂
良宵有一欠　月側已藏輝

良宵成獨留　誰則來相好
長吟仍成呼　不省四隣笑

長霖歇無時　路上猶多水
衣沾何足憂　但使興無已

坐久蚊相集　酒醒水共清
屑屑知何意　悠然發嘆聲

光風生遠思　流水滌塵滓
孤吟無我酬　撲地費雙指

叉魚出前溪　此興知何似

144

觀者不爲譏 退之亦有是

小魚兼大魚 謔笑動前后
雖則非無肴 有誰辦得酒

隣火乍明滅 野膆自淺深
一嘯歸來晚 荒蹊草露侵

취한 기분으로 고기를 잡으러 평사(平沙)에 와서 10절

숲에서 분 바람에 개구리 울음 사납고
들불에 사람들의 얘기는 떠들썩하다.
경사진 밭두둑을 몇 번이나 경험했던가.
취해서 갔기에 어딘지 알 수가 없네.

평사(平沙)가 절로 자리가 되어
멍하니 앉아서 돌아갈 줄 모르네.
지척(咫尺)에 있는 강물에 임하니
불현듯 세상 인연들과 끊어지네.

엽렵(獵獵)[81]히 꽃잎에 이슬 맺히고
명명(明明)한 별 그림자가 드리우네.
좋은 밤이지만 한 가지 흠이 있으니

---

81) 엽렵(獵獵) : ①바람 소리 ②깃발 따위가 바람에 나부끼는 소리

달이 기울어 이미 빛을 감추어버렸네.

좋은 밤이라 혼자 머문 것도 좋지만
누가 찾아와야 서로 좋을까
길게 읊고 곧 소리를 외치니
이웃이 비웃는 점을 살피지 못했네.

긴 장마 쉼 없이 이어져
노상(路上)에 물이 너무도 많다.
옷 적신거야 어찌 족히 걱정하랴.
다만 흥이 멈추지 말길 바라네.

오래 앉았으니 모기들이 모여들고
술이 깨니 물도 함께 맑아진다.
사소해서 무슨 뜻인 줄이나 알까?
아득히 탄성만 나오는구나.

광풍(光風)은 생각을 아득하게 만들고
흐른 물은 티끌을 맑게 씻어준다.
외로운 시에 내가 응수할 수 없어
땅에 넘어져 손가락을 다치고 말았네.

고기 잡으러 앞개울에 나아가니
이 흥이 무엇을 닮았는지 알기나 할까

살펴본 자는 비방하지 마소
한퇴지(韓退之) 역시 이런 적이 있다네.

작은 고기에 큰 고기를 겸하니
시끄러운 웃음소리 앞뒤서 들려오네
비록 안주가 없는 것은 아니지만
누가 술을 가져올 것인가 점쳐보네.

이웃 불이 잠깐 켜졌다 꺼지더니
들밭이 절로 얕았다 깊었다 하네.
휘파람소리에 늦게 돌아오니
거친 길에 풀과 이슬이 침범했네.

自悶

一水廿六渡 行李亦云艱
況當長霖雨 泥濘相牽連
道滑良難追 圉圉不自寬
歸來但就睡 晝夜都不分
外人不解事 謂我讀書勤

霖雨來無節 徑滑衣又寒
仆地兒童笑 裸足婦女看

行李雖云苦 歸來一室寬
獨憐路傍子 擾擾赴名關
風浪愁咫尺 一蹉多蹣跚
猶爲彼善此 庶以慰愁顏

스스로 민망해서

물 하나를 26번 건너다녔으니
여행 짐은 역시 어렵다 할 것이다.
하물며 긴 장마를 당해
진흙길이 서로 이어져 있음에야
길이 질펀해 바로 따르기 어렵고
조심조심 스스로 너그럽지 못하네.
돌아가 잠자리에 눕고 싶지만
주야가 모두 구분이 되지 않네.
바깥사람은 이해 못할 일이라
나보고 부지런히 독서나 하라고 말한다.

장맛비가 한없이 내리는데
길이 질펀한데다 춤기까지 하네.
땅에 엎어지니 아이들이 보고 웃고
발을 벗으니 아낙네들이 쳐다본다.
다니기가 비록 괴롭긴 하지만
돌아와선 방안에서 편히 쉬네.

저기 길 가는 사람들
소란스럽게 명관(名關)으로 달려간 모습 가련하다.
풍랑(風浪)같은 근심은 지척에서 일어나고
한 번 넘어지면 계속 비틀거리게 되지.
오히려 저것이 이것보다 낫다고 하면서
거의 수심에 찬 얼굴을 위로하네.

●

咏驟雨

初來不辨雨 細看僅能知
隨風暫渺渺 入戶輕絲絲
微塵巧雕刻 空水淡差池
劃然變剡騰 勇士赴敵時

소나기를 읊어보다.

처음에는 비를 구분 못했는데
자세히 보고서야 겨우 알았다.
바람 따라 점차 아득히 멀더니
창으로 들어온 것이 실 같이 가늘다.
가느다란 먼지는 조각하듯 정교하고
하늘에서 내린 물은 연못을 맑게 한다.
또렷이 변해 날카롭게 뛰어오른 모습이

용감한 병사가 적진에 뛰어든 때 같다.

●

冬日述懷

北風特地大冬鳴 揚沙拔木室廬傾
殘山弱水走逶迤 泰岳忽當天半峙
秋天一鶚閃過翩 百鳥奔竄歸頃刻
耐此天人只一理 人心亦有不可測
○○所須亦有時 毋以一蚊發鋒鍔

겨울날 술회

북풍이 예년과 달라 큰 겨울이 울더니
모레바람에 나무 뽑히고 집이 기울 정도네.
쇠약한 산수(山水)는 구불구불 멀리 달아나고
태산은 문득 하늘 너머까지 솟은 듯하네.
가을 하늘 섬광처럼 물수리 지나가더니
온갖 새들 급히 날아 순식간에 숨어버리네
이를 견딘 하늘 사람은 모두 같은 이치지만
사람 마음은 여전히 예측할 수가 없구나.
○○ 기다리는 데는 때가 있으니
모기 보고 칼날 뽑았다고 말하지 마소.

●

暮歸得微字

暮去日當夕 山暗愁路微
倏有東天月 明明送素輝

저녁에 돌아오다가 미자(微字)를 보고

해가 저물다가 갑자기 저녁이 돼버리면
산이 어두워 길이 희미할까 걱정을 했다.
갑자기 동쪽 하늘에서 달이 솟아오르더니
훤히 밝혀주어 하얀 빛을 보내준다.

●

寄梁成玉

去年此日咏初秋 故友何時續舊遊
惟有南岩亭上月 秪今魂夢使人愁

양성옥(梁成玉)에게 보내다.

지난해 이 날 초가을을 읊었는데
옛 친구들 놀던 자리 언제 다시 만들까?
남암정(南岩亭) 위에 달빛만 여전히 밝아

지금 꿈속의 넋만 걱정하게 만드는구나.

●

臨淵亭次原韻
(在大邱徐瓚久所作)

洛東江上有孤亭 一脉梅山只麽青
翠影淋漓雲滴戶 寒光的皪月涵汀
古琴鉉絕誰能續 長夜天冥獨自醒
猶恐少違臨履戒 盖緣此理本無停

임연정(臨淵亭)에서 원운(原韻)을 차운하다
(대구 서찬구(徐瓚久)가 지은 것)

낙동강 위에 외로운 정자 하나 있는데
한 줄기 매산(梅山)만이 그저 푸르구나.
푸른 그림자 아른거리는데 구름은 창문을 두들기고
차가운 빛은 선명한데 달빛이 물가에 적시네.
줄 끊긴 옛 거문고 줄을 누가 능히 이어줄까
기나긴 밤 홀로 앉노라니 정신이 맑아진다.
임리(臨履)[82]의 경계를 조금이라도 어길까 두려운데
대략 이 이치를 따르면 본래 머무름이 없으리라.

---

82) 임리臨履: 임심리박臨深履薄, 깊은 연못에 임하듯 엷은 얼음 밟듯, 그만큼 조심하란 뜻.

遊德川次陶靖節遊斜川之作

羣居苦應接 鬱鬱不暇休

今日天氣好 駕言得清遊

曠野仍南盡 大江忽東流

天迴渺歸鳥 沙晴喜浴鷗

透迆上舟楫 窈窕越陵丘

蒼然五龍面 雄拔無與儔

班坐接隣曲 談笑欣共酬

借問路傍子 亦有此事否

正爾滄洲趣 外此不須憂

三萬六千日 日日也相求

덕천(德川)에 놀러와서 도정절(陶靖節)[83]이
사천(斜川)에 놀러와서 지은 시운을 차운하다.

여러 사람이 지내면 응접하기 힘들고
답답해도 쉴 겨를이 없네.
오늘은 날씨가 마침 좋아
시간을 내서 놀러 나올 수 있었네.
넓은 들판은 남쪽 끝까지 펼쳐지고
큰 강줄기는 동쪽으로 흘러가네.

---

83) 도정절陶靖節: 진晉나라의 전원시인田園詩人 도연명陶淵明.

멀리 보인 하늘 끝에 새는 돌아가고
모래는 하얀데 갈매기는 목욕한다.
꼬불꼬불 노 저어 올라가고
조용하고 깊숙이 언덕을 넘어간다.
창연(蒼然)히 다섯 마리 용을 마주하니
웅장하게 빼어난 모습 견줄 바가 없네.
굽이 진 곳 접근해서 나란히 앉아
담소하며 흔쾌히 함께 술잔을 나누네.
길 가에 걸어가는 사람 붙들어서
누가 이런 재미 즐긴 적이 있나 물어본다.
바로 이것이 창주(滄洲)의 뜻이니
이 밖은 모름지기 걱정하지 않네
3만 6천일 내내
날마다 여기만 찾으리라.

●

暮歸得三絶

雲端麗落景 草際映寒沙 行人纔渡水 夜火動憐家
明星掛樹梢 微月墮雲岑 吾行何屑屑 聊以發孤吟
雲帶山重暗 月涵水更明 北里歌吹發 西隣枯杵鳴

154

저물녘 돌아와 얻은 시 3절

구름 끝자락에 지는 고운 석양빛이
풀잎 사이 찬 모래밭에 비춘다
행인들은 겨우 물을 건너가고
밤불은 이웃집에서 반짝인다.
밝은 달빛은 나뭇가지 끝에 걸려있고
조각달은 구름 낀 산봉우리로 떨어진다.
내 걸음은 왜 이리 자질구레한 지
그런대로 외로운 시 한 수 읊어본다.
구름 걸친 산은 다시 어두워지고
달빛 머금은 물빛은 다시 밝구나.
북쪽 마을에서 노랫소리 들려오고
서쪽 이웃에서 방아소리 들린다.

●

夜吟

秋靄淡初收 江風凉不絶
夜深欲就眠 奈此中天月

밤에 읊어보다.

가을 아지랑이 걷히기 시작하고

서늘한 강바람 끊이지 않는다.
밤이 깊어 잠자리 들고자 하는데
저 중천에 뜬 달을 어찌할거나.

●

晴夜共酬

林風颯未歇 向晚一登樓
月色千峰裡 江聲大野頭
幽幽雲出壑 淡淡烟生洲
坐久不能寐 良宵宜此遊

맑게 갠 밤 함께 술잔 나누며

숲 바람은 쉼 없이 불어오는데
늦은 저녁 무렵 누각에 올라보네.
달빛이 봉우리 속으로 숨어들고
강물소리는 들판 너머에서 들린다.
구름은 조용히 산골에서 피어오르고
담담한 노을은 물가에서 피어오른다.
오래도록 앉았더니 잠이 오지 않아
좋은 밤이라 마침 놀기 적합하구나.

次金明進壽親韻

積雨空林繅黯然 忺來和氣動新鮮
陰功也識天將報 壽骨應知老益堅
善禱丹衷千歲外 高歌眞樂一樽邊
年年但使如今日 何必瑤臺別有仙

김명진(金明進)의 수친(壽親) 운을 차운하며

비 내린 텅 빈 숲에 고치 켜는 소리 조용한데
평소와 달리 찾아온 화기가 신선하다.
음공은 장차 하늘이 복으로 보답해 줄줄 알고
장수한 몸은 노익장으로 응답할 줄 아네.
천 년토록 살길 속마음으로 기도하고
축하연 자리에서 즐거움을 노래하네.
해마마 오늘 같이 즐거운 날만 된다면
요대(瑤臺)에 사는 신선을 어찌 부러워하랴

有感次子美韻示諸公三首

此生莫逮黃虞際 行止難謀夷惠間
萬里懷人瞻日月 十年爲客住雲山

歲寒蘭菊添離恨 地僻門庭少往還
多謝諸公深厚意 殷勤相訪叩柴關

蒼茫萬刧風塵際 搖蕩孤懷天地間
覽物漸知移節序 開門幸不礙雲山
晝長野老荷鋤去 客散隣兒挾冊還
誰識箇中滋味厚 休敎失脚赴名關

歸然卜築澗之涘 極目天涯杳靄間
地迴欣逢風入戶 夜深相顧月窺山
林泉處處恣尋逐 雲鳥時時自往還
猶恐囂塵或相迫 故敎兒子掩柴關

느낌이 있어 자미(子美)의 운을 차운해서
여러 친구들에게 보여주다. 3수

차생은 황우(黃虞)시대 미칠 수 없고
행동은 이혜(夷惠) 중간에 끼기도 어렵네.
만 리 너머 생각난 사람 해와 달을 쳐다보고
10년 동안 나그네가 되어 운산(雲山)에 머무르네.
추운 겨울 난초 국화는 이별의 한을 더하고
궁벽하게 사는 집안에 오간 사람 적더라.
여러 공들의 깊은 후의에 감사드리며
은근히 찾아가 나무 사립을 두드린다.

창망한 만 겁의 풍진 시대에
외로운 가슴 천지 사이에서 요망(搖蕩)하네.
사물을 보고서야 계절 바뀐 줄을 알고
문을 여니 다행히 운산이 가리지 않네.
낮이 기니 들판 농부 호미 매고 돌아가고
손님 돌아가니 이웃집 아이 책 끼고 돌아오네.
그 중의 재미있는 일 있는 줄 누가 알까
발을 헛디뎌 명관(名關)으로 달려가지 마소

시냇물 가에 높다랗게 지어진 집에서
하늘 끝 아득한 아지랑이 사이를 쳐다보네.
땅이 굽어 문으로 불어온 바람 기쁘게 맞이하고
밤이 깊어 산에서 엿보는 달빛을 서로 돌아보네.
곳곳이 임천(林泉)이라 여기저기 찾아다니고
구름과 새는 때때로 스스로 왔다 가곤 하네.
시끄러운 세속 먼지 혹시 밀려올까 두려워
우선은 아이 시켜 나무 사립문을 닫게 하네.

次唐人詩

六行堂邊江可憐 洪林亭上柳含烟
澄波樣月深深見 絶壑歸雲冉冉懸
緲緲開懷平野外 幽幽托情萬山前

당인시(唐人詩)를 차운하며

육행당(六行堂) 주변 강은 가련하게 흐르고
홍림정(洪林亭) 위의 버들은 연기를 머금고 있네.
맑은 물결에 비친 달빛은 깊숙하게 보이고
끊어진 구렁으로 돌아간 구름은 천천히 매달렸네.
아득한 평야 너머로 회포는 열리고
조용히 만산 앞에 마음을 의탁하네.

●

次靈岳寺韻

離家南渡忽天端　古廟荒凉白日寒
大海獰風渾欲黑　扶桑曙日尙凝丹
繞庭忍看苺苔沒　滿岸空餘橘柚團
便欲乘風謀一棹　扁舟隨處任輕瀾

영악사(靈岳寺) 운을 차운하며

집 떠나 남쪽으로 건너니 문득 하늘 끝이다
옛 사당은 황량한데 하얀 햇볕은 차디차다.
큰 바다의 모진 바람은 온통 검고자 하고
동쪽에서 떠오른 해는 오히려 응결되었네.
뜰 가득 꽉 찬 이끼를 가만히 쳐다보고

160

언덕 가득 둥근 귤 유자 부질없이 남아있다.
문득 바람을 타고 노를 젓고 나아가
일엽편주로 산 따라 물 따라 자유롭게 다니고 싶다.

●

華芳寺

風被何飄拂 落日訪仙樓
峰拏鵰千喙 岩高佛萬頭
側身危石角 累足層崖流
辛苦何須說 奇觀綿岀秋

화방사

바람이 어찌나 사납게 불던지
해질녘에야 선루(仙樓)를 찾아왔네.
봉우리는 천 마리 수리가 머리를 쳐든 듯하고
바위는 만 개의 불상이 널려있는 것 같다.
몸은 위태로운 바위 모서리에 기대고
발을 몇 층 언덕 계곡물에 담그네.
이와 같은 신고(辛苦)를 무슨 말로 표현할까
비단으로 수놓은 듯 가을 경관이 가관이구나.

●

龍門寺

危程趲步更遙遙 鐘落龍門坐早朝
爲愛香雲凝石竈 已知烟火不堪饒

용문사

꼬불꼬불한 길 바삐 걸어도 아직 멀어
쇠북소리 울린 용문에서 이른 아침부터 앉았네.
향기로운 구름 돌 아궁이에 어린 것이 보기 좋아
연화(烟火)가 더없이 넉넉한 줄을 벌써 알았네.

●

曲浦賒酒

旣道地全海 翻驚人有家
濁醪渾乘力 飛上石迢斜

곡포(曲浦0에서 외상술을 먹으며

땅이 온통 바다란 얘기는 이미 들었는데
갑자기 사람 사는 집이 있는 것에 놀랐다.
탁주 한 잔으로 온통 힘을 빌려

경사진 바위 길을 걸어 오른다.

●

綿山十六咏
금산에서 16수를 읊다
愼齊石刻

名山元是自人名 石面嵒題眼忽明
苦我遲遲來此日 腥鱐瀰海幾時晴

신재(愼齊) 석각(石刻)

명산(名山)은 원래 사람 이름에서 나오는 것
바위에 새겨진 제목에 눈이 문득 밝아진다.
내가 더디더디 고생스럽게 이곳을 찾아왔더니
비린내가 꽉 찬 바다가 언제나 맑게 개려는지.

●

烽堠臺

徑通直北幹維南 萬姓安危一炬擔
臺上卽今秋草沒 英雄義氣屬誰男

봉후대

곧장 북으로 통하다 다시 남으로 돌아드니
만백성의 안위를 책임 진 횃불이 있구나.
봉후대 위 가을 풀들 지금 모두 시들었으니
영웅의 의기(義氣)를 어떤 인물에게 부탁해야하나.

●

大將峰

雲外群巒不敢高 揷天跨地氣雄豪
若人此世眞如許 頑虜不遑互遁逃

대장봉

구름 너머 여러 산들 감히 높다고 자랑 못하고
하늘에 꽂히고 땅을 차고 오른 웅기가 호걸스럽다.
만일 사람이 이 세상 살면서 이 산을 닮는다면
완악한 오랑캐들은 경황없이 서로 도망치겠지.

●

菩提菴

陰崖絢纈露離顔 神斧參差苦劈刪

煩君莫恨伊蒲薄 對案雲山次第還

보리암

음지 언덕 얽힌 곳에 곰같은 얼굴 드러내고
신부(神斧)는 이리 저리 고생해 도끼질 했나보네.
번거롭지만 그대 이포(伊蒲)박한 것 탓하지 마소
안산을 대하면 구름과 산이 차례로 돌아온다네.

●

音聲窟

石竇有音堪可聞 硼硠숌磕奏英雲
擊磬播鼗今寂寞 書生忍讀魯論文

음성굴

돌 틈 사이에서 난 소리가 들을 만한데
돌 부딪치는 소리가 영운(英雲)을 연주하네.
격경(擊磬)과 파도(播鼗)소리는 오늘날 적막하니
서생이 어찌 차마 노론(魯論)을 읽을 수 있으랴.

●

龍窟

咫尺滄溟無底深 必於巖竇爾何心
物巨愈當潛不露 得無蟻子或侵尋

용굴

지척의 바다가 밑이 안보일 정도로 깊더니
필시 바위 틈 사이에서 너는 무슨 마음일가?
물건이 큰 데도 더 숨어들어 드러나지 않으니
개미들은 혹시라도 들어가 찾으려하지 마라.

●

雙虹門

大海腥濤苦雨風 雙虹倏壓太虛空
此去濛池纔咫尺 得無天日貫當中

쌍홍문

큰 바다의 비린내 파도와 고달픈 비바람들.
한 쌍의 무지개가 순간 큰 허공을 누르는구나.
여기서 몽지(濛池)까지는 겨우 지척이니

하늘의 해는 가운데를 관통하지 말라.

坐仙臺

危臨仙掌突嵯峨 幾度瑤皇下詔多
我來無處問丹訣 孤鳥茫茫雲外過

좌선대

위태롭게 임한 선장(仙掌)은 들쭉날쭉 우뚝하고
몇 번이나 요황(瑤皇)[84]이 내린 조칙이 많았던가.
내가 찾아와 단결(丹訣)[85] 물을 곳이 없는데
외로운 새 한 마리 구름 너머로 날아가는구나.

掀動石

靜中有動本諸天 此理元非涉杳玄
若任空虛無一妙 聖人何說未應前

---

84) 요황瑤皇: 상제. 옥황상제.
85) 단결丹訣: 丹方(도사가 단약을 조제하는 기술)

흔들바위

정중동(靜中動)은 하늘에 근본한 것이니
이 이치는 원래 묘현(杳玄)한 세계가 아니네.
만일 공허 그대로 묘한 의미가 하나도 없다면
성인이 어찌 미응(未應)하기 전을 말할 수 있으랴.

●

九鼎峰

古鼎胡爲奠此邦 世間無物可爲雙
神物義無近醜穢 蒼鶉那復力能扛

구정봉

고정(古鼎)이 어찌해서 이 나라에 들어왔던가.
세상에 어떤 물건이라도 둘은 없다네.
신물(神物은 의리상 추예(醜穢)를 가까이하지 마소
창순(蒼鶉)인들 어찌 능히 힘으로 들 수 있으랴.

●

甘露水

玉瀣蔗漿味絶殊 萬夫斟飮不曾無

那當汲取試鉛汞 能伴飛仙去入壺

감로수

옥 이슬 같은 사탕수수 맛이 남달라
많은 사람들이 마셔보지 않는 이가 없다네.
이 물을 길어 연강(鉛汞)[86]을 시험하면
비선(飛仙)과 함께 병 속으로 들어갈 수 있을지.

●

世尊島

鰐吐鯨含怒颶噓 通心篠竅日朧如
憐爾巧當禪寺近 居僧指證佛來初

세존섬

악어가 토하고 고래가 삼키듯 성내며 불어대니
중심을 관통한 구멍으로 햇빛이 흐릿하구나.
선사(禪寺)와 가까이 하려는 너의 재주 가련한데
스님은 오히려 부처가 오신 증거라고 말을 하네.

---

86) 연강鉛汞: 도가에서 납과 수은으로 제련해서 만든 장생의 단약

徐市古篆

往蹟依俙古篆崖 雨淋風洗露筋骸
萬年天子一朝逝 到此奈何五百儕

서불고전(徐市古篆)[87]

지난 자취 아스라이 언덕에 쓰인 옛 전서가
비에 씻기고 바람에 씻겨 뼈대만 드러나 있네.
만 년 전 천자(天子)가 한 번 조회하러 왔다는데
여기까지 어떻게 5백 명이 함께 올 수 있었을까?

南海

鯨濤鰐浪定無津 雲棹茫茫不見人
大器元來無溢縮 區區江漢詎能隣

남해

고래 같은 파도 악어 같은 풍랑에 나루도 없고

---

87) 서불고전徐市古篆: 진시황제가 방사 서불(徐市)로 하여금 동남동녀를 이끌고 바다로
들어가 불사약을 구할 때 서불이 이 산에 들어갔다가 남해 금산을 거쳐 일본으로 간 까닭
에 금산해안 절벽에 서불과차(徐市過此서불이 이곳을 지나갔다.)라고 전서로 쓴 네 글자
가 지금도 있다.

구름 배는 아득히 떠가는데 사람이 보이지 않는다.
큰 그릇은 원래 늘어나고 줄어듦이 없으니
보잘것없는 강한(江漢)정도가 어찌 이웃을 하랴.

●

老人星

衆星搖落各收輝 一顯一微孰運機
願爾老人能普照 太平壽域與同歸

노인별

여러 별들 떨어지다가 각기 빛을 거둬들이니
나타났다 숨었다하는데 누가 그것을 운전하는가.
바라건대 너 노인성은 능히 널리 비춰주어
태평한 수역(壽域)으로 함께 돌아가자꾸나.

●

望日出

靉靆瀰天水沸興 練張虹射色紅蒸
須臾淨掃無纖翳 仰見玲瓏躔次登

일출을 바라보며

구름이 잔뜩 낀 하늘에 물이 불어 일어나
무지개 길게 펼치더니 붉은 색이 솟는구나.
잠깐 사이 깨끗이 쓸어 조금의 가림도 없더니
영롱하게 차고 오르는 모습을 우러러 보노라.

●

閒居遣興

江頭烟雨洒山門 薄暮漁舟向水村
甕中有酒秖堪飲 案上藏書誰與論

한가히 지내며 흥을 보내다

강 머리 안개비가 산중 사립문을 씻어주고
저물녘 고깃배는 강촌을 향해 돌아간다.
옹기 속에 있는 술이야 마신다고 하지만
책상 위에 놓인 책은 뉘와 함께 의논하랴.

●

解悶

草閣山深飽獨居 倚笻眺望雨過初

村娥作飯剪新茱 野父褰衣拾白魚

고민 해결

산 깊은 초가 누각에서 배불리 홀로 지내며
지팡이 힘 빌려 조망하니 비가 막 지나가네.
촌 아낙은 밥 짓느라 새 나물로 반찬 마련하고
들 아비는 옷 걷어 올리고 고기를 잡아오네.

●

老人行

落果秋山牛欲紅 問誰家裡白頭翁
驅逐兒童爭共拾 老人眞箇似兒童

노인행

낙과한 가을 산이 반은 붉고자 한데
뉘 집 어르신에게 한 번 물어볼까
쫓아가는 아이들은 앞 다투어 줍는데
노인은 참으로 아이들을 닮아가는구나.

月夜感興三首

天畔群山一谷深 風烟滿地慰登臨
當秋新雁晴空遠 徹夜寒蟲碧草吟
濁酒三盃通大道 白雲千嶂起遐心
月明露冷無人到 爲向虛堂獨撫琴

湖北先生費日吟 山南客子肯相尋
風驅萬壑淸秋氣 月白千峰太古心
乍梗澁時求活熟 極平易處見精深
翻嫌末俗紛多事 戈戟還從一室侵

兩牖東西萬竹林 晚來相對歲寒心
坐看月色當窓近 臥听江聲八夜深
浮世悠悠寧滿笑 千秋渺渺獨開襟
有爲不患不能到 此理何殊古與今

달밤에 감흥이 일어   3수

하늘가의 여러 산들 골짜기가 깊어
땅에 가득한 풍연(風烟)이 등림을 위로한다.
가을에 찾아온 기러기는 맑은 하늘에 멀고
밤새내 찬 벌레는 푸른 풀 속에서 노래한다.
탁주 석 잔이면 대도(大道)를 통한다 했던가

흰 구름 천장(千嶂)이라 멀리한 마음 일으키네.
달은 밝고 이슬은 찬데 찾아온 사람은 없고
텅 빈 방을 향해 홀로 거문고를 어루만지네.

호북(湖北)의 선생은 세월 허비하며 시를 읊고
산남(山南)의 나그네들은 즐거이 서로 찾아오네.
만학(萬壑)에 바람 불어 가을 기운이 맑게 개고
천봉(千峰)에 흰 달빛은 태고의 마음 그대로네.
잠시 껄끄러울 땐 활로 찾는 것이 익숙하고
지극히 평이한 곳에서 정(精)을 보는 안목이 깊다.
갑자기 어지러운 말단 세속 일들이 싫은데
과극(戈戟)이 도리어 방안까지 따라 들어온다.

양쪽 창 동쪽 서쪽으로 대숲이 둘렀는데
늦게 와서 세한(歲寒) 마음으로 서로 마주하네.
창가에 가까이 다가온 달빛을 앉아서 쳐다보고
깊은 밤에 들려오는 강물 소리를 누워서 듣는다.
뜬세상 아득한데 어찌 웃음이 가득하랴
천추에 아득히 홀로 옷깃을 열어젖히네.
하기만 하면 이르지 못할 것 걱정하지 않으니
이 이치가 어찌 고금의 차이가 있겠는가.

贊由見訪用朱先生韵

相思恒作惡 旣見猶歎遲
而我非無酒 何君便惜詩
寸心同此世 萬事憶前時
秋至有新雁 音書勿忘期

찬유(贊由)가 찾아왔기에 주(朱)선생 운을 써서

서로 생각할 땐 항상 나쁘다고 했다가
이미 만나고선 오히려 탄식하네.
나에게 술이 없는 것은 아니지만
어찌 그대는 문득 시를 아끼는가.
한 치 마음으로 이 세상을 함께하고
모든 일은 전날을 추억하게 만든다.
가을이 찾아오면 기러기도 올 것이니
음서(音書) 보내겠단 기약은 잊지 말게.

德江二首

德江西畔德山連 千載吾家日月懸
嘆息如今餘照息 乾坤長夜正茫然

德江東畔卽吾家 雲木叅天峽路斜
滿壁圖書聊永日 一川風月足生涯

덕강 2수

덕강 서쪽 가에 덕산이 이어져 있어
천 년 내내 우리 집엔 해와 달이 매달렸다.
지금 남은 빛이 멈춘 것을 탄식하니
건곤(乾坤)은 긴긴 밤 내내 아득하구나.

덕강 동쪽 가는 곧 우리 집인데
구름 나무 하늘에 닿고 좁은 길은 비껴있네.
벽 가득 도서는 그런대로 오래되었으니
냇가의 긴 풍월처럼 만족스런 생애라네.

●

古意

有客來何方 贈我一段綃
雙雙鴛鴦彩 燦燦鳳凰毛
小裁爲短衫 大裁爲長袍
粉黛麗新粧 皓帶垂細條
興言一歌舞 窈窕眷彼腰
之子來何晚 回首路迢迢

迢迢不可見 相思坐達宵

麗服諒徒爲 脫之爲袞袍

藏之篋笥中 漸覺文逾消

悠悠不可期 但使心忉忉

옛 생각

어디서 오신 손님인지

내게 명주 한 단을 주네

한 쌍의 원앙이 그려졌고

화려한 봉황 깃털로 되었네.

작게는 짧은 적삼을 만들고

크게는 긴 도포를 만들겠네.

검은 분은 화려하게 새로 단장했고

흰 줄은 가느다란 선을 드리웠네.

흥이 일면 일어나 노래하고 춤추니

요조(窈窕)하게 저 허리를 돌아보네

그대는 어찌 그리 늦게 왔는가.

고개 돌려보니 길이 저만치 멀다

멀다보니 볼 수가 없고

생각하며 앉노라니 밤이 되어버리네.

고운 옷만 헛되이 되어버려

벗어서 곤포(袞袍)[88]를 만들었네.

---

88) 곤포袞袍: 천자(天子)가 입는 용의 무늬가 수놓인 예복을 이르던 말

상자 속에 보관하고 말았으니
문(文)이 점차 사라지는 것을 깨달았네.
아득하여 기약할 수가 없으니
다만 마음의 걱정만 깊어가는구나.

●

以喜無多屋宇幸不礙雲山爲韻得十章十六句

自昔抱幽賞　委懷在山水
結廬倚蒼峭　逍遙自閒止
雲林一何幽　風烟一何美
優遊一何遍　稱心亦云喜
追隨盡明碩　切磋窮經史
妙語輸肺腑　文章浹骨髓
聖賢豈不邈　千載心可擬
寄語世上兒　愧爾拾靑紫

盛夏草木暗　滿園綠扶疎
一水屢縈回　群峰護起居
地位何淸淨　浩然發太初
烟火隔人寰　俯視渾有無
昨夜夢瑤臺　蕩然絶塵紆
珍重綠髮翁　爲我遠相呼
假我白雲鳥　授我丹砂符

再拜謝至意 相期集方壺

眾星何歷歷 歷歷麗銀河
北辰何迢迢 迢迢隔天涯
良宵眠不就 出門獨長歌
歌竟還獨坐 感慨亦云多
願君且勿失 歡誤及繁華
猗猗滋蘭杜 羅生雜芰荷
十反採其英 欲寄道里賒
徘徊不能忘 此意竟如何

兩山兀以秀 倚薄鎮空綠
冥濛結遊雲 悄篠抱幽木
下有良田疇 土肥且安墺
考盤彼何人 招搖寄茅屋
柴扉晝不開 深巷絕輪轂
桑麻經雨滋 園果隨時熟
蒔藥步春畦 漉酒泛秋菊
厭聞塵世語 但此媚幽獨

小少抱冰炭 處世無所補
林泉敦宿好 詩書貪索取
包羅富雲夢 繁華侈袞黼
談笑視當世 長嘯仰屋宇

180

陰風何處至　慘憺隨烟雨
微陽誰能扶　天地日苦瘝
世道久如此　而誰善自樹
衡門與清泌　庶以容偓傴

弱齡慕雲林　結盧遠塵境
逍遙任所之　襟懷日沈靜
賓友引調同　談笑相和併
問君今何世　吾儕亦何幸
妍妍月入戶　靄靄雲出嶺
扶策懷辰良　呼樽聊夜永
但得閒中趣　絶彼世外警
無爲路傍子　擾擾陷機穽

睡罷起清晨　無言坐突兀
爲誰扣門歟　對坐爲我說
獨此欲何求　寂寞掩蓬蓽
舉世皆相同　子獨何其不
厚意誠多感　奈此時世沸
小人喜同調　志士貴專□
□□□□□　遁己詎非屈
姑此同我飲　此世不可出

道喪向千載　而誰繼前輩
門庭異授受　議論相乖背

同異爭紛拏　性命從決潰
於理既不得　此心得無礙
孰從孰爲求　聞聽徒茫昧
所幸有恒性　此理非所晦
勉哉且無斁　歲月豈我貸
此道縱云遠　行行詎無逮

藹藹庭前樹　向榮自欣欣
凉風起將夕　颯颯動我裙
終宵坐無語　擁爐氃微薰
興言發爲歌　流響激浮雲
黃唐且邈矣　心緒亂紛紜
高鳳一舉羽　群吠動狺狺
莫看霧中虎　炳蔚成繡文
肯似籬邊鴳　拍拍搶榆枌

絕壁俯深幽　肅灑閟雲關
地僻村墟迥　樓頭歲月閒
時來渺遐征　曠然開衿顏
誰謂乾坤大　劣於雲有山
風烟收滿袖　圖書坐整冠
妙語籔幽微　玄思撤秘慳
此道寧終焉　千載庶可攀
寄語同舍人　相期及歲寒

"희무다옥우(喜無多屋宇) 행불예운산(幸不礙雲山)"으로
운을 삼아 10장 16구를 지어보다.

오래전부터 그윽한 경치 끌어안고
마음 가는 데로 산수에서 지냈네.
푸른 산 곁에 여막을 짓고
소요하니 저절로 한가로워지네.
운림은 어찌 그리 조용하며
풍연은 어찌 그리 아름다운가.
어찌 그리 유유자적해지는지
마음에 맞으니 역시 기쁘다
가는 곳마다 모두 밝고 크니
절차탁마해서 경사(經史)를 궁구하네.
오묘한 말은 패부에 보내지고
문장은 골수까지 사무치니
성현이 혹시 멀리 있는 것이 아닌가?
천재의 마음을 헤아려보네
세상 아이들에게 부탁할 말은
너희들 청자(青紫) 줍는 것을 부끄러워하노라.

무더운 여름 초목이 어둑한데
성안 /沖; 甲下 세이 무서하다
물은 소용돌이치며 흘러가고
여러 산봉우리는 기거(起居)를 보호해주네.
주변이 어찌 이리도 청정(清淨)한지

호연(浩然)함이 태초(太初)의 느낌을 주네.

연화(烟火)가 인간세상을 막고 있어

굽어 살펴보니 온통 유무(有無)하구나.

어젯밤 요대(瑤臺)[89]의 꿈을 꿨더니

탕연(蕩然)[90]히 세속과 끊어지네.

푸른 머리를 한 진중한 노인네는

나를 위해 멀리서 서로 부르네.

나에게 흰 구름 신발을 빌려주고

나에게 단사(丹砂)[91] 부적을 주네.

재배하며 지극한 의미에 사례하고

방호(方壺)[92]에서 모이길 서로 기약하네.

수많은 별들은 어찌 저리도 역력한지

역력히 은하수가 곱기만 하구나.

북신(北辰)은 어찌 저리 멀단 말인가.

저 멀리 하늘가에 막혔네.

좋은 밤이라 잠이 들지 않고

문을 나서 홀로 노래를 부르네.

노래를 마치고 다시 홀로 앉았으니

감개할 일이 역시 많기만 하구나.

---

89) [...] 아름다운 누대, 신선이 사는 곳.

90) 탕연蕩然: 텅 비어 있는 모양을 나타내는 말, 제멋대로 하여 거리낌이 없다.

91) 경면주사(鏡面朱砂)로 중국의 깊은 산 경면산 꼭대기에서 난다는 단사(丹砂).

92) 방호(方壺): [민속] 삼신산(三神山)의 하나. 동해에 있다고도 하고, 혹은 지리산이라고 도 한다.

그대에게 바라노니
환오(歡誤)와 번화(繁華9를 잃지 마소
무성한 난초는 꿋꿋이 일어나고
연꽃 수초들은 서로 얽혀 자라네.
열 차례도 넘게 그 꽃을 캐다가
먼 도리(道里) 부쳐주고자 하네.
그곳에서 배회함을 잊지 못하니
이 뜻을 마침내 어찌하리오.

양쪽 산이 우뚝 빼어나
엷게 푸른 하늘을 누르고 있네.
어둡고 흐릿하니 떠가는 구름과 연결되고
넝쿨이 유목(幽木)을 감는 것이 걱정이다.
그 아래 좋은 밭이 있으니
토질이 비옥하고 편안하고 따뜻하다.
고반(考盤)한 저 사람은 어떤 사람인가
이리저리 헤매다가 초가집으로 들어가네.
나무 사립은 낮인데도 열려있지 않고
깊은 고을이라 수레도 끊어졌네.
뽕 삼나무는 비를 맞아 윤기가 나고
기수일 과일은 수시로 익어가네
약초 심느라 봄밭을 걸어 다니고
술 거르느라 가을 국화를 띄우네.
속세의 이야기 듣기 싫어서

여기서 혼자 지내는 것을 좋아하네.

어려서부디 빙탄(氷炭)[93]을 안았기에
처세에 도움 되는 바가 없다.
임천(林泉)에서 잠자는 것 좋아하고
시서(詩書)를 탐색하며 취하네.
부운(富雲)의 꿈을 모두 망라하니
번화가 곤보(袞黼)보다 사치스럽네.
담소하며 당시를 쳐다보고
긴 휘파람에 옥우(屋宇)를 우러러보네.
음산한 바람은 어디서 불어오는지
참담하게 안개비를 따라오네.
미미한 양(陽)을 누가 능히 붙들까
천지도 날마다 괴롭고 비뚤어졌네.
세상의 도가 오래도록 이와 같으니
누가 스스로 심는 것을 선하다할까.
형문(衡門)[94]만이 맑게 흐르고 있으니
거의 구루(傴僂)[95]를 용납하리라.

젊을 때부터 운림(雲林)을 좋아해
속세에서 먼 곳에 여막을 지었네.

---

93) 얼음과 숯이라는 뜻으로, 둘이 서로 용납되지 않는 관계를 비유적으로 이르는 말
94) 형문(衡門): 은자(隱者)가 사는 곳을 비유적으로 이르는 말.
95) 구루(傴僂): 허리를 구부리다. 곱사등이. 몸을 굽히다.

노닐며 갈 바를 임의대로 맡기니
가슴속 회포는 날로 고요해지네.
친구를 데리고 같이 하고 싶어서
담소하며 서로 함께하자고 달래네.
그대에게 묻노니 지금이 어느 세상인가
우리들은 그나마 다행이지 않는가.
곱디고운 달빛은 창틈으로 들어오고
자욱한 구름은 고개 너머에서 솟아나네.
지팡이 짚고 좋은 날 만날 것을 생각해
술동이 불러 긴 밤을 보내려한다.
다만 한가함 속에서 얻은 취미는
저 세상 너머의 경계를 끊으리라.
길 가에서 헤매는 사람이 되어
함정에 빠져 흔들린 사람 되지 마소.

잠이 깨 맑은 새벽에 일어나
말없이 우뚝하게 앉아본다.
누가 찾아와 문을 두드리기에
마주 대하고 앉아 얘기를 하네.
유독 무엇을 구하고자 하는가
적막하게 봉필(蓬蓽)[96]을 가려둔다.
온 세상이 모두 녹실한 데
그대 홀로 어찌 함께하지 않는가.

---

96) 봉필(蓬蓽): 쑥이나 가시덤불로 지붕을 이었다는 뜻으로 가난한 사람의 집을 이르는 말.

후의는 실로 다감한 얘기지만
세상이 뜨겁게 끓는 것을 어찌하랴
소인(小人)들은 동조를 기뻐하고
지사(志士)는 전절(專節)을 귀하게 여기네.
혼란스런 자취는 어찌 욕됨이 없으랴
자기를 어김이 어찌 비굴스럽지 않으랴
우선 여기서 나와 함께 마시자하니
이 세상은 나갈 수 없는 세상이네.

도(道)잃은 지 천년을 향해 가는데
누가 이전 선배의 업적을 계승할까
문정(門庭)에서는 수수(授受)가 다르고
의론은 서로 어긋나기만 하네.
동이(同異)가 어지럽게 서로 끌어당기니
성명(性命)이 결국 무너지고 말겠네.
이치에서 이미 얻지 못하면
이 마음은 거리낌이 없다네.
누가 추종하고 누가 구한단 말인가.
듣자하니 그저 아득하고 깜깜하네.
다행한 것은 항성(恒性)이 있다는 것.
이 이치 만은 어둡지 않네.
세월이 어찌 나에게 빌려주랴
이 도(道)가 비록 멀다 말하겠지만

걸어가다 보면 어찌 미치지 못하랴.

가물가물 뜰 앞에 나무들은
피어난 꽃들이 절로 흐뭇하네.
서늘한 바람은 저녁까지 일더니
삽삽하게 내 두루마기를 흔드네.
밤늦도록 앉아 있지만 아무 말이 없고
화로를 안으니 따뜻한 기운이 감돈다.
흥기한 말이 발하면 노래가 되고
울림이 흐르면 뜬구름에 부딪치네.
황당하고도 또 멀기 만하니
마음 실마리가 어지럽기만 하다.
높은 봉황은 날개를 펼쳐들고
때지어 개 짖는 소리는 으르렁거린다.
안개 속의 호랑이를 보지 마소
화려하게 무늬를 수놓고 있네.
울타리 가의 메추리를 닮아
서로 밀치며 느릅나무로 모여든다.

절벽이 깊숙한 곳에 숨여 있어
숙세(肅灑)[97]하게 구름 관문 닫혀있네.
뫼신 갯이러 비를 뿌를 뿔이가고
누각은 세월이 묵어 한가롭네.

---

97) 숙세肅灑: 엄숙하고도 소쇄한 느낌.

아득한 먼 훗날 때가 찾아오면
널찍하게 옷깃과 얼굴을 펼 것인데
누가 건곤이 크다고 말했던가.
구름 드리운 산보다 못났네.
풍연(風烟)은 소매를 걷어버리고
책 속에 앉아 의관을 정제하네.
묘한 말은 유미(幽微)를 확실히 하고
현사(玄思)는 비견(秘慳)을 거둬들이네.
이 도(道)가 어찌 끝날 것인가
천년을 지나도 변함없이 거론될 것이네.
같은 일 한 사람들에게 부탁하노니
세한(歲寒)까지 가기를 서로 기약하세.

●

德江三章章五句

德江天晴欲初秋 白蘋噓送風颸颸
倚筇無語俯碧州 閒雲落日隨盪漾
一雙鷗鷺對沈浮

憶昔窮秋上綿山 滄溟萬里接天寬
州城暮夜小孤盟 悵望回首却忘然
吁嗟歲月如飛翰

直北風塵無日休 吾人何幸任優遊
故傍湖山寄茅樓 竹杖芒鞋同我友
名區隨處好相求

덕강 3장 장5구

덕강 날씨 맑게 개 초가을이고자 한데
흰 개구리밥에 바람 불어와 상쾌하네.
지팡이 기대어 말없이 벽주(碧州)를 굽어보니
한가한 구름 해질녘 흔들거리며 따라가고
한 쌍의 갈매기 백로 마주대하며 부침하네.

옛날 늦가을 금산(綿山) 오른 것을 추억하니
푸른 바다 만 리가 하늘과 이어져 널리 펼쳐졌다.
여러 고을 호걸들이 함께 모여 즐겁게 놀았었지
다만 지금 고개를 돌려보니 문득 아득하구나.
아! 세월이 마치 날아가는 날개 같구나.

곧장 불어온 북풍에 티끌 쉴 날이 없지만
우리는 다행히 유유자적하며 자유롭네.
아직 호산(湖山) 곁에 하고 초막 누각에 기댄다.
죽장망혜로 우리 친구도 함께하자고 하니
명구(名區)라면 어디서든 만나기 좋은 곳이라네.

●

絶句三首

驕鼠當門顧 亂狵披黍行
崎嶇轉絶岸 鐐鐃俯荒城

危亭深谷口 曠野大江西
鳴禽倒掛樹 飮犢俯臨溪

層陰斜日隱 急雨迴風顚
村徑橫過木 野溪逆上船

절구 3수

교만한 쥐가 문 앞에서 두리번거리니
방정맞은 삽살개가 수수를 헤치며 쫓아간다.
험하게 깎아지른 언덕에서 구르더니
요란스럽게 황폐한 성곽에 거꾸러지네.

위태로운 정자 깊은 골짜기 입구에 섰더니
큰 강 서쪽으로 넓은 들판이 펼쳐진다.
우는 새는 나뭇가지 흔들며 내려앉고
물 마시는 송아지는 시냇물에 숙여있네.

겹친 그늘 속으로 해는 숨어들어가고
소나기는 바람을 따라 굴러간다.
촌길에 나무 하나 가로질러 있고
들판 시냇물에 배가 거슬러 올라간다.

漫興六首

江晴浮瀲灔 地濕妨淤泥
曲木噪晨鵲 短墻上午鷄

燕語當風亂 江聲入夜多
無人賞我趣 孤絶可如何

飛烟褭水曲 密雨轉山腰
禾黃老父喜 柿赤嬌童跳

凹地堆松葉 斷岸露竹根
睡美風生檻 望迷烟繞村

脩林蔭沒徑 新竹長遮簷
村烟浮藹藹 庭草碧纖纖

雨歇墜雲葉 窓明映燭花

短枕驚晩客 雙杆動誰家

만흥 6수

강이 맑아 물이 출렁거리고
땅이 습해 진흙길이 계속된다.
굽은 나무에서 새벽까치는 울고
낮은 담장에 낮닭이 올라간다.

제비 재잘대니 바람이 어지럽고
강물 소리는 밤에 많이 들어온다.
내 뜻 감상해줄 사람이 없으니
이 외로움을 어떻게 끊어야하나.

안개 날려 굽이친 물소리 간드러지고
가랑비는 산허리를 돌아간다.
벼가 누렇게 익어가니 농부는 기뻐하고
감이 붉어지니 아이들이 좋아서 날뛴다.

오목한 곳에 솔잎이 쌓이고
끊어진 언덕에 대나무 뿌리 노출돼있다.
잠자고 나니 바람이 난간에서 불어오고
바라본 곳 희미하니 연기가 마을을 덮었다.

높이 자란 숲은 가로수 길을 덮고
새 죽순은 길게 처마를 가리고 있다.
마을 연기는 들떠 올라 아른거리고
마당의 풀은 푸른빛이 가느다랗다.

비가 개니 구름 잎이 떨어지고
창이 밝으니 촛불처럼 비친다.
짧은 잠에 때 놓친 나그네 놀라는데
한 쌍 절구는 뉘 집에서 찧어대는지.

●

三絶句

獨把漁竿上釣磯 一雙鸞鷺向人飛
世亂氛塵何日息 冠襟皎潔似君稀

深秋燕子久無來 一隻忽看却自猜
明年南國春應早 相訪先巢儻復迴

滿園種菊喜新生 客散堂空獨自行
寄語南隣諸酒伴 重陽花發此相迎

3절구

홀로 낚싯대 들고 낚시터로 올라가니
한 쌍의 가마우지가 사람을 향해 날아온다.
어지러운 세상의 분진은 언제나 그만 두려나.
깔끔한 의관 갖춘 그대 같은 사람 드물겠다.

가을이 깊어져 제비는 오래도록 안 올 텐데
한 마리가 문득 보이니 저절로 시기를 하네.
내년 봄이면 응당 남국에서 일찍 올려나
지어놓은 집 찾으려면 다시 돌아오겠지

동산 가득 심은 국화 다시 난 것이 기쁜데
나그네 흩어지고 방은 비어 혼자 걸어간다.
남쪽 이웃에 사는 술친구에게 부탁하노니
중양에 꽃이 피거든 서로 맞이하세.

●

愁九首

索處自貽阻 故人可奈何
獨學知難得 舊聞存豈多

結廬村逼近 塵務各相歸

農談起日夕 樵牧訪柴扉

千尋懸絶壁 百尺出高竿
縱道非求外 躋攀何太難

文章謝李杜 道學慕程張
此事無窮盡 何時可出場

世道今如許 風塵何日休
三徑擬彭澤 萬籟同鄕候

寸鐵知能殺 何須双滿車
但令根壅殖 會見葉繁華

飲茗餘千卷 刈葵賴寸兵
青萍懷出水 白璧空連城

工夫難接續 節序易推移
秖今見秋月 不復听黃鸝

歌罷人誰識 詩成興有餘
將期入霧虎 寧作掛釣魚

걱정(愁)9수

찾을 곳이 모두 막혔으니
옛 친구를 이제 어찌하랴
홀로 배우려니 터득하기 어렵고
남은 구문(舊聞)은 어찌 그리 많은지

촌 가까이 움막을 지었으니
속세 일은 각기 서로 돌아가네.
농사 얘기로 해가 지려는데
초동 목동이 사립문에 찾아드네.

천 척이나 되는 절벽이 매달리고
백 척이나 되는 낚싯대 드리우네.
비록 도(道)를 밖에서 구할 것은 아니지만
굼벵이처럼 기어가기 어찌 그리 어려운지.

문장은 이태백 두보에게 사례하고
도학(道學)은 정장(程張)⁹⁸을 사모했네.
이 일은 끝이 없는 일이지만
어느 때나 마당으로 나갈 수 있을지.

---

98) 정장程張: 정이와 장재.정이(程頤1033년~1107년)는 중국 송나라 도학의 대표적인 학자.
자는 정숙(正叔). 형인 명도보다 1년 늦게 하남(河南,현재의 허난성에 속함)에서 출생 이
천선생(伊川先生)으로 호칭.
장재(張載1020~1077)는 중국 송나라 사상가 성리학의 기초를 닦았음. 자는 자후(子厚).
봉상미현의 횡거진(橫渠鎭) 출신이었기 때문에 횡거선생(橫渠先生)이라고 호칭되며 존
칭하여 장자(張子)라고 불린다.

세상의 도(道)가 오늘날 이와 같으니
풍진이 어느 날에나 그만두려나.
삼경(三徑)은 팽택(彭澤)⁹⁹⁾을 흉내 내고
만첨(萬籤)은 업후(鄴候)¹⁰⁰⁾를 닮아가네.

촌철(寸鐵)¹⁰¹⁾이라도 무서운 줄 알지만
어찌 꼭 칼날을 수레에 싣고 다니랴
다만 뿌리를 잘 북돋아 번식시켜두면
때가 되면 잎이 번화한 모습도 보겠지.

차 마시고 나머지 여유는 천 권의 책
해바라기 베는데 날카로운 칼 사용하네.
푸른 마름은 물에서 나올 생각을 하고
흰 구슬은 부질없이 성곽과 이어졌네.

공부란 계속 이어가기 어려운 것
계절은 쉽게 옮겨 바뀌네.
오늘 가을 달을 쳐다보니
다시는 꾀꼬리 소리를 듣지 못하겠네.

---

99) 팽택彭澤: 진晉나라 전원시인 도연명(陶淵明).
100) 업후(鄴候)당 나라 업현후(鄴縣侯)에 봉해졌던 당(唐) 나라 이필(李泌)을 가리킨다.
101) 촌철(寸鐵): 작고 날카로운 쇠붙이나 무기.

노래를 멈췄지만 알아줄 사람 누굴까
시가 완성되어 흥이 남아도는구나.
안개 자욱한 범굴 들어갈 것 기약해놓고
어찌 고기 잡는 낚싯대를 만들 것인가.

●

客至

趲步迢迢荷遠尋 孤燈茅屋坐深深
正逢浩蕩風吹水 只愛嬋妍月照林
浮世念來寧滿笑 一樽歌罷快論心
球琳滿幅驚人眼 慚我只成下俚吟

손님이 찾아와서

바쁜 걸음으로 아득히 멀리서 찾아오니
외로운 등불 켜고 초가집에 깊이 앉아있네
호탕한 그대를 만나니 바람이 물에 불고
달빛 곱게 비친 숲이 더욱 사랑스럽다.
들뜬 세상 생각하면 어찌 웃음이 나오랴
술 한 잔에 노래 멈추니 마음이 상쾌하다.

한 폭 구림(球琳)¹⁰²⁾은 사람의 눈을 놀래니
나는 다만 속된 노래 읊은 것이 부끄럽다.

●

秋夜感懷

秋風終夜至　白雨灑山扉
旅雁見初度　吟蟬聞漸稀
讀書懶久廢　負影兀無依
但恐素心歇　豈憂節序違

가을 밤 감회

가을바람이 밤늦도록 불어와
하얀 비가 산 속 사립문을 씻네.
나그네 기러기 찾아온 것이 보이고
우는 매미소리는 점차 드물게 들린다.
독서는 게을러서 오래도록 그만 두고
그림자 등지니 의지할 곳이 없네.
다만 본심까지 멈출까 두려워하니
어찌 계절 어긋난 것을 걱정하리오.

---

102) 구림球琳: 아름다운 옥구슬, 서경(書經) 우공(禹貢)에 "厥貢惟球琳琅玕"이란 대목이
　　있다.

族叔復菴先生塊

方丈三韓地　人間四月天
凄凉曲阜杖　寂寞大林阡
痛哭爲誰悼　情親獨我偏
先生傳敬義　千古得眞詮
開闢乾坤闊　發揮日月圓
關閩啓鍵鑰　洙泗溯源淵
餘子仰末光　山頹問幾年
百家紛擾壤　異說候乖遷
執着就偏主　分離務各專
久哉莫可續　邈焉難復宣
世弊今如許　公生豈偶然
林泉樂淡泊　名利謝騰騫
篤志學賢聖　嘔心究簡編
遠遊資觀感　獨處費窮硏
汲汲如將失　孜孜日加堅
牢籠歸理藪　統合入評銓
主理當心體　飭身制事權
至誠無裡襮　妙語覓中邊
洞爾雲開月　浩乎水到船
乾乾常目在　念念救頭燃
數荳惟餘白　閉關獨草玄
平常如菽粟　刊落眞檀栴

202

韓拙終聞道　顏愚獨得傳
懇懇樂義切　側側藹仁全
萬口丹青美　一時山斗尊
恭謙非外飾　忠信寔中存
養病由無欲　洗心不見痕
於文豈急務　有德必成言
鍛練方爲妙　敲椎不厭煩
只須取理順　何用在辭繁
亦足映當世　豈惟勸后昆
幽深達閫奧　超越窺籬藩
嫺睦推宗誼　婉愉篤行源
聲華當實德　豁達逼昭原
羽翼扶斯道　帡幪覆一門
如今固少見　在古亦罕倫
先緒何容墜　遺文恐失眞
誰知有豕亥　致得誤根銀
飲泣思重新　持公欲廣詢
遷延到十載　沮毀幾多人
子願通天地　寸心證鬼神
奠楹夢何遽　汗簡功難竣
此事將誰托　吾林慚莫振
百身旣難贖　九地恨何伸
同轍知沈學　趨庭識鯉仁
昊天應見報　福善詎無因

丹旐飛飛日 靑山渺渺雲

偓佺同列譜 子夏將修文

自顧昏頑甚 特蒙知獎勤

導之歸實是 說與盡慇懃

厚德今何報 誨言詎再聞

瓣香愧陳子 佩劍覓徐君

欲語那能盡 徒增五內焚

족숙(族叔)복암(復菴)선생 만시(挽詩)

방장(方丈) 삼한(三韓)땅에

인간은 4월 하늘이네

처량한 곡부(曲阜)의 지팡이였으며

적막한 큰 숲 언덕이었네

통곡한들 누구를 위해 슬퍼할까

정친(情親)은 유독 나를 사랑했네.

선생이 전해준 경의(敬義)는

천고(千古)의 진전(眞詮)[103]을 얻었네.

열어젖힌 건곤(乾坤)은 넓고

빛을 발한 해와 달은 둥글었네.

관민(關閩)[104]은 열쇠를 열고

---

103) ①진전 ②진정한 깨달음 ③진정한 의미

104) 관민關閩: 관중關中의 장재張載(장횡거張橫渠선생)와 민중閩中의 주자朱熹(朱子)를 가리킴.

수사(洙泗)[105]로 원연(源淵)을 거슬러 올라가네.

남은 사람 그 끝자락 빛을 우러러보니

산이 무너진 지 몇 년인가 묻네.

백가(百家)는 어지럽게 세상을 흔들고

이설(異說)들은 재빠르게 잘못으로 옮겨가네.

집착하면 편주(偏主)로 나아가고

분리하면 각기 오롯함을 힘쓰네.

오래되면 가히 이을 수가 없고

멀어지면 다시 베풀기 어렵네.

세상 폐단이 지금 이와 같으니

공께서 나심이 어찌 우연이겠는가.

임천(林泉)에서 담박함을 좋아하고

명리(名利)는 등건(騰騫)을 사례하네.

돈독한 의지로 성현(聖賢)을 배웠고

즐거운 마음으로 간편(簡編)을 연구했네.

멀리 유람 가서 관감(觀感)의 도움 받고

홀로 지내며 궁연(窮硏)에 힘쓰네.

급급해하며 장차 놓칠 것처럼 하고

부지런히 날로 더욱 견고하였네.

새장처럼 깊은 이치로 돌아가고

통합해서 평전(評銓)으로 들어가네.

주리(主理)는 심체(心體)에 해당되는 것

몸을 정돈하여 사권(事權)으로 제어하네.

---

105) 수사洙泗: 수수洙水의 공자孔子와 사수泗水의 맹자孟子. 공맹지도孔孟之道를 가리킴.

지극한 정성은 속 드러낼 일이 없고
묘한 말씀은 중변(中邊)에서 찾네.
훤하게 구름은 달빛을 열고
널찍하게 물에는 배가 들어온다.
건건(乾乾)하게 항상 눈에 있으니
생각할 때마다 머리가 뜨겁다.
콩을 세고 나면 오직 반자리만 남고
관문을 닫으니 홀로 풀이 검푸르다.
보통은 콩 보리처럼 평범하지만
간략(刊落)은 진정 단전(檀栴)이라네.
한(韓)이 졸(拙)했지만 마침내 도를 듣고
안(顏)이 어리석었지만 홀로 도를 전했네.
지성스럽게 의(義)를 즐김이 절실하고
가엾어 하며 인(仁)을 온전히 키웠네.
만구(萬口)의 단청(丹靑)은 아름답고
한 때의 산두(山斗)는 높네.
공겸(恭謙)은 겉을 꾸민 것이 아니며
충신(忠信)은 실로 속에 존재하는 것.
양병(養病)은 무욕(無欲)으로 말미암은 것이니
깨끗이 씻은 마음은 흔적이 보이지 않네.
학문을 어찌 급하게 힘쓸 것인가
덕이 있으면 반드시 말을 하는 것.
단련은 바야흐로 묘함을 만들어내니
고퇴(敲椎)의 번거로움을 싫어하지 않네.

다만 순리대로 취할 것일 뿐

어찌 말을 번거롭게 하랴.

또한 족히 당세를 빛냈으니

어찌 오직 후손에게만 권했으랴.

그윽한 깊이는 안방까지 도달하고

초월하기는 울타리를 엿보게 하네.

인목(嬞睦)은 일가들의 화목을 이루고

완유(婉愉)는 독행(篤行)의 근원이라네.

성화(聲華)는 실질적인 덕에 부합하고

활달(豁達)은 소원(昭原)을 가까이하네.

좌우 날개가 되어 이 도를 붙들고

휘장이 되어 한 집안을 덮었네.

지금의 소견은 실로 작지만

옛날에는 역시 드문 윤리였다네.

선생의 끈 떨어뜨린 것을 어찌 용납하랴

남기신 글이 참뜻을 잃을까 두려워하네.

시해(豕亥)[106]가 있는 줄을 누가 알리오

만들려다 잘못 근은(根銀)[107]을 만들고

눈물을 삼키며 거듭 새롭기를 생각하니

공公을 붙들고 널리 묻고자 하네.

천연(遷延)하며 10년 세월이 지났으니

훼방한 사람들이 얼마나 많았던가.

---

106) 시해豕亥: 豕亥不辨, 菽麥不辨 - 시해豕亥도 구분 못하고 콩과 보리도 구분 못한다
　　는 뜻.

107) 근은根銀: 진시황이 은나라의 대락제를 본받아 금(金)으로 장식한 수레.

유달리 바란 것은 천지를 통달하고

마음으로 귀신을 증명한 것이었네.

전영(奠楹)[108]의 꿈이 어씨 그리 급했는지

한간(汗簡)[109]의 공은 세우기가 어려웠네.

이 일을 장차 누구에 부탁하랴

우리 유림의 부끄러움을 떨칠 수가 없네.

백신(百身)은 이미 속죄하기 어렵고

구지(九地)는 어떻게 펼칠까 걱정스럽네.

같은 수레바퀴는 침학(沈學)을 알고

뜰을 뛰어간 이인(鯉仁)을 알겠네.

하늘은 응당 갚아줄 것이니

복이든 선이든 어찌 인연이 없으랴.

단조(丹旐)가 날리던 날

푸른 산에 아득한 구름이 끼었네.

액전(偓佺)[110]과 족보를 함께 할 것이며

자하(子夏)[111]가 문장을 다듬을 것이네.

스스로 돌아보면 혼완(昏頑)이 심했는데

특별히 장려해주심을 알겠네.

실사구시로 돌아가도록 유도해주었으니

얘기해준 것이 모두 은근하였더라.

---

108) 전영(奠楹): 영(楹)은 양영(兩楹)의 준말로 천자의 어전(御殿) 앞에 세워진 두 기둥이
  며, 전(奠)은 자리를 잡고 앉는다는 뜻이다. 공자가 양영 사이에 앉는 꿈을 꾼 뒤에 죽
  었다 한다.《禮記 檀弓上》

109) 한간汗簡: 청사(靑史) 역사 기록.

110) 액전偓佺: 신선의 이름.

111) 자하子夏: 공자의 제자. 문학 분야에 뛰어난 재주를 가졌음.

후한 덕을 이제 어찌 갚으랴

가르친 말씀 어찌 다시 들을 수 있으랴.

판향(瓣香)[112]은 진자(陳子)를 부끄럽게 만들고

패검(佩劍)은 서군(徐君)을 찾는구나.

하고 싶은 얘기를 어찌 능히 다하랴

그저 가슴속의 열만 더 끓는구나.

●

四從祖惺溪先生挽

叔世難人物 先生有肖孫

山林尙精彩 日月仰餘暄

用拙存吾道 端居絶外煩

頑愚負平昔 不復坐春溫

4종조 성계(惺溪)선생 만시

숙세(叔世)[113]에 인물 되기란 어려운 것

선생에겐 어진 자손이 있었네.

산림은 오히려 정채(精彩)하고

일월은 우러러 훨씬 따뜻하다.

졸(拙)은 우리 도를 보존할 것이며

---

112) 판향瓣香: ① 모양이 꽃잎 비슷한 향 ② 향을 피우다 ③ 남을 우러러 사모하다

113) 숙세叔世: ① 말세 ② 몰락한 시기.

단정한 태도는 바깥 번잡을 끊었네.
완우(頑愚)로 평석(平昔)[114]을 저버리면
나시 따뜻한 봄 사리를 갖시 못하리라.

●

溪南崔先生挽 (琡民)

吾黨溪南子 儒門爲重輕
林間開戶大 沙上溯源淸
髮短猶精彩 機閒樂性情
後生失矜式 天地日蛙聲

계남(溪南) 최선생 만시 숙민(琡民)

우리 당의 계남(溪南) 선생은
유문(儒門)에서 중경(重輕)이 되었네.
임간(林間)에 열어놓은 문은 컸고
모래 위로 소급한 근원이 맑았네.
머리는 짧지만 오히려 정채(精彩)했으며
주변이 한가해 성정(性情)이 낙천적이네.
후생들이 긍식(矜式)할 기회를 놓쳤으니
천지가 온통 개구리 울음소리로 가득하네.

---

114) 평석平昔: ① 지난날 ② 평시 ③ 원래

鄭溪齋丈(濟鎔)挽

嵬嵬圃翁宅　衣鉢又賢孫
學術爲時棄　靈光獨巨門
近山同謝朓　解榻見陳蕃
燭物時應遍　尋經剩欲翻
可知君子輩　肯與俗人言
興來惟杖履　朋至更棊樽
用拙知中守　投閒息外煩
芙蓉出秋水　蕙杜媚朝暾
歃血斯文事　回鞭末路奔
百年悲半道　一臥遽荒原
搖落子眞谷　蕭條蔣詡園
元賓猶不朽　子野永爲存
大陸嗟全沒　仙鄕仰獨尊
東皐亭上月　寂寞鏁黃昏

정계재(鄭溪齋)어른 만시 (제용濟鎔)

높이 빼어난 정포은(鄭圃隱)선생 집안이라.
의발(衣鉢)[115]이 모두 현손(賢孫)들이라네.
학술은 당시의 버림을 당했지만

---

115) ①의발　②스승이 제자에게 전수하는 가사와 바리때　③전수받은 사상·학술·기능
　　따위

영광은 홀로 커다란 문이었네.

산을 가까이 해 사조(謝眺)[116]처럼 살았고

책상을 풀어놓고 진번(陳蕃)[117]을 만났네.

사물에 밝아 임기응변이 능통하고

경(經)을 찾아 번역까지 하고자 했네.

가히 군자(君子)의 범위에 든 인물이지만

속인들과도 즐겁게 얘기를 잘했다네.

흥이 찾아오면 지팡이 짚고 소요하고

벗이 찾아오면 바둑과 술잔을 즐겼다네.

졸(拙)을 씀으로서 마음 지킬 줄 알았으며

한가한 틈이면 바깥 번잡한 것은 버렸다네.

부용(芙蓉)은 가을 물에서 솟아오르고

혜초와 배나무는 아침 햇빛에 아첨하네.

사문(斯文)의 일에는 피를 마셨으며

말세로 달려간 것에는 회초리를 들었네.

백 년 동안 가다가 포기한 것을 슬퍼하고

한 번 눕더니 갑자기 황원(荒原)으로 갔네.

자진(子眞)의 골짜기에 흔들려 떨어지고

소장우(蕭蔣詡)[118]의 동산에 나무가 쓸쓸하네.

원빈(元賓)은 오히려 썩지 않았고

---

116) 사조謝眺(464-499): 위진남북조 시대 齊(제)나라의 시인. 당나라 시인 이백 두보도 칭
   찬할 만큼 뛰어난 시재가 출중하고 唐詩(당시)를 미리 개척했다는 평가를 받는 인물.

117) 진번陳蕃: 진번은 현명한 人材에 대한 존경심을 표현하기 위해 특별히 의자를 제작하
   여 내렸다. 禮로 자신보다 신분이 낮은 선비라 하더라도 人材를 존중해 賓客의 예로
   대우하였다. 점차 下榻이란 용어는 널리 쓰였으며 지금은 일반적인 투숙과 숙박의 의
   미로도 쓰인다.

118) 한(漢)나라 장후(蔣詡)

자야(子野)[119]는 영원히 존재하였다네.
대륙(大陸)이 전몰(全沒)된 것을 슬퍼하고
선향(仙鄕)을 우러러 홀로 존귀하네.
동쪽 언덕 정자 위의 달이
적막하게 황혼 속으로 잠기네.

●

金明進采源挽

悲風起木末 天意慘將愁
今古同寥寂 人生有短脩
星移王子賦 月落庾公樓
嗟世多虛僞 憐君篤進修
涓流浸大海 逸步駕輕輈
蔣詡開三逕 謝鯤置一邱
飭躬循軌轍 得句碎琳璆
只合追飛鵠 不應學率牛
挽眉何比饒 錢孔未霑油
邂逅新亭好 招搖樂事優
庭梅隨手植 潭水與新謀
脫習花飛褋 談經石點頭
襟懷昭玉雪 世業襲箕裘
瞻似昂宵鶻 慚如入土螻

---

119) 자야(子野)는 춘추 시대 진(晉)나라 사람. 사광 [師曠]의 자이다.

交契須貴早 會意定難儔
況得孟隣接 有時陳轄投
相逢增款曲 別去思綢繆
一日三墮簡 十旬九共酬
秋深皷澤酒 雪滿剡溪舟
我醉旣充腹 子吟高結喉
玄成存美價 車胤最風流
漳水沈何疾 九原隔永幽
鳳飛配遠壑 蕙敗歎空州
白馬慚今日 深樽憶往遊
蠻塵充滿宇 吾道凜垂旒
山公恐終負 毣紹充前休

김명진(金明進) 채원(采源) 만시

슬픈 바람이 나무 끝에서 일어나더니
하늘도 슬퍼 수심에 잠겼다.
고금(古今)이 모두 고요한 것은
인생에 수단(脩短)[120]이 있다는 것이지
별은 왕자(王子)의 시부(詩賦)로 옮겨가고
달은 유공(庾公)의 누각에 떨어졌네.
아! 세상에 허위가 많지만
그대 독실한 진수(進修)가 가련하네.

---

120) 수단脩短: 장수와 단명.

졸졸 흐른 물이 큰 바다에 이르고
편한 걸음 가벼운 배를 멍에를 했네.
장우(蔣詡)[121]는 삼경(三逕)을 열었고
사굴(謝鯤)[122]은 언덕 하나를 마련했네.
가지런한 몸으로 궤적을 따르고
잘 엮은 글귀는 옥구슬을 부수네.
다만 날아가는 따오기를 따랐을 뿐
응당 소 끄는 것을 배우지는 못했네.
당긴 눈썹은 어찌 그리 넉넉했던가.
금전에는 아예 기름을 적시지 않네.
만남 자리는 새로운 정자가 좋고
초요(招搖)[123]하니 즐거운 일 많았네.
마당의 매화는 손 따라 심어두고
연못의 물은 새로 물갈이를 하네.
습관을 벗어던지니 꽃이 옷깃에 날고
경서공부 얘기하며 바위에 점을 찍네.
가슴속 회포는 옥설(玉雪)보다 밝고
대대로 전해온 기구(箕裘)[124]를 이었네.

---

121) 한(漢)나라 장후(蔣詡)는 자가 원경(元卿)으로 왕망(王莽)이 집권하자 벼슬에서 물러나 향리인 두릉(杜陵)에 은거하였다. 그 뒤로 집의 대밭 아래에 세 개의 오솔길을 내고 벗 구중(求仲)과 양중(羊仲) 두 사람하고만 교유하였다.

122) 진 나라 사곤(謝鯤) 노래와 거문고에 능한 그는 이웃 고씨(高氏)네 아름다운 딸을 연모하여 집적이다 그녀가 내던지는 북[梭]에 맞아 이[齒] 두 개가 부러졌다. 사람들이 "함부로 까불다가 그런 꼴이 되었다."고 놀렸으나 그는 거만스럽게 휘파람을 불어대며 "그래도 나의 노래는 변함이 없다."고 뽐내었다.

123) 초요(招搖): 이리저리 헤매거나 어슬렁어슬렁 걸음.

124) 기구箕裘: 키와 갖옷'이라는 뜻. 활을 만드는 이의 아들은 그 일과 비슷한 키를 만들게 되고, 대장장이의 아들은 저절로 짐승 가죽을 모아 갖옷을 잘 짓는다는 말로서 선대

쳐다보니 소골(宵鶻)을 우러러본 것 같고

부끄럽기는 토루(土螻)에 들어간 것 같네.

계는 모름지기 이른 것을 귀하게 여기고

회의(會意)는 미리 짝하기 어렵네.

하물며 맹자를 이웃함을 얻었으니

간혹 진할(陳轄)[125]을 던지기도 하였네.

서로 만나면 관곡(款曲)[126]을 더하고

이별하고선 주무(綢繆)[127]를 생각하네.

하루에 세 번도 간찰을 보내고

십순(十旬)이면 아홉 번은 술잔을 나눴네.

가을 깊어 가면 팽택주(彭澤酒)[128] 익어가고

눈이 내리면 시냇가에 배 매어두네.

나는 취해 이미 굶주린 배를 채우고

그대 읊조리며 결후(結喉)[129]를 높이네.

현성(玄成)은 아름다운 값을 보존하고

차윤(車胤)[130]은 대단한 풍류였지

장수(漳水)는 무슨 병에 걸렸던가.

(先代)의 業을 이어받음을 뜻한다.

125) 陳蕃下榻(진번하탑)을 말한다, 빈객을 공경함을 이름, 後漢(후한) 말 정치가 陳蕃(진번)이 특별히 交椅(교의) 하나를 걸어두었다가 徐穉(서치)가 내방하면 이를 내려서 優待(우대)한 故事(고사)에서 유래함.

126) 관곡款曲: ① 간절한 마음 ② 진실한 마음 ③ 마음속의 곡절.

127) 주무(綢繆): 빈틈없이 자세하고 꼼꼼하게 미리 준비함.

128) 팽택(彭澤): 팽택령을 지낸 도연명(陶淵明)을 가리킴.

129) 결후結喉: 남자들의 목에 튀어나온 둥근뼈.

130) 차윤성형車胤盛螢: 차윤이 개똥벌레를 모았다는 뜻으로 가난한 살림에 어렵게 공부(工夫)함을 이르는 말

구원(九原)은 막혀 영원히 잠들었네.

봉황이 날아 먼 골짜기와 짝하고

혜초는 시들어 비인 고을을 탄식하네.

백마(白馬)는 오늘을 부끄러워하고

술동이는 지난날을 추억하게 하네.

남만의 티끌이 집에 가득 차 있지만

우리 도(道)는 늠름하게 구슬을 드리우네.

산공(山公)이 마침내 저버릴까 두려운데

혜소(嵇紹)[131]는 앞에서 휴식을 하고 있네.

●

贈別許兄鳳彧(季章)

友道亦多端 惟貴永相保

心許一人多 面知百人少

夫君特地過 把臂遂結好

妙調協宮商 雄詞配噩灝

未見恒作惡 旣見恨未早

樽酒娛醒醉 山水共探討

馳光忽不淹 繽紛落葉搗

---

131) 위(魏)의 죽림칠현(竹林七賢)중 한 사람인 혜강(嵇康)의 아들 혜소(嵇紹)가 있었다.
10살 때 아버지를 여의고 홀어머니와 살고 있었다. 혜소(嵇紹)가 처음으로 낙양(洛
陽)에 들어갔을 때 어떤 사람이 칠현의 한 사람인 왕융(王戎)에게 다음과 같이 말했
다. "그저께 혼잡한 군중 속에서 혜소를 처음 보았습니다. 그의 드높은 혈기와 기개는
마치 '닭의 무리 속에 있는 한 마리의 학[群鷄一鶴]'과 같데요." 이 말을 듣고 왕융은
대답했다. "그것은 자네가 그의 부친을 애초부터 본 적이 없기 때문일 것이네."

허봉욱(許鳳彧) 형에게 이별하며 주다. 계장(季章)

벗의 도란 역시 다단하지만

서로 보호하는 것을 귀하게 여기지

마음 허락한 사람은 한 사람도 많지만

얼굴 아는 사람이야 백 명도 적다.

그대는 특히 남달라

어깨를 잡고 드디어 친구를 맺었지.

묘한 조화는 궁상(宮商)[132]이 합한 것 같고

웅장한 문장은 악호(噩灝)를 짝했네.

항상 악한 일 한 것을 보지 못했고

이미 보아도 이르지 못한 것을 탓하네.

동이 술에 즐거이 취했다 깼다 하고

산수(山水)는 함께 찾아다녔네.

달리는 빛은 문득 머물 수 없는데

어지럽게 떨어진 낙엽이 다듬이질을 하네.

●

余與河兄聖洛世誼篤好每荷眷眷厚意不可以虛辱兹搆近體一頁以見區區

故人志氣早殊夷 萬壑靑嵐滴兩眉

---

132) 궁상(宮商): 오음(五音) 가운데 궁(宮)과 상(商)의 소리. 일반적으로 음률(音律)을 가
리킨다.

昔日同酬彭澤酒 少年休誦隱侯詩

餘生會合能何歲 吾道重明庶可期

故宅靑氈知有在 卽今天地定何時

내가 하성락(河聖洛) 형과 함께 세의(世誼)가 매우 돈독한
사이다. 매번 권권(眷眷)한 후의(厚意)를 가지고 그 고생을
헛되게 할 수 없어 이에 근체(近體)시 한 수를 지어
구구한 얘기를 보여주다.

친구의 의지와 기운은 일찍이 남달라

만학(萬壑) 청람(靑嵐)에 두 눈썹이 방울지네.

옛날 팽택주(彭澤酒)를 함께 마셨지만

젊을 때는 은후시(隱侯詩)를 외우지 마소.

여생 동안 회합을 언제나 할 수 있을까.

우리 도(道) 다시 밝음을 기약할 수 있으리라.

고택에 청전(靑氈)[133]이 남아 있는 줄 알지만

당장 지금의 천지(天地)는 어느 때에 정해지랴.

●

歷歷

歷歷記當世 胡塵滿眼集

---

133) 청전(靑氈)이란 청전구물(靑氈舊物)의 준말로 최고의 조상 유물이란 뜻이다.

小山見赤足　南天動箕舌
山河餘半壁　鰈域三千里
繁華且岌嶪　詭舘起京都
交口相唯喏　薙徒爭奔趨
陰陰受巾幗　隱隱呈束帛
人獸相混雜　開港俗尚異
衝突何以格　旣乏干羽舞
其終至此極　不思苞桑戒
建義聲炳爀　往者元柳輩
孤憤磨霄垾　精忠凜秋霜
並首爭奮激　門徒數百人
一方皆褫魄　梟首幾細兒
觸處無與敵　峨峨冠笏角
朱雲折檻角　韓琦斬元使
鼎魚猶假息　穴蟻將何逃
庶期復可覯　粲然漢衣冠
彼衆我爲獨　惟天終不吊
潘陽宅已卜　勢隨事日非
旋截旋復續　其奈無情荃
我輩從誰適　世道久如此
袁淚長時濕　楊歧終日哭
回首望魏闕　丹忱危欲絶
烈烈海上日　峩峩庭畔葵
退縮思囊括　白手何以哉

入海知師襄 解冠問梅福
吾道竟誰托 懍若垂旒綴
願言及玆詩 努力崇明德

역력

역력히 당세를 기록하니
오랑캐 먼지 눈에 가득 모여든다.
남쪽 하늘에서 기설(箕舌)[134]을 움직이고
작은 산에서 맨 발을 쳐다보네.
접역(鰈域)[135]은 삼천리인데
산하의 나머지가 반벽(半璧)이네
궤관(詭舘)들이 서울에서 일어나더니
번화스럽고 또 높다랗기만 하네.
머리 깎은 무리들은 앞 나두어 달려 다니고
주고받는 말들은 서로 응대하네.
몰래 속백(束帛)을 보내오면
가만히 머리꾸미개를 받았네.
개항을 하니 풍속이 오히려 이상해지고
사람과 짐승이 서로 혼잡되어 버렸네.
이미 간우(干羽)[136] 춤은 없어져가니

---

134) 기설箕舌: 키는 발을 양쪽으로 펴서 모양이 마치 기설箕舌 같다.《禮記》
135) 가자미 모양으로 생긴 지역이라는 뜻으로, 또는 가자미가 많이 난다고 하여 한때 우리나라를 이르던 말
136) 武舞를 추는 사람이 손에 드는 방패와 文舞를 추는 사람이 손에 드는 새의 깃.

충돌하여 어디에 이른단 말인가.

포상(苞桑)[137]의 경계 생각지 않다가

끝내 이 극에까지 이르렀구나.

지나간 것은 원유(元柳) 같은 무리인 것

의리를 세우니 소리가 시원하다.

정밀한 충성은 가을 서리를 이기고

외로운 분노는 소악(霄堮)을 문지르네.

문도가 수 백 명이었다는데

머리를 맞대고 앞 다투어 분격하네.

효수(梟首)[138]하는 철없는 아이들

일방이 모두 넋이 나간 모습들이네.

높다란 관홀(冠笏)은 모서리지고

부딪친 곳마다 더불어 대적할 이가 없네.

한기(韓琦)는 원사(元使)를 베었고

주운(朱雲)[139]은 남각(檻角)을 끊었네.

구멍 속의 개미가 어디로 도망을 가리오

솥 속의 고기는 오히려 쉴 수 있겠지

찬란한 한나라의 의관은

거의 다시 회복할 것을 기약하노라.

---

137) 주역 비괘 구오에 망하지 않을까 하고 경계해 뽕나무 우거진 뿌리에 매어 둔 것처럼 견고해진다.(其亡其亡 繫于苞桑)라고 하였다. 망할 듯 하다가 다시 유지된다는 뜻이다.

138) 예전에, 죄인의 목을 베어 높은 곳에 매달아 놓는 형벌을 이르던 말

139) 한(漢)나라 성제(成帝) 때, 정승 장우(張禹)의 안하무인격의 행동을 보이자 주운(朱雲)이 성제에게 간하여 저에게 참마검(斬馬劍;말을 벨 수 있는 칼)을 주신다면 간사한 신하 장우(성제의 스승)의 목을 베겠다고 하자 성제가 주운을 당장 끌어내라고 소리쳤다. 끌려 나가던 주운과 무관이 밀고 당기다가 난간이 부러지고 말았다. 난간을 수리하려고 할 때, 성제는 말했다. "새것으로 바꾸지 말고 부서진 것을 붙이도록 하라. 직언을 간한 신하의 충성의 징표로 삼겠다."

오직 하늘은 끝내 위로하지 못하고
저들의 수는 많고 나만 혼자라네.
형세는 일에 따라 날로 잘못돼가고
반양 맥은 이미 점지해두었다네.
정채(情採) 없는 것을 어찌하랴
곧장 끊어졌다 곧장 다시 이어지네.
세상의 도란 오래전부터 이와 같은 것
우리들은 누구를 따라 가야하는가.
양기(楊歧)는 종일토록 곡을 했고
원루(袁淚)는 오랫동안 적셨다네.
단침(丹忱)[140]은 위태로워 끊고자 하여
고개를 돌려 위궐(魏闕)[141]을 바라보네.
뜰 가의 높이 자란 해바라기는
열렬한 바다 위의 태양 같네.
백수(白手)가 무엇을 어찌 하랴
물러나 앉아 랑괄(囊括)을 생각하네.
바다에 들어 사양(師襄)[142]을 알았고
갓을 벗고 매복(梅福)을 물어보네.
우리 도는 마침내 누구에게 의탁하랴
위태롭기가 유철(旒綴)을 드리운 것 같네.
원하건대 이 시를 지음에 미쳐
명덕(明德)숭상할 것을 노력하리라.

---

140) ① 충성심 ② 진심 ③ 정성스러운 마음
141) ①위궐 ②궁정 또는 조정 ③조정
142) 공자가 사양자(師襄子:魯나라에서 음악을 관장하던 관리)에게 가서 거문고를 배웠음.

晦窩集 卷之二

〈회와집 권2〉

顧後著于此固於理而可信也。麟燮君以
其先執潛嘰河丈廣叔之狀求余銘公墓
兩晦峯之子泳允爲之先焉以余事同一
室不宜以未穫平日而辭遂爲之。銘曰
敬義之世理學之門內紹外受有駛其源
日見之行未了其志式昭紆宪來後宜視

歲戊戌四月 日 聞韶金㮨撰

子鳳燮謹書

●

上俛宇郭先生　辛丑

　一侍從一往復　已屬去年追記　惘然徒增懷想　嘗欲一造軒下　而久
未能得　雖則勢然　而簡賢自棄之罪　只此已多矣　如此而望有爲得乎
有愧而已　比更道體候　神相萬福　瞻慕之誠　食息不置

　見方斯道分裂忮克成習　翻弄得變怪百出　無有了期　如此氣像規模
如何抵當得　如义丈者　尤宜保惜精神　完養思慮　以副遠近之望如何

　荷江事聞甚痛惕　中間幸至打疊　近似有更起之端云　不知果然否
係是斯道晦明爲之奈何　凡爲吾道者　當號召勤王　侵于之彊　殺伐用
張之汲汲不暇　而在文丈　尤是一重擔負計　無所不用其極矣　然道之
行廢命斯存焉　公伯寮其於命何　只合反身自守　修其本以勝之　默默
以竢百世知者知耳　子雲堯夫　豈無其人乎

　不然則朱子所謂今日紛紜　不爲程氏而發者　恐起於今日也　私竊妄
意　德益邵　望益崇　海內以之爲重輕　而彼則分黨角勢　一視其所趨者
以爲喜怒　則於其心　必曰某人德望俱崇　而一無我來也　於是心切忮
疾之　欲窺伺而不得　則遂不免承望風旨　視我所在而致得如此　此恐

是過計之憂 而亦未必無其理也 旣往固無說 自今不若文丈 不免一
番至彼 則彼自欣然 便且無后事矣 自他事言之 則雖斬作萬段 不可
以趑循苟免 今爲先生圖 或是如此 自不相妨也 此間朋友 或有如是
說者 如何如何

斯道之厄 不但今日所未見 未知蒼蒼底竟如何也 苦事苦事 奈何
奈何

剛齋丈到彼 彼果何辭以對 弘窩丈自京何日返御 彼中或有干得此
事者否 面前事如醉如夢 尙不能管得 何可望以此等答文自彼到耶
所說如何

荷江答文 會得一看 平正條達 儘有警動人處 但春王正月考之吳
書未見可證 其曰非春而書春者 以夫子行夏之意 而假天時以立意者
得無與胡氏之意相似 望回及仔細也

僻居遐方 末由躬晉慰吊 是庸慚悚 安敢不見斥於君子之門乎 抑
又有所獻集中 心卽理說嘗得看過 分明直截 無容可議 而但心卽理
三字題目 不必如此 今日被得外面招拳惹踢 容或未必不由於此

據愚看來 恐刪去此等去處 而只曰心說 則自餘全得完好 彼必初
不見全文 只傳聞得此三字 以此 盖盡全集斷案了 畏禍全事之地如
此 似不爲無理 不審於意謂何 僭易及此 幸察其而恕諒否 自外具在
別紙錄去 不備上

면우 곽종석 선생에게 보내는 편지 신축년(1901)

한 번 모시고 종유하며 한 번 다녀 온 것이 벌써 지난 해 추억이
되어 멍하니 그저 마음속에 품고 그리움만 더할 뿐입니다 일찍이

선생님께 한번 찾아뵈려고 하였으나 오래도록 그럴 수 없었습니다. 비록 형편이 어쩔 수 없었으나 현인을 소홀히 하고 스스로를 버린 죄는 이것만으로도 이미 충분합니다. 이러고서도 얻는 것이 있기를 바라겠습니까. 부끄러울 뿐입니다. 요사이 몸은 평안히 잘 지내시는지요. 우러러 그리는 정성 잠시도 내려놓은 적이 없습니다.

보아하니 바야흐로 사도(斯道)가 분열하여 시기(猜忌)와 호승(好勝)이 습관이 되고, 변괴(變怪)가 백 가지로 나오는 것 마냥 이리저리 제멋대로인 상황이 끝날 날이 없습니다. 이와 같은 기상과 규모로 어찌 맞설 수 있겠습니까? 문장(文丈)같은 분이 더더욱 정신을 보전하고 아끼시고 사려를 온전히 길러, 원근(遠近) 사림의 기대에 부응하셔야 할 것입니다. 어떠신지요.

하강(荷江)의 일[143]을 듣고 몹시 괴롭고 두려웠습니다. 중간에 다행히 무마되었으나 다시 일어날 단서가 있다고 하던데 과연 그런 것인지요. 이것은 사도(斯道)의 회명(晦明)과 관계된 것이니 어떻게 해야 합니까.

무릇 우리 도(道)를 행하는 이는, 마땅히 근왕(勤王)[144]하는 이를 불러 모아 저들의 땅에 침범하고, 잔악한 자를 죽이고 형세를 넓히는 데[145] 급급하여 겨를이 없으니, 문장(文丈)께서 더욱 막중한 책

---

143) 하강(荷江)의 일 : 하강 단소(荷江壇所) 명의로『한주집(寒洲集)』의 내용을 비판하는 통문이 유림에 배포된 것을 가리킨다. 하강 단소는 현재 충북 충주시 금가면에 있는 하강서원(荷江書院)이다. 이세동,「홍와(弘窩) 이두훈(李斗勳)의 삶과 학문」,『퇴계학과 한국문화』, 제43호, 2008, 240쪽.

144) 근왕(勤王) : 군주의 통치가 위협받을 때 신하가 거병하여 군주를 돕는 것.

145) 저들의⋯⋯넓히는 데 :『서경』["우리 위엄을 드날리면서 저들의 지경에 침입하여 잔악한 자를 잡고 나라의 형세를 넓히니 탕에게 빛이 있도다[我武維揚 侵于之疆 取彼凶殘 殺伐用張 于湯有光]."라는 구절이 있다. 무왕이 군사를 일으켜 은의 주왕(紂王)을 칠 때 제후들을 모아 놓고 거병의 취지를 말한 대목인데, 이처럼 일본의 세력을 물리쳐야 한다는 뜻이다.

임을 지고 있으니 그 지극함을 쓰지 않음이 없을 것입니다. 그러니 도(道)의 존폐의 명운이 여기에 있습니다.

공백료(公伯寮)인들 그 명을 어찌하겠습니까?[146] 응당 자신을 돌아보아 스스로를 지켜내고 그 근본을 닦아 이겨내고 묵묵히 백 대(代)를 기다린다면 아는 이는 알겠지요. 자운(子雲)과 요부(堯夫)[147]가 어찌 그런 사람이 아니겠습니까.

그렇지 않으면 주자가 말한 "오늘날의 분분(紛紛)한 상황은 정씨(程氏) 때문에 일어난 것이 아니다"[148]는 말은 이 아마도 오늘날에 일어난 일일 터입니다.

저의 사사롭고 망령된 생각으로는 선생님의 덕은 더욱 밝고 존망은 더욱 높아 온 나라가 그 중경(重輕)[149]을 삼는데도, 저들은 분당하여 세력을 다투고, 한 결 같이 그 추향하는 것만으로 희로(喜怒)를 삼아 그 마음속으로 필시 "아무개는 덕망은 훌륭하나 한 번도 우리를 만나러 오지 않는구나."라고 생각할 것입니다.

이에 해코지 하려는 간절한 마음으로 염탐하여도 비방할 것을 얻

---

146) 공백료(公伯寮)가 ……어찌하겠습니까? : 공백료는 노나라 사람으로 자로(子路)와 동시에 계손씨의 가신을 지냈고 공자의 제자라고도 한다. 『논어』「헌문(憲問)」에서 공백료가 자로를 계손씨에게 모함했을 때, "도가 장차 행해지는 것도 명이며, 도가 장차 폐해지는 것도 명이니, 공백료 그 자가 명을 어떻게 하겠는가.[道之將行也與 命也 道之將廢也與 命也 公伯寮 其如命何]"라고 한 공자(孔子)의 말을 발췌한 것이다.

147) 자운(子雲)과 요부(堯夫) : 보통 당대(當代)에는 알아줄 사람이 없는 것을 표현할 때, 후세의 자운(子雲)이나 요부(堯夫)를 기다릴 수밖에 없다는 표현을 많이 쓰는데, 자운은 한(漢)나라 양웅(揚雄)의 자(字)이고, 요부는 송(宋)나라 소옹(邵雍)의 자이다.

148) 오늘날의……아니다 : 『주자대전』 권27 「답첨수서(答詹帥書)」에 나오는 구절이다. 첨수(詹帥)는 첨의지(?~1190)로, 자는 체인(體仁)이며 절강성 엄주(嚴州) 수안(遂安) 사람이다.
정씨(程氏)는 정우(程瑀)로 자가 백우(伯禹)이며 송 고종(宋高宗) 때 사람이다. 주자가 첨의지에게 보낸 이 편지의 해당 구절은 우암 송시열 이래 여러 학자들의 문집에 인용되었고, 대개 실제 사건보다는 상대 당파의 주요 인물과 가깝다는 것이 논척의 주된 이유가 될 때 쓰이곤 한다. 최석기 외, 『송원시대 학맥과 학자들』, 보고사, 2007.

149) 중경(重輕) : 전체 판국에 영향을 끼치는 중요 인자를 뜻한다.

지 못하니 마침내 "풍지(風旨)에 맞추어[150] 우리들이 있는 곳을 살피고 나서[151]"이와 같은 일이 야기된 것입니다. 이것은 아마 지나친 근심[152]일지 모르나, 반드시 이치가 없는 것도 아닙니다.

기왕은 말할 것이 없고 지금부터는 선생님만한 분이 없습니다. 한번 저들에게 가게 되면 저들은 절로 기뻐하여 뒷일이 없을 것입니다. 다른 일로 말해보면 비록 만 조각으로 끊어져도 따르고 쫓아 구차히 면해서는 안 되나, 지금은 한주(寒洲) 선생[153]을 위하여 일을 도모하니 혹시 이렇게 하면 저절로 서로 방해하지 않을 것입니다. 요사이 붕우들 중 혹 이렇게 말하는 이가 있는지요. 어떻습니까.

사도의 액(厄)은 비단 오늘날에만 드러난 것은 아닙니다. 아득한 심정 끝내 어떻게 할지 모르겠습니다. 참 괴롭습니다. 어떻게 해야 하겠습니까.

강재(剛齋) 어른이 저들에게 가면 저들은 과연 어떤 말로 대답할까요. 홍와(弘窩)[154] 어른은 서울에서 언제 돌아오시는지요? 저들 중 혹시 이 일에 간여(干與)한 이가 있습니까. 면전의 일도 마치 취한 듯 꿈인 듯 외려 추스르지 못하는데 어찌 이런 답문을 저들에게

---

150) 풍지(風旨) : 여기서 풍지(風旨)는 추세, 정세와 상급자의 명령・지시・의도를 나타내며 '풍지에 맞춘다'는 것은 자신의 주관이 없이 남의 뜻에 영합함을 가리킨다.

151) 풍지(風旨)에……보고서 : 주희(朱熹)가 첨의지(詹儀之, ?~1190)에게 답하는 편지에 나오는 구절이다.

152) 지나치게 헤아리는 이[過計] : 『순자』「부국(富國)」에서 묵자가 천하를 위하여 물자가 부족함을 근심하는 것에 대하여 순자가 사용한 말이다. [墨子之言 昭昭然 爲天下憂不足 夫不足 非天下之公患也 特墨子之私憂過計也]

153) 한주(寒洲) 선생 : 이진상(李震相, 1818~1886)으로, 본관은 성산(星山), 자는 여뢰(汝雷), 호는 한주(寒洲)이다. 주리론을 주장하고, 심즉리(心卽理) 설을 제창하여 당시 학계에 파문이 일었다. 문집 『한주집(寒洲集)』이 전하고,『이학종요 理學綜要』, 『사례집요 四禮輯要』등 다수의 저술을 남겼다.

154) 홍와(弘窩) : 이두훈(李斗勳, 1856-1918) 본관은 성산(星山), 자는 대형(大衡), 호는 홍와(弘窩)이다. 한주의 문인으로 하강단소(荷江壇所)의 통문 사건이 일어났을 때 진상 파악과 변무(辨誣) 임무를 수행하였고 이후 저술과 후진 양성에 힘썼다.

서 이르길 바라겠습니까. 제 말이 어떤지요?

하강의 답문은 일찍이 한 번 본적이 있는데 공평하고 조리가 통달하여 남을 놀라게 할 만하였습니다. 다만 '춘왕정월(春王正月)[155]'은 주자의 「오회숙(吳晦叔)에게 답하는 편지」[156]를 살펴보았지만 증험할 만한 곳을 발견하지 못하였습니다. 거기에서 말하길 "봄이 아닌데 봄이라고 쓴 것은 공자가 하(夏)나라의 역법을 행하려는 뜻으로 천시(天時)를 빌려서 뜻을 세운 것이다.[157]"라고 하여, 호씨(胡氏)[158]의 생각[159]과 서로 비슷한 것이 없는 듯하니, 회신하실 때 자세히 언급해주시길 바랍니다.

먼 곳에 궁벽하게 살기에 몸소 나아가 아픔을 위로할 길이 없으니 참으로 부끄럽고 송구합니다. 어찌 감히 군자의 문하에서 배척받지 않겠습니까.

또 봉헌한 한주 선생의 문집 속에 '심즉리설(心卽理說)'을 일찍이 본적이 있는데 분명하고 확고하여 의론을 용납하지 않았습니다. 그러나 다만 '심즉리' 세 글자는 제목을 굳이 이렇게 할 필요는 없을

---

155) 춘왕정월(春王正月): 『춘추』의 첫 머리에 등장하는 계절과 달을 나타내는 어구이다.

156) 주자의……편지 : 오회숙은 오익(吳翌, 1129~1177)으로, 자는 회숙(晦叔)이며 복건성 건양(建陽)사람이다. 호굉(胡宏, 1106~1162)의 문인으로 형산(衡山)에서 은거하였고, 주희가 행장을 지었다. 『주자대전』 권42에 「오회숙에게 답하는 편지」 13편이 수록되어 있고, 그 중 2통의 편지에서 『춘추』의 '춘왕정월'에 대해서 논하였다. 「朱子大全」卷42「答吳晦叔書」; 최석기 외, 같은 책.

157) 봄이…… 것이다. : 『주자대전』 권42에 수록된 「오회숙(吳晦淑)에게 답하는 편지」에 나오는 구절이다.

158) 호씨(胡氏): 호안국(胡安國, 1074~1138)으로 자는 강후(康侯), 호는 무이(巫夷)이며, 복건성 숭안(崇安) 사람이다.

159) 한주는 「춘왕정월론」에서 『주자대전』에 수록된 「오회숙에게 답하는 편지」를 인용하면서 자신의 설을 천명하였는데, 면우가 하강 단소 통문에 대한 답문을 작성하면서 이 편지를 언급한 것으로 보이며, 이에 대해 회와(晦窩)는 그 편지가 적절한 증거가 될 만하지 못하다고 여기고 '정자의 견해가 호안국(胡安國)의 견해와 비슷하지 않느냐'고 질문하면서 더 상세한 설명을 요구하고 있다.

것입니다. 오늘날 외면 받고 주먹질을 불러오며 발길질을 야기하는 상황이 혹여 반드시 여기서 말미암지 않았다고는 못할 것입니다.

저의 어리석은 견해에 근거하여 보건대 이런 없애할 할 부분을 삭제하고 다만 '심설(心說)'이라고 한다면 저절로 나머지는 완미(完美)하게 갖추어질 것입니다. 저들은 필시 애초에 전문(全文)을 보지도 않고 다만 이 세 글자만 전하여 듣고, 이것으로 전집(全集)에 대한 단안(斷案)을 마쳐 버렸을 것이니, 모든 일마다 화를 두려워하고 일을 온전하게 하는 것이 이와 같이 하여도 무리가 되지 않을 것입니다. 어떻게 말씀하실지 모르겠습니다. 제가 주제넘고 경솔함이 여기에 이르렀으니 살펴 너그러이 이해해 주십시오. 그 밖에는 별지에 기록합니다. 이만 줄입니다. 올립니다.

●

大學問目

［문］ 由是而學是字專指大學而言兼論孟而言歟

［답］ 恐專指大學之次序

［문］ 明德 心性情之統名 然具之應之 皆屬虛靈 則明德主心言 嘗疑虛靈 朱子以理與氣合 而此之虛靈單指理 則氣不管攝耶 且道旣言 具衆理 則以理具理 果有是理耶 蘆沙翁嘗言如以目視目

［답］ 物知意心身 爲明德之條目 則物知意心身之德 便是明德也 如家國天下爲民之條目 而家國天下之民 便是民也 德者萬善之總稱 而心爲萬善之主宰總會 故章句以虛靈不昧釋之然其實則衆德之

光明純粹 皆在所該矣 虛靈之合理氣言者 以虛靈之發用 必資乎氣之清澈故也 然專指其本然之妙則所謂道太虛 所謂太極至靈者是已 明德是道理之實得於己者 非謂氣之得者 則此言虛靈不須兼氣看 朱子曰虛靈自是心之本體 豈有形象 此則豈又不大煞分明否 雖其以理言而理未嘗離氣也 則氣之爲資者 不言而自在矣 但謂氣之管攝 則忒重了 管攝是主宰之理 以理具理 以一心而具衆理也 理無形而神妙活絡 故理具理理宰理 皆無所妨 形有體而拘於局 故目視目不得 蘆沙說恐在可商 朱子嘗曰 性是太極渾然之體 但其中含具萬理 此亦可以性爲氣否 若謂虛靈是氣 則下云氣禀所拘 是以氣拘氣 眞是不成說也

問 大學之道道字 如君子深造之以道之道 許東陽此說如何

答 明新止三字 是以工夫言 故這道字以修爲之方言之 恐無可疑 然而修爲之方 亦只是當然之理 非有二樣 如序文所謂敎人之法 與孟子所謂君子行法之法 只是一串意思

問 止於是是字 是泛說 非專指至善而言

答 是

問 明德新民 皆當止於至善 止字大全講義作至字 恐當以此爲正 若作止字則下不當復言不遷矣 未知如何

答 古人爲文 亦多有此等申複說 以致其丁寧之意者 如下所云盡夫天理之極 而無人欲之私 亦非盡天理之外 更有無人欲事也

232

問 天理之極 是萬物統體一太極 事理當然之極 是萬物各具一太極
　　吳新安說如何

答 在事之理 便是得於天之理 各具者亦天理也 吳氏說恐强分了 但
　　上云事理 而此云天理 以見事理之卽天理 而照應上萬事衆理得
　　乎天之理 所謂至善 卽明德之極至處也

問 胡雲峰云定靜 事未來而此心之寂然不動 安慮 事方來而此心之
　　感而遂通 此說如何

答 胡氏錯認這靜字做未發看 故有此說 與章句心不妄動之意不合

問 格物致知之釋 兩欲其以下 移物格知至之訓 來釋於此 訓詁之體
　　或有此法 而或者以爲此格致之正釋 而其爲吐則曰物을格케 此
　　意如何

答 上誠意之釋亦然 但欲其以下 非訓釋也 言爲此工夫者 欲其有此
　　功效 使人有向望之意 以潛引得下節逆推之意 或說未敢知

問 銘名其器名字 宣廟朝趙重峰校正朱子大全講義 册頭書名 唐本
　　作銘 或問又無名字 則此名字恐是板本之誤 然按禮記說銘之意
　　皆以名釋之 章句以名釋銘 盖有所本 且儀禮通解載大學章句亦
　　作名 不應諸本皆誤 未知何所適從

答 名字是

問 此以沒世不忘口訣世에讀如何 今諺解未安

答 觀章句旣沒世之言 則盛見似得 竊疑沒世之云 猶言終古終天之

意 謂至於萬世之窮盡也 似當曰 世沒乭룩如作前王之身沒 則似
恐意短

문 本末一章 與經文初無異議 而自來讀者 皆以爲此但言新民之事
而未說到明德 故集註特言明德以補之 殊不知本文未嘗不言明德
聽訟本也 使無訟以下末也 使字正說 明己德之意 其爲說 盖曰先
明己之德 則民自畏服而自無訟之可言 若不明其明德 而先欲民
之無訟 則抑末也 觀於或問可見 未知如此看如何
답 得之

문 只釋本末 而不論終始 或問云安知其本有是而並失之 然經文末
二節 申言第三節而只擧本末 則傳只釋本末而不及終始 其意莫
亦本於此否
답 亦得之

문 莫不有知之知 是全體之知 因其己知之 是一端之知 小註比而同
之 未知是否
답 固然○一端之知 亦是全體之用 非有兩箇知也

문 盧玉溪衆理之體用 卽吾心之體用一言 未知如何 竊謂天之生物
初無二理 不異於物也物之理 不異於人也 冲漠無朕者 卽吾心之
寂然不動 而所以爲體者也 生人生物者 卽吾心之感而遂通 而所
以爲用者也 然氣稟拘之於前 物欲蔽之於後 是以於天下之理 或
有所不能窮也 必其窮究到底 無所窒礙 方見得彼之體用 卽吾之

234

體用 君父者物也 當仁當敬之理 各在君父之身 然其仁之敬之 則
吾心爲之用也 牛馬者物也 可馳可耕之理 各在牛馬之身 然其馳
之耕之 則吾心爲之用也 以此推之 天下之物 莫不皆然 此所以衆
理之體用 卽吾心之體用 而朱子所謂心與理一者此也 然抑有一
疑焉 格物者窮至萬物之理也 萬物之理 卽吾心之理 則一物纔格
萬物自通 何嘗有積累功夫 知天之理 則人之理從可得而知也 知
人之理 則物之理從可得而知也 所謂物格者 只是一時事 且或因
此而只專求吾之心 而不求衆物之理 而曰吾心之理 卽衆物之理
云爾 則更何用格物工夫 此釋氏所以守昭昭靈靈之識 而昧天理
之眞也 陸氏所以不以問學 而只欲守德性也 陽明所以但致吾心
之良知者此也 溫公所以能扞禦外物者 此也 因此一言 而其流之
弊 或不至於此耶 然衆物之理 各自不同 則雖窮白首而格之 日亦
不足矣 延平所謂灑然 程子所謂推類而通其餘 所謂豁然脫然 朱
子所謂一旦貫通者 將何緣得到那境界 此盧氏之說也好也不好
請下一轉語以敎之

所論已盡其曲折 吾心之理 亦自有分殊 豈容一物理到而萬理皆
通耶 天人物我 雖是一理 一焉之中 亦不無分殊 因此而知彼 因
彼而知此 亦自有分數次序 未可一頓便貫于一也 盧氏之意 只是
心與物一理貫通之謂 非如諸子之以物爲外 而專用工於內照也
朱子所謂立乎一身 而其體之虛靈 足以管乎天下之理 理雖散在
萬物 而其用之微妙 實不外乎一人之心 亦只是此意 心具萬事之
理 而心無著模 故必卽事物而窮其理 乃可而盡心之理也 不可以
心與物一理 而却就心上求物理也 盧說豈曾有此意

問 一物格而萬理通 旣曰雖顏子未至此 則與聞一知十所異何居 一數之始 十數之終 則就一事上自始至終 窮究徹底 所謂聞一知十也 萬理通者 必衆物之表裡精粗無不到之謂也 其所異或如此否

答 似然

問 或問中心 雖主乎一身一句 只說心之體 而遺却箇用理 雖散在萬物一句 只說理之用 而未說到體何也 其或互文而並見耶 抑亦管乎天下之理是用 理雖散在萬物是體否

答 心之存主爲體 而實管天下之理爲體 理之散殊爲用 而實賴一人之心以爲用者 是互文以見也 若以管天下之理爲用 則亦當以不外一人之心爲體 若以散在萬物爲體 則亦當以主乎一身爲用 恐夫須如此看

問 巨細相涵 動靜交養 巨細似是說理 動靜似是說心 而玉溪謂巨屬心細屬理 動是格物 靜是主敬 如此則得無有內外精粗之甚耶

答 玉溪說恐不可易 惟其相涵交養而豁然而貫通 渾然而一致 故無內外精粗之可言矣 若謂理與理相涵 心與心交養 則其爲內外精粗而不可貫通一致者甚矣

問 竊疑通天下 只是一理 初無表裡精粗多寡偏全之可論 而補亡章云表裡精粗 或問中如此說處 無慮數十 此皆何謂 其意不過曰 隨物之有表裡精粗 而窮其理 無不盡也云爾 非眞以爲理有表裡精粗之不同 不審如何

答 通天下只是一理 理皆純善無惡之謂也 善焉之中 而有見於外 而

236

易見底道理 有極於內而難窮底道理 如小註饒氏說是已 理一之
中 分未嘗不殊也

問 窮萬物之理同出於一 爲格物 知萬物同出乎一 爲知 至呂與叔此
說 似合於理 不知 何所病而非之也
答 或問已詳之 而更有此疑何也

問 皆務決去云云二句 上一句惡夕之謂也 下一句好善之謂耶 一說
好善不如好色 惡惡不如惡惡臭之心 皆務決去而好善如好色 惡
惡如惡惡臭之心 求必得之 此未知如何
答 恐上一說爲是 皆字是或問所謂凡其心之所發之意 善非一端 惡
有萬狀 凡惡皆當決去 凡善皆當必得煞

問 大學誠字 與中庸異釋 其義何也 中庸專是說善一邊 故云其實無
妄 大學兼善惡說 故曰誠實也 蓋實於惡善實於惡 善惡雖不同
而其以實心爲之則一也 觀閒居章可見 不然 則與中庸異釋 抑有
說否
答 一實字是誠字正釋 無妄字 所以覆解實字也 妄是虛僞之稱 閒居
小人 若是實心爲惡 則章句何以曰非不知善之當爲與惡之當去
也 須是道惡是合做底事而爲之 然後方可謂實心爲惡也 此已略
論於今去答梁君問目中 可轉看而駁專之否

問 言此以結之此字 指何而言 指誠意二字而言否
答 指德潤身廣體胖而言

問 自欺是細微處 閒居爲不善 是大段爲惡底 其地位大煞不同 語類 皆如此說 而最末却 都無分別言之 其曰閒居爲不善 便是惡惡不 如惡惡臭 厭然掩不善 便是好善不如好好色且曰如此看 文義昭 實平易 坦然無屈曲 語類此說果如何

答 閒錄在最晚戊午 不啻丁寧 恐當依此看 但與君子之自欺 有精粗 之別 然其爲容着 蓋庶之意則一也

問 誠意是隱密處 用功是通表裡隱顯而爲言 觀意字則似是如上說 而語類有數三處如下說 未知如何

答 表與顯 固好善惡惡矣 而其意之發 未能眞箇十分好之惡之 便是 自欺 誠其意者 用工於隱密 而要令隱密與表顯無間也 語類所謂 表裡一 謂裡面之當如表也 非謂誠意之工於其表也

問 傳者初不言誠意致知 如他章之例者何 傳之釋格物 已釋致知之 意盡矣 故其下釋誠意 不復言致知之義 誠意別爲一傳 而釋其意 已盡 故不復言正心之義 此其勢不得不然 然其釋誠意 不以正心 起頭者 蓋誠意則是自修之首 故特表而出之 非如他目之帶說過 矣 又有一說曰知行畢竟是二事 故誠意章不連致知爲說 誠意正 心皆屬行 然誠意非特爲正心之要 故以下諸條 皆以是爲要 二說 皆如何

答 兩說皆通

問 一有之一 猶言一向也如何

238

答 恐只是四者之一

問 語類說有所之病有三 或事未來 先有期待底心 或事已去 又却留
在胸中 或應事之時 意有偏重 或問與雲峰說 亦皆如此 此果有所
之正義歟
答 恐當以方應事時偏繫者 爲所有之正意 其留滯也期待也 皆餘證
之未化者

問 修身章結語獨異於他者 承經文修身爲本 其本亂而末治否矣之語
而然耶 抑作文之變例耶
答 反結以應經文 固是作文之例 然身與家相接處 設此反辭 以見身
不可不修之意 是經傳之有深意 不可只作文之變例看

問 修身齊家是過接關子 故齊家章起頭特加必先二字者此也 其家不
可教二句 亦承經文所厚者薄之二句語耶
答 似然

問 齊家第二節 集註是統釋孝悌慈 抑單說慈耶 此盖與或問初無異
議 而程林隱大學章圖云此章集註後來改之 而或問未及改之 不
知何所據也
答 此只以心誠求之 以明上之人須於民之欲孝欲悌欲慈而不能自達
處 當誠心以求之也 舉慈以例孝悌也 朱子以此章爲未說到推上
而或問言自其慈幼者而推之 故林隱有此云云盖言使衆之道 便是
慈而以誠求也 非謂自慈而推之以使衆也

대학문목(大學問目)[160]

問 '유시이학(由是而學)[161]'이란 글자는 오로지『대학(大學)』을 가리켜 말한 것입니까.『논어(論語)』『맹자(孟子)』를 겸하여 말한 것입니까?

答 오로지『대학』의 차례를 가리킨 듯하다.

問 '명덕(明德)'은 심(心)·성(性)·정(情)의 통칭이나, 그것을 갖추고 응하는 것은 모두 허령(虛靈)에 속하니 명덕은 심을 주로 하여 말한 것입니다. 일찍이 허령을 의심하여 주자는 "리(理)로서 기(氣)와 합해진 것"이라 하였으나 이 허령이 그저 리만을 가리킨다면 기는 관섭(管攝)할 수 없습니까? 또 "도(道)는 이미 중리(衆理)를 갖추었다."고 말한다면 리로서 리를 갖춘 것이니 과연 이런 리가 있는 것입니까. 노사옹(蘆沙翁)[162]이 일찍이 말한 눈으로 눈을 보는 것과 같은 것인지요?

答 물(物)·지(知)·의(意)·심(心)·신(身)을 명덕의 조목으로 삼는다면 물·지·의·심·신의 덕이 곧 명덕이다. 예를 들어 가(家)·국(國)·천하(天下)는 민(民)의 조목이어서 가·국·천하

---

160) 대학문목(大學問目) : 이 글은『면우집(俛宇集)』권 104에「答曺晦仲 秉憙○大學疑義○辛丑」라는 제목으로 보인다. 몇몇 글자의 오탈락이 발견되며, 일부는 의미가 전혀 상반된 부분도 보인다.『회와집』에 최대한 근간하여 해석하였으며, 문의가 통하지 않는 부분은『면우집』과 대조하여 해석하였다.

161) 유시이학(由是而學) :『대학장구』"子程子 大學孔氏之遺書 而初學入德之門也 於今可見古人爲學次第者 獨賴此篇之存 而論孟次之 學者必由是而學焉 則庶乎其不差矣(자정자가 말씀하시길『대학』은 공씨가 남긴 글이니, 처음 배우는 자가 덕에 들어가는 문이다. 지금에 옛 사람들이 학문을 한 순서를 볼 수 있는 것은 유독 이 편이 남아 있음에 의뢰하고『논어』와『맹자』가 그 다음이 되니, 배우는 자는 반드시 이로 말미암아 배우면 거의 틀리지 않을 것이다.)"

162) 노사옹(蘆沙翁) : 기정진(奇正鎭)

의 민이 곧 민이다. 덕(德)은 모든 선의 총칭이고, 심(心)은 모든 선의 주재요, 총회(總會)다. 그러므로 『대학장구(大學章句)』에서 '허령불매(虛靈不昧)'로 그것을 풀이하였다. 그러나 실지로 여러 덕의 광명(光明)과 순수(純粹)가 모두 해당한다. '허령'을 리·기를 합하여 말한 것은 허령의 발용(發用)이 반드시 기의 맑음에 바탕하고 있기 때문이다. 그러나 오로지 그 본연의 묘(妙)만 가리킨 것은 소위 "도태허(道太虛)[163]"요, 소위 "태극의 지극히 영령한 것[太極至靈]"이다. 명덕은 도리가 실지 자기에게 얻어진 것으로 '기가 얻어진 것'을 이른 것이 아니니 이것은 허령이 꼭 기를 겸하여 본 것이 아님을 말한 것이다. 주자가 "허령은 저절로 심의 본체다. 어찌 형상이 있겠는가.[164]"라고 하였으니 이것이야말로 어찌 또 매우 분명한 것이 아니겠는가. 비록 리로 말하였다하더라도 리는 일찍이 기를 떠난 적이 없으니 기가 바탕이 되어 말하지 않아도 저절로 있다. 다만 기의 관섭(管攝)이라고 하면 오류가 크다. 관섭은 주재의 의미로 리로서 리를 갖추고 일리(一理)로 중리를 갖춘다.[165] 리는 무형하나 신묘하고 활락(活絡)하다. 그러므로 리가 리를 갖추고 리가 리를 주재하니 모두 방해되지 않는다. 형(形)은 체(體)가 있어서 국량(局量)에 구애되

---

163) 도태허(道太虛) : 『朱子語類』, 卷65: "道太虛也形而上者也.(태허를 말하는 것이 형이상이다.)"

164) 『朱子語類』「卷第五」"虛靈自是心之本體, 非我所能虛也. 耳目之視聽, 所以視聽者卽其心也, 豈有形象. 然有耳目以視聽之, 則猶有形象也. 若心之虛靈, 何嘗有物!(텅 비어 있고 신령한 것은 본래 마음 자체가 그런 것이지, 내가 텅 비게 할 수 있는 것은 아니다. 눈으로 보고 귀로 들을 때 보거나 듣도록 하는 것은 바로 그 마음 때문이니, 어찌 (마음에) 형체가 있겠는가! 그러나 눈과 귀를 가지고 보고 들으니 그래도 형상이 있는 셈이다. 텅 비어있고 신령한 마음 같은 것에 무슨 형체가 있겠는가!)"

165) 관섭은……갖춥니다 : 『면우집(俛宇集)』 권 104 「答曹晦仲 秉憙○大學疑義○辛丑」의 글에 원문과 다른 부분이 있는데, 이 부분은 『면우집』의 문의가 더 통한다. '管攝是主宰之義 以理具理 以一理而具衆理也.'

므로 눈으로 눈을 볼 수 없다. 노사설(蘆沙說)은 아마 상량할
만한 점이 있는 듯하다. 주자가 일찍이 말하길 "성(性)은 태극
이 혼연한 체"라고 하였는데 다만 그 속에 만리(萬理)가 갖추어
져 있다. 이 또한 성을 기로 여길 수 있는 것이 아니겠는가. 만
약 허령이 기라고 한다면 아래 말한 "기품(氣稟)에 구애되다."
는 기로서 기를 구애하는 것이니 참으로 말이 되지 않는다.

問 '대학지도(大學之道)'의 도(道) 자는 '군자심조지이도(君子深造之
以道)[166]'의 도와 같다는 허 동양(許東陽)의 이 설은 어떻습니까?

答 '명신지(明新止)' 세 글자는 공부로서 말한 것이다. 그러므로
이 도 자는 '닦아서 행하는 방법[修爲之方]'을 말하였다. 아마
의심할 수 없을 것이다. 그러나 수위지방(修爲之方) 또한 다만
당연지리(當然之理)일뿐 두 가지가 있는 것이 아니다. 서문에
이른 '사람을 가르치는 방법[敎人之法]'과 같다. 맹자가 말한
'군자가 법을 행하는 법[君子行法之法]'과 통하는 뜻이다.

問 '지어시(止於是)'의 시(是) 자는 범범히 말한 것이지 오로지 지
선(至善)을 가리켜 말한 것은 아니지요.

答 그렇지.

---

166) 군자심조지이도(君子深造之以道) : 『맹자』「이루하(離婁下)」: "孟子曰: 君子深造之以
道, 欲其自得之也. 自得之, 則居之安; 居之安, 則資之深; 資之深, 則取之左右逢其原, 故
君子欲其自得之也. (군자가 바른 도리로써 깊이 탐구하는 것은 자신이 스스로 터득하
고자 함이다. 스스로 터득하게 되면, 그것을 대처함에 안정되어진다. 그 일에 대처함이
안정되어지면 그 일에서 얻어내는 것이 깊이가 있게 된다. 그 일에서 얻어내는 것이 깊
이가 있게 되면, 자기 가까운 곳에서 취할 수 있게 되며 그 근원을 만나게 된다. 그러므
로 군자는 자신이 스스로 터득하고자 하는 것이다.)"

🈚 명덕신민(明德新民)은 모두 지어지선(止於至善)에 해당합니다. 지(止) 자는 『대전강의(大全講義)』에 '지(至)'로 되어있는데 아마 마땅히 이것이 옳다고 여겨서 일 것입니다. 만약 '지(止)' 자로 하면 아래는 마땅히 말을 번복하거나 옮기지 못할 것입니다. 어떤지 모르겠습니다.

🈵 옛 사람이 문장을 지을 때 이런 것들이 많아 거듭 반복하여 말하여서 그 정녕의 뜻을 다하였다. 아래 말한 "무릇 천리의 지극함을 다하여 인욕의 사사로움이 없다."는 것 또한 천리 외에 것을 다하여 다시 인욕의 일이 없다는 것이 아니다.

🈚 "천리(天理)의 극(極)은 만물이 하나의 태극을 통체(統體)하였고, 사리당연(事理當然)의 극은 만물이 하나의 태극을 각기 갖추었다."는 오 신안(吳新安)의 이 설은 어떻습니까.

🈵 일에 있어서[在事]의 리는 천리(天理)를 얻은 것이니 각기 갖춘 것 또한 천리이다. 오씨(吳氏) 설은 아마 억지로 나눈 듯하다. 다만 위에서 말한 사리(事理)와 여기에서 말한 천리는 사리가 천리에 나아가 조응(照應)하는 위에서 만사중리(萬事衆理)가 천리를 얻었음을 알 수 있다. 지선(至善)은 명덕의 극지처(極至處)이다.

🈚 호 운봉(胡雲峰)이 말한 "안정(定靜)은 일이 아직 생기지 않아 마음이 고요히 움직이지 않는 것[寂然不動]이고, 안려(安慮)는 일이 바야흐로 생기려고 하여 이 마음이 느껴서 마침내 통하는 것[感而遂通]을 말한다."는 이 설이 어떻습니까.

답 호씨는 이 정(靜) 자를 잘못알고 미발로 간주하였다. 그러므로 이런 설이 있는 것이니, 『대학장구』의 '마음을 망동하지 않는다.[心不妄動]'는 뜻과는 맞지 않다.

문 격물치지(格物致知)의 해석은 두 '욕기(欲其)' 이하는 물격지지(物格知至)의 해석을 옮겨와 여기에 해석을 했다. 훈고의 형태가 혹 이런 법이 있는지 혹자는 이 격치(格致)가 정훈(正訓)이라 여겨 그 토(吐)에 말하길 "물(物)을 격(格)케"라고 하였는데 의미는 무엇입니까?

답 위 성의(誠意)의 해석 또한 그러하다. 다만 '욕기' 이하는 훈석(訓釋)이 아니다. 이 공부를 하는 자는 거기에 이 공효(功效)가 있고자하여 사람으로 하여금 향망(向望)한 뜻이 있어 몰래 하절을 인용하여 거슬러 추론 하는 뜻을 말하였으니, 혹설(或說)은 감히 알지 못한다.

문 '명명기명(銘名其器)'의 명(名) 자는 선조(宣祖) 때 조 중봉(朝趙重)[167]이 주자의 『대전강의(大全講義)』를 교정하였는데 책머리에 명(名)이라고 썼습니다. 당본(唐本)에는 명(銘)으로 되어 있고, 『대학혹문(大學或問)』에도 또 명(名) 자가 없으니 이 명(名) 자는 아마 판본의 오류인 듯합니다. 그러나 『예기(禮記)』에 명(銘)의 뜻을 설명한 것을 살펴보면 모두 명(名)으로 해석하였습니다. 『대학장구』에 명(名)으로 해석한 것은 아마 소본(所本)이 있어서이며, 또 『의례통해(儀禮通解)』에 실린 『대학

---

167) 조 중봉(朝趙重) : 조헌(趙憲)

244

장구』에도 또한 명(名)으로 되어 있습니다. 응당 여러 본들이 모두 오류가 아니라면 어떤 것을 쫓을지 모르겠습니다.

🈵 명(名) 자가 맞다.

🈷 이것은 몰세불망(沒世不忘)을 구결하여 "세(世)에"라고 하였는데 어떻게 읽어야 합니까 지금의 언해는 안온치 못합니다.

🈵 『대학장구』의 '기몰세(旣沒世)'란 말을 살펴보면, 너의 견해를 알 수 있을 듯하다. 속으로 몰세라고 한 것을 의심하였으나, 오히려 영원히 죽을 때까지의 의미로 말하고 있으니 '많은 세월이 다하는 데에 이르다.'는 것을 말한 것이다. 마땅히 '세몰(世沒)토록'이라고 한 것과 흡사하니 만약 '전왕지신몰(前王之身沒)'이라고 하였다면 아마 뜻이 모자랄 것이다.

🈷 본말(本末) 일장은 경문과 애초에 의미가 다름이 없으나 예로부터 독자들은 모두 이것이 다만 신민(新民)의 일을 말하는 것이라고 여겨서 명덕(明德)까지는 설명하지 않았습니다. 그러므로 『대학집주(大學集註)』에서 특별히 명덕을 말하여 그것을 보완하였습니다. 본문에 일찍이 명덕을 말하지 않은 적이 없음을 전혀 모르는 것입니다. '청송(聽訟)'은 본(本)이고 '사무송(使無訟)'이 하는 말(末)입니다.[168] 사(使) 자는 바로 자기의 덕을 밝힌다는 [明己德]뜻을 말한 것입니다. 그 설에 대해 말하길 "먼저 자기의 덕을 밝히면 백성은 스스로 두려워하고 복종하여 저절로 소

---

168) 이 부분의 문답은 『면우집』과 차이가 많다. 본말(本末)이 서로 뒤집어져 『면우집』에는 "聽訟末也°使無訟以下本也"이라고 되어있으나 『회와집』 원문에 의거하여 해석하였다.

송을 말할 것이 없게 된다. 만약 그 덕을 밝히지 않고 먼저 백성이 송사가 없고자하면 말(末)을 억누르는 것이다.”라고 하였는네『대학혹문((大學或問)』을 살펴보면 알 수 있습니다. 이와 같이 보는 것이 어떤지 모르겠습니다.

🈤 맞다.

🈳 단지 본말을 풀이하고 종시(終始)를 논하지 않았습니다.『대학혹문』에서 “그 근본이 있지 않으면 함께 잃을 것이란 것을 어찌 알겠는가!169)”라고 하였습니다. 그러나 경문의 끝에 2절은 제 3절을 거듭 말하여 단지 본말을 들어 말하였으니, 전(傳)에서 단지 본말을 해석하였을 뿐 종시에는 미치지 않았습니다. 그 의미 또한 여기에 근본 한 것입니까?

🈤 또한 맞다.

🈳 ‘막불유지(莫不有知)170)’의 지(知)는 전체의 지(知)입니다. 인기이지(因其已知)171) 지는 일단(一端)의 지입니다. 소주(小註)의 나란히 하여 같이한다는 것[比而同之]이 맞는지 모르겠습니다.

🈤 진실로 그러하다. 일단의 지 또한 전체의 용(用)이다. 두 개의 지가 있는 것이 아니다.

---

169) 여기서 인용된 말은『대학혹문』의 말과 차이가 있어서 『대학혹문』의 “又安知其非本有 而幷失之也邪”라는 구절로 해석하였다.

170) 막불유지(莫不有知) :『대학장구』전 5장 “蓋人心之靈 莫不有知, 而天下之物 莫不有理, 惟於理有未窮, 故其知有不盡也.(대개 인심의 영특함은 앎이 있지 않음이 없고 천하의 사물은 이치가 있지 않음이 없는 것이다.)

171) 인기이지(因其已知) :『대학장구』전 5장 “是以大學始教, 必使學者 即凡天下之物, 莫不因其已知之理 而益窮之, 以求至乎其極(이 때문에 대학에서 처음 가르칠 때에 반드시 배우는 자들로 하여금 모든 천하의 사물에 나아가서 이미 알고 있는 이치를 인하여 더욱 궁구해서 그 극에 이름을 구하지 않음이 없게 하는 것이다.)

＠ 노 옥계(盧玉溪)가 말한 "중리(衆理)의 체용(體用)이 곧 오심(吾心)의 체용"이라는 이 말은 어떻습니까? 제 생각에 하늘이 물(物)을 냄에 애초에 두 가지 리(理)는 없었습니다. 인(人)의 리는 물과 다르지 않고, 물의 리는 인(人)과 다르지 않습니다. 충막무짐(冲漠無朕)은 곧 오심(吾心)의 적연부동(寂然不動)으로 체(體)가 됩니다. 생인생물(生人生物)은 곧 오심의 감이수통(感而遂通)으로 용(用)이 됩니다. 그러나 기품이 앞에서 구애되고 물욕이 뒤에서 가려져 이 때문에 천하의 리가 혹 다할 수 없는 것이 있습니다. 반드시 밑바닥까지 궁구한다면 막히는 것이 없어 바야흐로 저 체용이 곧 나의 체용임을 알게 될 것입니다. 군부(君父)라는 물은 마땅히 인(仁)하고 경(敬)해야 하는 리가 각기 군부의 몸에 있습니다. 그러나 그를 인하고 경하게 하는 것이 오심(吾心)의 용이 됩니다. 우마(牛馬)라는 물은 달릴 수 있고 밭갈 수 있는 리가 각기 우마의 몸에 있습니다. 그러나 그를 달리고 경작하게 하는 것은 오심의 용이 됩니다. 이것으로 미루어보면 천하의 물은 모두 그렇지 않은 것이 없습니다.

이것이 '중리의 체용이 곧 오심의 체용'이 되는 소이며 주자가 말한 "심(心)과 리(理)는 하나이다."라는 것입니다. 그러나 한 가지 의문이 듭니다. 격물(格物)은 만물의 리를 궁구하는 것입니다. 만물의 리가 곧 오심의 리라면 일물(一物)에 이르면 만리(萬理)는 저절로 통하는데 다시 공부를 쌓을 필요가 있겠습니까? 천(天)의 리를 알면 인人의 리는 따라서 알 수 있습니다. 인의 리를 알면 물의 리는 따라서 알 수 있습니다. 소위 '물격(物格)'은 단지 일시(一時)의 일입니다. 또 혹은 이로 인하여 단지

오심만 오로지 구하고 중물의 리를 구하지 않고서 '오심의 리'
만 말한다면 더 이상 격물공부는 무슨 소용이 있겠습니까.

이것이 석씨(釋氏)¹⁷²⁾가 소소영령(昭昭靈靈)한 식(識)을 지켜서
천리(天理)의 진여(眞如)에 파고든 것입니다. 육씨(陸氏)¹⁷³⁾가 문
학(問學)으로 하지 않고 단지 덕성을 지킨 소이입니다. 양명(陽
明)¹⁷⁴⁾이 다만 '오심의 양지(良知)'를 다한 소이가 이것입니다. 온
공(溫公)¹⁷⁵⁾이 능히 외물을 막아낸 소이가 이것입니다. 이 한마
디 말로 인해 그 흐름의 폐단이 혹 여기에까지 이르는 것이 아
니겠습니까!

그러나 중물(衆物)의 리는 각자 같지 않으니 비록 머리가 하얗
게 되도록 거기에 나아가도 날이 부족할 것입니다. 연평(延平)이
말한 '쇄연(灑然)', 정자가 말한 '무리를 미루면 그 나머지는 통
한다.[推類而通其餘]', '활연(豁然)', '탈연(脫然)', 주가가 말한 '일
조관통(一朝貫通)'이라는 것들이 장차 무슨 수로 그 경계(境界)
에 이를 수 있겠습니까? 저 노씨의 설이 좋은지 아닌지 일전어
(一轉語)¹⁷⁶⁾로 가르침을 주시길 청합니다.

答 논한 것이 이미 그 곡절을 다하였다. 오심의 리는 또한 저절로

---

172) 석씨(釋氏) : 불가(佛家)

173) 육씨(陸氏) : 육구연(陸九淵, 1139~1192). 중국 남송의 사상가이다. 자는 자정(子靜),
　　호는 상산(象山), 시(諡)는 문안(文安)이다. 무주(撫州) 금계현(金谿縣 - 현재의 간쑤
　　성(江西省)에 속한다.

174) 양명(陽明) : 왕수인(王守仁, 1472 ~ 1528). 자는 백안(伯安)이고, 호는 양명(陽明)이며,
　　절강성(浙江省) 소흥부(紹興府) 여요(餘姚) 출신이다. '마음의 양지'를 중심으로 한 새
　　로운 학문체계, 즉 양명학을 세웠다. 저술은 『전습록』과 『왕양명전집』이 있으며, 시호
　　는 문성(文成)이다.

175) 온공(溫公) : 중국 송(宋)나라 때의 학자이자 정치가인 사마광(司馬光). 사후(死後) 태
　　사온국공(太師溫國公)을 추증(追贈)했기 때문에 사마온국공(司馬溫國公), 또는 사마
　　온공(司馬溫公)이라고도 한다.

176) 일전어(一轉語) ; 한 마디 말로 상대방을 깨우치는 말이다.

분수(分殊)가 있으니 어찌 일물리(一物理)가 이르러 만리(萬理)가 모두 통할 수 있겠느냐. 천인(天人)과 물아(物我)가 비록 일리(一理)나 그 하나 속에 또한 분수가 없을 수 없다. 이것으로 인하여 저것을 알고 저것으로 인하여 이것을 아는 것 또한 저절로 분수(分數)와 차례가 있어 한 순간 문득 하나로 관통할 수 없다.

노씨(盧氏)의 뜻은 단지 심(心)과 물(物)이 일리(一理)로 관통함을 이른 것이다. 제자(諸子)들이 물을 외(外)로 여겨 오로지 내조(內照)에만 힘쓴 경우와는 같지 않다. 주자가 말한 "심이 비록 일신을 주재하나 그 체의 허령은 족히 천하의 리를 관섭할 수 있다. 리가 비록 흩어져 만물에 있으나 그 용의 미묘함은 실로 한 사람의 심에서 벗어나지 않는다."는 말은 다만 이 의미로 말한 것이다. 심은 만사의 리를 갖추었으나 손으로 잡거나 가질[著摸][177] 수 없다. 그러므로 반드시 일에 나아가서 그 리를 궁구해야만 곧 심의 리를 다할 수 있다. 심과 물이 일리(一理)일 수는 없으나 오히려 심 위에 나아가 물리(物理)를 구하는 것이다. 노씨의 설에 어찌 일찍이 이런 뜻이었겠느냐.

🈺 『대학혹문』에 "일물이 이르면 만리가 통합니다. 이윽고 비록 안자(顔子)가 여기에 이르지는 않았다.[178]"라고 하였으니, '문일지십(聞一知十)'과 무엇이 다릅니까. 일(一)은 수의 시작이고, 십(十)

---

177) 착모(著摸) : 원문에 모(摸) 자가 모(模) 자로 되어 있으나 『간재집(艮齋集)』 3권 「심경질의(心經質疑)」에 착모에 대한 주석이 '著°著手也° 摸 音模°一音莫° 手捉也°謂著手而捉持也'라고 을 참고해 보면 모(模) 자를 모(摸) 자로 보는 것이 옳다.

178)『대학혹문』에는 둘 다 한 문장으로 이어져 있다. "曰 : 一物格而萬理通 雖顔子 亦未至此 惟今日而格一物焉."

은 수의 끝이니 일사(一事)에 나아가 처음부터 끝까지 철저히 궁구하는 것이 이른바 '문일지십'입니다. '만리통(萬理通)'이란 반드시 중리(衆理)의 표리(表裏)와 정조(精粗)가 이르지 않음이 없음을 이른 것인데, 그 다른 것이 혹 이와 같은 것인지요?

🈔 아마 그럴 것이다.

🈔 『대학혹문』안에 "심이 비록 일신(一身)에 주재하다."는 구절은 단지 심의 체를 말하고 용을 내버려두었습니다. "리가 비록 만물에 산재되어 있다."는 구절에 단지 리의 용을 말하고 체를 말하지 않은 것은 무엇 때문입니까? 그 혹여 호문(互文)[179]하여 나란히 본 것입니까? 아니면 천하의 리를 관섭하는 것이 용이고 리가 비록 만물에 산재되어 있는 것이 체라는 것입니까?

🈔 심(心)의 존주(存主)가 체가 되어 실지 천하의 리를 관섭하는 것을 체라고 여기고, 리(理)의 산수(散殊)를 용이이라 여겼다. 실지 일인(一人)의 심에 의뢰하여 용이라 여긴 것은 호문하여 본 것이다.

만약 천하의 리를 관섭하는 것을 용이라 한다면 또한 마땅히 일인의 심에서 벗어나지 않는 것을 체로 여겨야한다. 만약 '만물에 산재되어 있는 것[散在萬物]'을 체로 여긴다면 또한 마땅히 '일신을 주재하는 것[主乎一身]'을 용으로 여겨야한다. 아마도 꼭 이와 같이 볼 필요는 없는 듯하다.

🈔 『대학혹문』의 "거세가 서로 함양하고 동정이 서로 양육한다.[互

---

179) 호문(互文) : 『회와집』원문에 호(互)가 한글 '도'로 되어있으나 '호(互)' 자의 오류이다.

細相涵 動靜交養]"는 말에서 '거세'는 아마 리를 말한 것이고, '동정'은 아마 심을 말한 것일 겁니다. 옥계(玉溪)가 말한 "거(巨)는 심에 속하고 세(細)는 리에 속하며, 동(動)은 격물(格物)이고 정(靜)은 주경(主敬)이다."라는 말은 이와 같이 내외(內外)와 정조(精粗)가 없음이 심한 건지요?

답 옥계의 설은 아마 바꿀 수 없을 듯하다. 오직 서로 함양하여 활연(豁然)히 관통(貫通)하고 혼연(渾然)히 일치(一致)한다. 그러므로 내외와 정조를 말할 것이 없다. 만약 리와 리가 상함(相涵)하고 심과 심이 교양(交養)하면 그것은 내외와 정조가 되어 관통하고 일치할 수 없음이 심할 것이다.

문 속으로 '온 천하가 단지 일리(一理)'라는 의심이 됩니다. 애초에 표리(表裏)、정조(精粗)、다과(多寡)、편전(偏全)을 논할 만한 것이 없었습니다. 그러나 「보망장(補亡章)」에서 표리、정조를 말한 부분과 『대학혹문』에 이와 같이 말한 부분이 무려 수십 곳인데 이것은 모두 무엇을 이른 것입니까. 그 뜻은 불과 "물이 표리'정조가 있음에 따라 그 리를 궁리하여 다하지 않음이 없음."을 말할 뿐 진실로 리가 표리、조정의 다름이 있다고 여긴 것이 아닙니다. 어떤지 모르겠습니다.

답 '온 천하에 단지 일리'의 리는 모두 '순선무악(純善無惡)'을 이른 것이다. 선을 하는 가운데에 밖에서 나타나 쉽게 드러나는 도리가 있고, 안에서 극하여 다하기 어려운 도리가 있다. 예를 들어 소주의 요씨(饒氏) 설이다. 리는 하나 속에서 일찍이 분수(分殊)하지 않음이 없다.

🔲 '만물의 리가 같이 하나에서 나온 것을 궁구하는 것이 격물이 되고, 만물이 같이 하나에서 나온 것을 아는 것이 지지가 된다.'는 여여숙(呂與叔)[180]의 이 설은 이치에 맞는듯한데 어떤 잘못이 있어 그를 비난하는지 모르겠습니다.

🔳 『대학혹문』에서 이미 상세히 하였는데 다시 이런 의심을 하는 것은 무엇 때문인가.

🔲 "개무결거(皆務決去)" 운운한 두 구절은[181] 위 한 구절은 오악(惡惡)을 이른 것이고, 아래 한 구절은 호선(好善)을 이른 것입니다. 일설(一說)에 "선을 좋아하는 것이 호색을 좋아하는 것만 못하고 악을 미워하는 것이 악취를 싫어하는 마음만 못한 것은 모두 힘써 결단코 버리고, 선을 좋아하는 것이 호색(好色)을 좋아하는 것과 같고 악을 미워하는 것이 악취를 싫어하는 마음과 같은 것은 구하면 반드시 얻을 수 있다."고 하였으니, 이 생각이 어떤지 모르겠습니다.

🔳 아마도 위 일설이 옳은 듯하다. '개(皆)' 자는 『대학혹문』에서 말한 "무릇 그 마음이 발한 것"이라는 의미다. 선은 일단(一端)이 아니며 악은 만상(萬狀)이 있다. 모든 악은 모두 당연히 결단코 버려야 하고, 모든 선은 당연히 반드시 얻어야 한다.

---

180) 여여숙(呂與叔) : 본명은 여대림(呂大臨, 1042~1096), 송대의 학자로 이천선생에게 비판을 받았다.

181) 개무결거(皆務決去) : "모두 힘써 결단하여 버리고 구하면 반드시 얻는다.[皆務決去 求必得之]", 『대학장구』言欲自修者, 知爲善以去其惡, 則當實用其力而禁止其自欺, 使其惡惡則如惡惡臭, 好善則如好好色, 皆務決去而求必得之, 以自快足於己, 不可徒苟且以徇外而爲人也°

問 『대학』의 성(誠) 자가『중용(中庸)』과 해석이 다른데 그 의미가 무엇입니까.「중용」은 오로지 선일변(善一邊)을 말하였으므로 '진실무망(眞實無妄)'이라 하였습니다.『대학』은 선악을 겸하여 말하였으므로 '성실(誠實)'이라고 하였습니다. 아마도 선을 채우고 악을 채운다는 말일 겁니다. 선악이 비록 다르나 그 실심(實心)으로 그것을 행하는 것은 같습니다.「한거장(閒居章)」의 성(誠) 자를 살펴보면 알 수 있습니다. 그렇지 않다면『중용』과 다른 해석을 한 설이 있는지요?

答 '일실(一實)' 자(字)는 '성(誠)' 자의 바른 해석이다. '무망(無妄)' 자는 '실(實)' 자를 뒤집어 해석한 것이다. 망(妄)은 허위(虛僞)를 일컫는 것이다. 한거소인(閒居小人)이 만약 실심으로 악을 행한 것이라면『대학장구』에서 어찌 "선의 당위(當爲)와 악의 당거(當去)를 알지 못한 것이 아니다."라고 하였겠는가. 필시 악(道惡)은 합당히 해야 할 일[合做底事]이어서 한다고 말한 뒤에야 바야흐로 실심으로 악을 행한다고 말할 수 있다. 이것은 지금의「답양군문목(答梁君問目)」속에 이미 대략 논하였는데 달리 논박할 것이 있겠는가.

問 '언차이결(言此以結)[182]'의 차(此) 자는 무엇을 가리켜 말한 것입니까. '성의(誠意)' 두 글자를 가리켜 말한 것인지요?°

答 '덕은 몸을 윤택하게 하고, 마음이 넓으면 몸도 살찐다.[德潤身心廣體胖]'를 가리켜 말한 것이다.

---

182)『대학장구』전 6장 "引詩而言此以結上文兩節之意有天下者能存此心而不失則所以絜矩而與民同欲者自不能已矣."

[문] '자기(自欺)'는 세미처(細微處)다. 한거(閒居)할 때 불선(不善)을 행하는 것과 대단(大段)할 때 악을 행하는 것은 크게 다르지 않다.『주사어류』에 모두 이와 같이 말하였으나 맨 끝에서는 모두 구별 없이 말하였다.

그가 말하길 "한거할 때 불선을 행하는 것은 곧 악을 미워함이 악취를 싫어함만 못한 것이다. 겸연쩍게 그 불선을 가리는 것은 곧 선을 좋아함이 색을 좋아함만 못한 것이다."라고 하였다. 또 말하길 "이와 같이 보면 문의가 절실하고 평이(平易)하며 평탄하여 굴곡이 없다.[183]"고 하였으니『주자어류』의 이 설은 과연 어떠한지요?

[답] 한록(僩錄)은 가장 만년기인 무오년에 있다. 의미가 정녕(丁寧)할 뿐만이 아니니, 마땅히 이것에 의거하여 보아야 할 듯하다. 다만 군자의 자기(自欺)는 정조(精粗)의 구별이 있다. 그러나 용착(容着)과 개비(盖庇)[184]의 의미는 한가지다.

[문] '성의(誠意)'는 은밀처(隱密處)입니다. '용공(用功)'은 표리(表裡)와 은현(隱顯)을 통괄하여 말한 것입니다. '의(意)' 자를 살펴보면 고의 위 설과 같습니다.『주자어류』에 두서너 군데가 아래설과 같은 부분이 있습니다. 어떤지 모르겠습니다.

[답] '표(表)'와 '현(顯)'은 참으로 '호선(好善)'과 '오악(惡惡)'일 것이다. 그러나 그 뜻이 발현되어 능히 진실로 좋아할 수도 미워

---

183) 이와 같이……없다:『주자어류』권16에는 "若只如此看 , 此一篇文義都貼實平易 , 坦然無許多屈曲"라고 되어 있어 원문과 다소 차이가 있다.

184) 용착(容着)과 개비(盖庇) : 한원진(韓元震)의『주자언론동이고(朱子言論同異玫)』「대학」편에 보인다. 용착은 받아들이다. 개비는 도와주다의 의미로 쓰였다.

할 수도 없는 것이 곧 '자기(自欺)'이다. 그 뜻을 성(誠)하게 하는 것은 은밀(隱密)한 데에서 용공하여 은밀과 표현(表顯)의 간극이 없게 하려는 것이다. 『주자어류』에서 말한 "겉과 속이 한결같다"와 "내면이 마땅히 겉과 같아야 한다."는 성의(誠意)로 그 겉을 잘 꾸미는 것을 이른 것이 아니다.

🔲 전자(傳者)가 애초에 '성의(誠意)'와 '치지(致知)'를 말하지 않고 다른 장(章)의 사례처럼 한 것은 무엇 때문입니까? 「전(傳)」에 '격물(格物)'을 해석하며 이미 '치지'의 의미가 다 되었습니다. 그러므로 아래 '성의'를 해석하며 '치지'의 뜻을 다시 말하지 않은 것입니다. '성의'로 별도로 하나의 「전」을 만들었으나 그 의미는 해석이 다 되었습니다. 그러므로 '정심(正心)'의 의미를 다시 말하지 않은 것입니다. 이는 그 흐름 상 어쩔 수 없이 그런 것입니다. 그러나 그 성의를 해석하면서 정심을 첫머리로 삼지 않은 것은 아마 성의가 곧 자수(自修)의 시작이여서 일 것입니다. 그러므로 특별히 겉에다 드러낸 것입니다. 다른 문목들처럼 잘못 연결하여 설한 것이 아닙니다.

또 일설에 말하길 "지(知)와 행(行)은 필경 두 가지 일이다. 그러므로 「성의장(誠意章)」과 「치지(致知)」를 이어서 설을 만들지 않았다. 성의와 정심은 모두 행에 속합니다. 그러나 성의는 비단 정심의 요령이 될 뿐만이 아니며, 이하 여러 조목들은 모두 이것으로 요령을 삼았다."고 하였습니다. 두 가지 설 모두 어떤지요?

🔳 두 설 모두 통한다.

문 '일유(一有)'의 일(一)은 일향(一向)을 말한 것과 같습니까?

답 아마 다만 '네 가지 것 중 하나'를 말한 듯하다.

문 『주자어류』에서 말하길 "병이 되는 세 가지는 어떤 일이 아직 오지 않았는데 먼저 기다리는 것, 어떤 일이 이미 지나갔는데 또 계속 마음에 두는 것, 어떤 일에 응할 때 뜻이 편중됨이 있는 것이다[185]."라고 하였는데, 『대학혹문』과 운봉(雲峯)의 설 또한 모두 이와 같습니다. 이것이 과연 정의(正義)입니까?

답 아마 마땅히 바야흐로 '일에 응할 때 편중되었다.'는 것은 정의가 된다. 그 '남겨두는 것[留滯]'과 '기대하는 것[期待]'은 모두 덜 변화된 나머지다.

문 「수신장修身章」 결어(結語)가 유독 다른 것과 다른 것은 경문(經文)의 "수신(修身)이 근본이 되니, 그 근본이 어지러운데 말단이 다스려지겠는가."라는 말을 이어서 그런 것입니까? 아니면 작문의 변례(變例)인 것입니까?

답 반결(反結)로 경문에 조응한 것은 작문의 예이다. 그러나 몸[身]과 집[家]이 서로 접하는 데에 이렇게 반사(反辭)를 설정하여 몸을 닦지 않을 수 없는 뜻을 보여준 것은 경전의 깊은 뜻이 있는 것이니, 단지 작문의 변례로 보는 것은 불가하다.

문 수신제가(修身齊家)는 기한이 지나 받은 관자(關子)[186]와 같으니

---

185) 『주자어류』 권 16. "其所以係於物者有三 , 或是事未來 , 自家先有箇期待底心° 或事已應過去了 , 又卻長留 在胸中 , 不能忘° 或正應事之時 , 意有偏重 , 便只見那邊重."

186) 관자(關子) : 상관이 하관에게 보내는 공문.

다. 그러므로 「제가장(齊家章)」 첫머리에 특별히 '필선(必先)[187]' 두 글자를 더한 것입니다. '기가불가교(其家不可教)' 두 구 또한 경문의 '후자박지(厚者薄之)[188]' 두 구를 이은 말입니까?

답 그런 듯하다.

문 「제가(齊家)」 제 2절은,『집주』에는 효(孝)、제(弟)、자(慈)로 통틀어 해석하였는데 어찌하여 자(慈) 만을 단독으로 말한 것입니까? 이것은 대체로『대학혹문』과 애초에 다른 의미가 아닙니다. 그러나 정임은(程林隱)의 「대학장도(大學章圖)」에 이르길 "이 장의『집주』는 나중에 고쳐졌고『혹문』은 고치지 못하였다."고 하는데 어떤 근거가 있는 건지 모르겠습니다.

답 이것은 단지 심(心)과 성(誠)으로 그것을 구하여, 위의 사람이 모름지기 백성의 효도하고자하고 우애하고자하고 자애하고자 하나 스스로 도달할 수 없는 곳이므로 마땅히 성심으로 구해야 함을 밝힌 것이다. 자(慈)를 들며 효제를 예를 삼았다. 주자는 이 장을 미루어 올라가 말하지 않았으나『혹문』에서 "어린아이를 사랑하는 마음으로부터 미루는 것"임을 말하였다. 그러므로 정임은이 이런 말을 한 것이다. 대개 백성을 다스리는 도를 말한 것이 자애롭게 하여 성으로 구하는 것이다. 어린아이를 자애하여 그것을 미루어 백성을 다스리는 것을 말한 것이 아니다.

---

187)『대학장구』, "所謂治國必先齊其家者, 其家不可教, 而能教人者無之, 故君子不出家, 而成教於國. 孝者所以事君也, 弟者所以事長也, 慈者所以使衆也."

188) 후자박지(厚者薄之) :『대학장구』경문 "其所厚者薄而其所薄者厚未之有也."

上俛宇郭先生

去多賜教 語及人物之性 條理明白 引據精密 推赤心片片說與人 秉彝之昏斁幺麼 宜無復有他說 而誠以這箇是天下公物 非一人所獲私者 而又念夫胸中之不免猶有所不能無疑 而顧以吾行未至 姑暫掇以俟其至然后知之 則非惟所疑者之終至於不可解 而恐亦無以爲受教之地 輒復陳之如左

蓋通天下 只是一箇道理 渾淪周足於沖漠之中 以爲生物底本然 此箇本然便會動而生陽 靜而生陰 二分爲四 四分爲八 及其氣積而成質 質具而成形 凡天下之飛潛走伏 方圓 橫豎倒之吹萬不一 而於是乎理有許多般樣之可見 則氣之全 而理亦全 氣之偏而理亦偏 然所全者氣也非理也 所偏者氣也非理也 此理之與氣 雖不相離 而實不相雜者然也 故氣有方圓橫直 而理則無是也 氣有側峻尖斜 而理則無是也 只是此箇道理 隨其所賦之氣 自爲一性 而不能相通

然其理之實體 則初不害自若也 故朱子曰以理言之則無不全 以氣言之則不能無偏 此可見人物之分實由於氣機致然 而非理之爲也 審矣 然理無氣外之剩理 非氣獨如此而理不如此也 故自主宰之妙而言 則在天者已具生人生物之妙 而生人者不可轉而爲物 生物者 亦不可變而爲人 此又其一定不易之理也 故孔子曰太極生兩儀 太極生兩儀時 兩儀之妙已具於太極之中矣 此程子所謂 萬象森然 朱子所謂其理已具者皆此也 然既生兩儀 而陽性健而非順 陰性順而非健 此非氣質使之然乎 然自陽儀看 則太極全在陽儀上 自陰儀看 則太極全在陰儀上 非陽獨得其健 而陰獨得其順也 此程子所謂天人一理 朱子所謂 渾然全體 無不各具一物之中者此也

竊比之以飯衣 則方其浙米織帛之時 爲裳爲衣爲飯爲粥之妙 已具於炊織者之心矣 而旣成熟造衣 則爲衣爲裳爲飯爲粥 固有定形之不同 然直指其理之實體 則衣也是此理 裳也是此理 粥飯也是此理 故朱子曰理擧着 都無欠闕者此也 然論其地頭 則不能無在天在物之分 故曰論萬物之一原則理同 觀萬物之異體則理絶不同 其曰同者理之謂也 不同者性之謂也 纔道是性便是此理墮在氣質之名 旣墮在氣質 則不能不隨氣質而自爲一性 故曰犬之性非牛之性 牛之性非人之性 又曰人之所以異於禽獸 此孔子所謂成之者性 朱子所謂墮形氣之名 張子所謂氣質之性 性字本釋者此也 然先賢有言曰本然性氣質性 則初非有兩性 特以其單指理 兼指氣之 有此二名 雖單指 而亦只是氣質中之所存底 雖其兼指而 又初非和氣質而謂之性也 然旣曰氣質性 則淸濁粹駁昏明强弱有善有不善 有萬不齊 但非性之本體 而亦不可謂之非性 强名曰氣質之性 孔子所謂相近之性 周子所謂剛柔善惡中是也 然又恐人謂性元來不相似 遂至雜氣言性 則無以見性之本體 故於是不離乎氣 特就中 直指天理赤骨 而名之曰本然性 蓋不如是 則君子如何以明善誠善 而復其初乎 子思所謂天命之性 張子所謂天地之性是也

性是一而上加本然氣質 便見不同 本然而非無氣 氣質而非無理 但所主而言之者 各有攸當 而不可亂 正如四端七情均是性之發 然猶可曰理之發 氣之發 中庸 樂記 好學 皆包四端在中 而不可分 理發氣發及夫對四端立名時 不得不此屬理彼屬氣 故退陶答精而中節之理不屬氣之問曰雖發於氣 又以孟子之喜舜之怒孔子之哀與樂 皆謂之氣之發 又答李宏仲書之 曰四端道心 七情人心 其所以主理主氣之分各自分明 或者之以此不可謂分 而槪以爲氣發理乘一途 則其名言之際 果孰穩且當也

本然氣質 亦猶是而已矣 性者人所得於天之正理 本何嘗有異 只緣
一墮形氣 不能不與之俱異 而世之見者不知此 正是氣質之故 遂執認
以性本如此 故荀子性惡 楊氏之善惡 韓子之三品 紛然而作 其爲言也
說得是但不合 不說是氣質之性 其實只說得箇氣字 語類 論性中 多有
此意 所以見斥於吾儒而卒之爲異端也

孟子生戰國之餘 滔滔者天下皆是 孟子恐人謂性元來不相似 遂於
氣質內挑出天之所命者 說與人 語類中語 此所以性善之論 固爲發蘊
之大功 然終不回告子之惑者 亦以其未嘗說破氣質之性四箇字 故程
子曰論性不論氣 不備 論氣不論性 不明 而朱子引之於集註 而亦以其
論才爲密 則氣質之說 於是乎始出矣 是知性雖本同 而不能無氣稟之
雜 雖有氣稟之雜 而其本體則不害爲自若 而前人所以不明不備者 於
是乎始得一齊圓備 絶滲漏無病敗 故朱子嘗謂程子 所以有功於名敎
者 以其發明氣質之性 又以爲程張論此 極有功於聖門 有補於后學 朱
子之意 豈不可見乎

特以其單指理兼指氣而爲言 故自氣質性言 則非特人物不同 人人
不同 物物不同 自本然言 則通天下 只是一理 初無多寡於彼此 其曰
一原者 是本然之謂也 其曰異體者 氣質之謂也 論其地頭 則一原自一
原 異體自異體 此程子所謂在天曰命 在人曰性 朱子所謂謂之理同則
可 謂之性同則不可者此也 然自其實體而言 則安有在天則同 而在物
則異之理也 雖曰一原 而初非離氣獨立之謂也 雖曰異體 而亦非遺理
獨擧之謂也 則所謂一原者 初未嘗不在異體之中也

特以其兼指氣 則不能不異 而單指理 則在天在物 却都是一般 而所
謂理者 卽性也 性外非別有所謂理者 故朱子答徐元聘書曰 性只是理
恐難 如此分裂 只是隨氣質所稟之不同 故或有所蔽而不明耳 理則初

260

無二也 性同氣異 只此四字 包含無限道理 其曰性同者 何謂也 性卽理也 理則無形無迹也 故不拘於氣 而隨處充滿 無一理之不足

其曰氣異者何謂也 角者吾知其爲牛也 鬣者吾知其爲馬也 穹然而覆于上者吾知其天也 隤然而載乎下者吾知其地也

凡天下有名可形可見者 各自異其氣 然理初未嘗離乎氣 則亦不能不與之俱異 然其所以然者 氣質局之也 是理之本體 則曷嘗以是而終異乎 譬如波斯之市 璿珠羅列 團圓相同 光輝亦同 初無大小明暗之殊 而但所盛之不同 或指之以瑪盤焉 或納之甌筲焉 或置之垩周焉 或全體透露焉 或有七分之白者焉 或有十分之黑者焉 於是珠有許多般樣之可見 然珠何傷焉 瑪盤也是此珠 甌筲也是此珠 垩周也是此珠 特以其所盛之器不同也 況理無形氣有迹 理無爲氣有作 則氣雖有方圓橫直 而非理之爲也 審矣 器雖有明暗淸濁 而非珠之罪也 亦決矣

故朱子曰天之生物 其理無差別 但人物所稟形氣不同 故其心有明暗之殊 而性有全不全之異 又曰人物之性 亦我之性 但以其所稟形氣不同而有異 又曰天之所以命 只一般 正緣氣質不同 遂有差殊 又曰謂之異 而未嘗不同 又曰理却恁地 氣自如此 又論孟子人之所以異於禽獸與犬牛人性兩章 而曰不知人何故與禽獸異 不知人何故與牛犬異 此兩處 似欠中間一轉語 須以着說是形氣不同 故性亦少異始得 此則又大煞分明矣

旣曰性已是有萬不同 然若不說是氣質之故 而槪謂性之異 則亦是句中少曲折 而其所以異者 得無苗脈於一原中乎 其心必以爲若曰因氣而異 則恐歸權於氣 而理不得自爾 於是 必欲求其它一原境界 而又恐夫有礙於理同之說 遂以爲雖有不同而理 其爲理則均是一般 又

其甚則曰 理無氣外之剩理 雖曰一原 而氣却在中 則氣全處理亦全 氣偏處理亦偏 此其爲說誠若有如是者 然旣謂之一原 則直指天理一本上說 而以其無形狀無方體 而所謂理者 渾然太極之稱 而其爲目則只不過元亨利貞四者 粲然各有條而不亂 以其莫窺端緒 不可以一理名 故謂之渾然 而亦非謂渾然理面 都無分別 故謂之粲然 所謂粲然者 亦非是各樣於其中 只是元亨利貞四者而已 雖謂之萬理 而以其謂已具萬物之理 則萬理 以其萬物各得四常 而所謂元亨利貞 却只是 渾然太極之全體 而所謂理者 正以其不離乎氣而爲言 故曰 以其理言 則萬物一原 固無人物貴賤之殊

今曰 雖有不同 而其爲理則一般 則是依舊 是不同 今曰氣偏全處理亦偏全 則是雜氣言理 亦已甚矣 若果如此 則所謂一原者 正如割鴻溝以西以東 爾據其西我占其東 各立間架 各樹朋黨 所謂一原者 亦甚污雜而不潔淨 而及其生物之際 虎從虎窟出 蟻從蟻穴生 所謂維皇上帝者 將不勝其紛紜勞苦 而所謂太極者 亦不勝其分裂破碎也 如此則却只是萬原 安在其爲一原者 却只是理異 所謂理同者 安在 譬如一江之水 渾浩無涯涘 圓融無間隔 只是一水 而及其所盛之 或杓 或桶或瓢 或瓶 而以其實體言 則杓 盡得一江之水 桶 盡得一江之水 瓢瓶亦盡得一江之水 初無多寡之可論

今指大江之水 而曰此將爲瓶底水 彼將爲瓢底水 則可乎 抑將曰 雖有瓢瓶之分 而其爲水則一般 亦可乎 此是天命原頭 猶難以言語所可形容 請姑就在人者明之 心之爲物 至妙至靈 方其未發 渾然天理 初無體段之可指 然仁義禮智四者 各粲然於其中 自有條理之不亂 不是儱侗 都無分別 而以其備萬事之理 則曰萬理 以其件數之大綱 則曰四德 而所謂四德者 亦非有各樣具於其中 却只是 渾然太極之全體 故

262

朱曰 須知天理 只是仁義禮智之總名 仁義禮智便是天理之件數 又曰
不成未感時 都無分別 感后方有分別 又曰其中間 衆理渾具 各各分明
皆謂此也 及其所感而應 各有面貌之不同 時節之亦異 然 要忠而忠上
具仁禮智 要孝而孝上 具義禮智 不成說要忠而義但出來 而仁禮智置
之一隅 要孝而仁但出來 而義禮智落在一邊也

　凡一飯片言之頃 雖其事之不同 而此理之實體 則固無餘欠 於彼此
若其它逆理亂常之事 亦不可謂非其心 則此 正是 氣强理弱 理關他
不得而致然 以是謂未發之時 亦有苗脈 可乎 若夫衆人之發 或中或否
有善有不善 此何與於未發之中乎 及其未發 則通天下只一本 而雖販
夫廝役 亦不能無此霎時頃 則只此霎時刻 與聖人只一般 但其氣稟之
不同 而致得所發之大相戾 所習之大相遠矣 若其它逆理敗常之事 亦
不可謂無心 則以是謂未發之時 亦有苗脈 可乎

　在人者 旣如此 則至於在天 而奚獨不然 正以其元亨利貞四者 粲然
沖漠之中 以爲生物底本然 而及其所乘之氣不容不易 故理 不能不因
氣而不同 然單指理而言 則却不害爲本然之同也 不然則水火金木 各
專其一性 此非氣質使之然乎 然單指理言 則仁中也有義禮智 義中也
有仁禮智 非木但得仁 而義禮智 束之高閣 非金但得義 而仁禮智 棄
之笆籬也

　凡天下之洪纖巨細 不能不隨其氣而各專其性 安可曰五常皆具乎
如鴟鴞之食母 狗吻之殺人 凡其他母子之相合 兄弟之相食 此至惡且
惡 安可曰純善無惡乎 此又何關於一原之有中乎 天之生物 何嘗如是
分片破碎者乎 如善則均善而已 何嘗有如是之至惡且惡乎 至於人之
爲聖爲狂 亦或有生下來便如此 聖不得爲狂 狂不得爲聖 故曰上智與
下愚 不移 朱子曰勢極重者 難反 是安可曰人與人性同乎 但以氣所稟

之 氣有偏正通塞之分 而於其中又各有淸濁明暗之不同 故統而言 則
人與人同 物與物同 錯而言 則人人不同 物物不同 而又有近物之性
近人之性者 而於其中 又各自不有異 故統而言 則人與物不同 錯而言
則人各不同 物各不同 而有近物之性 近人之性者

　歷數之極多般樣 此曷故焉 天之生物 何如是之多般乎 此特氣質之
性不同者 皆非本然也 然所謂本然者 亦只是氣質中之所存 而不雜氣
爲言 故朱子曰論天地之性 則單指理言 論氣質之性 則以理與氣雜而
言之者是也 故單指理言 則仁中也有義禮智 義中也有仁禮智 不成 木
但得仁 而義禮智 束之高閣 金但得義 而仁禮智 棄之笆籬也 旣皆具
五常 則更安有大小偏全之可言乎

면우(俛宇) 곽선생(郭先生)께 『주자대전』문목(問目)을 올리는 편지

問 『주자대전(朱子大全)』의 "치포관(緇布冠)은 다만 호지(糊紙)[189]로 만
들고 베를 사용하지 않았다.[190]"는 글은 어떻습니까. 그러나 옛날에
13승(升) 베로 만들었다고도 하는데, 주자가 일찍이 "그것은 세
밀하여 만들기 어렵다."고 말한 적이 있습니다. 지금의 베는 아주
가는 것이 15승입니다. 만약 15승으로 관(冠)을 만들면 시마(緦
麻)[191]의 상관(喪冠)에 꺼리 낌이 있습니다. 그러므로 단지 호지

---

189) 호지(糊紙) : 풀을 먹인 종이

190) 『주자대전』 권 68, 「심의제도(深衣制度)」 조에 "糊紙爲之, 武高寸許, 前後三寸, 左右四
　　寸"이라하여, "無用布"라는 문장은 없다.

191) 시마(緦麻) : 시마에는 3개월간 상복을 입는데, 이때의 상복을 시마복이라 하고, 시마
　　복을 입는 친족의 범위를 시마친이라 한다. 시마친의 범위는 위로 고조를 중심으로 한
　　후손, 아래로는 4대손, 즉 8촌까지를 망라하고 있다.

로 만들고 베를 사용하지 않은 것입니다. 그 이름을 치포관이라
하지 않고 치관이라고 한 것은 이 때문이지요?

🈁 호지(糊紙)로 만들었기 때문에 단지 치관(緇冠)이라고 한 것은 그
럴 듯하다. 다만 이것은 사마온공의 제도로 인하여 만들어진 것이니
꼭 베를 만들기 어렵거나 꺼리는 점이 있어서가 아니다. 공자가 이
미 "지금은 생사로 만든 것이 검소하다면 내 대중을 따르겠다.[192]"라
고 하였고, 주자가 그것에 주석하여 말하길 "생사(生絲)를 사
용하여 수공이 생약(省約)됨 만 못하다."고 하였으니, 사로 포
를 대신한 것은 선왕이 금한 것이 아니다. 또 중국 베의 폭은 우
리의 폭과 다르고 그 실이 약간 가늘어 16~7승 이상을 만들 수
있다. 꼭 시마에 혐의를 둘 필요가 없다. 다만 관은 머리에 쓰는
것이므로 경제(經制)에 갓끈은 있으나 비녀는 없다. 지금은 상
투를 묶는 데 그치는 것은 곧 옛날 사람들이 농발(籠髮)을 검게
묶어서 위에다 삿갓을 썼기 때문이다.『경(經)』에 이른바 치포
관이라는 것은 사대부의 원복(元服)이 아니다.

🈁 치관(緇冠)의 무제(武制)[193]는 둥글거나 네모납니다.『주자대전』의
그림에는 둥급니다. 그러나『가례(家禮)』에는 "광무(廣袤)[194]",『
주자대전』"전후좌우"라 하였으니 또한 모난 것인 듯도 한데,
이것이 의문입니다.

---

192) 지금은……따르겠다:『논어』자한(子罕) : "子曰, 麻冕禮也 今也純儉 吾從衆. 拜下禮也
今拜乎上泰也 雖違衆 吾從下"
193) 무제(武制) : 치포관에서 관모의 머리 둘레를 두르는 부분, 즉 관권((冠卷) 부분을 '무
(武)'라고 부른다.
194) 광무(廣袤) : 동서로 긴 것, 즉 너비를 광(廣)이라 하고, 남북으로 긴 것, 즉 길이를 무
(袤)라고 한다.

답 호지가 재료이기에 빳빳해도 구부릴 수가 있어서 너비와 길이, 전후와 좌우를 나누니 그 형태가 저절로 네모나다.『주자대전』의 그림에는 무(武)의 양 끝이 거의 구부러진 모양이다. 그림이 거의 둥근 모양인 것은 그림을 그리는 형세가 정면에서 옆을 보고 그린 것이라 어쩔 수 없이 그런 것이다. 우암(尤庵)이 말한 "두원(頭圓)이 무원(武圓)이다."는 말은 아마『주자대전』과 『가례』의 의미가 아닌 듯하다. 하물며 이 치촬(緇撮)은 머리에 쓸 수 있는 것이 아닌가.

문 치관의 무제는 전후가 4촌(寸) 좌우가 3촌입니다.『주자대전』에 "전후가 3촌, 좌우가 4촌이다."라고 한 것은 무엇 때문입니까. 또 상고(上古)의 치관의 제도는『의례(儀禮)』의 「士冠禮」와 「喪服章賈疏」에서 소상히 말하였습니다. 다만 5량(梁)[195]의 제도는 어느 때 시작되었는지 모르겠습니다.

답『가례』는 단지 광무만을 말하였다. 광은 그 양 끝이고, 무는 그 양 면이다.『주자대전』에서 말한 "전후"는 양 끝의 앞 모서리에서 뒷 모서리까지이다. '좌우'는 양 면의 왼쪽 귀퉁이에서 오른쪽 귀퉁이까지이다. 사실 같은 뜻이다.

옛날에 좋은 관은 주름이 무수하니 천자부터 사(士)에 이르기까지 모두 정해진 수가 있었다. 예를 들어 12류(旒)〉9류〉7류의 차이가 있고 사(士)는 5량에 그칠 수 있었다. 그러므로 '치관 5량'은 아마 그 종전에는 서로 인습해 와서 별도로 명확한 글이

---

195) 량(梁) : 치포관의 관(冠)을 이루는 접혀진 주름 부분을 의미하는 말. 주로 5량을 기본으로 하였다.

없었으나 사마온공이 특별히 붙인 것이다.

문 『주자대전』의 복건(幅巾)과 좌대(左帶)·우대(右帶)의 그림은 『가례』와 다른 듯합니다. 아마 『주자대전』은 뒤로 비스듬히 바느질한 것이고, 『가례』는 그 왼쪽 가를 따라서 양끝에 이른 것입니다. 이것이 다른 것입니까? 대체 뒤로 비스듬히 바느질하여 양 끝에 이르지 않으면, 복건이 뒤가 끊어져 결국엔 두 조각으로 나누어질 것입니다. 그 좌·우대가 나누어 그려진 것도 아마 이와 같을 것입니다. 그림 한쪽이 비스듬한 부분, 건폭이 앞에서부터 뒤로 비스듬히 접힌 부분입니다. 그러나 『가례』 본문에 따르면 비록 바느질이 양쪽 끝에 이르러도 만약 머리 뒤에서 그 띠를 묶으면 흡사 『주자대전』의 그림과 서로 부합할 듯합니다. 비록 그 글이 다르더라도 그림은 저것이나 이것이 다름이 없습니까?

답 "뒤로 비스듬히 꿰매는 것"은 또한 "양 끝에 이른다."를 이른 말이다. 대개 양끝은 뒤 끝 부분이니 '후(後)'자 하나로도 충분히 해당할 수 있다. 좌·우대의 구분은 좌측에서 보면 이런 모양이고, 우측에서 보면 이런 모양임을 밝힌 것이지 그 잘라진 두 조각을 이른 것이 아니다. 대개 띠를 묶고 비스듬히 바느질하여 땅에 겹겹이 늘어뜨린다. 좌대도(左帶圖)가 곧 우대도(右帶圖)의 밑에 숨어 있어 그 모양이 보이지 않는다. 그러므로 여기에는 그림을 나누어 그려야 한다. 그 두 그림의 한쪽 가의 비스듬한 부분을 뒤로 비스듬히 꿰매어 양쪽에 이른다. 이 두 그림이 겹치면 곧 하나로 연결되어 분리되지 않는다.

🈔 심의(深衣) 곡거(曲裾)의 제도는『주자대전』을 상고하여 보면 드리워진 것이 마치 제비꼬리 형상으로 상복의 오른쪽 끝에 연결되어 있습니다. 그러나 상복 좌우 옷깃으로 보면 그 의도는 단지 치마 옆 끝을 가리려는 것인데, 심의의 치마는 전후가 서로 연결되어 가릴 수 없다는 뜻입니다. 또 오른쪽을 꿰매고 왼쪽을 꿰매지 않은 것 또한 의심스럽습니다.

🈔 주자는 만년에 이미 이 제도를 사용하지 않으셨으니, 지금 꼭 심의의 제도를 강구하는 것은 지금과 옛날로 송사를 만들어 구차히 강구하려는 것이다. 우선 '주소(註疏)' 이하 여러 설은 놔두고 먼저 바로『가례』의 「심의深衣」와 「옥조(玉藻)」 두 편을 쫓아 세심하게 이해하는 것이 어떻겠는가.

🈔『가례』에 이르길 "다만 겨드랑이 밑을 쪼개어 마름질하지 않는다."고 하였습니다. 그러나 「심의」 본편을 살펴보면 거기에서 말하길 "각(袼)[196]의 고하."고 하였으니, '각(袼)'은 높일 수도 낮출 수도 있다는 의미입니다. "상대하대(上帶下帶)[197]"라 하였으니, 대(帶)는 올릴 수도 내릴 수도 있는 증거가 됩니다. 소매의 2척(尺) 2촌(寸)처럼 일정한 법식이 있는 것이 아닙니다.『가례』의 "불재파(不裁破)"는『경문(經文)』본지(本旨)에는 아마 상고하지 못한 것입니까. 대저 고인의 복제는 별도로 교법(巧法)이 없습니다. 단지 몸에 적합하게 할뿐입니다. 만약 과연 겨드랑이를 쪼개지 않으면 결국 옷 모양이 되지 않을 것입니다.『가례』는

---

196) 각(袼) : 원문에 유(裕)로 되어 있으나,『가례』원문에 "袼之高下"라고 되어 있다. 각(袼)은 겨드랑이의 솔기를 뜻하는 말이다.

197) 상대하대(上帶下帶) : 원문에는 상무하무(上無下無)는 오류이다.

주자가 초년에 미정(未定)한 책이니 만년의 정론이 끝내 어떠한지 모르겠습니다.

답 나 또한 그것을 의심한 적이 있다.

문 『가례』의 심의에 옷깃이 없는 것은 무엇 때문입니까. 혹 『주자대전』의 '곡거' 한 조목을 옷깃이라고 여겨서 『주자대전』에서 말한 "치마 위의 오른쪽 옆"─『가례』에는 '상(上)' 자가 없다─이라는 것은, 옷의 좌우 옆을 꿰맨 것을 이른 것입니다. 『주자대전』에서 말한 것은 빠지거나 잘못된 것이니─상(裳)은 마땅히 의(衣)로 되어야하고. '우(右)' 자 위에 '좌(左)' 자가 빠져있다─이것이 어떤지 모르겠습니다.

답 '거(裾)는 옷깃이 아니다.'는 말은 자서(字書)에 상고할 수 있다. 하물며 『가례』와 『주자대전』 모두 이미 "네모난 옷깃"이라고 하였고, 또 "굽은 옷자락"라고 하였으니, 견강부회하여 하나로 만들 수는 없다. 혹자의 설은 아마 천착이 심한 듯하다.

문 수질(首絰)의 제도는 『의례』와 『가례』에 '양쪽 끝을 묶는다.'는 문구는 없는데 우리나라 제현들이 모두 양쪽 끝을 묶은 것은 무엇 때문입니까? 『의례』의 수질과 요질(要絰)은 단지 삼베질(絰)을 말하였으나 교대(絞帶)에 이르러 비로소 '묶다(絞)'를 말하였습니다. 비단 수질을 묶지 않을 뿐 아니라 요질 또한 묶지 않았습니다. 『대기(戴記)』의 주소(註疏) 중에 비록 "수질양교(首絰兩絞)"라는 문구가 있기는 하지만 그러나 『의례』와 『가례』의 뜻이 이미 이와 같다면 마땅히 한 쪽만 묶어야 될 듯합니다. 또 수질은 운항(殞項)을 본뜬 것이고, 요질은 대대(大帶)를 본뜬 것입니다. 운항과 대대는 본래 서로 묶지 않았으니 『의례』의 "불규(不糾)"라는 말은 아마 이 의미일 것입니다. 『가례』에는 수질은 옛 제도에 따라 묶지 않았고 요질은 묶었습니다. 이는 『가례』가 더하거나 뺐다는 의미입니다. 수질은 한쪽 끝을 묶지 않고 환질(環絰)은 한쪽 끝을 묶었습니다. 이는 수질과 환질을 구분하는 것입니다. 환질이 한쪽 끝을 묶는다고 갑자기 수질은 양쪽 끝을 묶을 거라고 의심해서는 안 됩니다. 어떤지 모르겠습니다.

🈺 "수질은 운항(殞項)을 본뜬 것이고, 요질은 대대(大帶)를 본뜬 것이다."『가례』의 주소에 진실로 이런 말이 있다. 그러나 내가 일찍이 슬며시 그것을 의심하였다. 치관의 규항(缺項)[198]이 변규(變缺)하여 운(殞)이 되었다. 마침내 "관 아래의 구별에 운항이 있다."고 한 것은 이미 질(絰)을 풀이한 정의(正意)가 아니다. 설사 관에 운(殞)이 있더라도 상관(喪冠)은 때에 따라서 질(絰)을 없애는 것은 무엇 때문인가. 요질은 대대를 본떴는데, 부인의 요질을 없앤 것은 무엇 때문인가.

질이라는 이름은 본래 죄인을 잡아서 끌고 온다는 뜻에서 취하였다. 목으로 만든 것을 '질(桎)'이라하고 실로 만든 것을 '질(絰)'이라 한다. 예를 들어 휘(徽)나 전(纆)의 종류이다. 아마 상을 당한 사람에게 별도로 시행하여 흉우(凶憂)를 꾸미는 데 쓰인 듯하다. 이것은 본래 교차하여 묶는 줄이다. 그러므로 『경(經)』에 기록하며, 두 끝을 묶는 것을 다시 말하지 않았다. 나중에 칡으로 변하

---

198) 규항(缺項) : 규항(頯項)과 같은 말로, 비녀가 없는 치포관을 이른다.

였고 요질은 사지(四肢)에 썼으니 그 전에는 양 끝을 묶었음을 알
수 있다. 이미 양쪽 끝이라고 하였으니 머리에 하는 것 또한 한 쪽
끝으로 하지 않음을 알 수 있다. 『예기』「단궁(檀弓)」에서 말한 '무
질(繆絰)'이 이것이다. 한쪽 끝은 묶지 않은 것은 산마(散麻)[199]이
다. 요질도 오히려 묶어서 드리운 때가 있었는데 수질이 오래도록
묶지 않았을 리가 있겠는가.『가례의절(家禮儀節)』과 보주(補註)
에 아울러 의심나는 것을 끌어와 말하였고, 퇴도 선생도 이미 감
변(勘辨)[200]하여 정확히 밝혔다. 지금 의론을 달리해서는 안 된다.

上俛宇郭先生大全問目

문 大全緇布冠 只糊紙爲之 無用布之文如何 抑或古者以三十升布
爲之 朱子嘗言其細密難成 今之布極細者不過十五升 若以十五
升爲冠則有嫌於緦麻之喪冠 故只糊紙爲之而不用布 其名不曰緇
布冠 而曰緇冠者 以此故歟

답 糊紙爲之故只曰緇冠則似然 但此因溫公之制而爲之 非必爲用布
之難成而有嫌也 孔子已曰今也純儉 吾從衆 朱先生註之曰不如
用絲之省約則絲以代布 亦非先王之所禁也 且中國布幅不比東布
之狹 稍細其縷 自可爲十六七升以上 不必有疑於緦麻也 第念冠
以覆首 故經制有纓而無笄 今此撮髻而止者 乃古者庶人之緇撮

---

199) 산마(散麻) : 초상(初喪)에 요질(腰絰)을 두르되 묶지 않고 늘여두는데, 이를 산마(散
麻)라고 한다.

200) 감변(勘辨) : 문답하여 점검하다.

籠髮而上加臺笠者 非經所謂緇布冠爲士大夫元服者也

問 緇冠武制是圓是方 據大全圖是圓 然據家禮及大全之文曰廣袤曰
前后左右則又以方 此可疑

答 旣糊紙爲材 堅硬可摺 而分廣袤前後左右則其勢自方 大全圖武
之兩旁 亦似有摺轉樣 其似乎圓樣者 作圖之勢 正面摹旁不得不
爾 尤菴謂頭圓故武圓 恐非大全家禮之意 況此緇撮 非可以容頭
者乎

問 緇冠武制前後四寸左右三寸 大全曰前后三寸 左右四寸何也 且
上古緇冠之制 士冠禮賈疏詳言之 但五梁之制 不知昉於何時也

答 家禮只言廣袤 而廣其兩旁也 袤其兩面也 大全之曰前后 謂兩旁
之自前角至后角也曰左右 謂兩面之自左隅至右隅也 其實一意也
吉者吉冠襞積無數 則想自天子以至士 皆有定數 如十二旒九旒之
差 而士可以止於五矣 故緇冠五梁 意其從前相襲 而別無明文 溫
公特著之

問 大全幅巾左帶右帶之圖 似與家禮有異 疑大全斜縫向后而止 家
禮則循其左邊至于兩末 此所以不同歟 盖斜縫向后而不至兩末
則巾幅析后 遂爲兩葉 其左右帶之分圖 恐是如此 其圖一邊斜處
卽巾幅自前向后斜摺處也 然依家禮本文雖縫至兩末 若結其帶
於腦后則似與大全圖相合 雖其文之有異而作圖 則無有彼此之
不同否

答 斜縫向後 亦謂至於兩末 盖兩末是后之盡處 則一后字足以該之

矣 左右帶之分爲兩圖 所以明其自左看如此樣 自右看如此樣 非
謂其折兩葉而不縫也 盖綴帶斜縫而疊鋪于地 則左帶圖便藏在右
帶圖之底 不見其樣 故於此須分圖之 其兩圖之一邊斜處 卽斜縫
向后而至于兩末者也 以兩圖疊之則便見其爲一縫而非折開也

問 深衣曲裾之制 以大全考之交映 而垂如燕尾狀 而綴於裳之右旁
然以喪服左右衽見之 其意只在掩裳旁際 而深衣之裳前後相連
無可掩之義 且綴於右而不於左 亦可疑

答 先生晚歲 旣不用此制 則今不必强究大抵深衣之制 今古便成聚
訟 苟欲講求 請姑緩於註疏以下諸說 須先一直從深衣玉藻兩篇
上細心理會 如何如何

問 家禮云但不裁破腋下 然以深衣本篇考之 其曰裕之高下則裕是可
高可下之義 曰上無下無則帶是可上可下之證 非如袂之二尺二寸
有一定之式也 家禮之不裁破 於經文本旨 則容或有未之考歟 大
抵古人衣制別無巧法 只是適於體而已 若果不破腋則 終是不成
衣樣 家禮先生初年未定之書 則不知晚年定論竟如何

答 鄙意亦嘗疑之

問 家禮深衣之無領何也 或以爲大全曲裾一條當領 以大全所謂裳上
之右旁 家禮無上字 者謂綴於衣之左右旁 以大全謂有闕誤 喪當
作衣右上脫左字 此未知如何

答 裾之非領 字書可考也 况家禮大全皆旣曰方領 又曰曲裾 則是不
可牽合爲一 或說恐鑿甚

圀 首絰之制 儀禮及家禮 未有兩股及糾之文 而我東諸賢皆兩股而
糾何也 按儀禮首絰要絰 只言苴絰 而至絞帶始言絞 則非徒首絰
不絞 要絰亦不絞矣 載記註疏中 雖有首絰兩絞之文 然儀禮及可
禮之意旣如此 則似當以單絞爲之 且首絰象殯項 要絰象大帶 殯
項大帶 本非相糾 則儀禮不糾 或是此意 家禮首絰仍舊不糾 而
要絰則糾之 此家禮損益之義也 首絰單股不糾 環絰一股而糾 此
首絰環絰之辨也 不可以環絰之一股 遽疑首絰之爲兩股也 未知
如何

圁 首絰之象殯項 要絰之象大帶 註疏家固有此 然鐘嘗竊疑之 緇冠
之缺項 變缺爲殯 遂謂冠下之別有殯項 已非解絰之正意 設使冠
有殯 則喪冠之有時而去絰何也 要絰之象大帶則婦人之去要絰何
也 無乃絰之爲名 本取於拘率罪人之義 以木曰桎 以絲曰絰 如
徽纏之類 而倣以別施於有喪之人 用爲凶憂之節耶 這本是交糾
之索 故經記更不言兩股歟 推后變葛而要絰用四股 則其前之兩
股可知矣 要旣兩股則首之亦不單股可知矣 檀弓所謂繆絰是也
單股而不糾則是散麻也 要絰有猶有絞垂之時 而首絰之長時不絞
可乎 儀節及補註並有如來喩之疑 而退陶先生已勘辨明 正今不
可異議

면우(俛宇) 곽(郭) 선생께 올리는 편지

지난겨울 내려주신 가르침의 말씀이 인물지성(人物之性)에 이르
러서 조리가 명백하고 인용한 근거가 정밀하고, 진심을 다해 하나
하나 자세히 말씀하여 주셨으니, 저의 어둡고 어리며 보잘 것 없는

처지로서는 다시는 다른 설이 없음이 마땅합니다. 하지만 참으로 이는 천하의 공물(公物)이며 한 사람이 사사로이 얻을 것이 아닙니다. 또 생각건대 가슴속에 의심이 없을 수 없어 우선 나의 행(行)이 이르지 못한 것은 잠시 접어두고, 이르고 난 뒤에 알기를 기다린다면 다만 의심나는 것을 끝내 해결하지 못할 뿐만 아니라, 아마도 또한 가르침을 받을 자리를 마련할 길이 없을 듯하여 곧바로 아래와 같이 다시 개진합니다.

무릇 온 천하는 다만 하나의 도리(道理)가, 충막(冲漠)한 가운데 혼융(混瀜)하게 두루 충만하여, 만물을 내는 본연(本然)이 됩니다. 이 본연이 바로 동(動)하여 생양(生陽)하고, 정(靜)하여 생음(生陰)하며, 둘이 나뉘어 넷이 되고, 넷이 나뉘어 여덟이 되며, 그 기(氣)가 쌓여 질(質)을 이루고, 질(質)이 갖추어져 형(形)을 이룹니다.

무릇 천하의 하늘을 나는 것, 물속에 잠기는 것, 땅을 달리고 엎드리는 것, 모난 것, 둥글기도 하며, 가로지기도 하고 바로 서기도 하고 거꾸로 이기도 하는 것이[201] [橫竪倒] 취만불일(吹萬不一)[202]합니다. 이에 리(理)에 많은 모양이 있음을 알 수 있으니, 기(氣)가 온전하면 리(理)도 온전하고, 기가 치우치면 리도 치우칩니다. 하지만 온전한 것은 기이지 리가 아니고, 치우친 것은 기이지 리가 아닙니다.

이 리가 기와 비록 서로 불상리(不相離)하나, 실지 서로 섞이지 않는 것이 그렇습니다. 그러므로 기는 방(方)·원(圓)·횡(橫)·직

---

201) 옆으로⋯⋯이기 : 퇴계의 『천명도설(天命道說)』에서 '사람은 천지의 빼어난 것이기에 양(陽)이고 머리는 하늘을 닮아 둥글고 발은 땅을 닮아 모나서 직립하지만, 물(物)은 천지의 편색된 것이기에 음이므로 옆으로 가로지거나 거꾸로 인데, 금수(禽獸)는 음 중에서도 양이어서 완전히 거꾸로는 아니고 가로지며, 초목은 음 중의 음이어서 반드시 뒤집히어 거꾸로 이다'라고 하였다.

202) 취만불일(吹萬不一) : 『장자』「제물론」에 "온갖 물건에 불지만 같지 않고 각각 자기 소리를 내게 한다.[吹萬不同 , 而使其自己也]라는 구절이 있다.

(直)이 있으나 리는 이것이 없으며, 기는 기울고 높고 뾰족하고 비스듬함[側峻尖斜]이 있으나 리는 이것이 없습니다. 곧 이 도리는, 그 부여받은 기(氣)에 따라 절로 하나의 성(性)이 되어 서로 통하지 않습니다.

그러나 그 리의 실체는 애초부터 방해받지 않고 자약(自若)합니다. 그러므로 주자가 말하기를 "리로 말하면 온전하지 않음이 없고, 기로 말하면 치우침이 없을 수 없다."라고 하였습니다. 이에 인(人)과 물(物)의 구분이 실로 기기(氣機)²⁰³)에서 말미암아 이른 것임을 알 수 있습니다. 그래서 리가 하는 것이 아님이 분명합니다.

그러나 리는 기 밖의 다른 리가 없으며, 기만 유독 이렇고 리는 이렇지 않은 것은 아닙니다. 그러므로 주재(主宰)의 묘로 말하면, 재천(在天)에는 생인(生人)과 생물(生物) 묘가 이미 갖추어져 있으며, 사람으로 나면 바뀌어 물이 될 수 없고, 물로 나면 또한 변하여 사람이 될 수 없습니다. 이는 또한 그 한 가지로 정해져 바뀌지 않는 이치입니다. 그러므로 공자가 말하기를 "태극(太極)이 양의(兩儀)를 낸다."라고 하였습니다. 태극이 양의를 낼 때 양의의 묘는 이미 태극 속에 갖추어져 있습니다. 이는 정자(程子)가 "만상(萬象)이 삼연(森然)하다."라고 말한 것과 주자(朱子)가 "그 이치가 이미 갖추어져 있다."라고 말한 것이 모두 그것입니다.

그러나 양의(兩儀)가 생하고 나서 양(陽)의 성(性)은 건(健)이지 순(順)이 아니며, 음(陰)의 성(性)은 순(順)이지 건(健)이 아닙니다. 이는 기질(氣質)이 그렇게 하게 하는 것이 아니겠습니까. 그러

---

203) 기기(氣機) : 기의 기틀이란 뜻으로 대개 태극(太極)이 이 기틀을 타고 동정(動靜)하게 된다고 한다.

276

나 양의(陽儀)로 보면 태극이 양의 상에 온전히 있고 음의(陰儀)로 보자면 태극이 음의 상에 온전히 있어서, 양이 홀로 그 건(健)함을 얻고 음이 홀로 그 순(順)함을 얻는 것이 아닙니다. 정자가 "하늘과 사람이 하나의 리이다."라고 말한 것과 주자가 "혼연한 전체가 각각 일물(一物) 가운데에 갖추어지지 않음이 없다."라고 말한 것이 이것입니다.

　삼가 밥과 옷으로 비유해본다면, 바야흐로 이제 쌀을 일거나 비단을 짤 때에, 치마를 만들고, 저고리를 만들고, 밥을 짓고, 죽을 쑤는 묘는, 이미 밥 짓고 옷감 짜는 이의 마음에 갖추어져 있습니다. 익히고 만들고 나면 저고리가 되고, 치마가 되고, 밥이 되고, 죽이 됨은 고유한 모양이 같지 않음이 있습니다. 그러나 곧바로 리의 실체를 가리키면 저고리도 이 리이고, 치마도 이 리이며, 죽과 밥도 이 리입니다. 그러므로 주자가 말하기를 "리는 전혀 흠궐(欠闕)이 없다."라고 한 것이 이것입니다. 그러나 그 자리를 논한다면 재천(在天)과 재물(在物)의 구분이 없을 수 없습니다. 그러므로 "만물이 근원이 하나임을 논한다면 리는 같지만, 만물이 체가 다름을 살핀다면 리는 절대 같지 않다."라고 하였습니다. 그 "같다"는 것은 리를 말하고, "같지 않다"는 것은 성(性)을 말합니다. 이 성(性)이라고 말하자마자 이 리는 바로 기질(氣質)의 이름을 띠게 됩니다. 기질을 띠면 기질에 따라서 절로 하나의 성(性)이 되지 않을 수 없습니다.

　그러므로 "개의 성은 소의 성이 아니고 소의 성은 사람의 성이 아니다."라고 말하였고, 또한 "사람이 금수(禽獸)와 다른 소이(所以)가 이것이다."라고 말하였습니다. 공자가 "성지자성(成之者性)"[204]이

---

204) 이루어지는 것이 성이다 : 『주역』「계사전 상(繫辭傳上)」에 "한 번 음(陰)이 되고 한 번

라고 한 것과 주자가 "형기(形氣)의 이름에 떨어졌다."라고 한 것과 장자(張子)가 "기질지성(氣質之性)은 '성(性)'자의 본디 풀이이다."라고 한 것이 이것입니다. 그리하여 선현(先賢)이 "'본연성'과 '기질성'은 애초에 두 가지 성이 있는 것이 아니고, 다만 단독으로 리(理)를 가리키느냐, 기(氣)를 겸하여 가리키느냐에 의해서 이 두 가지 이름이 있다."라고 하였습니다.

　비록 단독으로 가리킨다 해도 다만 기질 중에 있는 것이고, 비록 겸하여 가리킨다 해도 애초부터 기질과 합하여서 성이라고 일컫는 것은 아닙니다. 하지만 이미 기질성이라고 말하였으니, 청·탁(淸濁), 수·박(粹駁), 혼·명(昏明), 강·약(强弱), 선·불선(善不善)이 만 가지로 가지런하지 않음이 있어, 성의 본체가 아니라도 '성이 아니라'고도 할 수 없어, 억지로 '기질지성'이라고 이름을 붙인 것입니다. 공자가 말한 "서로 가까운 성(性)"[205]과 주자(周子)[206]가 말한 "강하기도 하고, 부드럽기도 하고, 선하기도 하고, 악하기도 하고, 딱 들어맞기도 하다.[207]"라고 한 것이 이것입니다.

　그러나 또 사람들이 '성은 원래 같지 않다'고 여기고, 결국 기를 섞어서 성을 말하였으니, 성의 본체를 알 수 없을 것 같아서입니다. 그

양(陽)이 되는 것을 도(道)라고 하고, 일음일양(一陰一陽)을 계속하여 만물을 화육(化育)하는 것이 선이고, 사물이 생겨나면서 갖추고 있는 것이 성이다.[一陰一陽之謂道 繼之者善也 成之者性也]"라고 하였다.

205) 공자가……성(性) :『논어』「양화(陽貨)」편에 공자(孔子)가 이르기를 "성은 서로 가까우나 습관에 따라 서로 멀어지는 것이다.[性相近也 習相遠也]"라고 하였다. 사람의 성(性)은 청탁(淸濁)·미악(美惡)의 차이가 있으나 물욕(物慾)이 가리기 이전에는 그 차이가 서로 멀지 않다는 말이다.

206) 주자(周子) : 주돈이(周敦頤, 1017~1073)를 높여 부르는 말이다. 북송의 학자로 자는 무숙(茂叔), 호는 염계(濂溪)이다. 저술로는『태극도설』과『통서(通書)』가 있다.

207) 강하기도……하다 : 주돈이의『통서(通書)』제7장 사(師)에 "性者 剛柔善惡中"이란 구절이 나오고, 그 뒤에 성을 굳센 선[剛善], 굳센 악[剛惡], 부드러운 선[柔善], 부드러운 악[柔惡], 중절함[中] 다섯 가지로 분류하고 있는데, 앞의 네 가지는 부달(不達)한 것이며 중(中)이 달도(達道)라고 하였다.

러므로 이에 기를 불리(不離) 바로 그 속에서 곧장 천리의 적골(赤骨)[208]을 가리켜서 '본연성'이라고 하였습니다. 대개 이와 같지 않으면, 군자가 어떻게 명선(明善)[209]하고, 성선(誠善)[210]하여, 그 처음을 회복[復初]하겠습니까? 자사(子思)가 "천명지성(天命之性)"이라고 말한 것과 장자(張子)[211]가 "천지지성(天地之性)"이라고 말한 것이 이것입니다.

성(性)은 하나지만 위에 본연(本然)과 기질(氣質)을 더하여 곧 같지 않음을 나타내었습니다. 본연이라고 하여 기(氣)가 없는 것이 아니며, 기질이라고 하여 리(理)가 없는 것이 아니니, 다만 주로 삼아서 말하는 것이 각각 해당되는 바가 있어 어지럽혀서는 안 됩니다.

바로 사단(四端)과 칠정(七情)은 모두 성(性)이 발(發)한 것이지만, 그래도 "리가 발했다, 기가 발했다"라고 말할 수 있음과 같습니다. 『중용(中庸)』[212], 『예기』의 「악기(樂記)」편[213], 정자의 『호학론(好學論)』[214]

---

208) 적골(赤骨) : 적골은 대개 아무 것도 걸치지 않은 적나라한 알몸을 뜻한다. 『주자어류』 권11에 "자로는 비유하면 더러운 웃옷을 벗었고, 안자는 가까운 속옷만을 벗었고, 성인은 살에 닿는 속적삼을 모두 벗어 알몸으로 섰다.[子路譬如脫得上面兩件鏖糟底衣服了 顔子只脫得那近裏面底衣服了 聖人則如那裏面貼肉底汗衫 都脫得赤骨立了]"라고 하였다.

209) 명선(明善) : 선(善)에 밝음을 말한다. 『중용장구』 20장 주희의 주에 이르기를, "선에 밝지 못하다는 것은 인심과 천명의 본연을 능히 살펴어 지선(至善)의 소재(所在)를 참되게 알지 못하는 것을 일컫는다."라고 하였다.

210) 성선(誠善) : 자신의 삶을 선으로 꽉 채우고자 하는 것을 뜻한다. 주자는 『중용장구』 20장 주에서 "성(誠)은 진실무망(眞實無妄)을 일컬으니 천리(天理)의 본연이다. 성지(誠之)는 능히 진실무망하지는 못하여 진실무망 하고자 함을 일컬으니 인사(人事)의 당연이다."라고 하였다.

211) 장자(張子) : 북송(北宋)의 유학자 장재(張載, 1020~1077)의 존칭으로, 자는 자후(子厚)이며, 별호는 횡거 선생(橫渠先生)이다.

212) 『중용(中庸)』 : 제1장의 "喜怒哀樂之未發 謂之中 發而皆中節 謂之和"을 가리킨다.

213) 『예기』의 「악기(樂記)」 : 『예기』 「악기」에 음악에 대해 서술하면서 사람의 성정에 대해 언급한 대목이 있다.

214) 『호학론(好學論)』 : 이천(伊川) 정이(程頤)가 지은 「안자소호하학론(顔子所好何學論)」을 말한다. 그 속에 미발(未發), 칠정(七情), 심성정(心性情)에 관한 설이 들어 있다. 퇴계의 「심통성정도(心統性情圖)」 주석을 비롯한 조선 시대 여러 유학자의 문집에서 언급되고 있다. 『二程全書』伊川先生文集 卷4「顔子所好何學論」

에서는 다 그 속에 사단을 포함시켜 리발(理發)과 기발(氣發)을 나눌 수 없지만, 사단에 상대하는 이름을 세울 때에, 이것이 리에 배속하고 저것은 기에 배속하지 않을 수 없었습니다. 그래서 퇴도(退陶) 선생께서는 정이(靜而)[215]의 "절도에 맞는 리는 기에 속하지 않습니까?"라는 질문에 "비록 기에서 발하였지만 맹자의 기쁨, 순임금의 노여움, 공자의 슬픔과 즐거움이 다 기의 발이라고 하느냐?"라고 하였고, 또 이굉중(李宏仲)[216]의 편지에 답하기를, "사단은 도심(道心)이고 칠정은 인심(人心)이다."라고 하였기에, 주리와 주기를 구분하는 소이가 각기 저절로 분명합니다. 어떤 이는 이것으로 분(分)을 말하는 것은 안된다하고, 대개 '기가 발하여 리가 같은 길을 탄다.'고 여겼는데, 이름하고 말하는 때에 과연 누가 온당합니까?

　본연과 기질도 또한 이와 같을 뿐입니다. 성은 사람이 하늘의 바른 리에서 얻은 것이니 어찌 본래 다름이 있겠습니까. 다만 한 차례 형기(形氣)에 떨어져 그와 함께 달라지지 아니할 수 없는 것입니다. 세상 사람의 견해는, 이것이 바로 기질임을 알지 못하는 까닭에, 결국 '성(性)은 본래 이와 같다'고 고집하고는 인정해 버립니다. 그러므로 순자(荀子)의 성악(性惡)과 양씨(楊氏)의 선악(善惡)[217], 한자(韓子)

---

215) 정이(靜而) : 정지운(鄭之雲, 1509~1561)으로, 본관은 경주(慶州). 자는 정이(靜而), 호는 추만(秋巒)이다. 어려서부터 영특했으며, 김정국(金正國)·김안국(金安國)의 문하에서 수학하고 나중에 이황(李滉)에게 배웠다. 벼슬하지 않았으며, 그가 지은 「천명도설(天命道說)」이 그 유명한 사칠 논변의 발단이 되었다.

216) 이굉중(李宏仲) : 이덕홍(李德弘, 1541~1596)이다. 본관은 영천(永川), 자는 굉중, 호는 간재(艮齋)이며, 이현보(李賢輔)의 종손이다. 10여 세에 퇴계의 문하에 들어와 총애를 받았으며 특히 역학(易學)에 뛰어났다. 『주역질의(周易質疑)』, 『계산기선록(溪山記善錄)』, 『간재집(艮齋集)』 등의 저서가 전한다.

217) 양씨(楊氏)의 선악(善惡) : 양씨는 양웅(揚雄, 기원전 53~18)으로, 자는 자운(子雲)이다. 전한 말기의 학자이며, 한나라를 대표하는 문장가이다. 양웅의 이른바 '선악혼재설(善惡混在說)'은 『법언(法言)』 「수신(修身)」에 나온다.

의 삼품(三品)[218]이 어지러이 일어났습니다. 본디 그들의 말은, 말한 것이 합당치 않고, 사실 기(氣)자 만을 말한 것이 —『주자어류』에서 성을 논한 것 중에 이 뜻이 많이 있다—우리 유가에게 배척을 받고 마침내 이단이 된 까닭입니다.

맹자는 전국(戰國)의 여세(餘勢)에 태어나 큰물에 휩쓸려 가는 것이 천하가 다 그러하였습니다.[219] 맹자는 사람이 '성은 원래 같지 않다'고 여길까 싶어, 기질 안에서 하늘이 명한 바를 끌어내어 사람에게 말하였습니다—『주자어류』 속의 말이다—이것이 성선(性善)의 논의가 참으로 깊은 뜻을 발명한 큰 공적이 되는 까닭입니다. 그렇지만 끝내 고자(告子)[220]의 미혹됨을 돌려놓지 못한 것은, 그가 일찍이 '기질지성' 네 자를 설파(說破)하지 못하였기 때문입니다.

정자(程子)가 말하기를 "성(性)을 논하되 기(氣)를 논하지 않으면 갖추어지지 못하고, 기(氣)를 논하되 성(性)을 논하지 않으면 밝지 못하다."라고 하였고, 주자(朱子)는 그것을 『맹자집주(孟子集註)』에 인용하되 그 논하는 솜씨도 면밀하였으니, 기질의 설이 여기에서 비로소 출현하였습니다. 이에 성은 비록 본디 같으나 기품(氣稟)의 섞임이 없을 수 없고, 비록 기품의 섞임이 있으나 그 본디

---

218) 한자(韓子)의 삼품(三品) : 한자는 한유(韓愈, 768~824)로 자는 퇴지(退之)이며, 당 나라 때의 유명한 문장가이자 유교 사상가이다. 한유(韓愈)는 「원성(原性)」에서 사람의 성을, 선만 있고 악이 없는 상품(上品)과, 교육 여하에 따라 상품이나 하품이 될 수 있는 중품(中品)과, 악뿐이어서 교육으로도 변화시킬 수 없는 하품(下品)으로 나누었다. 이는 맹자, 순자, 양웅의 설을 조화시키려 한 것으로서, 맹자의 성선(性善)은 상품에 해당하고, 순자의 성악(性惡)은 하품에 해당하며, 양자의 성선악혼(性善惡混)은 중품에 해당한다.

219) 큰물에……그러하였다 : 초(楚)나라 은자 걸닉(桀溺)이 자로(子路)에게 "큰물에 휩쓸려 흘러가는 꼴이 천하가 모두 한 모양이니, 누구와 함께 이 세상을 바꿀 수 있겠는가.〔滔滔者天下皆是也 而誰以易之〕"라고 말한 내용이 『논어』 「미자(微子)」에 나온다.

220) 고자(告子) : 고자(告子)는 전국 시대 사람으로 성이 고(告)이고 이름은 불해(不害)이다. 성선설(性善說)을 부정하고 성(性)은 선도 불선도 없는 것이라고 주장하였다. 『맹자』 「고자 상・하」

체는 침해되지 않고 자약함을 알게 되어, 전인(前人)이 밝히지 못하고 갖추지 못했던 것이 드디어 하나로 가지런히 원만히 갖추어져, 흠결이 없고 병폐(病弊)가 없어졌습니다.

그러므로 주자가 일찍이 정자를 일컬어 "명교(名教)에 공이 있는 것은 그가 기질지성을 발명하였기 때문이다."라고 하였고, 또 "정자와 장자(張子)가 이를 논한 일은 성문(聖門)에 공이 되고 후학(後學)에 보탬이 있다."라고 하였으니, 어찌 주자의 뜻을 알 수 없겠습니까? 다만 단독으로 리를 가리키거나 기를 겸하여 가리켜서 말을 하기 때문에, 기질의 성으로 말하면 다만 인(人)과 물(物)이 같지 않을 뿐 아니라 사람과 사람도 같지 않고 물과 물도 같지 않습니다. 본연으로 말한다면 온 천하가 다만 하나의 리여서 애초부터 피차간에 많고 적음이 없습니다.

그 '일원(一原)'이라고 한 것은 본연을 일컫고, 그 '이체(異體)'라고 한 것은 기질을 일컫습니다. 그 자리를 논하면, 일원은 일원이고, 이체는 이체입니다. 이는 정자가 말한 "하늘에 있어서는 명(命)이라 하고, 사람에 있어서는 성(性)이라 한다."라는 것이고, 주자가 말한 "리가 같다고 말한다면 옳으나, 성이 같다고 말한다면 옳지 않다."라고 한 것이 이것입니다.

그러나 그 실체로 말하면, 어찌 하늘에 있어서는 같고 물(物)에 있어서는 다른 리가 있겠습니까? 비록 '일원'이라고 말하지만 애초에 기를 떠나서 홀로 성립하는 것을 일컬음이 아니며, 비록 '이체'라고 말하지만 또한 리를 버려두고 홀로 거동하는 것을 일컬음이 아니니, 이른바 '일원'이라고 하는 것은 애초에 '이체' 속에 있지 않은 적이 없습니다. 다만 기를 겸하여 가리키면 다르지 않을 수 없으나, 단독으로 리를 가리키면 하늘에 있어서나 물(物)에 있어서나 모두 같아서, '리'라고 하는 것이 곧 성(性)이며, 성 밖에 별도로 '리'라고 하는 것이 있지 않습니다.

그러므로 주자가 「서원빙(徐元聘)에게 답하는 편지」[221]에서 이르기를, "성은 다만 리입니다. 아마 힐난(詰難)하시겠지만, 이렇게 나뉘고 갈림은 기질에 따라 품부 받은 바에 따라서 입니다. 그래서 혹 가려져 밝혀지지 않는 바가 있습니다. 리는 애초에 둘이 아닙니다. '성동기이(性同氣異)' 단지 이 네 글자가 무한한 도리를 머금고 있습니다."라고 하였습니다.

그 "성이 같다"고 한 것은 무엇을 말하는가? 성은 곧 리다. 리는 형태도 자취도 없습니다. 그러므로 기에 구애받지 않고 곳에 따라 충만하여 한 곳도 리가 가득차지 않음이 없습니다.

그 "기가 다르다"고 한 것은 무엇을 말하는가? 뿔이 달린 것은, 그 것이 소라는 것을 압니다. 갈기가 있는 것은, 말이라는 것을 압니다. 높이 솟아 위에서 덮고 있는 것은, 하늘이란 것을 압니다. 순순히[隤然] 아래에서 실려 있는 것이, 땅이라는 것을 우리는 압니다.

무릇 천하에 이름이 있고, 모양을 이루며, 볼 수 있는 것은 각자 그 기가 다릅니다. 하지만 리는 애초에 기를 떼어놓은 적이 없으니 또한 그와 더불어 다르지 않을 수 없습니다. 그러나 그 소이연(所以然)은 기질에 국한(局限)된다. 이 리의 본체가 어찌 이 때문에 결국 달라지겠습니까?

비유하면 페르시아(波斯)의 시장에 보석(璸珠)이 나열되어 있는

---

221) 서원빙(徐元聘)에게……편지: 서원빙(徐元聘, ?~?)은 주자가 동안현(同安縣)에 근무할 때 그곳에 살던 노유(老儒)였고, 『주자대전』 권39에 그에게 답하는 편지 2편이 수록되어 있으며 이는 두 번째 편지이다.

데, 둥글기도 같고 빛나는 것도 같아 애초에 크고 작음·밝고 어둠의 다름이 없습니다. 다만 담는 그릇이 달라, 마반(瑪盤)²²²)에 놓기도 하고, 주발이나 대그릇에 넣기도 하고, 질주(塦周)²²³)에 두기도 하고, 전체를 투명하게 드러내기도 하고, 7분이 하얀 것이 있기도 하고, 10분이 검은 것이 있기도 합니다. 이에 보석에는 여러 가지 모양의 보석이 있지만, 보석이 어찌 손상되었겠습니까. 마노 그릇에 있는 것도 이 보석이요, 주발이나 대그릇에 있는 것도 이 보석이요, 질주에 있는 것도 이 보석이니, 다만 그 담은 그릇이 같지 않습니다.

하물며 리는 형체가 없으나, 기는 자취가 있으며, 리는 함이 없으나 기는 작(作)이 있으니, 기가 비록 방원(方圓)·횡직(橫直)이 있지만 리가 하는 것이 아님은 분명합니다. 그릇(器)에는 비록 명암(明暗)·청탁(淸濁)이 있지만 진주의 허물이 아님도 확실합니다.

그러므로 주자가 말하기를 "하늘이 만물을 냄에 그 리는 차별이 없다. 다만 인과 물이 품부 받는 형기(形氣)가 같지 않으므로, 그 마음에는 밝고 어둠의 차이가 있고 성(性)에는 온전함과 온전하지 못함의 차이가 있다."라고 하였습니다. 또 말하기를 "인과 물의 성은 또한 나의 성이다. 다만 그 품부 받은 형기가 같지 않으므로 다름이 있다."라고 하였습니다.

또 말하기를, "하늘이 명(命)한 것은 같지만 바로 기질이 같지 않음에

---

222) 마반(瑪盤) : 마노(瑪瑙)로 만든 대야 모양의 그릇인 듯하다. 마노는 보석의 하나로 원석의 모양이 말의 뇌수를 닮았다 하여 이렇게 불렸고, 우리나라에서도 장식품에 많이 사용되었다.

223) 질주(塦周) : 대개 흙을 구워서 만든 벽돌로 묘 안에 관이 놓일 구덩이 주위에 돌려서 쌓았던 것으로, 토주(土周)라고 하기도 하며, 흙으로 만든 관을 뜻하기도 한다. 여기서는 흙을 구워 만든 네모난 그릇의 뜻인 듯하다.

따라 결국 차이가 있다.”라고 하였습니다. 또 말하기를 “다르다고 하지만 일찍이 같지 않은 적이 없다.”라고 하였습니다. 또 말하기를 “리는 그렇다면, 기도 저절로 그렇게 된다.”[224]라고 하였습니다. 또 『맹자』의 ‘사람이 금수와 다른 것’[225]과 ‘개와 소와 사람의 성(性)’[226] 두 장(章)에서 논하여 말하기를 “사람이 무슨 까닭에 금수와 다른지 모르며, 사람이 무슨 까닭에 소나 개와 다른지 모르겠다. 이 두 곳은 중간에 일전어(一轉語)가 모자란 듯하다. 모름지기 ‘이 형기가 같지 않으므로 성 또한 조금 다르다’를 말해야 비로소 얻을 것이다.”[227]라고 하였습니다. 이것은 또한 매우 분명합니다.

“성이 이미 만 가지로 같지 않음이 있다.”라고 하였지만 이 기질의 일을 말하지 않고서 대개 성의 다름을 말하면, 또한 문구 중에 곡절(曲折)이 적으며, 그 다른 까닭은 일원(一原) 중에 묘맥(苗脈, 실마리)이 없을 수 있겠습니까? 그 마음에 반드시 만약 “기를 인하여 달라진다.”고 한다면, 권형(權衡)이 기로 돌아가고, 리가 스스로 할 수 없는 것이 될까 두렵습니다. 이에 또 하나의 다른 경계를 찾고자해야 하고, 또 ‘리는 같다’는 설에 장애가 있을까 두렵습니다. 결국 “비록 다름이 있지만 리이고, 그 리는 모두 같다.”라고 하였고, 또 심하게는 “리는 기 밖의 다른 리가 없다.”라고 하였습니다. 비록 ‘일원’을 말하였지만 기는 그 속에 있으니, 기가 온전한 곳은 리도

---

224) 리는……이러하다 : 『주자어류』 권4에 보인다.

225) 사람이……바 : 『맹자』 「이루(離婁)」에 나오는 “맹자가 말하기를 ‘사람이 금수와 다른 바는 거의 드물다. 뭇 사람들은 그것을 버리지만 군자는 그것을 보존한다.’라고 하였다.”라는 구절이다.

226) 개와……성(性) : 『맹자』 「고자(告子)」에서 고자의 “살아가는 것이 성이다.”라는 답변에 대하여 맹자가 반문하는 대목에 나오는 구절이다. 맹자는 “그렇다면 개의 성은 소의 성과 같고 소의 성은 사람의 성과 같은가?”라고 물었다.

227) 사람이……것이다 : 『주자어류』 권4에 보인다.

온전하고 기가 치우친 곳은 리도 치우칩니다. 이에 그 설을 만듦에 진실로 이와 같은 점이 있는 듯합니다.

그러나 그것을 '일원(一原)'이라고 일컬은 것은 천리(天理)의 한 근본을 바로 가리켜 말한 것이고, 그것은 형상이 없고 방체(方體)가 없어, 리라는 것은 혼연한 태극을 일컫는 것입니다. 그리고 그 조목은 불과 원(元)·형(亨)·리(利)·정(貞)²²⁸⁾ 네 가지가 찬연(粲然)히 각기 조리가 있어 어지럽지 않고, 아무도 단서를 엿보지 못하여 하나의 이치로 이름을 부를 수 없으므로 '혼연(渾然)'이라고 일컬어, 혼연한 리에 전혀 분별이 없음을 일컫는 것이 아닙니다. 그러므로 '찬연(粲然)'이라고 하였습니다. '찬연'이라는 것 또한 그 속에 갖가지 모양이 있는 것은 아니고, 다만 원·형·리·정 4가지뿐입니다.

비록 그것을 만리(萬里)라고 하지만 그로써 이미 만물의 리가 갖추어져 있다고 하니, 만리는 만물로 각각이 사상(四常)을 얻습니다. 그리고 이른바 원·형·리·정은 곧 혼연한 태극의 온전한 체[全體]이며, 이른바 리는 바로 그것이 기를 떼어놓지 않고 말한 것입니다. 그러므로 그 리로 말하면 만물은 일원이어서 본디 인(人)과 물(物), 귀하고 천함의 다름이 없습니다.

이제 "비록 같지 않음이 있지만, 그 리는 한가지이다."라고 말한다면, 이것은 예전 그대로이며 같지 않습니다. 이제 "기가 치우치거나 온전한 곳에, 리도 치우치거나 온전하다."고 말한다면, 이것은 기와 섞어 리를 말함이 이미 심한 것입니다.

---

228) 원(元)·형(亨)·리(利)·정(貞) : 『주역(周易)』에서 말하는 건(乾)괘의 네 가지 덕인데, 천도(天道)도 그러하다고 한다. 각각의 덕은 인도(人道)의 인·의·예·지, 오행(五行)의 목·화·금·수, 봄·여름·가을·겨울에 해당된다.

만약 과연 이와 같다면, 이른 바 '일원'은 바로 홍구(鴻溝)[229]를 갈라서 서쪽으로 하고 동쪽으로 하여, 너는 그 서쪽을 점거하고 나는 그 동쪽을 점유하여, 각자 간가(間架)를 세우고 각각 붕당을 세우는 것과 똑 같아서, 이른 바 '일원' 또한 매우 더럽고 정결하지 못합니다. 그것이 만물을 낼 즈음에, 범은 범의 굴에서 나오고 개미는 개미굴에서 나오니, "상제가 장차 분분하고 수고스러움을 이기지 못한다."는 말이고, 이른 바 "태극이라는 것도 나뉘고 나누어 깨지고 부서짐을 이기지 못한다."는 것을 이릅니다. 이와 같다면 '만원(萬原)'뿐이니, 어디에 일원이 있겠습니까? 이는 다만 '리가 다름[理異]'일 뿐이니, 이른 바 '리가 같다[理同]'는 것이 어디에 있습니까?

비유하자면, 한 강의 물이 성대하여 끝이 없고 원융하여 중간에 가로 막힘이 없어서 다만 같은 물이지만, 그 담는 것이 어떤 것은 국자이고, 어떤 것은 통이고, 어떤 것은 바가지이고, 어떤 것은 병입니다. 그 실체로 말하면, 국자로 한 강의 물을 다 얻거나, 통으로 한 강의 물을 다 얻거나, 바가지와 병으로 한 강의 물을 다 얻어도, 애초부터 많고 적음을 논할 만한 것이 없습니다. 지금 큰 강의 물을 가리켜서 말하기를 "이것은 장차 병의 물이 되고, 저것은 장차 바가지의 물이 된다."고 하는 게 옳겠습니까? 아니면 이에 "비록 바가지와 병의 구분이 있지만, 그 물은 같다."고 하는 게 또한 옳겠습니까?

이는 천명(天命)의 근원이어서 이미 언어로 표현하기가 어려우니, 청컨대 잠시 사람에게 있는 것에 나아가서 그것을 밝히겠습니다. 마음이란 물건은 지극히 묘하고 지극히 신령스러워서, 그것이

---

229) 홍구(鴻溝) : 항우(項羽)와 유방(劉邦)이 천하를 두고 쟁탈전을 벌일 때에 홍구를 경계선으로 하여 동쪽은 초(楚)나라가 차지하고 서쪽은 한(漢)나라가 점유하기로 약속했던 고사가 있다. 『史記』卷7「項羽本紀」

아직 발하지 않은 때에 혼연한 천리로 애초에 체단(體段)을 가리킬 만한 것이 없습니다. 그러나 인(仁)·의(義)·예(禮)·지(智) 네 가지가 사기 찬연히 그 속에서 설로 조리가 있어 어지럽지 않아 흐릿하여 전혀 분별없는 것이 아닙니다. 그리고 그것이 만사(萬事)의 이치를 갖추었기에 '만리(萬理)'라고 하고, 그 건수(件數)의 대강(大綱)을 '사덕(四德)'이라고 합니다. 그런데 사덕이란 또한 각각의 모양이 그 속에 갖추어진 것이 아니고 다만 혼연한 태극의 전체(全體)입니다. 그러므로 주자가 말하기를 "천리는 다만 인·의·예·지를 총괄한 이름이며, 인·의·예·지는 곧 천리의 건수(件數, 사물의 가짓수)임을 알아야 한다."라고 하였다. 또 말하기를 "아직 감응하지 않았을 때에는 전혀 분별이 없고, 감응한 뒤에야 분별이 있다는 것은 성립되지 않는다."라고 하였습니다. 또 말하기를 "그 속에 뭇 이치가 혼연히 갖추어져 각각 분명하다."라고 하였는데, 모두 다 이를 일컫는 것입니다.

그 감응하는 바에 이르러서는, 면모(面貌)의 같지 않음이 있고 시절도 다릅니다. 그러나 충(忠)을 요구하면 충에 인·예·지를 갖추고, 효(孝)를 요구하면 효에 의·예·지를 갖추는 것이지, '충을 요구하면 의만 나오고 인·예·지는 한 모퉁이에 놓아두고, 효를 요구하면 인만 나오고 의·예·지는 한 쪽에 떨어져 있다'는 것은 말이 되지 않습니다.

무릇 한 번 밥을 먹거나 한 마디 말을 할 때에, 비록 그 일이 같지 않지만 그 리의 실체는 저때나 이때나 남음과 모자람이 없습니다. 그 밖의 리를 거스르고 상도(常道)를 어지럽히는 일 같은 것이 또한 그 마음이 아니라고 말할 수도 없으니, 이는 곧 기는 강한데 리가 약하여 리가 그것을 제어하지 못하여 이르게 되는 것입니다.

이 때문에 "미발할 때에 묘맥(苗脈)이 있다."고 하는 것이 옳습니까? 중인(衆人)의 발(發)은 때에 알맞기도 하고 그렇지 않기도 하며, 선하기도 하고 선하지 않기도 합니다. 어찌 미발 속에 들어가겠습니까? 미발한 때에는 온 천하가 다만 하나의 근본이어서, 비록 떠돌이 장사꾼[販夫]과 잡일하는 노복[廝役]도 그 짧은 순간이 없을 수 없으니, 그 짧은 순간은 성인과 같습니다. 다만 그 기품이 같지 않기에, 발하는 바가 서로 크게 어긋나고 익히는 바가 서로 크게 멀어지게 됩니다. 그 밖의 리를 거스르고 상도를 무너뜨리는 일도 '마음이 없다'고 말할 수 없으니, 이 때문에 "아직 발하지 아니한 때에도 묘맥이 있다."고 말하는 것이 옳습니까?

사람에게 있어서 이미 이러하거늘, 하늘에 있어서는 어찌 유독 그렇지 않겠습니까? 곧 원、형、리、정 네 가지는 충막한 가운데 찬연히 만물을 내는 본연이 되고, 기에 소승(所乘)하면 바뀌지 않음을 용납하지 않습니다. 그러므로 리는 기로 인하여서 달라지지 않을 수 없습니다. 그러나 단독으로 리를 가리켜서 말하면, 곧 본연을 해치지 않습니다. 그렇지 않다면 수(水)、화(火)、금(金)、목(木)이 각각 하나의 성(性)을 오로지 하는데, 이는 기질이 그렇게 하게 한 것이 아니겠습니까? 하지만 단독으로 리를 가리켜서 말하면, 인 속에도 의、예、지가 있고, 의 속에도 인、예、지가 있어서, 목만 인을 얻고 의、예、지는 높은 누각에 묶어 두는 것이 아니며, 금만 의를 얻고 인、예、지는 울타리 밖에 버려두는 것이 아닙니다.

무릇 천하의 크고 작은 만물[洪纖巨細]은 그 기에 따라 각기 자기 성(性)을 오로지 하지 않을 수 없으니, 어찌 '오상(五常)이 다 갖추어졌다'고 말할 수 있겠습니까? 예를 들어 효경(鴞獍)[230]이 부모를 잡아먹고, 개가 사람을 물어 죽이는 경우입니다. 무릇 그 밖에 어미와 사식이 서로 교합하고 형과 아우가 서로 잡아먹는 경우는 지극히 악하고도 악하니 어찌 "순수하게 선하여 악함이 없다."고 할 수 있겠습니까? 이는 또 일원(一原)이 그 속에 있음과 어떻게 관련됩니까? 하늘이 만물을 냄에 어찌 이렇게 조각조각 쪼개어 나누었습니까? 선하다면 다 선할 뿐이지, 어찌 이렇게 지극히 악하고도 악한 것이 있습니까?

사람이 성인(聖人)이 되기도 하고 광인(狂人)이 되기도 하는 것은, 어떤 이는 태어나자마자 바로 이렇게 되기도 하나, 성인은 광인이 될 수 없고 광인은 성인이 될 수 없습니다. 그러므로 "상등의 지혜로운 이와 하등의 어리석은 이는 바뀌지 않는다."[231]라고 하였습니다. 주자가 말하기를 "세(勢)가 극히 중한 것은 돌이키기 어렵다."[232]라고 하였습니다.

이에 어찌 "사람과 사람이 성이 같다."고 할 수 있겠습니까? 다만 그 품부 받은 기가 치우치거나 바르고[偏正]·통하거나 막힌[通塞] 구분이 있고, 그 속에 또 각기 청탁(淸濁)·명암(明暗)의 같지 않음이 있기 때문입니다.

그리하여 통괄하여 말하면, 사람과 사람은 같고 물과 물은 같습니다. 섞어서 말하면, 사람과 사람은 같지 않고 물과 물은 같지 않습니다. 그리고 물의 성에 가까운 것과 사람의 성에 가까운 것이 있

---

230) 효경(鴞獍) : 효(鴞)는 어미를 잡아먹는다는 올빼미 종류의 새이고, 경(獍)은 파경(破獍)이라는 호랑이 종류의 맹수로서 아비를 잡아먹는다고 한다.

231) 상등의……않는다 : 『논어』「양화(陽貨)」에 나오는 구절이다.

232) 세(勢)가……어렵다 : 『주자어류』권1 「성리(性理)」에 나오는 구절로, '악에 깊이 빠진 이는 다시 돌아올 수 없는가?'에 대해 주자가 답한 것이다[又問 人之習爲不善 其溺已深者 終不可復反矣 曰 勢極重者不可反 亦在乎識之淺深與其用力之多寡耳]

습니다. 그리고 그 속에 또 각각 절로 다름이 있습니다. 그러므로 통괄하여 말하면 사람과 물은 같지 않고, 섞어서 말하면 사람도 각기 다르고 물도 각기 다릅니다. 그리고 물의 성에 가까운 것과 사람의 성에 가까운 것이 있습니다.

역수(歷數)[233]의 극(極)에 많은 모양이 있으니, 이는 무슨 까닭입니까? 하늘이 만물을 낳음이 어찌하여 이렇게 다양합니까? 이는 다만 기질의 성이 같지 않은 것이고, 모두 본연은 아닙니다. 하지만 이른 바 본연이란 것도 다만 기질 속에 있는 것이며, 기를 섞어 말하지 않았습니다. 그러므로 주자가 말하기를 "천지의 성을 논하면 단독으로 리를 가리켜서 말하고, 기질의 성을 논하면 리와 기를 섞어서 말한다."라고 한 것이, 옳습니다. 그러므로 단독으로 리를 가리켜서 말하면, 인 속에도 의・예・지가 있고 의속에도 인・예・지가 있지, '목(木)은 다만 인을 얻고 의・예・지는 높은 누각에 묶어두며, 금(金)은 다만 의를 얻고 인・예・지는 울타리 밖에 버려둠'은 성립되지 않습니다. 이미 모두 오상(五常)을 갖추었으니 다시 어찌 대소(大小)・편전(偏全)을 말할 만한 것이 있겠습니까?

●

上李剛齋先生 承熙 ○ 辛丑

瞻拜軒下 月重回矣 遠外只切馳仰而已 伏惟比間道體 起居侯百福 荷江事令人寢食不安 不啻若自己當之在文丈當復如何爲心也 如聞朴

---

233) 역수(歷數) : 여러 뜻이 있는데, 여기서는 천지가 개벽한 이래 지내온 연수(年數)를 가리킨다.

李兩人僞造儒通 今已眞臟綻露 遂至寢息傳聞之說 未知果否 審如是
則幸莫幸矣 而斯道之厄 只此已極矣

噫人間萬事 眞無所不有也 彼誠何心哉 旣以鷗鷃而笑鳳凰 安敢望
出幽谷而遷喬木 只見其不知量也 去古益遠世之學者 玩弄得一生家
計窠窟 只成就得一個氣字 滔滔者皆是也 而獨有先先生 挺然特立指
天理於氣 浪之中其所以主宰妙用樞紐根柢之爲 聖賢傳心之學旣晦而
復明 抑亦伊誰之力歟 彼紛紛者之於此有何所見乎

自初不見全集 而只傳聞得卽理字顧其心 恐有妨於合理氣之論 遂
不免心欲忮害之致得 有如此 此何等擧措 雖曰合理氣而其所主者 在
此乎 在彼乎而後之見者 遂不省至謂如雙關對壘 則卽此果得其當來
立言本意否乎 言之者固無病而見之者 固自爲弊也 先先生何嘗不有
得說氣時乎 但要是主理者勝矣 要其歸則初未嘗不合 而況先先生之
於退溪一生尊慕 可謂一而二 二而一者乎 則今日之事 恐不免以夫子
之道 反害夫子也

然彼其忮克自來本色 率多反祖忘父 尋戈戟於同室 裂支體於同氣
一紙乍發動輒作仇 以是作元來大事業看 則世道之厄至此極矣 今日
涅齒薙髮縱橫脚下 異言別視近起眉睫 半壁當山 殆將綿綿者未必不
由於此 而亦見其斯道之傳 釀出得斬伐之禍爲及於吾林而莫之恤也

淳熙慶元之已事可見也 凡爲吾徒者 當縞素軍民 克修我戈矛 侵于
之彊 殺伐用張 然後天下之事 可以次而濟矣 語曰治水不自其源 末流
增其廣 又曰射人先射馬 禽賊當禽魁 其不信然乎 然何傷乎 自盡其在
我之道而已 太極西銘固爲林陸之所排 然賴朱先生以不墜 則今日之
責文丈當復如何哉 而況擩染家庭夙所傳習 其所以默悟獨契 動靜致
察 內外 兼備 發揮得眞詮者 烏可已也 吾黨所以切切於下風者 實在

292

於此也

夫如是則彼之濫觴强倔者 自爲日化於冥冥之中 而吾之德業 亦將
日造於高明 而無愧乎隱微矣 今日之道只此而已 固不可趍循苟免 而
亦不可較量倚角一與他接便成激觸其勢將有甚焉矣 願千百自愛 僻居
遐方 末有躬晉慰訊 只自恐攝而已 此間春來 亦以盧沙集之校勘 一面
甚紛紜 今幸寢息耳

강재(剛齋) 이승희(李承熙) 선생께 올리는 편지 신축년(1901)

헌하(軒下)를 만나 뵌 지도 한 달이 되었습니다. 멀리 밖에서 단
지 간절히 앙망할 뿐입니다. 삼가 생각건대 요사이 공부하시며 몸
건강히 잘 지내시는지요. 하강(荷江)의 일은 사람으로 하여금 침식
(寢食)을 불안케 합니다. 제가 직접 당한 것보다 더한데 문장(文丈)
께서는 오죽하시겠습니까.

박해령(朴海齡)과 이중화(李中華) 두 사람이 거짓으로 만들어 유림에
통문을 돌렸으나 지금은 이미 진실이 탄로나 마침내 잠잠해졌다던데 전
하여 들은 말이 사실인지 모르겠습니다. 이 같은 일이 다행 중 다행이라
고는 하나[234], 사도의 액이 이것만으로도 이미 극심합니다. 아! 인간

---

234) 1895(을미)년 한주(寒洲) 이진상(李震相)의 문집이 간행된 뒤, 1897년 도산서원(陶山
書院) 측에서 '문집 속에 퇴계(退溪)를 추찰(推捯)하는 내용이 있다.'고 하고 말미에 면
우의 벌목(罰目)을 적어 한계 이승희에게 편지를 보내며, 한주의 문집을 돌려보낸 일이
있었다. 이승희는 여러 차례 몸소 찾아가기도 하고, 편지를 보내기도 하여 무마하려고
하였다. 그 뒤, 1902년 5월에 한주의 문인이던 박해령(朴海齡) 등이 충주(忠州) 하강 단
소(荷江壇所) 명의로『한주집(寒洲集)』을 훼척(毀斥)하는 통문(通文)을 성균관을 비롯
한 유림에 보내었다. 이에 면우 곽종석을 비롯한 한주 문인들이 경북 성주(星州)의 삼
봉서당(三峯書堂)에 모여 의논하고, 홍와 이두훈을 파견하여 진위를 파악하고 잘 분변
하도록 하였다. 그리고 통문이 위조된 것으로 판명되자 상주(尙州) 옥동서원(玉洞書
院) 등 몇 곳에서 통문을 모아 불태우는 일이 일어났다.
이에 분개한 박해령과 이중화(李中華) 등이 다시 영남의 여러 고을에 도산서원의 통문

만사가 참으로 어처구니없습니다. 저 성심(誠心)이 무엇이란 말입니까. 올빼미를 가지고 봉황을 조롱하는 격[235]이니 어찌 감히 깊은 골짜기에서 나와 높은 나부로 날아가길[236] 바라겠습니까. 다만 자기 분수를 모르는 것만 남에게 드러낸 꼴입니다.

과거 오랜 먼 옛날 학자들은 평생 가계(家計)의 영역에서 노닐다가 단지 하나의 '기(氣)' 자를 얻고 나면 도도(滔滔)한 것이 모두 이같은 모양새였습니다. 그러나 유독 한주(寒洲) 선생께서는 우뚝이 기(氣)를 천리(天理)라고 하는 무리들 속에서 특립(特立)하여 주재(主宰)와 묘용(妙用)을 추뉴(樞紐)와 근저(根柢)[237]로 삼았기에 성현이 전한 학문이 어두워졌다가도 다시 밝아졌으니 또한 저것이 누구의 힘이겠습니까. 저 시끄럽게 떠들어대는 자들이 여기에 무슨 견해가 있겠습니까.

애초에 전집(全集)을 보지도 않고 단지 전해 듣고서 리(理) 자를 그 심(心)으로 치부하여 리기(理氣)를 합한 이론에 방해가 될까 싶어서, 마침내 해치려는 데까지 이른 것이 이와 같았으니, 이것이 무슨 행태란 말입니까. 비록 "리기를 합하여 그 주재하는 것이다"라는 말이 여기에도 있고 저기에도 있으나, 후에 보는 사람은 살피지도

을 보내고 상주 향교에서 도회(道會)를 열고 한주의 문집을 불태우는 사건이 11월(「면우선생연보」에는 10월) 일어났다. 이에 대해 한주의 제자들은 더 이상 대응을 자제하기로 하였다.

235) 올빼미……격 : 현인들이 거꾸로 소인배인 환관들의 손에 무참히 화를 당한 것을 비유한 말이다. 한나라 양웅(揚雄)의 해조(解嘲)에 "지금 그대는 그만 올빼미를 가지고 봉황을 조소하고, 도마뱀을 가지고 귀룡을 조롱하는구나.[今子乃以鴟梟而笑鳳凰 執蝘蜓而嘲龜龍]"라는 말이 나온다.

236) 깊은……날아가길 : 지위나 덕행이 높아져 높은 곳으로 가지 못함을 이른 말이다.《시경》소아(小雅) 벌목(伐木)에, "깊은 골짜기에서 나와, 높은 나무로 날아가도다.[出自幽谷遷于喬木]" 하였다.

237) 근저(根柢) : 원문의 '지(秪)'는 저(柢)의 오류이다.

않고 마치 쌍관(雙關)과 대루(對壘)처럼 대치되는 상황에까지 이르게 되니, 이것이 과연 당래(當來)의 입언(立言)과 본의(本意)를 얻었다고할 수 있겠습니까.

말한 사람은 아무 탈이 없으나 보는 사람은 스스로 병폐가 됩니다. 한주 선생이 어찌 일찍이 기를 말하지 않았겠습니까. 다만 대개는 주리론(主理論) 자가 승하나, 그 귀결점을 구해보면 애초 부합하지 않은 적이 없었습니다. 더구나 한주 선생이 퇴계 선생을 일생동안 존모하여 하나이면서 둘이고 둘이면서 하나라고 하였음에랴. 오늘날 일은 아마 부자(夫子)의 도(道)를 가지고 도리어 부자를 해치는 것을 면치 못한 듯합니다.

그러나 저들의 시기와 호승심은 본색에서 나온 것이라 조상에 반하고 어버이를 잊은 경우가 많습니다. 같은 방에서 싸움을 모의하고 동기간에 사지(四肢)를 가르자고 덤벼 조금이라도 움직이면 바로 원수가 됩니다. 이것을 가지고 원래 큰일을 하는 양 간주하니 세도의 액이 이런 지경까지 이르렀습니다.

지금 이빨을 검게 물들이고 머리를 짧게 자른 자들[238]이 발 아래서 거리낌이 없으며 이상한 말과 별난 시선이 가까이 눈앞에서 생겨납니다. 반벽(半壁)이 산이 되도록 면면히 이어온 것들이 필시 여기에서 말미암지 않음이 없을 것입니다. 그러나 사도가 전해진 것을 보건대, 참혹한 화를 빚어내어 우리 사림에게 미치고서도 안타까워하는 것이 없습니다.

송나라 순희(淳熙)년간의 경원당화(慶元黨禍)[239]로 알 수 있습니

---

238) 이빨을……자른 자들 : 원문의 '열치치발(涅齒薙髮)'은 일본을 가리키는 말이다.

239) 경원당화(慶元黨禍) : 송 영종(宋寧宗) 때의 권신(權臣) 한탁주(韓侘胄)가 재상 조여우(趙汝愚)를 배척하고, 주희(朱熹)를 쫓아내면서 이학(理學)을 위학(僞學)으로 몰아 '경

다. 무릇 우리 무리는 흰 옷을 입은 군민으로 우리의 창과 방패를 잘 닦아 남의 땅에 침범하여 잔악한 자를 죽이고 형세를 넓혀야 하니, 그런 뒤에야 천하의 일이 차례로 다스려질 수 있을 것입니다. 이에 말하길 "치수를 함에 그 근원에서 하지 않고 말류에 그 넓이를 더한다."하고, 또 말하길 "사람을 쏘려면 먼저 말을 쏘고, 새를 죽이려거든 마땅히 새의 우두머리를 죽여라."하니 진실로 그렇지 않습니까. 그러나 무엇이 문제입니까. 스스로 나의 도를 다하는 데 달려있을 따름입니다.

「태극도설(太極圖說)」과 「서명(西銘)」은 진실로 임육(林陸)에게 배척을 당하였습니다. 그러나 주선생의 힘으로 추락하지 않았으니, 오늘날의 책무가 문장께 다시 어떻겠습니까. 더구나 가정에서 일찍이 전습된 것들에 영향을 받아, 묵묵히 홀로 깨우쳐 동정이 치찰(致察)하고 내외가 겸비되어 참된 이치가 발휘되니, 어찌 그만 둘 수 있겠습니까. 우리가 수준 낮은 자들에게 절절(切切)한 것이 실로 여기에 있습니다. 무릇 이와 같이하면 저 제멋대로 설치는 자들은 스스로 날마다 어둠 속으로 들어가고 우리의 덕업은 또한 장차 날로 고명(高明)한 데로 나아가 조금도 부끄러움이 없을 것입니다. 오늘날의 도는 단지 이것일 뿐입니다. 진실로 쫓아서 구차히 면해도 안 되고 비교하거나 의각(掎角)해서도 안 될 것입니다. 한 번 남과 접촉하면 곧 맹렬히 부딪치게 되니 그 형세가 장차 더욱 심할 것입니다. 부디 스스로를 아끼시길 바랍니다.

먼 곳에 사는 관계로 몸소 찾아가 위로할 길이 없어 다만 스스로 송구할 뿐입니다. 이번 봄에는 또한 『노사집(盧沙集)』교감 때문에

원당화(慶元黨禍)'를 일으켰다.『宋史 卷474』

한편으로 매우 분주하였으나 지금은 다행히 쉬고 있습니다.

●

上晦峰河先生

瞻彼日月 悠悠我思 允矣君子 旣明且高 思之旣不可得 則每輒取
案頭所惠書 摩挲以還 亦自慰七分也 況滿紙縷縷切切 懇到劌心勞肺
平生不敢妄者耶 謹當書諸紳笏 常時觀省 庶幾天誘其衷 管取將來須
有進步處 則莫非厚賜也 伏惟書出已多日 視膳多福 看理日精否 實庸
區區仰禱

秉彝不足道者 讀中庸鬼神章 誠口呿 莫見其要領 孔子曰 其氣發揚
于上 朱子曰 只是氣之屈伸 則似乎以其氣言 張子曰 屈伸往來 只是
理 延平所謂 祭祀時 鬼神之理 昭然易見 則似乎以理言

鬼神是果何物 氣則氣而已 理則理而已 安有旣爲理 又爲氣 隨人所
見而定名乎 蓋嘗思之 理者無形無迹 非摸捉見聞之所及 然及其乘氣
流行也 運用而無方 森羅而有條 止而爲山 流而爲川 振而爲風雨雷霆
明而爲日月星辰 凡天下之飛潛走伏糟粕煨燼 皆此理之發見也 然有
形者氣也 無形者理 此理之發見於何見之 於氣上見之 故觀川流之不
息 則氣在不稱 而曰逝者如斯 看鳶之飛魚之躍 則氣在不言 而曰此理
之用 上下昭著

蓋聖賢千語萬言 何莫非發明道體之妙 流行宣著於天地間 則其言
不得不如此 今且以鬼神章論之 則蓋鬼神畢竟是形而下物事也 德是
形而上物事也 程子-功用曰 張子曰良能 朱子繼之曰 陰之靈陽之靈 則
此數說者 皆鬼神之正釋 而莫非以氣言 何嘗有一理字來 然則鬼神明

是以氣言也 朱子曰 其德則天命之實理 然則爲德明是以理言也 由此
說 則侯氏以鬼神屬形而下 爲德屬形而上者 有何不可 而朱子却於或
問中斥其說耶

　旣曰 鬼神之爲德 則爲德猶言性情功效 而性情便是二氣之良能功
用 良能功用卽爲德 爲德卽所謂鬼神 鬼神外非別有良能功用 良能功
用外非別有所謂德也 然則鬼神與爲德 只是一般也 侯氏却將鬼神與
爲德判作二物看 則其於經文事理失之遠矣 朱子之意 豈或如是乎 其
曰如中庸之爲德不成說 中庸形而下 中庸之爲德形而上 人之德不可
道 人自爲一物 德自爲德 則是鬼神卽爲德 爲德外非別有鬼神

　饒雙峰曰 所謂德指鬼神而言 退溪曰 形而下之鬼神性情功效實然
處 以是爲德 卽其理也 其誠也 皆有得於此也 由是說 則道器似固紊
亂而無別 將非所謂認氣爲理乎 盖曰屈伸 曰消息 則固是氣也 而其
所以實屈實伸實消實息 自然而不安排布置者 則便所謂爲德也 誠也
理也靈也 若屈處反伸 伸處反屈 消時反息 息時反消 如禪家輪回因果
淫祀之驚動禍福之者 則是氣之幻妄也 非誠也 是氣之昏雜也 非靈也
便非理也 非德也 故朱子曰 陰陽五行錯綜 不失端緒 便是理也 正謂
此也 由是說見 或不爲理氣不相亂之明驗乎

　妄竊以爲中庸 實是發明道妙之書 故雖言形氣事物之至著者 而此
理之妙用流行 實不外是 則其言不得不如此 而其實道器之分 不容
無別於其間也 盖理之與氣 雖不相雜而實不相離 自其不離者 而統
合說 則理卽氣 氣卽理 渾爲一物 自其不雜者 而分開說 則理自理
氣自氣 不相夾雜 上所引先儒二說 鬼神或以理或以氣者 其所指之
各攸當也 然須知統合說 而不容無不雜之分 分開說 而不害爲不離
之妙 至哉 理也 如此然後 此理體用本末 始可與言矣 如此說 果如

何 紙短止此 不備

회봉(晦峯) 하겸진(河謙鎭)[240] 선생께 올리는 편지

저 해와 달을 보며 긴긴 세월을 생각했지만[241], 진실로 선생은 밝고 높아 그리워하여도 만날 수가 없기에, 늘 문득문득 책상머리맡에 둔 편지를 가져다 어루만지며 스스로를 조금 위로하였습니다. 하물며 지면 가득 구구절절 간절함이 가슴을 도려내고 폐부를 찌르니 평생 잊지 못할 것입니다. 삼가 어른께서 편지를 보내 늘 보살펴주시니 거의 하늘이 저의 충심을 인도하여[242] 확실히 장래에 진보가 있게 하여 주신다면 두터운 은혜가 아닐 수 없습니다. 생각하건대 글을 쓴 것이 이미 여러 날인데 건강히 잘 계시며 공부가 날로 정밀해지고 있는지요 실로 마음 속 깊이 우러러 바랍니다.

저는 도가 부족한 사람이라 『중용(中庸)』 귀신장(鬼神章)을 정성껏 읽었는데도 그 요령을 알지 못하겠습니다. 공자가 말하길 "그 기(氣)는 위에서 발양(發揚)한다[243]."하고, 주자가 말하길 "귀신은 단

---

240) 하겸진(河謙鎭,1870~1946) : 자는 숙형(叔亨), 호는 회봉(晦峯), 외재(畏齋), 본관은 진양(晉陽)이다. 27세 때 스스로 쓴 『도문작해(陶文酌海)』의 서(序)를 부탁하기 위해 곽종석(郭鍾錫)을 찾아가 제자가 되었고, 29세 때에는 이승희(李承熙)·장석영(張錫英)·송준필(宋浚弼) 등과 교유했으며, 안동·선산·성주 등지의 선현들의 유허지를 순례하고 많은 선비들과 사귀었다.

241) 긴긴……생각했지만 : 이 구절은 『시경(詩經)』「웅치시(雄雉詩)」의 '悠悠我思'를 인용한 것으로 그리움을 표현하고 있다.

242) 하늘이……유도하여 : 《춘추좌씨전(春秋左氏傳)》 희공(僖公) 28년에, 위(衛)나라 영무자(寧武子)가 이제 국가의 운명이 호전될 전망이 보인다면서 "하늘이 사람들에게 성심을 갖도록 유도하여 모두 겸손하게 마음을 낮추고 서로 의좋게 지내도록 하였다.[天誘其衷 使皆降心以相從也]"라고 말한 대목이 나온다.

243) 그 기……발양한다 : 『중용장구』 16장, 孔子曰 : 其氣發揚于上 , 為昭明焄蒿悽愴.

지 기가 굴신(屈伸)하는 것이다.[244]"라고 말한 것은 아마도 기(氣)로써 말한 듯합니다. 장횡거(張橫渠)가 말하길 "굴신왕래(屈伸往來)하는 것이 단지 리(理)이다.[245]"하고, 이연평(李延平)이 말하길 "제사지낼 때 귀신의 이치가 밝게 드러난다.[246]"고 하였으니, 아마도 리(理)로써 말한 듯합니다.

귀신은 과연 어떤 물(物)입니까. 기(氣)는 기일 뿐이고 리(理)는 리일 뿐입니다. 어찌 이미 리가 되었다가 또 기가 되어, 사람들의 소견에 따라 이름이 정해진단 말입니까. 대개 생각해보면 리(理)라는 것은 형태도 없고 자취도 없어, 만지고 보고 듣는 것이 미쳐지는 바가 아닙니다. 그러나 기(氣)를 타고 유행함에 미쳐서는 운용하여도 방향이 없고, 삼라만상을 망라함에도 조리가 있으며, 그치면 산이 되고 흐르면 냇물이 되고, 떨쳐 일어나면 바람·비·우레가 되고 밝아지면 해·달·별이 됩니다. 무릇 천하의 새와 물고기·동물·식물·불 모두가 이 리(理)의 발현인 것입니다. 그러나 형태가 있는 것은 기(氣)요, 형태가 없는 것은 리(理)입니다. 이 리(理)의 발현은 어떻게 알 수 있습니까. 기(氣) 위에서 알게 됩니다. 그러므로 냇물이 쉬지 않고 흐르는 것을 보면 기가 있다고 하지는 않으나 '가는 것이 이와 같구나.'라고 말하고, 솔개가 날고 물고기가 뛰는 것을 보면 기가 있다고 하지 않으나 '이 리(理)의 쓰임이 상하로 밝게 드러나는구나.'라고 하였습니다.

대개 성현의 천 마디 만 마디 말이 어찌 도체(道體)의 묘리를 발명하지 않음이 있겠습니까마는 유행하여 천지간에 널리 드러나면 그 말이 어쩔

---

244) 귀신은……것이다 :『근사록』권1에 보임.
245) 굴신왕래……리이다 :『근사록』권1에 보임.
246) 제사……드러난다. :『연평문답』권1에 보임.

수 없이 이와 같을 수밖에 없을 것입니다. 지금 또 귀신장을 가지고 의논해보자면, 대개 귀신은 결국 형이하(形而下)의 물(物)이며, 덕(德)은 형이상(形而上)의 물입니다. 정자(程子)는 '공용(功用)'[247]이라 하였고, 장자(張子)는 '양능(良能)'이라 하였으며, 주자는 그 의미를 이어서 '음(陰)의 영(靈), 양(陽)의 영'이라고 하였습니다. 이 몇 가지 설은 모두 귀신의 정석(正釋)으로 기(氣)로 말하지 않은 것이 없으니, 어떻게 일찍이 '리(理)' 하나만을 가지고 왔겠습니까. 그렇다면 귀신은 분명 기로 말한 것입니다. 주자가 말하길 "그 덕은 천명의 실리(實理)"라고 하였으니 그렇다면 위덕(爲德)은 분명 리(理)로 말한 것입니다. 이 설에 따르면 후씨(侯氏)의 '귀신은 형이하에 속하고, 위덕은 형이상에 속한다.'는 것이 무슨 불가함이 있어서 주자는 도리어 『혹문(或問)』에서 그 설을 배척하였습니까.

이미 '귀신의 덕[鬼神之爲德]'이라 할 때의 '위덕(爲德)'은 성정(性情)과 공효(功效)를 말한 것으로, 성정은 바로 두 기(氣)의 양능(良能)과 공용(功用)입니다. 양지·공용이 곧 위덕인 것입니다. 위덕은 곧 소위 귀신입니다. 귀신 밖에 별도로 양능·공용이 있는 것이 아니요, 양능·공용 밖에 별도로 이른 바 덕이라는 것이 있지 않습니다. 그렇다면 귀신과 위덕은 단지 한 형태인 것입니다. 후씨(侯氏)가 도리어 귀신과 위덕을 판별하여 이물(二物)이라고 보았다면, 그것은 경문(經文)의 사리(事理)를 이해하는 데 있어 잘못이 큰 것입니다. 주자의 뜻이 어찌 혹여 이와 같았겠습니까. 그 '중용지위덕(中庸之爲德)'이라고 한 경우는 말이 되지 않습니다. '중용'은 형이하이고 '중용지위덕'은 형이상으로, 인지덕(人之德)을 사람

---

247) 원문의 정자공용왈(程子功用曰)은 정자왈공용(程子曰功用)의 오류인 것으로 보인다.

이 절로 일물(一物)이 되고 덕이 절로 덕이 된다고 말할 수 없으니, 귀신이 곧 덕이 되는 것이지, 덕 밖에 별도로 귀신이 있는 것은 아닙니다.

요 쌍봉(饒雙峰)[248]은 "소위 덕이라는 것은 귀신을 가리켜 말한 것이다."라고 하였고, 퇴계는 "형이하의 귀신은 성정(性情)·공효(功效)의 실연처(實然處)이다."라고 하였으니 위덕이 곧 그 리(理)인 것입니다. 그 성(誠)은 모두 여기에서 얻어집니다. 이 설을 말미암아보면, 도기(道器)가 문란하여 분별이 없어서 소위 '기를 리로 오인한 것' 아닙니까. 대체로 '굴신소식(屈伸消息)'이라고 한 것은 진실로 기(氣)입니다. 그 실지 굴(屈)하고, 신(伸)하고, 소(消)하고 식(息)하는 소이는 자연히 그렇게 되어 안배하지도 배치하지도 않으니, 곧 이른바 '위덕'이요, '성(誠)'이요, 리(理)요, 영(靈)입니다. 예를들어 굽힌 데에서 도로 펴지고, 펴진데서 도로 굽혀지고, 줄어들 때 도로 늘어나고, 늘어날 때 도로 줄어드는 것은 불가(佛家)의 윤회(輪回)·인과(因果)와 음란한 제사가 화복을 경동(驚動)시키는 것과 같으니, 이는 氣의 환망(幻妄)이지, 성(誠)이 아닙니다. 이는 기의 혼잡이지, 영(靈)이 아니니, 곧 리(理)도 아니고 덕도 아닙니다. 그러므로 주자가 말한 "음양오행이 서로 어지러이 섞여도 그 단서를 잃지 않은 것이 바로 리이다."라고 한 것이, 바로 이것을 말한 것입니다. 이 설을 말미암아 보면 혹 리·기가 서로 어지럽히지 않는다는 명백한 증험이 되지 않겠습니까.

망령되이 저는 『중용』이 실지 도(道)의 묘리를 발명한 책이라 여

---

248) 요 쌍봉(饒雙峰) : 남송의 성리학자 요로(饒魯), 자는 백여(伯興) 또는 중원(仲元), 호는 쌍봉(雙峯), 시호는 문원(文元)이다.

겨집니다. 그러므로 비록 형기(形氣)와 사물이 지극히 드러난 것 [至著]을 말하고 있으나 이 리(理)의 묘용(妙用)과 유행(流行)은 실로 여기에서 벗어나지 않으니, 그 말이 어쩔 수 없이 이와 같은 것입니다. 실지로 도기(道器)의 구분이 있어 그 사이에 분별이 없음을 용납하지 않습니다. 대개 리는 기와 함께 서로 섞이지도 않고 실지 서로 떨어지지도 않습니다. 그 불리(不離)로부터 통합하여 말하면 리가 곧 기이고 기가 곧 리로 섞여서 일물(一物)이 됩니다. 그 불잡(不雜)으로부터 나누어 말하면 리(理)는 리고 기(氣)는 기이니, 서로 섞이지 못합니다. 위에서 선유(先儒)의 두 설을 인용하여 귀신이 혹은 리, 혹은 기라고 한 것은 그 가리키는 것이 각기 마땅한 것으로 말한 것입니다. 그러나 모름지기 통합하여 말했다 해도 불잡(不雜)의 분별이 없음을 용납하지 않으며, 나누어 말했다 해도 불리(不離)의 묘리를 해치지 않음을 알아야 합니다. 지극하도다, 리(理)여! 이와 같은 연후에 이 리의 체용과 본말을 비로소 말할 수 있을 것입니다. 이와 같은 설은 과연 어떻습니까. 종이가 짧아 여기에서 그만 줄입니다.

上晦峰河先生

久不問聞 殊切渴仰 文見見過 輒問吾丈安否 又聞知潛心於孟子之書 道在四書 何必他求 千言萬語 無非將赤心片片說與人 無非爲自家身己設 味之深踐之實 則將來涵養 成甚生氣質 未知文丈能靠裡鞭辟與卷中物事袞合得否

讀浩然而此氣之至大至剛 常能浩浩然否 味夜氣而此心之神明不測 常操存得否 秉熹讀了與未曾讀一般 然其中常愛求放心一句 正好受用 向後時時提起 默坐暗誦 私自體驗以爲持身之計 然爲氣質所拘 外物所奪 求其一時之幾乎 存不可得 況同舍者甚衆 加之以雜亂戲劇 此心之虛明 浮蕩輶輵 如飜車百轉 淵淪焦火 上天下地 方起方滅 無有了期 看讀不專一思索者 益因此心已先放了 其餘可推類 未知此心 是個什麽如何 其可存之 又如何用功乎 於是儘知聖人之不我欺 不但做一句好言語說而已 且以此段疑處請問焉 孟子之意 本自未盡 故朱子深發明之 然只言上達不及下學 乃引程子下學上達之語 則其意可知 無乃以求放心爲下學 學問爲上達耶 文理亦自是如此 程子云 欲人止入身來 下學之謂也 尋向上去 上達之謂也 小註程氏分疏尋能二字恐非 盖以下學上達總結之也 釋當曰入身來면 上去니 與小學吐不同 如此說然後 兩說似不相妨 然程說下小誅朱子說 乃若不然恐非朱子之言 或採入之誤 未可知也 牛山說亦如此 而丹校諸論 大驚小怪 竊想無足怪 盖此爲陸氏而發之 故非集註正體 陸學與禪釋同科 禪學乃初不求下學 而先要上達而已

今日以求放心爲下學 學問爲上達 則反謂陸氏能下學 而不及上達耶 雖然如此說 則泛說義理 如彼說 則於文理相合 未知文丈曾 如何看得幸望指摘見敎也 且詳集註之意 求放心然後 乃可學問也 謂求放心卽學問也 黃氏註 乃謂學問欲其求放心 則與集註似甚反 不審可否之 如何

304

회봉(晦峯) 하겸진(河謙鎭) 선생께 올리는 편지

한참동안 안부를 전하지 못하여 간절히 동경하고 그립습니다. 문견(文見)[249]이 들른 김에 선생의 안부를 물었습니다. 또 『맹자』에 잠심하신다 더군요. 도(道)는 사서(四書)에 있는데 어찌 달리 천 마디 만 마디 말을 구하겠습니까. '일편단심으로 다른 사람과 말하지[250]' 않음이 없고 '구절마다 스스로 자신으로부터 설정하지[251]'않은 것이 없으니, 깊이 맛보고 실천해간다면 장래에 함양하여 범상한 기질이 될 것입니다. 문견은 마음속으로 면려하는 것과 책 속의 물사(物事)가 합해져서 얻어지는 것인지를 모르는 걸까요.

호연(浩然)장을 읽어보면, 이 기(氣)는 지극히 크고 지극히 강한데 항상 능히 호호연(浩浩然)할 수 있는 것입니까. 밤에 자라나는 청명한 기[夜氣]를 음미함에 이 마음의 신명불측(神明不測)을 항상 보존할 수 있는지요. 저는 읽기 전이나 읽은 후가 매 한가지입니다. 그 안에 '구방심(求放心)[252]'구절이 마음에 들어 이후로 수시로 떠올리며 조용히 앉아 암송하고 스스로 체험하여 몸에 보존하려고 합니다. 그러나 기질에 구애되고 외물에 마음을 빼앗겨 한때 잠깐 구할 뿐 보존할 수 없습니다. 하물며 동행이 너무 많은데다가 아무렇게나 어지러이 섞여있다면, 이 마음은 허황되고 들뜨고 복잡하게 얽혀서, 마치 뒤집힌 수레가 백 번 구르듯, 연못에 빠진 듯 불에 타는 듯하여, 상하천지가 곧 생겼다 곧 없어졌다가 종잡을 수 없을 것입니다. 읽기만 하고 사

---

249) 문견(文見) : 문견이라는 호는 이 당시 영남 문인중 정종세(鄭宗世), 권용현(權龍鉉), 김규원(金奎源) 등 여럿이라 누구인지 특정하기 힘들다.

250) 다른사람과⋯⋯ : 『주자어류』 권 34, 논어16에 따르면 장횡거의 말로 보임.

251) 주자의 看聖賢書 , 便句句着實 , 句句爲自家身己設에서 인용한 것임.

252) 『맹자』 「고자 상」, 11장. : "仁 人心也 義 人路也 舍其路而不由 放其心而不知求 哀哉 人 有鷄犬放 則知求之 有放心而不知求 學問之道無他 求其放心而已

색을 전일(專一)하지 않은 사람은 더더욱 이로 인해 마음을 이미 먼저 놓쳤을 것입니다. 그 나머지는 미루어 유추할 수 있다하더라노 이 마음을 모르면 어떻게 그것을 보존할 수 있겠으며, 또 어떻게 공용(功用)할 수 있겠습니까. 이에 성인이 참으로 나를 속이지 않아 다만 한구의 좋은 말과 언설로만 삼을 것이 아님을 알았습니다. 또 우선 이 단락의 의심나는 대목을 청하여 묻습니다.

맹자의 뜻이 본래 미진하였으므로 주자가 그 뜻을 깊이 발명하였습니다. 그러나 단지 상달(上達)로만 말하고 하학(下學)에는 미치지 않았기에 곧 정자의 '하학상달'이란 말을 인용하였으니 그 뜻을 알 수 있습니다. '구방심(求放心)'을 하학으로 삼고 '학문(學問)'을 상달로 삼은 것 아니겠습니까. 문리(文理) 또한 저절로 이와 같습니다. 정자가 말한 "사람들이 ~ 몸에 들어오게 하려는 것이다.[253]"는 하학을 말한 것이고, "위를 향해 찾아가는 것이다."는 상달을 말한 것[254]으로―소주(小註)의 정자가 나누어 주석한 '심능(尋能)'두 글자는 아마 잘못된 듯하다―대개 하학 상달로 총결한 것입니다.―'釋當曰入身來면 上去니'는 소학의 토와 다르다―이와 같이 말한 연후에야 두 설이 서로 방해가 되지 않을 것입니다. 그러나 정자 설(說) 아래, 소주(小註)의 주자 설은 그렇지 않은 듯하니, 아마 주자의 말이 아니라 혹 잘못 채록되어 들어간 것 같은데 잘 모르겠습니다.

우산(牛山)[255]의 설 또한 이와 같이 여러 의론들을 교감하여 보고는 크

---

253) 『맹자』「고자 상」, 11장의 주석, 聖賢千言萬語 只是欲人將已放之心 約之使反復入身來 自能尋向上去 下學而上達也.

254) 위 주석과 동일.

255) 우산(牛山) : 한유(韓愉:1868~1911), 자는 희녕(希寧), 호는 우산(愚山), 본관은 청주(淸州)이다. 한유의 호는 우산(愚山)인데, 우산(牛山)이라고 한 것은 한유가 백곡의 우산정(牛山亭)에서 기거해서 일 것이다.

게 놀라 좀 괴이하게 생각하고 있으나, 제 생각에는 족히 괴이할 게 없다고 여겨집니다. 대개 이는 육씨(陸氏)[256]가 발견한 것입니다. 그러므로 『맹자집주(孟子集註)』의 정체(正體)가 아닙니다. 육학(陸學)과 불교의 견해는 같습니다. 불교는 애초에 하학을 구하지 않고 먼저 상달을 찾을 뿐입니다.

　오늘날 '구방심'을 하학으로 삼고, '학문'을 상달로 삼는다면, 오히려 육씨는 '하학할 수 있으나 상달에는 미치지 못한다.'고 할 것입니다. 비록 그러나 이와 같이 말한다면 의리를 넓게 설명한 것이요, 저와 같이 말한다면 문리(文理)에 서로 부합한 것입니다. 선생은 견해 어떤지 모르겠습니다. 부디 살펴보시고 지적하여 가르침을 주십시오. 또 『맹자집주』의 의미를 상세히 살펴보면 '구방심한 연후에야 학문을 할 수 있다.'고 하니 '구방심'이 바로 학문하는 것임을 말한 것입니다. 황씨(黃氏)[257]의 주(註)는 곧 학문을 하는 것이 '구방심'하려는 것임을 말한 것이니 집주의 뜻과 서로 상반되는 듯합니다. 옳은지 어떤지 모르겠습니다.

上晦峰河先生

　一散不復合 殊鬱人情 伏惟定省多暇 道有新得否 意家居汩汩 不得安坐讀書 可歎可歎 春間得剛齋丈書 其別紙論四七 其說甚張皇 今爲

---

256) 육씨(陸氏) : 육상산(陸象山:1139 ~ 1192) 호 존재(存齋) · 상산(象山). 시호 문안(文安). 이름 구연(九淵). 저장성[浙江省] 출생. 중국 남송(南宋)의 유학자. 주자와 대립하여 중국 전체를 양분하는 학문적 세력을 형성하였 주요 저서에 《상산선생 전집》(36권)이 있다.

257) 황씨(黃氏) : 황조순(黃祖舜). 송나라 복주(福州, 복건성) 복청(福淸) 사람. 자는 계도(繼道)고, 시호는 장정(莊定)이다.

納呈 幸賜觀覽 而至有可議處 示及爲佳

黎翁已作古人 不勝爲斯文慟也 聞其葬不遠 吾丈亦赴參席否 居星
諸丈 亦來參云 如聞庸齋已作壙誌送茶田 不因請而自作 古有此否 昨
間栢村略到 此間頗慰岑寂 未期相奉 臨風寓音 不勝冲悵

회봉(晦峯) 하겸진(河謙鎭) 선생께 올리는 편지

한 번 헤어지고 나서 다시 만나지 못하니 마음이 몹시 답답합니
다. 생각건대 부모님 모시면서 어느 겨를에 도를 새롭게 얻으셨습
니까. 저희 집은 사는 게 골골하여 편안히 앉아 책을 읽을 수 없어
한스럽습니다.

봄에 강재(剛齋)[258]어른의 편지를 받았는데 그 별지에다 사칠
(四七)을 논하였습니다. 그 설이 심히 장황하여 지금 보내드립니
다. 바라옵건대 살펴보시고 의론할 만한 데가 있으면 보여주시면
좋겠습니다.

여옹(黎翁)이 이미 고인이 되었다하던데 사문(斯文)의 통한을 이기지
못하겠습니다. 그 장지가 멀지 않다던데 어른께서도 참석하시렵니까. 성
주에 사는 여러 어르신들 또한 참석하신다고 합니다. 듣자하니 용재(庸
齋)[259]가 이미 묘지(墓誌)를 지어서 다전(茶田)[260]으로 보냈다고 합니다.
요청을 따르지 아니하고 스스로 지었다던데, 옛날에도 이런 일이 있었습
니까. 어제 백촌(栢村)[261]이 와서 적막한 마음에 무척 위로가 됩니다.

---

258) 강재(剛齋) : 이승희(李承熙)

259) 용재庸齋 : 정석채(鄭奭采)

260) 다전(茶田) : 경남 거창의 다전. 면우 곽종석이 1896년부터 후진을 양성하였다.

261) 백촌(栢村) : 하봉수(河鳳壽): 1857~1939. 경남 진주(晋州) 사람이다. 그는 1919년 3월

서로 만날 날을 기약하지 못하고 서로 풍문만 듣고 있으니 슬픔을
이기지 못하겠습니다.

●

上晦峰河先生

秋間枉臨 實望外可感也 謹詢比寒 堂上壽韻難老 侍中道體冲福 見
今吾道掃地盡矣 獨有門下先生 歸然爲此世之靈光 伏願益加珍嗇 用
副吾黨之望 秉彛區區 竊念扵門下 受恩如海 而中年以來 疾病魔之
足跡罕及扵門下 辜負平日敎誨之意 係是此生數奇自憐 奈何

此去金兄沃炫 卽秉彛之隣友也 以其先人墓碣 躬謁文于門下 其狀中
所列 非徒實蹟之當然 而且其人至誠不淺 幸以大君子洪量 不爲揮斥
而特賜一筆 勿孤其孝子之請 此亦成人之美也 如何如何 其人雖不足扵
文學 而忠信有餘 樂善向義 如恐不及 自月前 納拜門下 吃吃說 門下不
離口 深以其失學爲恨 將自此託名扵門下 其意可尙 幸望終不見棄否

聞月前抱一麟孫 胚胎前光 式穀以類 餘慶將未艾也 是庸賀祝耳 克
翁下世已久 扶服一哭 尙稽未能 伏恨耳 上舍丈近節如何 栢汝尙諸公
亦皆安否 開春當晉拜矣 歲色垂暮 伏祈爲道自愛 不備

회봉(晦峯) 하겸진(河謙鎭) 선생께 올리는 편지

가을에 찾아와 주신 일은 참으로 뜻밖에 감격할 일이었습니다.

파리강화회의에 한국독립을 호소하기 위하여 김창숙(金昌淑) 등이 유림(儒林) 대표가
되어 작성한 독립청원서에 유림의 한사람으로 서명하는 등 항일운동을 하였다

삼가 계속되는 추위에도 선생이 장수하시길 바라는 시를 지어 보내니 몸 건강히 지내시길 바랍니다. 지금 우리의 도(道)가 모조리 다 없어진 것으로 보이나 유독 문하의 선생이 계셔서 높다랗게 이 세상의 신령한 빛이 됩니다. 더욱더 몸을 보배처럼 아끼시어 우리들에게 희망을 심어주시길 간절히 바랍니다. 저는 문하(門下)에 은혜를 입은 것이 하해(河海)와 같습니다. 그러나 중년 이후로 병마가 찾아들어 저의 발자취가 문하에 드물게 드나들어 평소의 가르침을 저버리고 있습니다. 이것은 저의 운수가 기구한 것이니, 참으로 스스로 애련한 마음 어찌하겠습니까.

이번에 가는 김옥현(金沃炫)은 제 이웃의 벗입니다. 그 아버지의 묘갈을 지어달라고 몸소 문하께 글을 부탁하였습니다. 그 행장에 나열된 것은 다만 실적(實跡)의 당연한 것뿐만 아니라 그 사람의 지극한 정성이 일천하지 않은 점입니다. 바라옵건대 선생의 넓은 도량으로 내치지 마시고 한 편을 지어주시어 그 효자의 청을 외롭게 하지 않으신다면, 이 또한 남의 아름다움을 이루는 것일 겁니다. 어떻습니까.

그 사람됨이 비록 문학에는 부족하고 충(忠)과 신(信)은 남음이 있지만, 선을 즐기고 의를 지향하는 데까지는 아마 미치지 못한 듯합니다. 한 달 전부터 문하께 찾아뵙고 간절히 말씀드렸는데, 문하께서도 끊임없이 그가 학문하지 않는 것을 한스럽게 여기셨습니다. 장차 이때부터 스스로 문하께 이름을 의탁하려고 하니 그 뜻을 가상히 여겨 끝내 내치지 않길 바랍니다.

지난달 선생이 영민한 손자를 봤다고 들었는데 선조의 광영을 품어 곧 좋은 일이 계속되고 남은 경사가 끊이지 않을 것이니 축하드립니다. 극

옹(克翁)[262]이 세상을 뜬지 이미 오랜데 상주를 붙들고 곡을 하는 것
을 아직까지 미루고 하지 못하였으니 한스럽습니다.

　상사(上舍) 어른은 근래 어떠신지요. 백촌(栢村)[263]과 여회(汝悔)[264]와
여러분들은 또한 평안하신지요. 봄이 오면 두루 인사 여쭙겠습니
다. 한해가 저물어갑니다. 부디 스스로를 아끼시길 바랍니다. 이만
줄입니다.

●

上晦峰河先生

　四月某川之會 實此世而未始有也 但人海稠擾 未能款承敎誨 伏恨
伏惟秋炎猶酷 問寢餘道體 起居淸穆 區區不任 頂祝 秉熹杜門奉親
幸此遣日 但頓廢舊業 尤悔山積 見棄於士友 久矣 門下先生 而平日
之故 或可哀憐否

　深齋之中路經歸 未知有何故也 此公之大致 固不敢論 而未參敬義
堂釋菜 恐似未穩 況此堂之重建 豈不爲今日吾道之共賀者耶 嘗欲致
書 未能容 候後日耳 今日不食之碩果 惟在門下及此公而已

　伏願珍嗇貞幹於歲寒 保圓光於蝕餘 俟皓天 知百世而已 是庸仰祝
耳 曾以一詩仰塵而未蒙俯和 旋不勝愧恐之 至栢丈汝兄 皆安狀未及
各書爲恨耳 益卿長進否 今日後輩中 惟此君爲可恃云 可尙可敬 便立
促走筆胡草 不能究萬一

---

262) 극옹(克翁) ; 하헌진(河憲鎭,1859-1921), 자는 맹여(孟汝), 호는 극재(克齋), 본관은 진
　　양(晋陽), 거주지는 진주 사곡(晉州 士谷)이다.

263) 백촌(栢村) : 하봉수((河鳳壽))

264) 여해(汝海) 하영태(河泳台)

회봉(晦峯) 하겸진(河謙鎭)선생께 올리는 편지

4월 어느 냇가에서의 모임은 실로 이 세상에서 더없이 값진 모임인 듯합니다. 다만 사람들이 너무 많고 소란스러워 정성껏 가르침을 받지 못한 것이 한스럽습니다. 가을 더위가 심한데 잠은 잘 주무시고 몸 건강히 잘 지내고 계신다니 대단히 기쁩니다. 저는 두문불출하며 어버이를 모시고 이렇게 세월을 보내고 있습니다. 다만 구업(舊業)을 포기한 것에 더욱더 후회만 산적하고 사우들에게 버림받은 지 오랩니다. 선생께서 평소의 연고로 혹여 애련히 여겨주시겠지요.

심재(深齋)[265]가 중간에 돌아간 것이 무엇 때문인지 모르겠습니다. 이 공의 학문의 대치(大致)는 감히 논할 수 없으나 경의당(敬義堂)[266] 석채례(釋菜禮)에 참석하지 않은 것은 온당치 않은 듯합니다. 하물며 경의당을 중건하는데 있어, 어찌하여 오늘날 우리 도(道)를 위해 함께 축하할 일이 아니겠습니까. 일찍이 편지를 드리려 했는데 드릴 수 없어서 후일을 기다릴 뿐입니다. 오늘날 먹지 않고 종자로 삼는 큰 열매[267]는 오직 선생과 심재 공에게 달려 있을 뿐입니다.

바라옵건대 추운 날씨에 몸을 잘 보존하십시오. 일식 후에 원광(圓光)을 보존하시어 밝은 하늘을 기다려 백세에 이 도를 알아주기를 이에 우

---

265) 심재(深齋) : 조긍섭(趙兢燮)

266) 경의당(敬義堂) : 경남 산청(山淸)의 덕천서원(德川書院)의 강당.

267) 먹지않고……큰 과일 : 《주역(周易)》 박괘(剝卦)의 정전(程傳)에, "박괘는 모든 양이 다 떨어져 없어지고 유독 상구 일효만 남아 있어 마치 큰 과일 하나만 먹히지 않아서 장차 다시 생겨날 도리가 있는 것과 같으니, 상구 일효 또한 변하면 순음으로 되어 버리긴 하지만, 양이 완전히 다 없어질 리는 없으므로, 위에서 변하면 아래서 생겨 잠시도 멈출 틈이 없는 것이다.[剝之爲卦 諸陽消剝已盡 獨有上九一爻尙存 如碩大之果不見食 將有復生之理 上九亦變則純陰矣 然陽無可盡之理 變於上則生於下 無間可容息也]" 한 데서 온 말이다.

러러 빕니다. 일찍이 시 한편을 보내드렸는데 화답을 받지 못하여 도리어 부끄러움과 두려움을 이기지 못하겠습니다. 백촌(柏村) 어른과 여해(汝海) 형 모두에게 안부편지를 각각 보내지 못하여 아쉽습니다. 익경(益卿)은 학문이 잘 진보하고 있는지요. 지금 후배들 중 오직 이 군(君)[268]만 믿을 만 하다고 하니 가히 숭상하고 공경합니다. 선채로 급하게 대충 써서 만에 하나도 궁구하지 못했습니다.

上權松山 載奎 ○庚子

華山告別 倏忽三年矣 其間進德何似 竊惟躬行而實得 默契而心悟 其所以仰讚瞻忽之際必有超然自得 非誦說記聞之所可及也 自惟薄陋 聲迹本疎 末由執鞭追後 且便風遼闊 未及上問 撫膺自訟 不知攸措 而山斗之望 無日不往來于中也 秉彝固陋不足道者 忘有志於學 學不得其方 群疑滿腹 未見安穩處 敢請求敎 大抵人物性同異 極難會也

本然則人物皆同 氣質則人人不同 物物不同 大槩似如此 然如牛耕馬馳鷄司晨狗司吠 不可不謂之本然 亦不可必謂之本然 若謂本然 則冲漠之中 馬牛鷄犬之性 自有苗脈 而不得謂一源之理同也 若謂因氣質而然 則冲漠之中 都無此理 却待其成質之後 旋旋生出來 此甚可疑 雖然妄以爲天下無性外之物 鷄犬之性 所以如此 盖謂因氣質而然 則可 不可謂冲漠之中 本自如此 不審尊意以爲如何

嘗見俛宇丈論太極說有曰 自其渾然者看則太極可圓而爲○ 自其截然者看則太極可方而爲口 以其流行者看 則太極可竪而爲口 以其對

---

268) 이 군(君) : 앞의 익경(益卿)을 가리키는데 익경이 누군지는 확실치 않다.

者看 則太極可橫而爲□ 以其反本者看 則太極可倒而爲□ 是以天生
於太極之圓 地生於太極之方 人生於太極之竪 禽獸生於太極之橫 草
木生於太極之倒

愚竊疑之曰 物之有方圓竪橫倒之殊 乃氣之所致 不是此理本原之
中 元有如此色色多般不齊也 若如此說 則是冲漠之中 或方或圓或竪
或橫或倒 互相逃閃 此何理哉 朱子曰 性譬 則本自清也 以清器盛之
則淸 以汚器盛之濁 於此可見矣 不審尊意如何 幸臨風見敎也 奉拜無
期 伏紙怛切馳仰 只祝爲道自保.

송산(松山) 권재규(權載奎)[269]에게 올리는 편지
○경자년(1900년)

화산(華山)[270]에서 헤어진지도 벌써 삼년입니다. 그 간에 덕을 증진
시킴이 좀 있으신지요. 몸소 실천하여 실제로 체득하며 묵계(黙契)
하여 마음으로 깨달았을 것으로 생각됩니다. 그것은 앙찬첨홀(仰讚
瞻忽)[271] 할 때에 반드시 초연히 저절로 알게 된 것이지 설을 외우
고 들은 것을 기억해서 미칠 수 있는 것이 아니기 때문입니다.

저는 보잘 것 없고 고루하며, 명망과 행적이 본디 엉성하여 가르
침을 받아 뒤쫓을 데가 없습니다. 또 인편이 너무 없어 안부를 물

269) 권재규(權載奎, 1870 ~ 1952) : 자는 군오(君五), 호는 송산(松山), 본관은 안동(安東)
이다. 노산 기정진의 학문을 계승한 강우(江右)지역 노론계열의 대표적 인물 중 한사
람이다.

270) 화산(華山) : 지리산의 동쪽을 화산이라고 한다. 당시의 학자 한유(韓愈:1868 ~ 1911)
의『서행정력(西行程曆)』에 따르면 1898년 여름 권재규(權載奎) 등과 화산암(華山菴)
에서 모여 주자대전을 읽었다는 기록이 있다. 이때 조병희도 동행했던 것으로 보인다.

271) 앙찬첨홀(仰讚瞻忽) : 안연이 공자의 공부에 미치지 못함을 탄식한 데서 나온 말로 자
신의 공부가 성인에 미치지 못함을 뜻하는 말로 쓰임.

을 수 없으니 가슴을 두드리고 자책하며 마음 둘 데를 모르고 태산 북두(泰山北斗)같은 바람으로 그 속에서 서성이지 않은 날이 없었습니다. 저는 고루하고 도(道)가 부족한 사람으로 망령되이 학문에 뜻을 두었으나 학문하는 방법을 알지 못하여 의구심만 가슴에 가득하고 마음이 편치 않습니다. 감히 가르침을 구합니다. 무릇 인물성동이(人物性同異)가 가장 이해하기 어렵습니다.

본연(本然)은 인(人)、물(物)이 모두 같으나 기질(氣質)은 사람마다 물(物)마다 다름이 대개 이와 같습니다. 그러나 소가 밭을 갈고, 말이 들판을 달리고, 닭이 새벽을 알리고, 개가 짖어 대는 것은 본연(本然)이 아니라고도 할 수 없고, 또 반드시 본연이라고도 할 수 없습니다.

만약 본연이라고 한다면 지극히 고요한 가운데에[冲漠之中] 말、소、닭、개의 본성이 저절로 묘맥(苗脈)이 있어 일원의 리(理)가 같다고 말할 수 없습니다. 만약 기질로 인해 그렇다고 한다면 충막(冲漠)한 가운데에는 모두 이 리(理)가 없고, 그 질(質)이 만들어진 뒤에야 서서히 생겨난다는 것입니다. 이것이 매우 의심스럽습니다. 비록 그렇다하더라도 저는 천하에는 성(性)밖의 물(物)이 없다고 생각합니다. 닭、개의 성(性)이 이와 같은 이유는 대개 기질로 인해서 그런 것이라고 한다면 옳지만, 충막한 가운데에 본래 저절로 이와 같다고 하면 안 될 것입니다. 당신의 생각은 어떠신지요.

일찍이 면우(俛宇)선생이 태극설을 논하여 이렇게 말씀하셨습니다. "저절로 그 혼연(渾然)한 것으로 보면 태극은 원(圓)하여 ○이 되고, 그 잘린 것으로 보면 태극은 방(方)하여 □가 된다. 그 유행하는 것으로 보면 태극은 수(竪)하여 □가 되고, 그 마주하는 것으로 보면 태극은 횡(橫)하여 □가 되며, 그 근본을 돌이키는 것으로 보면 태극은 가히 도(倒)하여 □가 된다. 그래서 하늘은 태극의 원(圓)에서 나오고, 땅은 태극의 방(方)에서 나오며, 사람은 태극의 수(竪)에서 나오고, 금수(禽獸)는 태극의 횡(橫)에서 나오며, 초목은 태극의 도(倒)에서 나왔다."고 하셨습니다.

저는 그것을 슬며시 의심하건대, 물(物)의 방(方)·원(圓)·수(竪)·횡(橫)·도(倒)의 차이는 곧 기가 이른 것이지 이 리(理)의 본원 가운데에 원래 이와 같은 색색이 여러 가지의 고르지 못한 것이 있는 것은 아닙니다. 만약 이와 같이 말한다면 충막한 가운데에 혹은 방(方)하고 원(圓)하고 수(竪)하고 횡(橫)하고 도(倒)하여 서로 이리저리 도망쳐 숨을 것이니 이것이 무슨 리(理)입니까.

주자가 말하길 "성은 비유하면 본래 저절로 맑은 것이다. 맑은 그릇에 담으면 맑고, 더러운 그릇에 담으면 탁하다.[272]"고 하였으니, 여기에서 알 수 있습니다. 당신 생각은 어떻습니까. 바람결에라도 가르침 받길 바랍니다. 찾아뵙고 문안드릴 기약이 없으니 편지로만 간절히 앙망(仰望)합니다. 스스로 도를 행하여 잘 보전하시길 바랍니다.

●

上韓牛山 愉 ○庚子

前書久未報 愧負多矣 恕諒安敢望也 歲行且盡 怡養多福 眷集上下均美 信從者衆 其樂槩可想也 唐詩近荷寄惠甚幸 昨以附直夫便轉致

---

272) 성은……탁하다 : 주자가 말했다고 하였으나 출처를 알 수 없음.

早晏當考領也

大哉易也 斯其至矣 朱先生之解容 有不能無疑者 立天之道一段 方引易來以證上文 其義已盡矣 結之以大哉易也 斯其至矣 則只結上文一段而已 其說盖爲曰 易之爲書 廣大悉備 而語其至極 則此一條已竭盡無餘蘊矣 如此文義方平順耳 盖解說圖義 自上文已足 而復引易之說以證之 不妨自爲結語 而實發明得易與此圖爲一義也 不應周子之意 如此 其橫決而不安帖 破碎而不通暢也 如何如何

五行生行之說 勉齋所論 雖有背其師說 而實咀嚼出正意來 無病敗推之造化 不見有悖 參之本圖 不見其有違 而朱先生不取其說 容或有未之思耶 但其爲說 只不過水生木火生金而已 其於木生土土生金之義 恐或有說不去耳 退陶之取舍於其間 不妨自爲尊朱子之義 而今未見全文 不知其說之果如何耳 不知盛意云 何因來望仔細也.

우산(牛山) 한유(韓愉)[273]에게 올리는 편지 ○경자년(1900)

지난번 편지에 오래도록 답장을 못해 송구스럽기 그지없습니다. 너그러이 용서해 주십시오. 한 해가 저물어가니 화락하고 다복하게 집안 식구들도 상하로 두루 잘 지내시고, 믿고 따르는 사람이 많아 그 즐거움이 크리라 생각됩니다. 당시(唐詩)에 대해서는 근래에 보내주셔서 매우 다행입니다. 얼마 전 직부(直夫)[274]편에 보내드렸으니 조만간 받으실 것입니다.

---

273) 한유(韓愉,1868~1911) : 자는 희녕(希寗), 호는 우산(愚山), 본관은 청주(淸州)이다. 한몽삼(韓夢參)의 후손으로 산청 백곡(山淸 柏谷)에서 살았다. 송병선(宋秉璿)의 문인이다. 저서로『우산집(愚山集)』이 있다. 한유의 호는 우산(愚山)인데, 우산(牛山)이라고 한 것은 한유가 백곡의 우산정(牛山亭)에서 기거해서 일 것이다.

274) 직부(直夫) : 송호곤(宋鎬坤)

'크도다, 역(易)이여! 그 지극함이로다.[大哉易也 斯其至矣]²⁷⁵⁾'라고 한 것은 주자의 풀이로 의심이 없을 수 없습니다. 입천지도(立天之道) 단락은 바야흐로 『주역』을 인용하여 상문(上文)을 증명한 것으로 그 의미가 이미 곡진합니다. '크도다, 역(易)이여! 그 지극함이로다.'로 결론을 낸다면, 다만 상문 한 단락만 결론을 낸 것입니다.

그 설에 대개 말하길 "『주역』이라는 책은 광대하여 모든 것이 갖추어져 있다.[易之爲書 廣大悉備]²⁷⁶⁾"라고 하여 그 지극함을 다하였으니 이 한 조목은 이미 뜻을 다하여 남겨놓은 것이 없습니다. 이처럼 글의 의미가 평순합니다. 대개 「태극도(太極圖)」의 의미를 해석한 것이 상문에 이미 충분한데도 다시 『주역』의 설을 끌어와 증명하였으니, 스스로 결어를 만드는데 무방하고 실로 『주역』과 이 「태극도」가 하나의 의미라는 것을 발명하였습니다. 주돈이의 뜻에 응하지 못하고 이와 같이 아무렇게나 들이대어 불안정하고, 원래 뜻이 파괴되어 뜻이 시원하게 통하지 않은데, 어떻습니까.

오행이 상생하는 설은 면재(勉齋)²⁷⁷⁾가 논한 것입니다. 비록 그 스승의 설을 등지기는 했으나 실로 깊이 곱씹어 바른 뜻을 도출해 낸 것으로 병폐가 없습니다. 조화를 미루어 봐도 어긋난 점이 없고, 본도(本圖)를 참고해 봐도 그 어긋난 점을 발견하지 못하였습니다. 주

---

275) 크도다……로다 : 『태극도설』 그러므로 이르기를 "하늘의 도를 세워 음과 양이라 하고, 땅의 도를 세워 유(柔)와 강(剛)이라 하며, 사람의 도를 세워 인과 의라 한다"고 하며, 또 이르기를 "원시반종(原始反終)하면 사생(死生)의 설(說)을 안다"고 한 것이니, 위대하도다 역(易)'이여! 이것이야말로 그 지극한 것이로다 故曰立天之道 曰陰與陽 立地之道 曰柔與剛 立人之道 曰仁與義 又曰 原始反終 故知死生之說 大哉易也 斯其至矣.

276) 주역……갖추어져 있다 : 이 말은 『주역』 「繫辭傳」에 보임.

277) 면재(勉齋) : 황간(黃榦勉齋 : 1152 ~ 1221), 자는 직경(直卿), 복건민현(福建閩縣 一현 복건성 복주시(福建省福州市) 사람이다. 주자의 사위로 주자의 설을 계승하였다.

자가 그 설을 취하지는 않았으나 혹 생각지 못한 것이 있음을 인정하였습니다. 다만 그 설이 단지 수생목(水生木), 화생금(火生金)에 국한되어, 그 목생토(木生土), 토생금(土生金)의 의미를 말하지 않은 부분이 있는 듯합니다. 퇴도(退陶)[278]가 그 사이에서 취사선택하여 주자의 뜻을 존숭하였는데 지금 전체 문장을 보지 않아 그 설이 과연 어떤지 모르겠습니다. 그 깊은 뜻을 모르겠다고 하신 것은 무엇때문인지 자세히 알려주시길 바랍니다.

●

上韓牛山

拜后有日 伏詢養德有相 尊候更何似 敬惟萬福慕仰之誠 食息不置 秉彝自分 無一善狀 不足黿雁 然素性朴實 初未能矯情假面 亦不能隨人作喜怒 雖然悔尤山積 貽阻於士友 久矣 亦不能以此介懷 而稍知向學 每見大人君子 自不覺鄉往于中 秉彝所存 不可掩也 如文丈者實心景仰如同星斗于天 而旣不得獲接里仁 則未由朝夕於前 而惟是不能忘斯須于中 每開卷 如得參前倚衡 親聆教誨於警欬談笑之際 而不敢不力於此事 然而學益孤而道彌窮者 抑何故 無乃隔世之聖賢 不如並世之君子乎 卷裡千萬語 不如面命之一言乎

略禀所疑 太極圖解云 五行之生隨其氣質 所禀不同 所謂各一其性而渾然太極之全體 無不各具於一物之中 各一其性 此固氣質之性也 均是一性而曰氣質之性 則不能無偏正通塞之不同 統而言之 則人得

---

278) 퇴도(退陶) : 이황(李滉)

陽之氣而正且通者也 物得陰之氣而偏且塞者也 錯而言之 則人雖爲
陽而陽中又有陰 故得陽之陰者 或不能無偏 物雖爲陰而陰中又有陽
故得陰之陽 或通一路 如虎狼之仁蜂蟻之義皆是然此亦是偏 此皆隨
其氣質 而所禀不同處 豈可謂各具太極全體乎

全體云者 四方八面 色色充足 無一不備之謂也 所謂太極全體 則仁
義禮智本末完備 無偏正通塞之可論也 南軒以爲五行各一其性 則爲
仁義禮智信之理 而五行各專其一 如水仁火禮金義之類 人物之性 旣
如此不同 則所謂太極全體者 果何謂全體 二字甚可疑 不審尊意 以爲
如何 初不見全文 而臆度揑合 甚可妄發 幸昭晣見敎也 理到之言 誰
敢不服 春將暮矣 學不進矣 甚思承敎 姑此替白 恭竢進退之命 川澤
納汚 山藪藏疾 敢爲文丈誦之 不宣

우산(牛山) 한유(韓愈)에게 올리는 편지

뵙고 나서 여러 날이 지났습니다. 삼가 생각건대 덕을 기르는 것
이 신의 도움이 있음을 알았으니, 몸 건강히 잘 계시는지요. 공경히
만복을 경앙하는 정성 잠시도 내려놓은 적이 없습니다. 저는 스스
로 분수에 한 가지 착한 모습도 없어 족히 낄 것이 없습니다.

그러나 평소 성격이 소박하고 진실하여 애초에 능히 감정을 꾸미
거나 얼굴을 거짓으로 할 수 없고 또 남들 따라 희로(喜怒)를 지을
수 없었습니다. 비록 그런데도 회우(悔尤)가 산적하고 사우들과 멀
어진지 오랩니다. 그저 이것을 마음에 담아두지 않고 조금씩 향학
의 기쁨을 알아갈 뿐입니다. 매번 대인군자를 뵐 적에 저도 모르게
마음속에서 향모하여 아름다운 덕이 보존됨을 감출 수 없었습니다.

당신 같은 분을 참된 마음으로 우러러 존경하는 마음 하늘에 별과 같습니다. 이미 당신이 사는 곳과 인접하지 않으니 앞에서 조석으로 따를 길이 없으나, 마음속에서 잠시도 잊을 수 없었습니다.

매번 책을 펼칠 때마다 마치 참전의형(參前倚衡)[279]하여 가르침과 담소로 친히 가르침을 받은듯하니 감히 이 일에 힘을 쏟지 않을 수 없었습니다. 그런데도 학문은 날로 고독하고 도는 더욱 곤궁해지는 것은 무슨 이유일까요. 격세(隔世)의 성현(聖賢)이 동시대(同時代)의 군자만 못한 거 아니겠습니까. 책속에서 천 마디 만 마디 말을 본들 얼굴을 뵙고 한마디 말씀을 듣는 것만 못할 것입니다.

의심나는 것을 대략 아룁니다. 태극 도해(圖解)에서 말하길 "오행지생(五行之生)은 그 기질에 따라 품부 받은 것이 다르니 이른바 '각기 그 성을 전일(專一)한다.'"라고 하고, "혼연한 태극의 전체가 일물(一物) 속에 각기 갖추어지지 않음이 없다.[280]"라고 하니, '각일기성(各一其性)' 이것은 진실로 기질(氣質)의 성(性)입니다. 똑같이 성을 전일하여 기질지성(氣質之性)이라고 말하면 편정통색(偏正通塞)의 다름이 없을 수 없습니다. 통합하여 말하면, 사람은 양의 기를 얻어서 정(正)하고 또 통(通)합니다. 물(物)은 음의 기를 얻어서 편(偏)하고 또 색(塞)합니다. 교차하여 말하면, 사람은 비록 양이 되나 양 속에는 또 음이 있습니다. 그러므로 양의 음을 얻으면 혹 치우침이 없을 수 없습니다. 물(物)은 비록 음이 되나 음 속에 또 양이 있습니다. 그러므로 음의 양을 얻으면 혹 한길로 통할 수 있습니다―마치 호랑이의 인(仁)과 벌과 개미의 의(義)의 경우가 모두

---

279) 참전의형(參前倚衡) : 『논어(論語)』 「위령공(衛靈公)」에 나오는 말로 언제나 잊지 않고 항시 생각하므로 어떤 경우에도 늘 나타난다는 것을 말한다.

280) 오행지생……않음이 없다. 『근사록집해(近思錄集)』 권지일(卷之一)에 수록된 말.

그런 것으로 이 또한 치우친 것이다—이것은 다 그 기질에 따라 품부 받은 것이 다른 경우입니다. 어찌 태극의 전체를 각기 갖추었다고 말할 수 있겠습니까.

전체라고 말한 것은 사방팔방이 각기 충족하여 하나라도 갖추어지지 않음이 없는 것을 말합니다. 태극전체라고 말한 것은 인의예지(仁義禮智)의 본말이 완비되어 편정통색을 논할 만한 것이 없는 것입니다. .

남헌(南軒)[281]은 오행이 각기 그 성을 전일(專一)하면 인의예지신의 리(理)가 된다고 여겼습니다. 그러나 오행이 각기 전일한다면—마치 수(水)는 인(仁), 화(火)는 예(禮), 금(金)은 의(義)인 종류들이다—인·물의 성이 이미 이처럼 다른데, 소위 '태극전체'라는 것이 과연 어떻게 '전체'라고 하겠습니까. 두 글자가 매우 의심스럽습니다. 당신은 어떻게 생각하는지 모르겠습니다.

애초 전체 문장을 보지 않고 억측하여 끼워 맞추는 것은 심히 망발일 수 있으니 밝은 가르침 주시길 바랍니다. 이치에 맞는 말이라면 누가 감히 따르지 않겠습니까.   봄이 저물어 갑니다. 학문이 진전이 없어 가르침을 받기를 몹시 고대합니다. 우선 이것은 공백으로 대신하고 진퇴의 명을 공손히 기다리겠습니다. '하천은 더러운 것을 받아들이고 산과 숲은 독충을 숨긴다.[282]'고 합니다. 감히 선생님을 위해 읊어봅니다. 이만 줄이겠습니다.

---

281) 남헌(南軒) : 장식(張栻 1133~1180). 송나라 사천성 출신. 호광(胡宏)을 따라 정자학(程子學)을 익혔으며, 주자, 여조겸과 함께 동남(東南)의 삼현으로 불리었다.

282) 하천은……숨긴다 : 이 말은 『좌전(左傳)』 선공(宣公) 15년조에 보인다.

上韓牛山

秉憙不自量己 妄以瞽說 猥瀆尊聽 方俟誅罰 忽蒙仁愛過度 還賜手墨 誨諭之勤 感幸良深 雖以秉憙之愚陋 亦嘗因此而有所警發也 然前書中之不能無疑者 又不敢終默以負見愛之深眷也

竊詳來教 其所以發揮理字者 至深且切 無復改評 然或不免詳於異而略於同 明於殊而暗於一 古人所謂知一昧二者 不幸而近之矣 夫教人有術 只舉一隅而自餘三隅 固當使之自反 不知盛意或出於此耶 夫在孔門以子貢之知 僅足以聞一知二 舉彼明此 安可以此而望人耶 吾知來教之必不然也 夫然則秉憙請得以備論之 惟明者聽之

盖理之在天下 有主宰運用者焉 有地盤實體者焉 主宰者固不在實體之外 而論其地頭 則主宰自主宰 實體自實體 不可以相混也決矣

程子曰 在物爲理 處物爲義 理義一理也 處物者主宰之謂也 在物者實體之謂也 朱子曰 義者人事之裁制 道者天理之自然 道義一理也 裁制者主宰之謂也 自然者實體之謂也 在人在物 既有主宰實體之分 則何獨至於在天者而疑之乎

夫自主宰言之 則生人生物 千差萬別 已具於其中 程子所謂萬象森然 朱子所謂渾然粲然者是已 自實體言之 則天之理卽物之理 物之理通天下一性 更無差別 程子所謂天人一理 朱子所謂萬物一原者是已

太極生兩儀 而太極中已含兩儀之妙 則所謂主宰之謂也 兩儀既生 而兩儀各具一太極 則所謂實體之謂也 主宰而非萬殊 則是主

也非儱侗一物乎 實體而非一原 則是體也非支離破碎乎 主宰之殊
不害於實體之同 實體之同無拘乎主宰之殊 則朱子所謂同中識其有
異 異中識其有同 正謂是也

今乃局於同而不知主宰之殊 執其異而不知實體之同 則同異兩病
理氣相排 烏足與論一原之妙哉 抑思之 此非秉彝之自言也 從上聖
賢 莫不皆然 曰乾道變化 曰上宰降衷者 主宰之謂也 曰各正性命
曰若有恒性者 實體之謂也 子思子灼見主宰實體之不是二物 故乃
曰 天命之謂性 命者主宰也 性者實體也

朱子釋之曰 天以陰陽五行化生萬物者 非主宰之謂乎 曰人物之
生以爲健順五常之德者 非實體之謂乎 既謂之化生萬物 則非萬殊
之各具乎 既謂之健順五常 則非萬物之一原乎 此理炳然不待辨說
而自明 長者或偶未之考耶

請以來教所謂人心之太極者言之 五性固不出乎一心 而一心之中
有主宰者焉 有實體者焉 要孝要忠要仁要敬 主宰之謂也 曰孝曰忠
曰仁曰敬者 實體之謂也 要孝而孝 孝上具仁義禮智 要忠而忠 忠
上具仁義禮智 非孝時仁但出來 而義禮智置之一隅 非忠時義但出
來 而仁禮智落在一邊也

朱子曰 理擧着都無欠闕 着忠恕都在忠恕上 着孝弟都在孝弟上
旨哉 言乎 周公豈欺我哉 在天而言之 則主宰者固有 爲虎狼爲蜂
蟻之妙 而虎狼蜂蟻 各具五常之實體 初無一理之欠闕 不成說虎狼
生時 但得其仁 而義禮智束之高閣 蜂蟻生時 但得其義 而仁禮智
棄之笆籬也 虎狼一太極 蜂蟻一太極 盈天地間 有形可見 有名可
名者 莫不各具此一太極 而初無大小精粗多寡偏全之可言也 若如
來教之 但知有許多條理 而不知有一體渾然 則是所謂一副當尖斜

324

太極 而所謂維皇上帝者 將不勝其紛紜勞苦 而無一息安頓之地矣
不審如何

秉彝前日之書 雖未能盡論其所以 而其大意 則不過如此 幸並駁
之也 且來敎議論甚多 援引甚富 而獨於朱子說 無一句相證 至於
末后所引一段語 乃所以證成愚說者也 使朱子不可信 則已 如曰可
信 則吾恐長者之或欠商量也 看理必精四字 謹說與毅卿 而秉彝敢
以長者之所以勉毅卿者 奉獻於長者 不知或不罪否 言不知裁 恐惶
無地.

우산(牛山) 한유(韓愈)에게 올리는 편지

저는 스스로를 헤아리지 않고 망령되이 아무것도 모르는 설로 외
람되게 당신의 귀를 더럽혔습니다. 꾸지람을 들을 각오를 하고 있
는데 갑자기 사랑을 과도하게 받아, 도리어 편지를 보내 근실(勤
實)한 가르침을 주시니 참으로 깊이 감사드립니다. 비록 제가 어
리석고 고루하더라도 또한 일찍이 이것으로 인해 경계하여 깨우친
적이 있었으나 지난번 편지에 의심스런 부분이 없을 수 없습니다.
또 감히 끝내 침묵하여 깊은 관심을 받은 사랑을 저버릴 수가 없었
습니다.

제가 당신의 말씀을 상세히 살펴보니 리(理) 자의 뜻을 밝힌 것
은 지극히 깊고 간절하여 더 이상 고쳐 평할 것이 없었습니다. 그러
나 혹여 이(異)에는 상세하나 동(同)에는 소략하고, 수(殊)에는 밝
으나 일(一)에는 어두운 것을 면치 못한 듯합니다. 옛날사람들이
말한 '하나는 알고 둘은 모른다.'는 것에 불행히도 근사합니다.

무릇 사람을 가르치는 데는 방법이 있는데 다만 한 모퉁이를 들고 나머지 세 모퉁이는 진실로 스스로 돌아보게 해야 하니, 당신의 뜻도 혹 여기에서 나온 것인지 모르겠습니다. 무릇 공자 문하 중 자공(子貢)의 지혜로도 겨우 하나를 들으면 둘을 알고 저것을 들면 이것을 아는 데 만족하였는데, 어찌 이것으로 남에게 바랄 수 있겠습니까. 당신의 가르침이 꼭 그렇지 않다는 것을 나는 압니다. 그렇다면 저는 상세히 논하길 청합니다. 오직 밝은 자만이 들을 것입니다.

대개 리(理)가 천하에 있어 주재(主宰) · 운용(運用)하는 것이 있으며, 지반(地盤) · 실체(實體)하는 것이 있습니다. 주재라는 것은 진실로 실체 밖에 있는 것이 아닙니다. 그러나 그 지두(地頭)를 논하자면 주재는 주재고 실체는 실체일 뿐 서로 섞일 수 없음이 분명합니다.

정자가 말하길 "물(物)에 있으면 리가 되고, 물(物)에 처하면 의가 되니, 리와 의는 하나의 리이다.[283]"라고 하였습니다. 처물(處物)은 주재를 이른 것이요, 재물(在物)은 실체를 이른 것입니다. 주자가 말하길 "의(義)는 인사의 재제요, 도(道)는 천리의 자연이다. 도와 의는 하나의 리이다."라고 하였습니다. 재제는 주재를 말한 것이요, 자연은 실체를 이른 것입니다. 재인(在人)과 재물(在物)에 이미 주재와 실체의 구분이 있다면 어찌 유독 재천(在天)에 있어 그것을 의심하겠습니까.

무릇 주재로부터 말하면 생인(生人) · 생물(生物)은 천차만별로 이미 그 속에 갖추어져 있습니다. 정자가 말한 '만상삼연(萬象森然)' 주자가 말한 '혼연(渾然)'과 '찬연(粲然)'이라고 한 경우입니

---

283) 물에……리이다 : 『맹자』「고자 상」 7장에 보임.

다. 실체로부터 말하면 천(天)의 리는 곧 물(物)의 리요, 물의 리는 통천하일성(通天下一性)이니, 다시 차이와 구별이 없습니다. 정자가 말한 '천인일리(天人一理)', 주자가 말한 '만물일원(萬物一原)'이라고 한 경우입니다.

태극이 음양을 생하면 태극 속에는 이미 음양의 묘리가 포함되어 있습니다. 이른바 주재를 말한 것입니다. 음양이 생겨나고 나면 음양은 각기 하나의 태극을 갖추고 있습니다. 이른바 실체를 이른 것입니다. 주재하면서 만수(萬殊)하지 않으면 주체라는 것이 애매한 일물(一物) 아니겠습니까. 또 실체이면서 일원(一原)이 아니라면 실체라는 것이 지리(支離)하고 파쇄(破碎)한 것 아니겠습니까. 주재의 수(殊)는 실체의 동(同)에 방해되지 않고, 실체의 동은 주재의 수에 구애되지 않으니 주자가 말한 '동(同) 가운데 이(異)가 있음을 알고, 이 가운데 동이 있음을 안다.[284]'고 한 것이 바로 이것입니다. 이에 동(同)에 국한되어 주재의 수(殊)를 알지 못하거나, 그 이(異)만을 고집하여 실체의 동을 알지 못한다면 동이(同異) 둘 다 문제입니다. 리와 기가 서로 배척한다면, 어찌 더불어 일원(一原)의 묘리를 논하겠습니까.

그러나 생각해보면, 이것은 내 말이 아닙니다. 성현들을 따라 올라가보면 모두 그렇게 말하지 않은 적이 없습니다. '건도변화(乾道變化)[285]', '상재강충(上宰降衷)[286]'이라고 한 것은 주재를 이른 것입니

---

284) 원문의 '同中識其有異 異中識其有同'은 『주자어류』 권59에는 '同中有異, 異中有同'이라고 되어있다.

285) 건도변화(乾道變化): 『周易 · 乾 · 彖』: 乾道變化 各正性命 保合大和 乃利貞.

286) 상재강충(上宰降衷): 『書 • 湯誥』曰: 惟皇上帝 降衷于下民 若有恒性.

다. ‘각정성명(各正性命)’, ‘약유항성(若有恒性)[287]’이라고 한 것은 실체를 이른 것입니다. 자사(子思)는 분명히 주재와 실체가 이물(二物)이 아니라고 보았습니다. 그러므로 곧 ‘천명을 일러 성(性)라 한다.[288]’라고 하였으니, 명(命)은 주재요, 성(性)은 실체입니다.

주자가 그것을 풀이하여 “하늘이 음양오행으로 만물을 화육(化育)한다.[289]”라고 말한 것은 주재를 이른 것이 아니겠습니까. “인(人)과 물(物)이 생겨난 것은 건순오상(健順五常)의 덕이다.[290]”라고 한 것은 실체를 이른 것이 아니겠습니까. 이미 그것을 일러 ‘화생만물(化生萬物)’이라고 하였으니, 만수(萬殊)가 각기 갖추어진 것 아니겠습니까. 이미 그것을 일러 ‘건순오상’이라고 하였으니, 만물의 일원이 아니겠습니까. 이 리는 환히 드러나 옳고 그름을 가려 설명하지 않아도 저절로 드러납니다. 당신이 혹여 우연히 상고하지 못한 듯합니다.

청컨대 당신이 말한 ‘인심지태극(人心之太極)[291]’으로 논쟁을 해보자면, 오성(五性)은 진실로 일심(一心)에서 벗어나지 않으니 일심 속에 주재가 있고, 실체가 있는 것입니다. 효(孝)를 요하고, 충(忠)을 요하고, 인(仁)을 요하고, 경(敬)을 요하는 것은 주재를 이른 것입니다. 효・충・인・경은 실체를 이른 것입니다. 효를 구하면 효하니, 효 속에는 인의예지가 갖추어져 있습니다. 충을 구하면 충하니, 충 속에 인의예지가 갖추어져 있습니다. 효할 때는 인만 나오고 의・예・지는 한 귀퉁이에 놔두는 것이 아니며, 충 할 때는 의만 나

---

287) 위 주석과 참조.

288) 천명을……성이라 한다 : 『중용』 1장.

289) 하늘이……화육한다 : 『중용』 1장.

290) 인과……덕이다 : 『중용』 1장.

291) 인심지태극(人心之太極) : 『역상의(易象義)』 권14.

오고 인・예・지는 한 쪽에 제쳐두는 것이 아닙니다.

　주자가 말하길 '리는 들어보면 전혀 흠이 없으니, 충서(忠恕)를 들면 모두 충서 상에 있고 효제(孝悌)를 들면 모두 효제 상에 있다. [292]' 고 하였는데 훌륭하도다, 그 말씀이여! 주공이 어찌 나를 속이겠습니까. 하늘에 달린 것으로 말하면 주재는 진실로 호랑이도 되고 벌・개미도 되는 묘리가 있습니다. 그러나 호랑이・벌・개미는 각기 오상(五常)의 실체를 갖추고 있어 애초에 일리(一理)도 빠진 것이 없습니다. 호랑이가 생겨날 때는 그 인만 얻고, 의・예・지는 높은 누각에 매달아 놓으며, 벌과 개미가 생겨날 때는 그 의만 얻고 인・예・지는 울타리에 버려둔다는 것은 말이 되지 않습니다.

　호랑(虎狼)도 하나의 태극이요 봉의(蜂蟻)도 하나의 태극입니다. 천지간에 가득하여 형태가 있어 볼 수 있고 이름이 있어 명명할 수 있는 것은 하나의 태극이 각기 갖추어지지 않음이 없으니, 애초에 대소(大小)・정조(精粗)・다과(多寡)・편전(偏全)을 말할 것이 없습니다. 만약 당신의 말씀대로라면 다만 조리가 많다는 것만 알고, 일체가 혼연함이 있음을 모르는 것이니, 이것은 이른바 '하나의 첨사(尖斜)한 태극[293]'으로 소위 오직 상제(上帝)가 장차 그 분운(紛紜)한 노고를 이기지 못해 잠시도 안돈한 곳이 없는 것입니다. 어떻게 생각하시는지요.

　제가 지난 편지에 비록 그 소이를 다 논할 수 없었으나 그 큰 뜻은

---

292) 리는……있다 : 『주자어류』 권6의 '理只是一箇理 擧着全無欠闕 且如言着仁則都在仁上 言着誠則都在誠上 言着忠恕則都在忠恕上 言着忠信則都在忠信上 只爲只是這箇道理 自然血脈貫通'을 일부 요약하여 인용하여 논의를 펼치고 있다.

293) 일부당첨사태극(一副當尖斜太極) : 『주자어류』 권94에 '一不正當尖斜太極'이라는 말이 보이는데 여기의 '一副當'은 '一不正當'의 오류로 의심되나 확실치 않다. '첨사한 태극'은 '혼륜한 태극'의 상대되는 말로 쓰였다.

이와 같은 것에 불과하니, 나란히 논박하시길 바랍니다. 또 당신의 말씀은 의론이 아주 많고, 끌어 인용한 것이 아주 풍부한데도 유독 주자설에는 한 구절도 서로 증명하지 않고, 끝에 이르러 인용한 한 단락은 제 설을 증명하고 있습니다. 가령 주자의 말이 믿을 만하지 못한다면 그만이지만 만약 믿을 만하다면 나는 아마도 당신이 혹 상량이 부족한 듯싶습니다. '간리필정(看理必精)' 네 글자를 삼가 의경(毅卿)[294]에게 말해주었습니다. 그리고 저는 감히 당신이 의경을 격려하는 것으로 당신께 봉헌하니, 혹여 죄가 되지 않는지요. 말을 절제할 줄 몰라 황공하기 그지없습니다.

●

上李庸齋 道容 ○庚子

頃蒙面誨 銘謝無斁 迨至今不能忘也 間經幾日 伏惟味道有相 孝體支福

未發云云 時或驗之 雖不中 心地上差者覺有效 但無見無聞 未見其然 蓋心是個活物 當靜而未靜 當動而動 然靜中也有動 動中也有靜 此大本達道然也 未發時 雖無所見聞之事 而此心全體 虛靈洞徹 嘗無能見能聞者 知覺亦然未發有能知覺者無所知覺者 若以未見聞爲方是未發 則百千萬年 都無人見此一番時節 而子思所謂大本者 殆虛語矣

許渤之持敬 眞聖人矣 釋氏坐禪入定 不爲罪矣 其或一種昏眩迷

---

294) 의경(毅卿) : 하홍달(河弘達)

愚底人 方大寐被人驚覺 頓然不識四到時節 如閃電光擊石火 一着
子消息然后 方可謂其未發 可乎 盖程子此說 朱子以爲記錄之誤 而
中庸或問粗發其端 呂子約書 亦嘗如此 其中有曰 心之有知 與耳之
有聞 目之有見 爲一等時節 心之有思 與耳之有聽 爲一等時節 程
子以有思爲已發 則可 而記者以無見無聞爲未發 則不可 云云 文丈
其或未之考耶.

용재(庸齋) 이도용(李道容)[295]에게 올리는 편지
○ 경자년(1900)

지난번 뵙고 가르침 받은 것에 깊이 감사드리며 지금까지도 잊을
수 없습니다. 그간에 며칠이 지났습니다. 도를 잘 체득하시며 몸 건
강히 계시리라 생각됩니다.

'미발(未發)'운운하신 것은 때때로 그것을 증험해 보면 비록 딱
맞지는 않으나 마음 상에서의 그릇된 것에 대해 효과가 있습니다.
다만 무견무문(無見無聞)은 그렇지 않은 듯합니다.

대개 마음은 살아있는 물[活物]이어서 정(靜)하면서 정하지 않으
며 동(動)하면서 동(動)합니다. 그러나 정 속에는 동이 있고, 동 속
에는 정이 있습니다. 이 '대본달도(大本達道)[296]'가 그렇습니다. 미발
시에는 비록 견문(見聞)하는 바가 없다 해도 이 마음 전체가 허령
통철(虛靈洞徹)합니다. 일찍이 능히 견문할 수 없는 것—지각 또한

295) 이도용(李道容) : 1880~1928. 자(字) 공유(孔維), 호(號) 용재(庸齋), 본관은 성주(星州)다. 일명(一名) 이관(李瓘), 진주(晉州) 단성(丹城) 남사리(南沙里)에 거주하였다.

296) 대본달도(大本達道) : 『중용』 1장 : 盖中者, 天下之大本, 和者, 天下之達道, 而中和皆忠恕之事也.

그러하다. 미발은 능히 지각함이 있지만 지각할 바는 없다─만약 아직 견문하지 않은 것을 미발이라고 한다면 천년만년 동안 그 한 순간을 알지 못하였을 것이고, 자사(子思)가 대본(大本)이라고 말한 것은 아마 허언이 되었을 것입니다.

허발(許渤)의 지경(持敬)²⁹⁷⁾은 참 성인입니다. 불교의 좌선입정도 죄로 여기지 않았습니다. 그 혹 어떤 어둡고 어리석은 사람이 바야흐로 깊은 잠을 자다가 남이 깨우자 깜짝 놀라 일어나 전혀 사방을 모르는 것과 같습니다. 번갯불과 부싯돌이 번쩍한 것처럼 일착자(一着子)²⁹⁸⁾가 소식(消息)²⁹⁹⁾한 연후에야 바야흐로 미발이라고 하는 것이 맞습니까.

대개 정자의 이 설은, 주자가 기록의 오류로 여겨 『중용혹문(中庸或問)』에 대강 그 단서를 제기하였습니다. 여자약(呂子約)³⁰⁰⁾의 글 또한 일찍이 이와 같았으니, 그 속에서 말하길 "마음이 아는 것은 귀가 듣는 것, 눈이 보는 것과 동시에 일어난다. 마음이 생각하는[有思]것은 귀가 듣는 것과 동시에 일어난다. 그러므로 정자가 유사(有思)를 이발(已發)이라고 하는 것은 가(可)하나, 기자(記者)가 무견무문(無見無聞)을 미발(未發)이라 하는 것은 불가하다.³⁰¹⁾"고 하였습니

---

297) 허발(許渤)의 지경(持敬) : 허발은 송(宋) 나라 때 사람으로, 그 아들과 창 하나를 사이하고 침실을 쓰면서도 경(敬)으로 마음을 집중한 나머지 아들이 책 읽는 소리를 듣지 못했다 한다.《朱子書節要 卷11 答呂子約書》

298) 일착자(一着子) : '하나의 포인트', '한 점' 등의 개념으로 이해하면 된다.

299) 소식(消息) : 천지 시운(天地 時運)이 순환하는 형편. 음기(陰氣)가 죽는 것이 소(消), 양기(陽氣)가 생김을 식(息)이라 한다. 즉 생겨났다 사라지는 순간을 말하는 것으로 보인다.

300) 여자약(呂子約) : 이름은 조겸(祖儉), 호는 대우(大愚), 동래(東萊) 여조겸(呂祖謙)의 동생이다.

301) 마음이……일어난다 : 이 말은 이황(李滉)이 간행한 『송계원명리학통록(宋季元明理學通錄)』권 4에 실려 있다. : 蓋心之有知與耳之有聞 目之有見爲一等時節 雖未發而未嘗無心之有思 乃與耳之有聽 目之有視爲一等時節 一有此則不得爲未發 故程子以有思爲

332

다. 당신께서 고찰하지 않은 듯합니다.

●

與河廣叔寓

秉彛直是一癡獃枯淡底漢 無一事可自勉於己 無一能可聞於人 雖
然老兄不遐而棄之 卒然辱書 此韓子所謂古之道也 縷縷滿幅 反復
開喩 縱橫規諫 眷眷欲同歸於至善 非情之至 僕安能聞此斯道之衰
厭惟久矣

所謂學者才讀了幾個卷書 則便馳騖於高遠 賸性命於口角 寄理氣
於耳底 同焉若將加諸膝 異焉若將墮諸淵 儒冠而心墨言朱而行陸
道之亂 至此極矣

自非信道篤 卓然獨立 豈能終復古者乎 如老兄者 天資豪邁 咀嚼
百家 閱歷千古 道理之表裡精粗 人言之得失源委 若燭照龜決 占得
自家田地 直是峻絶

於是 乃推而及人 其所以憂世救人之意 可謂深且切矣 如秉彛者
何足梟鷗於其間哉 然說玄說妙 用工疎略之病 則盖嘗有之矣 老兄
不以隱而以實告 只此幾個字 謹當表之座隅 昕夕觀省 庶幾天誘 其
衷或可以矯揉 得一個半個 則老兄之賜 不亦大乎 雖然老兄所以爲
此者 豈但止於我而已 將使一轉而爲擧世之針藥

向之所謂馳騖高遠說理說氣者 其將雲消而雨釋矣 然則老兄爲此
一言 其爲重輕當如何 吾知老兄 信道篤者也 卓然獨立者也 其將他

已發則可 而記者以無見無聞爲未發則不可.

日 能腹古者也 雖然吾聞之君子之學 居敬窮理 只此而已 不窮理則
居敬工夫無以進 不居敬則窮理工夫無以明 其勢相資 其用相須 如
鳥兩翼 如車兩輪 不可以偏廢者也

所謂窮理者 固非馳騖高遠之謂也 然亦不外乎性命理氣之間 致知
所以明此理也 居敬所以實此理也 彼專事高遠 務以快吾心悅人聽者
固不足道 然必惡此而便置心於性命理氣之外 而曰道必如此然后可
以得之 則此等義理 當往問於蔥嶺帶來眞胡種子 而仲尼之門 五尺
童子 所不言者也 願老兄勿過慮也 抑未知老兄所謂窮理者何也 居
敬者果何也

吾恐老兄未嘗一者體驗眞實見得 而徒做紙上閒說話而已 然則來
喩所謂疎略脫漏者 殆夫子自道 而同浴譏裸 不幸而近之矣

舉天下道生薑是辣 必待自家喫 方道是辣 舉天下道大黃是寒 必
待自家喫 方道是寒 請繼今思之 必有心得 然後方爲究竟法耳 未審
尊意以爲如何哉 敢恃契愛之厚 妄言及此 或不之罪否

하광숙(河廣叔)[302] 우(寓)에게 보내는 편지

저는 어리석고 무미건조한 사람으로 자기에게 스스로 면려할 만
한 한 가지 일도 없고, 남들에게 소문날 만한 한 가지 능력도 없습니
다. 그러나 노형께서 저를 멀리하여 버리지 않으시고, 갑자기 외람되

---

302) 하광숙(河廣叔) : 하우(河寓, 1872-1963)이다. 자는 광숙(廣叔), 호는 잠재(潛齋), 본관
은 진양(晉陽)이다. 감찰(監察) 하맹곤(河孟崑)의 후손이다. 족친 회봉(晦峯) 하겸진
(河謙鎭)과 더불어 절차탁마하였다. 현 경상남도 진주시 수곡면 사곡리 덕곡(德谷) 마
을에 거주하였다.

이 편지를 보내주시니, 이는 한유(韓愈)가 말한 "옛날의 도"[303]라는 것입니다. 누누이 편지 가득히 반복하여 깨우쳐 주시고 자세하게 도리로 간하며 정성스럽게 지선(至善)에 함께 귀의하고자 한 것은, 정의(情誼)가 지극한 것이 아니겠습니까. 그러니 제가 어찌 유학의 도가 쇠했다는 것을 들을 수 있겠습니까. 그런 생각을 한지 오래되었습니다.

이른바 학자들은 겨우 책 몇 권 읽고 나면 곧 고원한 경지로 내달려, 입으로는 똑같이 성명(性命)을 내뱉고 귀에는 리기(理氣)를 달고 다니는데, 뜻을 함께하면 무릎에 올려놓을 듯하고 뜻을 달리하면 장차 연못에 빠뜨릴 듯이 합니다.[304] 유자(儒者)이면서 묵자(墨子)[305]의 도를 가슴에 담고, 주자(朱子)의 도를 말하면서 육상산(陸象山)[306]의 도를 행하니 도가 어지러운 것이 이런 극한 지경에 이르렀습니다. 스스로 도를 믿는 것이 독실하고, 탁월하게 홀로 선 자가 아니라면 어떻게 끝내 옛 것을 회복할 수 있겠습니까. 노형 같은 분은 호매(豪邁)한 자질로 백가의 글을 음미하고 천고의 역사서를 열력(閱歷)하고, 도리의 표리(表裏)와 정조(精粗), 남들이 하는 말의

---

303) 옛날의 도 : 『당송팔가문(唐宋八家文)』 권3, 「답위지생서(答尉遲生書)」에 "지금 그대가 하는 것은 모두 좋습니다. 겸손히 부족한 듯하며 저에게 구하니, 저 또한 감히 말을 아끼게 됩니다. 또한 능히 말할 수 있는 것은 모두 옛날의 도입니다.[今吾子所爲皆善矣 謙謙然若不足 而以徵於愈 愈又敢有愛於言乎 抑所能言者 皆古之道]"라고 하였다.

304) 뜻을……합니다 : 애증(愛憎)을 제 마음대로 하는 것을 이른다. 『예기』 「단궁 하(檀弓下)」에 자사(子思)가 말하기를 "오늘날의 위정자들은 사람을 나오게 할 때에는 장차 무릎에 올려놓을 듯이 하다가 사람을 물러가게 할 때에는 장차 못에 빠뜨릴 듯이 한다.[今之君子 進人若將加諸膝 退人若將隊諸淵]"라고 하였다.

305) 묵자(墨子) : 춘추 시대 노(魯) 나라 사람. 송(宋) 나라 사람 또는 초(楚) 나라 사람이란 설도 있다. 이름은 적(翟)이다. 제자백가의 한 사람으로 겸애설(兼愛說)을 주창했다.

306) 육상산(陸象山) : 육구연(陸九淵)의 호이다. 육구연은 강서(江西) 금계(金谿) 사람으로, 자가 자정(子靜)이며, 주희(朱熹)와 같은 시대 사람이다. 그의 학설은 존덕성(尊德性)을 주로 하였으므로 저술을 일삼지 않았고, 항상 말하기를 "배워서 진실로 도를 알면 육경(六經)이 다 나의 주각(註脚)이다."라고 하여 도문학(道問學)을 존중히 여기는 주자(朱子)의 학설과 서로 배치되었다.

득실(得失)과 본말(本末)을 촛불로 비추듯 거북점으로 시비를 결단하듯 하여 자기의 독자적인 학문의 세계를 점유한 점이 참으로 뛰어나십니다.

이에 자기의 마음을 미루어 남에게 미쳤으며, 그 시세를 걱정하고 사람을 구원하려는 생각이 깊고 간절하다고 이를만합니다. 저 같은 사람이 어찌 그 사이에 낄 수 있겠습니까. 그렇지만 현묘한 도리를 설하고 공부가 소략한 병통은 일찍부터 가지고 있었습니다. 노형께서 숨기지 않고 사실로써 말씀해주신 이 몇 글자는 삼가 제 자리 옆에 표시해두고 밤낮으로 살펴보기에 마땅하니, 하늘의 가르침에 가까운 듯합니다. 그 정성이 혹 저의 병통을 바로잡고, 한 개나 반 개라도 터득할 수 있다면 노형께서 주신 것이 또한 크지 않겠습니까. 비록 그렇지만 노형께서 이렇게 하신 것이 저 한사람에 그칠 뿐이겠습니까. 장차 한 번 일전(一轉)하여 온 세상의 침과 약이 될 것입니다.

지난번 이른바 "고원한 경지로 내달려 리(理)와 기(氣)를 말한다.[馳騖高遠 說理說氣]"라고 하신 것은 장차 구름이 걷히고 비가 갠 듯 환하였습니다. 그렇다면 노형께서 하신 이 한마디 말씀은, 그 경중이 의당 어떠하겠습니까!

제가 아는 노형은 도를 믿는 것이 독실한 분이며, 탁월하게 홀로 서서 장차 훗날에 능히 옛것을 회복할 수 있는 분입니다. 그러나 제가 들건대 군자의 학문은 거경(居敬)과 궁리(窮理)일 뿐입니다. 궁리하지 않으면 거경 공부는 진보할 것이 없고, 거경하지 않으면 궁리 공부는 밝힐 수 없습니다. 그 형세는 서로를 바탕으로 하고 그 작용은 서로를 의지하는 것이 마치 새의 양쪽 날개와 수레의 양쪽

바퀴와 같아서 한 쪽을 폐할 수 없는 것입니다.

이른바 '궁리'라는 것은 진실로 '고원함에 내달리는 것'을 말하는 것이 아닙니다. 그러나 또한 성명(性命)과 리기(理氣) 사이에서 벗어나지도 않습니다. 치지(致知)는 리(理)를 밝히는 것이고, 거경은 리를 실천하는 것입니다. 저 고원함을 오로지 일삼아 내 마음을 유쾌하게 하고 타인이 듣는 것을 기쁘게 하는 데 힘쓰는 자는 참으로 말할 것이 못됩니다. 그러나 반드시 이를 미워하여 성명과 리기의 밖에 심(心)을 두고 '도는 반드시 이와 같이 한 연후에 얻을 수 있다'고 말한다면 이러한 의리는 마땅히 총령(蔥嶺)에서 데려 온 진짜 오랑캐 종자[307]에게 가서 물어야 할 것이니, 공자(孔子) 문하의 오척동자도 말하지 않은 것입니다.[308] 원컨대 노형께서는 지나치게 생각지 말아주십시오. 또한 노형께서 말씀하신 '궁리'가 무엇인지, '거경'이 과연 무엇인지 모르겠습니다.

저는 노형께서 일찍이 한 번 체험하거나 진실로 견득하지 못하고, 한갓 종이 위에 부질없는 이야기로 간주할까 두렵습니다. 그렇다면 편지에서 이른바 '소략하고 빠뜨린 것이다.[疎略脫漏]'라고 한 것은 아마도 노형 스스로 말씀하신 것으로 불행히도 같이 목욕하면서 발가벗었다고 꾸짖는 것[309]에 가까운 듯합니다.

---

307) 총령에서……종자 : 주자가 육구연(陸九淵)의 학문이 불교적 색채를 띤 것을 비난할 때 '총령에서 데려왔다[蔥嶺帶來]', '진짜 오랑캐 종자[眞胡種子]'라고 하였다. 총령은 파미르 고원과 곤륜산, 천산(天山)을 총칭한 말이며, 진호(眞胡)는 석가를 지칭한다.

308) 공자(孔子)……것입니다 : 『맹자』 「양혜왕 상」 제7장 주자주(朱子註)에 나온다. 동중서 (董仲舒)가 말하기를 "중니의 문하에는 5척 동자들도 오패(五覇)를 칭하기를 부끄러워하였으니, 그 속임수와 무력을 먼저하고 인의(仁義)를 뒤로 하였기 때문이다.[仲尼之門 五尺童子 羞稱五伯 爲其先詐力而後仁義也]"라고 하였다. 여기서는 사실이 그러하다는 의미로 쓰였다.

309) 함께……것 : 한유(韓愈)의 「답장적서(答張籍書)」에 "우리 그대가 나를 비난하는 것은, 마치 함께 목욕을 하면서 발가벗었다고 욕을 하는 것과 같다.[吾子譏之 似同浴而譏裸裎也]"라는 말이 있다.

온 천하 사람들이 생강이 맵다고 말해도 반드시 스스로 먹어본 뒤에야 맵다고 말해야 하고, 온 천하 사람들이 대황(大黃)[310]이 차다고 말해도 반드시 스스로 먹어 본 뒤에야 차나고 말해야 합니다. 청컨대 계속 생각해보면 반드시 마음으로 터득함이 있을 것입니다. 그런 뒤에야 구경법(究竟法)[311]을 알 뿐이니, 노형의 생각은 어떠신지 모르겠습니다. 감히 친애함이 두터움을 믿고서 망령된 말이 여기에 이르렀으니, 혹 죄가 아닌지 모르겠습니다.

●

與河廣叔 癸卯

省禮 阻逢固勢也 闊間豈情哉 有愧而已 卽此冬寒 神相昧道服尊體 恭惟百福德門 大小均慶 憙此重省仍昔 但學問多間斷不接續 只覺外面博雜不純精 裡面昏縱無收殺 兼事故之汨沒 道路之驅馳 不會半月十日 討安靜去處 整理得別頭項工夫

並與舊所聞者而失之 則亦無有乎爾 可如之何 平日相愛 如老兄者聞之 當謂何見 方所看所得在何書何義 心與口相應 事與理相涵 撞起平日說不透行不得處 能頭頭沛然無所滯耶 因來告不吝指敎也

世道衰 厥久非昨 而被世俗作懷 內而爲吾黨作間 戈戟之相尋 仇敵之相視 其始之 必有故 其終之 末如之何也 已不有志篤而不弛

---

310) 대황(大黃) : 마디풀과에 속하는 여러해살이풀로 뿌리는 비대하고 황색이며, 줄기는 속이 비었고, 잎은 넓다. 성질(性質)이 차고 맛이 달다.

311) 구경법(究竟法) : 『주자어류(朱子語類)』 권8에 "세상의 온갖 일은 잠깐 사이에 변화하여 없어지고, 오직 치지(致知)하여 역행(力行)하고, 수신(修身)을 하면서 죽음을 기다리는 것만이 구경법(究竟法)이라 하겠다."라고 한 데서 나온 말이다. 제법실상(諸法實相)을 뜻하는 불가(佛家) 용어로, 최고 경지의 원리를 뜻한다.

行高而不移 卓然能有立者 當何以救一個半個 曰理曰氣 都是甚麽
徒益其弊而已 論說而已 文字而已

干我甚事 但當杜門屈首 不要人知 不要人說 自行得 自見得 見與
行俱進 足與兩目 到積之以久 則邂逅見通透活絡之期矣 向之所以
不欲說者 自不得不說 而世之所謂弊者 自不得不救矣 不審盛意云
何 幸思議也

憙前月末 幸得深齋之來德山 與之遊十數日 爲益不少 遽別而歸
不勝其悵然也 有便悤悤 只此向寒 自愛爲禱

하광숙에게 주는 편지 계묘년(1903)

예식을 생략합니다.[312] 만나지 못하는 것은 참으로 형세가 그러하
니 소원한 것이 어찌 정이겠습니까. 부끄러울 따름입니다. 이 엄동
설한에 도를 음미하고 존체를 보존하며 평안하신지요. 삼가 덕문
(德門)에 온갖 복이 깃들어 대소사가 고루 경사롭길 바랍니다.

저는 조부모와 부모를 모시며[313] 예전처럼 지내는데, 학문이 끊어
짐이 많고 연속되지 않아 외면으로는 잡다하여 순정하지 못하고,
내면으로는 혼란하여 거둘 것이 없습니다. 겸하여 일에 골몰하고
길에서 분주하여, 보름이나 열흘 정도 편안한 곳을 찾아서 별도의
항목 공부를 정리하지 못하고 있습니다.

아울러 옛날에 들은 것은 잊어버려 또한 아무것도 없으니[314] 어떻

---

312) 예식을 생략합니다 : 편지에서 보내는 이가 상중(喪中)일 경우에 쓰는 표현이다.

313) 조부모님과 부모님을 모시며 : 원문의 '중성(重省)'은 중시하(重侍下), 즉 조부모와 부
　모가 살아 있어서 모시고 있는 처지를 일컫는 말이다.

314) 또한 아무것도 없음 : 『맹자』「진심 하(盡心下)」제38장에 "그런데도 아무도 없으니, 그

게 하면 좋을까요. 평소 친애하는 노형이 들었다면 마땅히 어떤 견
해를 말씀하실 것이니, 본 것과 터득한 것은 어떤 책에서 어떤 의미
입니까. 마음과 입이 서로 응하고 사물과 이치가 서로 통하여 평소
에 투철하게 해설하지 못하고 실천하지 못하는 데를 일깨워서 능
히 곳곳마다 시원스레 막히는 데가 없게 하겠지요. 편지를 보내 고
할 적에 가르침을 아끼지 마십시오.

세도가 쇠한 것이 오래됨이 어제가 아니고, 세속이 무너져[315) 안으
로는 우리 당의 틈이 되어 논쟁이 서로 잇따르고 원수처럼 서로 주
시하니, 그 처음은 반드시 까닭이 있었지만 그 끝은 어찌하지 못합
니다. 이미 뜻이 돈독하여 해이하지 않으며 행실이 고상하여 옮겨
가지 않고, 탁연히 설 수 있는 자가 없으니 마땅히 어떻게 한 개 아
니 반 개라도 구원하겠습니까. 리(理)니 기(氣)니 하는 것들이 다
무엇입니까. 그저 그 폐단을 더할 뿐이고, 논설일 뿐이고, 문자일
뿐입니다.

저와 무슨 관계가 있겠습니까마는, 다만 문을 닫고 마음을 전일
하게 하여 남이 알아주길 바라지도 않고 남의 설을 구하지도 않으
며, 스스로 행득(行得)하고 스스로 견득(見得)합니다. 견해와 행실
이 함께 진보하여 오래도록 발과 눈 양쪽 다 극진히 하는 것이 오
래 쌓이게 되면, 우연히 훤히 꿰뚫고 맥락이 살아있는 경지를 만날
것입니다. 예전에 말하지 않으려 했던 것을 어쩔 수 없이 말하였으
나, 세상의 이른바 '폐단'이라는 것은 스스로 구원하지 않을 수 없
습니다. 당신의 생각은 어떤지 모르겠습니다. 사의(思議)를 바랍

렇다면 또한 아무도 없겠구나.[然而無有乎爾 則亦無有乎爾]"라고 하였다.
315) 원문의 회(懷) 자는 괴(壞)자의 오류이다.

니다.

저는 지난달 말 다행히 심재(深齋)[316]가 덕산(德山)[317]으로 찾아와 함께 십 수 일을 유람하였습니다. 유익함이 적지 않았는데, 갑자기 이별하여 돌아가니 그 슬픔[318]을 이기지 못하겠습니다. 인편이 재촉합니다. 다만 이 엄동설한에 자중자애하시길 바랍니다.

●

答梁成玉 圭煥

客夏承告 尙稽仰復 直是不成人事 望恕諒也 日下玩心 有相尊體 崇祉看理 比舊如何 足目俱到否

格物物格 大山所謂讀書而書自盡 行路而路自盡 卽退陶物旣格之 說 初無異議 而示諭以爲不同 未知何據也 沙栗亦同是一貫 而愚伏 獨其異也 據愚看來只是如此 而今以來書所引觀之 同多異少 而必 以爲一無相符 何也

且沙栗所謂豈待人格之而極哉 則是物到於心矣 格物則物理到極 處 則是物自到矣 何其一條之內 自相矛盾 至於如此也 豈於此偶失 照勘也耶 以愚所聞極哉以上是沙溪問說 而其定論 則只是物自到之 謂也 然此等處 亦須自做工夫 眞個是格物眞個是致知 眞積力久 要

---

316) 심재(深齋) : 조긍섭(曺兢燮, 1873-1933)의 호이다. 자는 중근(仲謹), 호는 암서(巖棲)
、심재, 본관은 창녕(昌寧)이다. 현 경상남도 창녕군에서 태어나 거주했으며 현풍 등
지에서도 살았다. 곽종석(郭鍾錫)·장복추(張福樞)·김흥락(金興洛)의 문하에서 수학
하였다. 저술로 37권 19책의 『암서집』이 있다.

317) 덕산(德山) : 현 경상남도 산청군 시천면 덕산(德山)을 가리킨다.

318) 원문의 장(帳)자는 창(悵)자의 오류이다.

須塡教他實着 則久后自將見如何是格物如何是物格

而其所以到於心物自到 只在當人用力淺深 自將見得如何耳 不須如此勞費心力 廣引博取 比併交量 隨人高下 決取舍於方寸之中 而實未免胸中之致得鬧熱煎煞 而其所以取舍者 亦未必知眞是眞非也如何如何

心字近更如何看 得尙守前見否 近看語類說心處 無慮數萬言 苦苦得討 箇一理字不得 而皆是恰似說氣邊一着 此曷故焉 聖人眼中無非理 何不知理之爲貴 而必苦口說 多方模索 只成就得一箇氣字如此其極也 使今人之主理者當此處 亦將如何爲說心 知其不然 而務要擘畫分疎 欲救其說而不得 則遂以爲此正是誤錄或初說也 使孔子家奴出 則當何辭以對 吾兄恐未免也

其曰性只一定 惟情與心與才 便合着氣耳 又曰 要見得分曉 但看明道云 其體則謂之易 其理則謂之道 其用則謂之神 易心也 道性也神情也 此天地之心性情也 此語果何謂也

賀孫錄 致道謂心爲太極 林正卿謂心具太極 致道擧以爲問 先生曰 看來心有動靜 其體則謂之易 其理則謂之道 其用則謂之神 賀孫問其體之體是如何 曰體非體用之體 恰似說體質之體 猶云其質則謂之易 道卽性云云 此兩條正是一項貫來

既曰體是體質之體 則其體段之將屬理乎屬氣乎 易之爲言變易也變易者乃陰陽 而陰陽之理 卽所謂道也 其用則卽所謂神也 其爲語勢 豈不章章可見乎 其他如此說處 不可枚擧

342

양성옥(梁成玉)규환(圭煥)에게 답함.

　지난여름에 보내주신 편지를 받고서 답장하지 못하여 곧바로 인사를 이루지 못한 것을 용서하고 헤아려주시기를 우러러 바랍니다. 도성에서 완심(玩心)하며 존체가 평안하고 순탄한 것이 예전에 비해 어떠하신지요. 발과 눈이 함께 나아가고 계시겠지요.[319] 격물(格物)과 물격(物格)에 대해 대산(大山)[320] 선생이 이른바 "글을 읽을 적에는 글이 저절로 다하고 길을 갈 적에는 길이 절로 다한다."라고 한 것은 곧 퇴계(退溪) 선생의 '사물의 이치가 이미 이른다.[物旣格]'는 설과 애초에 이견이 없었습니다. 그런데 편지에서 다르다고 말씀하신 것은 무엇에 근거한 것인지 모르겠습니다.

　사계(沙溪)[321]와 율곡(栗谷)[322] 또한 같이 일관(一貫)하는데, 우복(愚伏)[323]만 유독 다릅니다. 제가 본 것을 살펴보면 이와 같습니다. 그러나 지금 보내 주신 편지에 인용된 것을 살펴보니 같은 것이 많고 다른 것은 적은데도 필시 서로 부합하는 것이 하나도 없다고 여기신 것은 어째서입니까.

　또 사계와 율곡이 이른 "어찌 사람이 사물에 이르고 나서 극처에

---

319) 발과……계시겠지요 : 학문과 덕행이 함께 진일보 하고 있음을 가리킨다.

320) 대산(大山) : 이상정(李象靖, 1711-1781)의 호이다. 자는 경문(景文), 호는 대산, 시호는 문경(文敬), 본관은 한산(韓山)이다. 이황(李滉)의 존리적(尊理的)인 입장을 견지하면서『독성학집요(讀聖學輯要)』등의 저술을 통해 이기를 대등하게 보는 기호학파의 태도를 거부하였다.

321) 사계(沙溪) : 김장생(金長生, 1548-1631)의 호이다. 자는 희원(希元), 호는 사계, 시호는 문원(文元), 본관은 광산(光山)이다. 이이(李珥)의 사상을 계승하였다. 저술로『가례집람(家禮輯覽)』,『경서변의(經書辨疑)』,『사계전서』등이 있다.

322) 율곡(栗谷) : 이이(李珥,)이 호이다. 자는 숙헌(叔獻), 호는 이이ㆍ석담(石潭), 시호는 문성(文成), 본관은 덕수(德水)이다. 기호학파의 창시자이다. 저술로『성학집요(聖學輯要)』,『경연일기(經筵日記)』,『율곡전서』등이 있다.

323) 우복(愚伏) : 정경세(鄭經世, 1563-1633). 자는 경임(景任), 호는 우복, 시호는 문장(文莊), 본관은 진양(晉陽)이다. 이황의 학통을 계승하였다. 예학(禮學)에 조예가 깊었다. 저술로『우복집』등이 있다.

도달하겠는가."라고 한 것[324]은 사물의 이치가 내 마음에 이른다는 것입니다. 격물의 경우 물리가 극처에 이른 것이니, 사물이 절로 이르는 것입니다. 어찌 한 조목 안에서 저절로 서로 모순되는 것이 이와 같음에 이르렀습니까. 어찌 이에 대해 우연히 잘못 살핀 것이겠습니까.

제가 들은 '극재(極哉)' 이상은 사계의 질문에 대한 설명인데, 그 정론(定論)은 단지 사물의 이치가 저절로 이름을 말한 것입니다. 그러나 이런 경지는 또한 모름지기 스스로 공부해야 합니다. 참된 격물(格物)과 참된 치지(致知)는 진실로 힘을 쌓음이 오래되어 모름지기 채워서 가득 차게 되면, 오랜 뒤에 저절로 어떤 것이 격물이고 어떤 것이 물격인지를 알게 될 것입니다.

사물의 이치가 내 마음에 이르는 것[到於心]과 사물이 스스로 이르는 것[物自到]은 단지 사람이 힘을 쓰는 것이 얕고 깊음과 스스로 터득한 것이 어떠냐에 달려있을 따름입니다. 반드시 이와 같이 심력(心力)을 다해 널리 끌어 모아 비교하지 않고, 사람의 고하(高下)에 따라 마음속에서 취사(取捨)를 결정한다면, 실로 마음속이 복잡하고 애타는 것[325]을 면하지 못할 것입니다. 그리고 그 취사한 것 또한 반드시 진실로 시비를 아는 것이 아닐 것입니다. 어떻게 생각하시는지요.

심(心) 자는 근래 다시 어떻게 보시는지요. 이전의 견해를 여전히 고수하는 것은 아닌지요. 근래 『주자어류』에서 '심'을 설명한 곳을

---

324) 사계와……것 : 『율곡전서』 권32, 어록 하, 「牛溪集」에 "又問 物理元在極處 豈必待人格物後乃到極處乎"라고 하였고, 『사계유고』 권4 「答或人問目」에 "物理元在極處 豈必待人格之後 乃到極處乎"라고 하였으며, 『사계유고』 권10 「宋時烈錄」에 "乃曰 格物如請客 物格猶客來 如此則物之理本在彼 待人格之 然後來到吾心也 豈不謬哉"라고 하였다.

325) 원문의 煎煞은 煎熬의 오류로 속을 태우다는 뜻이다.

보니, 무려 수 만 마디였습니다. 열심히 뒤져보니, 리(理)자는 한 글
자도 없고, 모두 흡사 기(氣) 일변도로 말한 듯합니다. 이것은 어떤
이유일까요. 성인의 눈에는 리(理)아닌 것이 없으니 어찌 리를 귀히
여겨 애써 말하고 다방면으로 모색할 줄 몰라 다만 기(氣) 한 글자
만을 성취함에 이와 같이 지극하였겠습니까. 가령 오늘날 주리론자
가 이것을 본다면 또한 장차 어떻게 심을 설하겠습니까. 옳지 않다
는 것을 알면서도 애써 분석[326]하고 해명하기를 요하여 자기 학설을
구하려하다가 얻지 못하면, 도리어 이것을 잘못된 기록이라고 하
거나, 주자의 초년설이라고 말합니다. 가령 공자(孔子)께서 집안의
노복을 보낸다면 마땅히 무슨 말로 대답하겠습니까. 오형(吾兄)께
서는 곤란함을 면치 못할 듯합니다.

그 말하기를 "성(性)은 단지 일정하고, 오직 정(情)과 심(心)과 재
(才)는 기(氣)를 합한 것일 따름이다."[327]라고 하였습니다. 또 말하
기를 "분명하게 견득해야 하는데, 명도(明道)[328] 선생이 말한 '그 체
(體)는 역(易)이고, 그 리(理)는 도(道)고, 그 용(用)은 신(神)이다'
는 것을 보면, 역은 심이고 도는 성이고 신은 정이다. 이것이 천지의
심・성・정이다."[329]라고 하였습니다. 이 말이 과연 무엇을 말하겠습
니까.

---

326) 원문의 擧畫는 擧畫의 오류로 분석하다라는 뜻이다.

327) 성(性)은……따름이다. 『주자어류』권5 「성리 이(性理二)」, "問情與才何別 …… 只有性
是一定 情與心與才 便合著氣了"

328) 명도(明道) : 정이(程頤, 1033-1107). 북송(北宋)의 유학자. 자는 정숙(正叔), 호는 이천
(伊川)이다. 형 정호(程顥)와 함게 이정자(二程子)로 불리며, 정주학(程朱學)의 창시자
이다.

329) 분명하게……감정이다 : 『주자어류』권5 「성리 이(性理二)」, "又曰 要見得分曉 但看明
道云 其體則謂之易 其理則謂之道 其用則謂之神 易 心也 道 性也 神 情也 此天地之心
性情也"

『주자어류』의 섭하손(葉賀孫)[330] 기록에 의하면 치도(致道)[331]의 '심(心)이 태극(太極)이 된다.'는 말과 임정경(林正卿)의 '심(心)이 태극을 갖추고 있다.'는 말을 거론하며 주자에게 질문하였는데, 선생[주자]이 대답하기를 "살펴보면, 마음에 동(動)과 정(靜)이 있어서 그 본체는 역이라 하고, 그 이치는 도라 하고, 그 작용은 신이라 한다."라고 하였습니다. 하손이 여쭙기를 "'그 본체는 역이라 한다.'에서의 체(體)는 무엇입니까."라고 하였는데, 선생이 대답하기를 "여기서 체(體)는 본체와 작용이라 할 때의 체가 아니다. 체질(體質)의 체와 흡사하니, '그 체질을 역이라 한다.'고 말하는 것과 도(道)가 곧 성(性)이다."라고 말한 것과 같다.[332] 이 두 조목이 바로 한 항목으로 꿰뚫는 것입니다.

이미 '체가 체질의 체이다'라고 하였으니, 그 체단(體段)이 장차 리에 속하겠습니까, 기에 속하겠습니까. 역은 변역(變易)을 말하니, '변역'은 바로 음양(陰陽)입니다. 음양의 리는 '도'이고, 그 용은 '신'입니다. 그 말의 형세를 보면 어찌 밝게 알 수 있는 것이 아니겠습니다. 그밖에 이와 같이 설명한 곳을 낱낱이 거론할 수 없습니다.

---

330) 섭하손(葉賀孫) : 섭미도(葉味道, 1167-1237)를 가리킨다. 이름이 하손(賀孫)이고 자가 미도(味道)였는데, 후에 자를 이름으로 바꾸었다. 송대의 유학자이다. 주자(朱子)의 문인이며, 주자의 어류를 모아 편찬하였다. 저술로『사서설(四書說)』등이 있다.

331) 치도(致道) : 치도는 인명(人名)이다.『주자어류』권15「성리 이(性理二)」에 나온다.

332) 하손이……하였습니다 :『주자어류』권15「성리 이(性理二)」에 "賀孫問 其體則謂之易 體是如何 曰體不是體用之體 恰似說體質之體 猶云其質則謂之易 理卽是性 這般所在 當活看"라고 하였다. 편지의 원문은『주자어류』와 비교했을 때 뒷부분이 조금 다르다.

與金啓源 在洙

時則去歲同遊錦海之月也 錦海旣不可得以復遊 而獨以爲牢籠天地 包羅萬狀 雄深博富 汪洋澔湆 咀百家之膏潤 抉千古之秘蹟 浩浩如大鵬之圖于南 昂昂如逸驥之騁于遠者 豈非吾啓源尊兄乎 道之云遠 曷云從之 仰而不見 有黯其思 於是乎 知山海之外 又有大觀 而山海猶有緣 况其他可易而致哉 只自懸想而已

第念今天下之英才 不爲不多 讀聖賢之書 不爲不勤 而何今人之不如古人 而工業之無足可稱也 盖道之體用 該洽周足 精粗本末 無處不在 而聖人言之者 淵深而天遠 絲棼而毛密 如六經所載者是已 然而後之學者 非惟時不其古 才局亦隨以世限 而加以無先生長者血誠教勗 其工業之不逮古人 庸何怪哉

尊兄則異於是 以出萃之才質 生長乎詩禮之家 加之以不住之功 其自期之大 諸友擬待之重 向於錦海之遊 俛翁特以作望海之賦屬之尊兄 可見矣

如秉蕙草萊殘生 徒抱耿耿之志 不欲自棄 而終是眼目不廣 知識魯下 沈溺其舊窠 而不得脫出 且當奈何 海賦其間 想下筆而運 胸裡清朗之思 驅雲外遼亮之響 已成大篇 而經俛翁照勘 得獎詡否 因便或寄 以開我蒙蔀 兼以使錦海舊觀 移之於尺幅 以續前日之遊如何 四七之說 錄在別氏 餘只此不備 統希嘿照.

〈別紙〉

四七之說 看其苗脈 固有所不同矣 然理之與氣 相須以爲體 相待

以爲用 則其發亦未嘗不相須 而又念夫只曰理之發氣之發 則恐人認
謂如東西相對 或東或西失其本意 故曰理發而氣隨之 氣發而理乘之
此救弊之意 不得不然也

氣隨之氣 將爲七情之氣發 理乘之理 將爲四者之理發 則雖曰互
有發用而一番發出 二者 亦未嘗相離也 特以其所主而言之 則不得
不各有攸屬 餘不可以爲混也 決矣 先賢之以此 疑東西各發 而槪謂
氣發理乘一途而已 則其於人之意 果得乎否哉 此固不待智者而決矣
而又若謂只是氣發而氣隨而已 則亦不可也 必矣

嗚呼 斯義也 朱子旣發之前 而退溪因之爲定論 而我先祖文貞公
亦必以爲可信 而特書入于學記之編 則地之相去也千餘里 世之相
后也七百餘年 而其所以神融心會 密相傳受者 前后豈不同條而共
貫哉

김계원(金啓源)재수(在洙)에게 보내는 글

때는 지난해 함께 금해(錦海)를 유람했던 달입니다. 금해는 다시
유람할 수 없지만 유독 천지를 포괄하고 만상을 망라하며, 웅심하
고 굉박하며, 가없이 넓으며[333], 제자백가의 정수를 맛보고 역사의
숨은 흔적을 파고들어, 드넓기는 대붕이 남쪽으로 날아가는 것 같
고, 우뚝하기는 준마가 멀리에서 바라보는 듯한 분이 어찌 우리 계
원(啓源) 존형이 아니겠습니까. 도가 심원하다는데 어찌 따른다고
말하겠습니까. 우러러보아도 보이지 않으니 생각만 아득합니다. 이
에 산해(山海) 외에 또 대관(大觀)이 있음을 알았습니다. 산해도 오

---

333) 원문의 전획(湔書)은 붕획(滭書)의 오류이다.

348

히려 인연이 있어야하거늘 그 밖에 것을 쉽게 이룰 수 있겠습니까. 단지 스스로 그리워할 따름입니다.

다만 생각건대, 지금 천하의 영재가 많지 않은 것이 아니고, 성현의 책을 읽는 것이 부지런하지 않음이 없는데도, 어찌하여 지금 사람들이 옛 사람만 못하고 공업(工業)도 충분히 일컬을 만한 것이 없는 것입니까. 대개 도의 체용(體用)이 넓게 완비되어 정조(精粗)와 본말(本末)이 곳곳마다 존재하지 않음이 없지만, 성인이 말씀한 것은 연못이 깊고 하늘이 멀고 실이 뒤얽히고 털이 촘촘한 듯하여, 육경(六經)에 실려 있는 것입니다. 그러나 후대의 학자들은 시대가 옛날이 아닐 뿐만 아니라, 재주와 국량 또한 시대를 따라 제한되며, 선생이나 장자(長者)의 정성어린 가르침과 도움마저 없으니 그 공업이 옛사람에 미치지 못하는 것이 어찌 괴이하겠습니까.

존형께서는 이와 달리 특출한 자질로 학문과 예법이 있는 가문에서 자라 멈추지 않고 공부하여 스스로 원대함을 기약하였고 여러 벗들이 중히 대접해주었습니다. 이점은 지난번 금해를 유람할 적에 면옹(俛翁)[334]이 특별히 「망해부(望海賦)」를 지을 것을 존형에게 부탁한 데서 알 수 있습니다.

초야에서 쇠잔한 생을 보내는 저는 고원한 뜻을 품고 스스로 포기하려 하지 않을 뿐이나 끝내 안목은 넓지 못하고 지식은 얕아 그 옛날의 틀에 빠져서 벗어날 수 없으니 또한 어찌하겠습니까. 그동안 붓을 들어 「망해부」를 쓰고 있는 것을 상상하니, 가슴속 청량한 생각이 구름 밖까지 밝게 메아리칩니다. 이미 글을 완성하고 면옹

---

334) 면옹(俛翁) : 곽종석(郭鍾錫, 1846-1919)을 가리킨다. 자는 명원(鳴遠), 호는 면우(俛宇), 본관은 현풍(玄風)이다. 현 경상남도 산청군 단성(丹城) 출신이다. 이진상(李震相)에게 수학하였다. 저술로 177권 63책의 『면우집』등이 있다.

의 교감을 거쳐 칭찬을 받지 않으셨는지요. 인편에 혹 부쳐주시어 저의 몽매함을 열어 주시고, 아울러 금해의 옛 경관을 편지지에 옮겨서 지난날의 유람을 잇게 하시는 것이 어떠신지요. 사단칠정(四端七情)의 설은 별지에 기록해두었습니다. 나머지는 이만 줄입니다. 묵묵히 살펴주시기를 바랍니다.

〈별지〉

사단칠정의 설은 그 근원을 보면 진실로 같지 않은 바가 있습니다. 그러나 리(理)는 기(氣)와 더불어 서로 의지하여[相須] 체(體)가 되고 서로 상대[相待]하여 용(用)이 되니, 그 발한 것 또한 일찍이 서로 의지하지 않은 적이 없습니다.

또 생각건대 단지 '리가 발하고 기가 발한다'고 하면, 사람들은 동서로 서로 대대하여 동쪽 혹은 서쪽이 그 본의를 잃는다고 인식할 듯합니다. 그러므로 말하기를 "리가 발하여 기가 따르고, 기가 발하여 리가 탄다."라고 하니, 이는 폐단을 구하려는 뜻이니 어쩔 수 없이 그러합니다.

'기가 따른다[氣隨]'의 '기'는 칠정(七情)의 기가 발한 것이고, '리가 탄다[理乘]'의 '리'는 사단(四端)의 리가 발한 것입니다. 그러니 비록 "상호 발용(發用)이 있다."고 하더라도 한 번 발출(發出)함에 있어 리와 기 둘은 또한 일찍이 서로 떨어진 적이 없습니다. 다만 그 주재로써 말한다면 각각 소속이 없을 수 없으니, 나머지가 혼재될 수 없음이 분명합니다. 선현들은 이것을 동서로 각각 발한다고 의심하였지만 대개 '기발리승일도(氣發理乘一途)[335]'를 말한 것뿐이니,

---

335) 기발이승일도설(氣發理乘一途說) : 이는 이이(李珥)가 제시한 것이다. 한편으로 이(理)는 두루 통하고 기(氣)는 한정되어 있음[理通氣局]을 주장하며 이와 기의 역할을 구분하면서도 이가 기에 대해 소이(所以)와 주재(主宰)의 위치에 있음을 간과해서는

그 사람의 뜻이 과연 맞는지요. 이는 진실로 지혜로운 사람을 기다리지 않아도 분명합니다. 그런데 또 만약'기가 발하여 기가 따를 뿐이다'라고 한다면 또한 그 불가함이 분명합니다.

아! 이 의미를 주자께서 이미 이전에 발명하였는데, 퇴계가 그로 인해 논의를 확정하였습니다. 그리고 우리 선조 문정공(文貞公) 또한 반드시 믿을 만하다고 여겨 특별히『학기유편(學記類編)』에 써 넣었습니다.[336] 그렇다면 지역으로는 서로 천여 리를 떨어졌고, 세대로는 서로 칠백여 년 뒤이지만 그 정신으로 융통하고 마음으로 이해하여 은밀하게 서로 전수한 것이 전후로 어찌 조리를 같이하고 함께 꿰뚫는 것이 아니겠습니까.

●

答崔寅爀別紙

【1】

朱子所謂心卽理 理卽心 以在己與在物云爾 如或問所謂心雖主乎一身 而其體之虛靈 足以管乎天下之理 理雖散在萬物 而其用之微妙 實不外乎一人之心者也 非所以論心之本體 而便謂之理也 然心者 理之在己而一者也 理者 理之在物而萬一也 會萬歸一 一能涵萬 以其無二致也 非若道卽器器卽道之猶有上下之分也

안 된다고 강조하였다.

336) 학기유편(學記類編)에 써 넣었습니다 : 『학기유편』은 조식(曹植)이 선현들의 언행에서 수양에 유익한 부분을 골라 엮은 책이다. 본문에서 말하는 내용은 『학기유편』의 『심통성정도(心統性情圖)』를 말한다.
  참고로 『학기유편』에는 주자(朱子)의 저작 5도, 정복심(程復心)의 『사서장도은괄총요(四書章圖檃括總要)』에서 옮겨 온 것 14도, 남명 자도(自圖) 5도 등 모두 24도(圖)가 있다.

【2】

心爲太極 自是一處說 性猶太極 心猶陰陽 又自是一處說 看書皆
當就本文上 領取立言之意 不可將來比倂 要做一滾說 此講論之大
病 切戒之如何 盖心爲太極四字 自邵子已有此云 而朱先生稱術之
只此一句而已 未嘗對性說 亦未嘗帶陰陽說 則此自是通貫全體該括
動靜之論 豈合單指作未發之心耶 若然則太極只是未發底而已耶

性猶太極心猶陰陽 此則將心對性而兼言陰陽 性是單指理者 故曰
猶太極 心是一動一靜 猶太極之一陰一陽 故曰猶陰陽 先生嘗曰 心
之理是太極 心之動靜是陰陽 盖性只是心之理 與此爲一樣意 而只
以動靜言 退陶則以太極之未發已發 通謂之心 而其於發處 以善惡
之殊 分屬於陰陽 此盖周子善惡分之意也

盖以本然之妙爲體 動靜之不息者爲用 亦自是一說 然以太極爲體
動靜爲用 朱先生之自以爲未安者 退陶只以已發之善惡 配象於陰陽
非以靜爲陰 亦謂是已發事也 緣此而曰性猶太極 以未發言 心猶陰
陽 以已發言 則性爲未發 心爲已發 而未發者恒乘在已發上 此非朱
先生已棄之見耶

【3】

所謂心合理氣者 非謂仁義禮智之理 精神魂魄之氣耶 以統體之心
而言之 則恐不可謂無氣質在裡面 但未發之時 不曾用事故耳 以心
之形質言 則血肉之竅圓者是已 以外貌之形質言 則肌骨之長短肥瘦
是已 其曰氣質者 豈形質之謂耶

諺貌之秀姸者 是爲質粹 侵陋者是爲質駁歟 意者恒言所謂資質者
是氣質之質 而比諸形質 差屬無形 均是氣也 而其昏明淸濁 屬乎氣

剛柔粹駁 屬乎質 此豈可見如顏貌肌骨之顯然有形耶 但是氣而非
理, 故謂之有迹 況鄙說只曰差屬無形 何嘗謂如上天之載無聲無臭
耶 向者手不恭而今則恭 向者足不重而今則重 是豈手足之形有變耶
特其氣候資質之有變耳

【4】

人心皆道心 以其究竟得正處言 所謂守其本心之正而不離者也 本
心之正 卽所謂原於性命之正者也 蓋當食而食 當衣而衣 衣之食之
固是人心之事 而得其當然之節 便是道心之常爲主宰處也 雖其得正
而推其苗脈 自是形氣之私事 故曰畢竟生於血氣 初非兩說之可相妨
礙也 亦非分理爲主 氣自主而爲之說也

若夫所謂七情之善 與四端無異 則是指喜怒之直發於義理之公 如
孟喜舜怒之不干己私者云 非謂人心之七情也 此則四七皆道心 故謂
之無異 其所謂氣順理而發者 方是指人心邊之情偶然不逆於理者 雖
其不逆於理 而推其苗脈 自是形氣之私事 故不可謂理發

人道與四七 體面稍異 蓋泛言七情則如愛親愛君之愛 惡不善惡夫
佞之惡 欲仁欲善之欲 夫人爲慟之哀 道學失傳之憂 親年之一喜一
懼 安天下之一怒 皆粹然天理之發 而不可槩以氣發目之 故退陶中
圖合四七而謂之只指理 但以七對四而言 則四端之名 昉於孟子 而
義理之情 無所不該 七情之名 始於禮運 而與十義作對 從飲食男女
邊說下

於是焉 七情之理一邊 爲十義所占 自據得人心境界而已 卽此而
論 方可曰四端道心 七情人心 四端理發七情氣發 若謂七情之無受
原分配 而只云氣發 則愛是仁發惡是義發 此等分曉底 又如何以區

處也 理氣只做理氣字看 恐不以遽作善惡 盖氣發之情 亦有順理處
不必一一皆惡也 雖相對爲說 而乃分開於發處 非歧判於本原也 何
至有各有根柢之疑也

최인혁(崔寅爀)에게 답하는 별지

【1】³³⁷⁾

주자가 이른바 "심(心)이 곧 리(理)이고 리가 곧 심이니, 자기에게
달려 있고 사물에 달려 있을 뿐이다."라는 것은 『대학혹문(大學或
問)』에서 이른바 "심은 한 몸을 주재하지만 그 본체의 허령(虛靈)함
은 천하의 이치를 관장하기에 충분하고, 리(理)는 비록 만물에 흩어
져 있지만 그 작용의 미묘함은 진실로 한 사람의 마음[心]에서 벗어
나지 않는다."³³⁸⁾라고 한 것과 같이, 심의 본체를 논하여 '리(理)'라고
한 것이 아닙니다. 그러나 심은 이가 자기에게 있어서 하나인 것이
고, 이는 리가 만물에 있어서 만 가지³³⁹⁾인 것입니다. 만 가지가 하나
에 귀의하고, 하나가 능히 만 가지를 포함하는 것은 그 두 가지 이치
가 없기 때문이니, 도(道)는 곧 기(器)이고 기(器)는 곧 도(道)인 것
이 오히려 상하의 구분이 있는 것³⁴⁰⁾과 같지 않습니다.

---

337) 이 글의 원문은 『면우집』 권93 「답하성권 임인(答河聖權 壬寅)」의 일부분과 일치함을
밝혀 둔다.

338) 심은……않는다 : 『대학혹문』 전5장의 내용이다.

339) 만 가지 : 원문에 '만일(萬一)'이라 되어 있는데, 이는 『면우집』 권93 「답하성권 임인
(答河聖權 壬寅)」에 의하면 '만자(萬者)'의 오기인 듯하다. 번역은 『면우집』의 내용을
따랐다.

340) 도(道)는……것 : 『주역대전(周易大傳)』에 "형이하는 기가 되고 형이상은 도가 된다.
도는 곧 기이고 기는 곧 도이다.[形而下爲器 形而上爲道 道卽器 器卽道]"라고 하였고,
주자는 "만약 유형(有形)과 무형(無形)으로 말하면 기(器)와 도(道)가 두 가지 물건이
되고, 위에 있고 아래에 있는 것으로 말해도 두 가지 물건이 된다.[若以有形無形言 則

354

【2】[341]

심(心)이 태극(太極)이 된다는 것이 하나의 설이고, 성(性)은 태극과 같고 심은 음양(陰陽)과 같다는 것이 또 하나의 설입니다. 책을 볼 때 마땅히 본분에 나아가 입언의 뜻을 이해해야지 가져다 늘어놓고 한 무리의 학설을 만들려고 해서는 안 된다. 이 강론의 큰 병폐를 절실하게 경계함이 어떻겠습니까. 대개 '심이 태극이 됩니다[心爲太極]' 네 글자는 소옹(邵雍)[342]이 이미 말했는데, 주자께서 일컬어 기술한 것이 단지 그 한 구절일 뿐입니다. 소옹은 일찍이 성(性)을 상대하여 말한 적이 없고, 또한 음양을 대동하여 말한 적이 없으니, 이것이 전체를 관통하고 동정(動靜)을 포괄한 논의라 여긴다면 어찌 미발(未發)의 심(心)만을 가리키기에 합당하겠습니까. 만약 그렇다면 태극은 단지 미발일 뿐입니다.

'성(性)은 태극과 같고 심은 음양과 같다'고 하니 이는 장차 심이 성을 상대하고 음양을 겸하여 말한 것입니다. 성은 리(理)만을 가리키므로 '태극과 같다'고 한 것이며, 심이 한차례 동(動)하고 한차례 정(靜)한 것은 태극이 한 번 음(陰)이 되고 한 번 양(陽)이 되는 것과 같으므로 '음양과 같다'고 한 것입니다. 주자께서 일찍이 말씀하기를 "심(心)의 리(理)는 태극이고, 심의 동정(動靜)은 음양이다."[343]라고 하였습니다. 대개 성(性)이 심의 리(理)라는 것은 이것과 똑같은

器與道爲二物 以在上在下言 亦爲二物"고 하였다.

341) 이 글의 원문은 『면우집』 권67 「답하채오(答河采五)」의 별지(別紙) 일부분과 일치함을 밝혀 둔다.

342) 소옹(邵雍) : 1011-1077. 자는 요부(堯夫)고, 호는 안락선생(安樂先生) 또는 이천옹(伊川翁), 시호는 강절(康節)이다. 선천학(先天學)을 창시하고 만물은 모두 태극(太極)에서 말미암아 변화 생성된다고 주장하였다. 저술로 『관물편(觀物篇)』・『선천도(先天圖)』 등이 있다.

343) 심(心)의……음양이다 : 『주자어류』 권5 「성리 이」에 나온다.

뜻입니다. 그러나 다만 동정으로 말하면, 퇴계 선생은 태극의 미발과 이발을 통틀어 '심'이라 하였고, 그 발처가 선과 악으로 달라짐을 음양에 분속하였습니다. 이는 대개 주자(周子)[344]가 선과 악을 구분한 뜻입니다.[345]

대개 본연의 묘를 체(體)로 여기고 동정이 쉬지 않는 것을 용(用)으로 여긴 것이 또한 하나의 설입니다. 그러나 태극을 체로 삼고 동정을 용으로 삼은 것은 주자께서 온당치 않다고 여긴 것입니다. 퇴계 선생이 단지 이발(已發)의 선악으로써 음양을 형상에 배합시켜 정(靜)을 음(陰)으로 여기지 않았으니, 또한 이발의 일이라고 말 할 수 있습니다. 이를 말미암아 말해보면 "성은 태극과 같다는 것은 미발로써 말한 것이고, 심은 음양과 같다는 것은 이발로써 말한 것입니다. 그러니 성은 미발이고 심은 이발이니, 미발은 항상 이발 위에 탄다고 한 것은, 이 말은 주자께서 이미 버린 견해가 아니겠습니까.

【3】[346]

이른바 "심은 이와 기를 결합하였다.[心合理氣]"는 것은 인의예지(仁義禮智)의 이(理)와 정신혼백의 기(氣)를 말하는 것이 아닙니다. 통체(統體) 심으로 말한다면 기질이 이면에 없다고 말할

---

344) 주자(周子) : 주돈이(周敦頤, 1017-1073)를 가리킨다. 본명은 돈실(敦實), 자는 무숙(茂叔), 호는 염계(濂溪), 시호는 원공(元公)이다. 저술로 「태극도설(太極圖說)」과 『통서(通書)』 등이 있다.

345) 선과……뜻입니다 : 『고문진보』권10 「태극도설」에 "다섯가지 성품이 느끼고 움직여서 선함과 악함이 나누어지고 만사가 출현하게 된다.[五性感動而善惡分 萬事出矣]"라고 하였다.

346) 이 글의 원문은 『면우집』권67 「답하채오(答河采五)」의 별지(別紙) 일부분과 일치함을 밝혀 둔다.

수 없는 듯하니, 다만 미발시에 일찍이 일에 작용하지 않았기 때문입니다. 심의 형질로써 말하면 혈육의 규원(竅圓)이 그러하고, 외모의 형질로써 말하면 피부와 뼈의 장단·비수(肥瘦)가 그러하니, 그 '기질(氣質)'이라는 것이 어찌 형질을 말하는 것이겠습니까.

용모[347]가 수려함은 기질이 순수한 것이고, 못생기고 비루함은 기질이 박잡한 것입니다. 생각건대 항상 "이른바 '자질'이라는 것은 기질의 질이고, 형질에 비유하면 별도의 무형(無形)에 속하는 것은 모두 기이다. 그 혼(昏)하고 명(明)하고 청(淸)하고 탁(濁)한 것은 기(氣)에 속하고 강(剛)하고 유(柔)하고 수(粹)하고 박(駁)한 것은 질(質)에 속한다."고 말씀하시니, 이런 것들이 어찌 용모와 기골처럼 뚜렷하게 형체가 있어 가히 볼 수 있겠습니까. 다만 기이고 리가 아니기 때문에 흔적이 있다고 말합니다. 하물며 저의 설은 단지 "약간 무형(無形)에 속한다."고 말했을 뿐이니, 어찌 일찍이 하늘이 무성무취(無聲無臭)[348]를 싣고 있는 것과 같다고 말한 것이겠습니까. 종전에는 손이 공손하지 않았는데 지금은 공손하고, 예전에는 발이 무겁지 않았는데 지금은 무겁다면 이것이 어찌 손과 발의 형체에 변화가 있는 것이라 하겠습니까. 다만 그 기후(氣候)와 자질에 변화가 있는 것일 따름입니다.

---

347) 원문의 諺貌는 顏貌의 오류로, 용모를 뜻하는 말이다.

348) 무성무취(無聲無臭) : 형이상(形而上)의 도(道)를 비유한다. 《시경》〈대아(大雅) 문왕(文王)〉에 "상천의 일은 소리도 없고 냄새도 없다.[上天之載 無聲無臭]"라고 하였다.

【4】³⁴⁹⁾

　인심(人心)은 모두 도심(道心)이니, 구경법(究竟法)³⁵⁰⁾으로 바른 곳을 얻는다고 말하는 것은 이른바 "그 본심의 바름을 지켜 잃지 않는다."³⁵¹⁾ 는 것이고, 본심의 바름은 곧 이른바 "성명(性命)의 바름에서 근원한다."³⁵²⁾라는 것입니다. 대개 마땅히 식사할 적에는 식사하고, 옷을 입어야 할 적에는 옷을 입어야 합니다. 입고 먹는 것은 진실로 인심(人心)의 일인데, 그 당연한 절도를 얻으면, 곧 도심(道心)이 항상 주재가 됩니다. 비록 그 바름을 얻었더라도, 그 묘맥을 미루어보면 이것은 형기(形氣)의 사사로운 일이기 때문에 "끝내 혈기를 자라게 한다."라고 하였습니다. 애초에 두 설이 서로 방해되는 것이 아니고, 또한 리를 나누어 주재로 삼고, 기는 스스로 주재가 되어 행한다는 말이 아닙니다.

　이른바 "칠정(七情)이 선한 것은 사단(四端)과 다름이 없다."라는 것과 같은 것은 기쁨과 분노의 감정이 의리의 공정함에서 곧장 발한 것을 가리킵니다. 예컨대 맹자가 기뻐한 것과 순 임금이 노여워한 것³⁵³⁾은 자기의 사욕을 구한 것이 아니라는 것과 같은 것은 인심의

---

349) 이 글의 원문은 『면우집』 권67 「답하채오(答河采五)」의 일부분과 일치함을 밝혀 둔다.

350) 구경법(究竟法) : 『주자어류(朱子語類)』 권8에 "세상의 온갖 일은 잠깐 사이에 변화하여 없어지고, 오직 치지(致知)하여 역행(力行)하고, 수신(修身)을 하면서 죽음을 기다리는 것만이 구경법(究竟法)이라 하겠다."라고 한 데서 나온 말이다. 제법실상(諸法實相)을 뜻하는 불가(佛家) 용어로, 최고 경지의 원리를 뜻한다.

351) 그……않는다 : 『중용장구』 서문에 "一則守其本心之正 而不離也"라고 하였다.

352) 성명(性命)의……근원한다 : 『중용장구』 서문에 "以爲有人心道心之異者 則以其或生於形氣之私 或原於性命之正 而所以爲知覺者 不同"라고 하였다.

353) 맹자가……것 : 『맹자』 「고자 하」에 "노나라에서 악정자로 하여금 정사를 다스리게 하였다. 맹자께서 '내 이 말을 듣고 기뻐서 잠을 이루지 못했다.[魯欲使樂正子爲政 孟子曰 吾聞之 喜而不寐]"라고 하였다. 또 『맹자』 「만장 상」 제3장에 "만장이 묻기를 '상이 날마다 순을 죽이는 것을 일로 여겼는데 순이 즉위하여 천자가 되어서는 그를 죽이지 않고 추방한 것은 어째서입니까.' …… 맹자께서 말씀하시기를 '어진 사람은 아우에 대해 노여움을 감추지 않으며 원망을 묵혀두지 않고 친애할 뿐이다.'[萬章問曰 象日以殺

칠정을 말하는 것이 아닙니다. 이 경우의 사단과 칠정은 모두 도심이므로, '다름이 없다[無異]'라고 말한 것입니다.

그 이른바 "기가 리를 따라서 발한다."는 것은 바야흐로 인심의 감정이 우연히 리를 거스르지 않은 것을 가리킵니다. 비록 그것이 리를 거스르지 않았지만 그 근원을 미루어보면 형기의 사사로움이므로, '이발(理發)'이라 말할 수 없습니다.

인심·도심과 사단·칠정은 면모가 조금 다릅니다. 대개 범범하게 말하면 칠정은 어버이를 사랑하고 임금을 사랑하는 것의 사랑, 불선(不善)을 미워하고 말 잘함을 미워하는 것의 미워함, 인(仁)을 하고자 하고 선을 하고자 하는 것의 하고자함과 같습니다. 저 사람을 위해 애통해함의 슬픔[354] 도학(道學)이 전수를 잃은 것을 근심하는 것, 부모님의 나이를 아는 것이 한편으로는 기쁘고 한편으로는 두려운 것[355], 천하의 백성을 안정시키기 위해 한 번 분노하는 것[356] 등은 모두 순수하게 천리가 발한 것이라 기발로써 지목할 수 없습니다. 그러므로 퇴계 선생이 중간에 사단과 칠정을 합할 것을 도모하여 '단지 리(理)를 가리킨다'라고 하였습니다. 다만 칠정에 사단을 상대하여 말하였으니, 사단이란 이름은 맹자에서 비롯되어, 의리의 정이 갖

舜爲事 立爲天子 則放之 何也 …… 曰 仁人之於弟也 不藏怒焉 不宿怨焉 親愛之而已矣]라고 하였다.

354) 저……슬픔 : 『논어』 「선진(先進)」 제9장. "안연이 죽자, 공자께서 곡하시기를 지나치게 애통해 하였다. 종자가 말하기를 '선생님께서 지나치게 애통해하십니다.'라고 하였다. 공자께서 말씀하시기를 '저 사람을 위해 애통해하지 않고서 누구를 위해 애통해 하겠는가.'라고 하였다.[顔淵死 子哭之慟 從者曰 子慟矣 曰 有慟乎 夫人之爲慟而誰爲]"

355) 부모님의……것 : 『논어』 「이인(里仁)」 제21장. "공자께서 말씀하셨다. 부모님의 나이는 알지 않을 수 없으니, 한편으로는 기쁘고 한편으로는 두렵다.[子曰 父母之年 不可不知也 一則以喜 一則以懼]"라고 하였다.

356) 천하의……것 : 『맹자』 「양혜왕 하」 제3장에 "문왕이 한 번 분노하시어 천하의 백성을 편안히 하였습니다.[文王一怒而安天下之民]"라고 하였다.

추어지지 않음이 없습니다. 칠정이란 이름은 『예운(禮運)』[357]에서 비롯되어, 십의(十義)와 상대하여 말한 것으로,[358] 식욕과 성욕의 측면[359]에서 말하고 있습니다.

이에 칠정의 리(理)일변은 십의가 차지하게 되니, 인심의 경계를 근거한 것입니다. 이에 나아가 논의하면 바야흐로 사단은 도심이고 칠정은 인심이며, 사단은 이발이고 칠정은 기발이라는 것을 말할 수 있습니다. 만약 칠정이 원래 리의 분배를 받지 않고, 다만 기발이라고 한다면, 애(愛)는 인(仁)이 발한 것이고, 오(惡)는 의(義)가 발한 것이라는 이러한 이해는 또 어떻게 해야 합니까.

리기(理氣)는 '리기' 글자로만 보아야지 갑자기 선악으로 보아서는 마땅하지 않을[360] 듯합니다. 대개 기발(氣發)의 감정은 또한 이(理)를 따른 점이 있어서 하나하나 모두 악(惡)이라 할 수 없습니다. 비록 상대하여 말하였지만 바로 발하는 곳에서 분개(分開)하는 것이지 본원에서 나누어지는 것이 아닙니다. 어찌 각각이 있고 본원이 있다는 의심을 하십니까.

---

357) 예운(禮運) : 『예기(禮記)』의 편명이다.

358) 칠정이란……것이다 : 『예기』「예운」에 "무엇을 인정이라고 하는가. 희로애구애오욕, 이 칠정은 배우지 않고도 능한 것이다. 무엇을 사람의 의라고 하는가. 아버지는 자애롭고 자식은 효도하며, 형은 어질고 아우는 공손하며, 남편은 의롭고 부인은 따르며, 어른은 은혜롭고 젊은이는 순종하며, 임금은 인의롭고 신하는 충성스러운 것, 이 열 가지를 사람의 의라고 한다.……성인이 사람의 칠정을 다스리고 열 가지 의[十義]를 닦는 데에 예를 놔두고 어떻게 다스리겠는가.[何謂人情 喜怒哀懼愛惡欲 七者弗學而能 何謂人義 父慈子孝 兄良弟弟 夫義婦聽 長惠幼順 君仁臣忠 十者謂之人義……故聖人之所以 治人七情 修十義 舍禮何以治之]"라고 하였다.

359) 식욕과 성욕의 설 : 『예기』「예운」에 "飮食男女 人之大欲存焉 死亡貧苦 人之大惡存焉 故欲惡者 心之大端也 人藏其心 不可測度也 美惡皆在其心 不見其色也 欲一以窮之 舍禮何以哉"라는 하였다.

360) 마땅하지 않을 : 원문에 '불이(不以)'라고 되어 있는데, 『면우집』 권67 「답하채오」에 의하면 '불의(不宜)'자로 되어 있다. 여기서는 이를 따라 번역하였다.

晦窩集 卷之三

〈회와집 권3〉

晦窩處士昌寧曺公之墓

南冥曺先生十一世孫有諱秉憙字晦仲
而號以晦窩蓋宗仰朱子而擬之顧恩也
公生而穎慧夙詣十餘歲已能綴句作文
既長謁俛宇郭先生聞性理之說難疑究
覈久乃渙然遂傾心而師事之其在鄭坊
首得河先生晦峯從遊請質略無虛日深
齋曺仲謹先生之徒來德山也公慕其才
學追隨之如恐不及二公蓋亦俛翁之徒
而公之左右逢原不第以其先葦前列實

論編

●

然偶亭問答錄
亭在德山武夷山下 四從祖惺溪公晚年藏修之所 ○丁酉

問 問三省章 爲人謀而忠 與朋友交而信 是就事物上做工夫 若未爲
人謀交朋友時所謂忠信 便如何做工夫

答 故 君子之學 大居敬而貴省察 所謂敬者 該貫動底物事

問 君子日用之間 當隨事事省察 曾子只就箇三者而日省

答 三者爲尤重 况忠信又爲三者之本

問 首章 學而時習之則中心喜悅 然後有朋自遠方來 相忠告而善導
之 我之所善 彼亦信從 彼之所善 我亦信從 見其可樂之實 此以
學習爲交朋友相信之本 至於此章 以爲人謀而忠交朋友而信爲傳
習之本 何也

答 集註 以忠信爲傳習之本末 嘗謂朋友信 若如所疑忠信 只靠在謀
事交朋上

問 學而一篇 皆爲學之道 至千乘章 以爲政之道言之 似亦上下不相
接然

答 爲學自是爲學 爲政自是爲政 要上下合看 只是一病 新民不干自
己事耶

問 非謹信 無以行孝弟 謹信亦自孝弟裡面出來 非二事 弟子入則孝
章 旣孝弟了 且言謹信 然則孝弟忠信 是二般事

答 謹信當活看 不成愛親敬兄 外不用謹信工夫

問 上章言行有餘力則以學文云云 下章言力行而不學必謂之學矣 兩
章文義 似相矛盾

答 集註 來入吳氏說 正準備此等疑問

問 孝弟行於家而後 愛衆親仁 子夏先言賢賢 何也

答 聖人云 入則孝 出則弟 謹而信 汎愛衆 此等豈皆爲生知者設 古
者 八歲小學 十五大學 則聖人雖不先言賢賢 自有這箇意思在

問 君子不重則不威章 旣曰君子 而有不重不威

答 謂爲君子之學者凡言底 盡做成德看耶

問 主忠信則念念事事 無非誠實 下文云過則勿憚改云云

答 顏子之過 顏子有不忠信 與曾子三省 不忠乎信乎云云 朱子直曰
有則改之 改必有所改之事 所改非過而何

364

問 君子之學 以忠信爲主 而積於中則久之 見於外無不威重 此章言
先威重而后忠信 然則爲學須先自外而做工夫

答 有一般人所爲 雖不害爲忠信 生質本自輕濁底 旣能於忠信 不成
說 任地輕飄 此忠信 不可便信威重 况聖人敎人 每自外而提說
使人有据守

問 子禽問於子貢章 溫良恭儉讓五者 自是一般事耶 自是各般事耶

答 嘗以此質於廬沙先生 先生曰 有時五者俱有

問 集註云 五者 夫子之盛德光輝接於人者也 未接於人 五者 何以見
光輝底

答 人指人君 聖人未接人君時 五者光輝 亦無所定 如明鏡時 鏡裡曾
有妍▼(女+蚩)否

問 盖恭有和遜底意 敬有莊整底意 此章集註訓恭爲莊敬 似非恭字
正意 小學弟子職集註訓恭爲遜也

答 五者之中 敬爲主 加一敬字 便見聖人接人有可觀處

問 此章集註言讓謙遜也 眞氏解遜字曰 遜推善以歸人 小學所引弟
子職集註 亦云恭遜也 然則上文恭 亦推善以歸人耶

答 恭旣訓莊敬 不可便做遜看 弟子職恭 亦用其文解 下文自虛當着眼

問 此章集註云 聖人過化存神之妙 未易窺測 然則夫子至是邦聞國
政 其君皆化之否

答 化與神不可草草看 當時果有授聖人以政者否

問 中庸云 聖人不勉而中 不思而得 從容中道 此章集註言儉節制也
又曰 儉只是不放肆 常收斂之意 眞氏解制字曰 制者用力而裁制
聖人且收斂用力而得耶

答 勉是學者勉 思是學者思 聖人從心所欲不踰矩 從心所欲時 可無
裁制收斂意思否 若如所疑是 爲聖人作泥塑看

問 孟子云宰我子貢善爲說辭 冉有閔子顏淵善言德行 此章集註 謝
氏云子貢亦可謂善言德行 謝氏只以此章所言言之歟 且子貢兼有
三者所善

答 古人所謂說辭 與今日自不同 況着一亦字又可見

問 德者 禮恭諸般事皆包存 而集註既曰盛德了 且言禮恭 何也

答 盛德猶可以汎看 禮恭不可汎看 單指接人時

問 子曰父在觀其志章 有爲而言與 抑汎言與

答 作有爲看 恐似無妨 然本文正意似不然

問 志者 行之未形者 人所難測 上句言觀其志 然則何由而觀其志乎

答 志自見於言語動靜間

問 觀人父在時 結觀其志而不見其行乎 父沒後 結觀其行而不觀其
志乎

366

答 觀其志時 行在父母看 觀其行時 志在行上看

問 此章集註 謝氏曰 三年無改 在所當改而可以未改者耳 尹氏云 如
非其道 何待三年 二說似不相合
答 尹氏說 何嘗有害於本文 但謝氏所謂 正解尹氏說 解本文餘意 觀
父之道三字 餘意可見

問 此章文意 若曰父雖不肖 子不得自專 故常勉强而從父之命 然其
意則惟可知 故觀其志之如何 父沒則子可以行其志矣 惟其行可
知 故觀其行之如何耳 三年之間 疾痛哀慕 皇皇然望望然 若父之
存 雖所行有不愜意處 不忍率意更改 是可謂孝矣否
答 曰然

問 有子曰 禮之用 和爲貴 先王之道 斯爲美 學者 凡日用事爲之間
皆當以斯爲美而由之 只是先王由之而已乎
答 看得有理語中 如此等處 皆可通上下看

問 他處訓禮 只言天理之節文 而此章集註 又加人事之儀則 何也
答 主理上說 則其重在理 主事上說則其重在事

問 天理之節文 只是箇在中底著干事 而有規矩可憑底節 是乃則也
有粲然可像底文 是乃儀也 此非二般事 乃一般事否
答 四箇字面目 雖不同 其實亦非有異

問 若禮之用 和爲貴 祭祀居喪時 結著箇嚴敬和樂 則自無哀慕悲痛
之心

答 哀慕悲痛須如此 方是心安

問 小註云 徒知和而專一用和 必至於流蕩而失禮之本 然則和却是
禮之本與

答 用和 謂由是禮之本則可 謂之禮之本則不可

問 小註云 敬與和 猶小德川流 大德敦化 其意何居

答 朱子曰 敬是合聚底和 和是發散底敬 合聚底有敦化之意 發散底
有川流之意

問 集註云 愚謂嚴而泰 泰卽和也 然則嚴而之下 不加和字 而特加泰
字 何也

答 泰是發揚底意 與嚴字對看 和是未泰底 與節字對看

問 信近於義章 集註云 宗猶主也 下句又云 所依者不失其可親之人
則亦可以宗而主之矣 宗字旣訓爲主 宗字不必更提此 又並言之
何也

答 宗之爲主 不可正訓看 因是不失其可親之人 則將來亦可以尊而
主之

問 小註云 因之爲依 勢敵而交淺 宗之爲主 彼尊我賤 然則今日審其
敵己者而依之 及後日特察其尊於己者而主之乎 似不如此然

368

答 敵己者 自有賢不賢 尊於己者 亦自有賢不賢 然敵與尊賤 只就因宗字細釋經文 何嘗有兩般人 如今所疑耶

問 集註 訓字或用猶或用者或謂或猶曰或猶言或爲言或直言 其或有輕重淺深之意耶
答 無 古訓必用別字 如用猶用者用謂用猶曰猶言爲言也 直言者 有古訓

問 有子曰 其爲人也孝弟 而好犯上者 鮮矣 旣言鮮則孝弟 而其或有犯上之事否
答 便就孝弟人 未必保不好犯上 就不好犯上看 方信不好作亂

問 集註云 仁愛之理心之德 孟子集註云 心之德愛之理 各不同 何
答 有子章 自孝弟說起 故愛之理居先 然不可以爲說不同 遽疑其理之不同

問 孝弟也者 其爲仁之本 然則義禮智之本如何
答 孟子宜斯節文斯知斯 斯指孝弟言 然則豈可外孝弟而求三者之本耶

問 向日問曰三省章 君子當隨事事省察 曾子只就箇三者而曰省云云一段答說 思之未曉 今別爲自答曰 曾子不是截然不省他事 但於此三事上 自覺纖毫未到處 故特加此三乎者言之 不審以爲如何
答 說得好

問 曾子曰 愼終追遠 民德歸厚矣 何獨就喪祭上言乎

答 曾子本自愼終追遠上說起 非是就民德歸厚上說

問 貧而無諂章 子曰 未若貧而樂 樂是就甚事上樂乎

答 仲尼顏子樂處 周子亦引而不發 周子豈不以爲待他上處日用事物上 自見得有此樂

問 朱子訓樂字曰 心廣體胖 廣大也 然則遜思邈云 瞻欲大而心欲小 兩說似亦不同然

答 心廣時 不害爲心小 心小時 亦不害爲廣

問 爲政章 集註云 北辰 北極 天之樞也 所謂北辰如何而爲天之樞也

答 戶無樞便傾墜 天無樞 亦便傾墜 然學者當急先務此等 當次第理會無妨

問 詩三百 一言以蔽之曰 思無邪 詩之教何獨要人就思上無邪耶

答 要人千方百爲 何常有不由心思者耶

問 首章言爲政以德云云 道之以政章 下文道之以德齊之以和云云 首章何只是以德言而不言禮字

答 爲政以德 德字是統說 是兼禮在其中 下文分言 時禮始自爲一事

問 耳順 聲入心通 無所違逆 若爾則非但皆通 凡許多物有聲者 皆聞之而莫不知其聲之所由與

答 莫不知其聲之是非 通字不可泛看

問 六十而耳順 夫聖人所見處 皆無所滯碍 廓然洞徹 莫不皆知 不
言見而只言聞何 目之所到底形 其所未發底有耳 焉耳官較多
答 驗之自身 可知

問 愼終追遠章 祭盡其誠 無違章上文云 祭之以禮 兩說不同 何
答 以禮 所以警三家之僭 以禮時 方可見其誠 僭不以禮 則不專於誠
聖人只曉之以誠

問 蓋孝之有深愛者 必有和氣 有和氣者 必有愉色 有愉色者 必有婉
容 子夏之問 夫子只言色難而已 何
答 隨病而投藥 孝只色難而已耶

問 溫古而知新 學問之道 大槩如此 自己分上所當爲 其必欲爲人師
而如此耶
答 如有欲爲人師之心 雖知新 亦非是 故程子擧試婢之媼以警人

問 先行其言而後從之 謂人識得這着實道理 可以說出來 却不只是
做言語虛過了 須是合下步步行將去 然後箇箇說出來 自然言行
不相違 此正是君子進德修業之道耶
答 說得好

問 殷因於夏禮 所損益 可知云云 其或繼周者 雖百世 可知也 夫三

代所因所損益 一一中理 無過不及之弊 及秦興損者過損益者過
益 恁地强暴 故漢興定是寬大 若損益 與三代皆合了 猶或知之與
三代過差別 何由而知百世之遠

답 聖人只知其常 若其變則聖人未嘗爲讖緯 術數之學 安得而知之

문 三統謂夏正建寅爲人統 商正建丑爲地統 周正建子爲天統 何爲
其然耶

답 未嘗推其說 然姑舍是非所汲汲也

우연정(偶然亭)[361] 문답록

(정자는 덕산(德山) 무이산(武夷山)[362] 아래에 있다. 사종조부(四從祖父)[363] 성계
공(惺溪公)[364]이 만년에 은거한 곳이다. ○정유년(1897))

문 삼성장(三省章)[365]을 질문합니다. 남을 위해 일을 도모함에 충
실하였는가와 벗과 사귐에 신실하였는가는 사물상의 공부입니
다. 만약 남을 위해 일을 도모하고 벗과 사귈 적에 이른바 '충신
(忠信)'하지 않는다면 곧 어떤 공부가 됩니까?

---

361) 우연정(偶然亭) : 원문에 '연우(然偶)'라 한 것은 '우연(偶然)'의 오기인 듯하다. 우연정
은 조병희의 부친이 지은 정자다.

362) 무이산(武夷山) : 현 경상남도 산청군 시천면 원리에 있다.

363) 사종조부(四從祖父) : 조부의 8촌 형제들을 가리킨다.

364) 성계공(惺溪公) : 조용(曺鏞, 1837-1903)이다. 초명은 석진(錫晉), 자는 중소(仲昭), 호
는 성계, 본관은 창녕이며, 현 경상남도 산청군 시천면 덕산(德山)에 거주하였다. 남명
조식의 9세손이다.

365) 삼성장(三省章) : 『논어』「학이」제4장. "曾子曰 吾日三省吾身 爲人謀而不忠乎 與朋友
交而不信乎 傳不習乎"

답 그러므로 군자의 학문은 거경(居敬)을 크게 여기고 성찰(省察)을 귀하게 여깁니다. 이른바 "경"이란 동정(動靜)[366]을 관통하는 물사입니다.

문 군자는 일상 속에서 마땅히 일마다 성찰해야 하는데, 증자(曾子)는 단지 저 세 가지만 날마다 성찰했습니까?

답 그 세 가지가 더욱 중요하고, 더구나 충신(忠信)은 또 그 세 가지의 근본이 됩니다.

문 학이(學而)편 수장은 배우고 수시로 익히면 마음이 기뻐지고, 그런 뒤에 벗이 먼 지방으로부터 찾아옴이 있으면 서로 충고하여 잘 인도하여, 내가 선한 것은 저들도 믿고 따르며 저들이 선한 것은 나도 믿고 따라서, 그 즐거울 만한 실상을 보였습니다. 이는 배움과 익힘으로써 벗을 사귈 적에 서로 믿는 근본을 삼은 것입니다. 이 '삼성장'에 이르러서는 남을 위해 일을 도모함에 충실한 것과 벗을 사귈 적에 신실한 것으로써 전수받은 것을 복습함[傳習]의 근본을 삼은 것은 어째서입니까?

답 『논어집주(論語集註)』에 충과 신으로 전습(傳習)의 본말을 삼은 것[367]은 일찍이 붕우의 신의를 말해서입니다. 만약 충(忠)과 신(信)을 의심한다면 그 일을 도모하고 붕우와 교유할 때에 근거해야 합니다.

---

366) 원문에는 정(靜)자가 빠져있으나, 내용상 추가해야 옳다.
367) 『논어집주』「학이」제4장. 주자주(朱子註). "三者之序 則又以忠信爲傳習之本也"

문 학이편은 모두 학문을 하는 방법인데 천승장(千乘章)[368]에 이르러서 정사(政事)를 다스리는 방법을 말하니 또한 상하가 서로 접속되지 않은 듯합니다.

답 학문을 하는 것은 학문을 하는 것이고, 정사를 다스리는 것은 정사를 다스리는 것이니, 상하를 합쳐서 보는 것은 병통일 뿐입니다. 신민(新民)은 자기에게서 구하는 일이 아닙니다.

문 행실을 삼가고 말을 미덥게 하지 않는다면 효제(孝弟)를 행할 것이 없습니다. 삼가고 미덥게 하는 것은 또한 효제의 이면에서 나온 것이므로 두 가지 일이 아닙니다. 제자입즉효장(弟子入則孝章)[369]은 이미 효제가 완료되었는데 또 삼가고 미덥게 하는 것을 말하였습니다. 그렇다면 효제와 충신은 두 가지 일입니다.

답 삼가고 미덥게 하는 것은 마땅히 활용해서 보아야 합니다. 어버이를 사랑하고 형을 공경하는 것이 이루어지지 않으면 그 외에 삼가고 미덥게 하는 공부를 적용할 데가 없습니다.

문 제6장에서는 '실행하고도 여력이 있으면 글을 배운다'고 하였고, 제7장에서는 '힘써 실행하면 배우지 않았을지라도 반드시 그를 배웠다고 하겠다'[370]를 말하였습니다. 두 장의 글의 의미가 서로 모순된 듯합니다.

---

368) 천승장(千乘章) : 『논어』「학이」제5장. "子曰 道千乘之國 敬事而信 節用而愛人 使民以時"

369) 제자입즉효장(弟子入則孝章) : 『논어』「학이」제6장. "子曰 弟子入則孝 出則弟 謹而信 汎愛衆 而親仁 行有餘力 則以學文"

370) 『논어』「학이」제7장. "子夏曰 賢賢易色 事父母能竭其力 事君能致其身 與朋友交言而有信 雖曰未學 吾必謂之學矣"

답 『논어집주』에 오씨(吳氏)의 설[371]을 삽입하여 바로 이러한 의문을 준비하였습니다.

문 효제는 집에서 행한 뒤에 대중을 사랑하고 어진 이를 친히 하는 것인데, 자하(子夏)가 '어진 이를 어질게 여김'을 먼저 말한 것은 어째서입니까?

답 공자께서 말씀하기를 "가정에 들어가면 효도하고, 사회로 나오면 공경하며, 행실을 삼가고 말을 미덥게 하며, 널리 대중을 사랑하라."고 하였습니다. 이러한 것들이 어찌 모두 성인(聖人)만을 위해 진설한 것이겠습니까. 옛날에 8세가 되면『소학』을 배우고 15세가 되면『대학』을 배우니, 성인이 비록 어진 이를 어질게 여김을 먼저 말하지 않았을지라도 저절로 이런 의사가 들어 있는 것입니다.

문 군자부중즉불위장(君子不重則不威章)[372]에서 이미 '군자(君子)'라고 하였는데 중후하지 않음과 위엄이 없는 것이 있겠습니까?

답 생각건대 군자의 배움을 위한 것을 범범하게 말한 것이니, 모두 덕을 완성하는 것으로 보아야합니다.

문 충신(忠信)을 주로 하면 생각마다 일마다 성실하지 않음이 없

---

371) 오씨(吳氏)의 설 :『논어집주』「학이」제7장 주자주에 "자하의 말은 그 뜻이 좋다. 그러나 말하는 사이에 억양이 너무 지나쳐서 그 흐름의 폐단이 장차 학문을 폐지하는 데에 이를 수 있으니, 반드시 윗 장의 부자의 말씀과 같이 한 뒤에야 폐단이 없게 될 것이다.[吳氏曰 子夏之言 其意善矣 然辭氣之間 抑揚太過 其流之弊 將或至於廢學 必若上章夫子之言 然後爲無弊也]"라고 하였다.

372) 군자부중즉불위장(君子不重則不威章) :『논어』「학이」제8장. "子曰 君子不重則不威 學則不固 主忠信 無友不如己者 過則勿憚改"

습니다. 그런데 아래 글에서 허물이 있으면 고치기를 꺼려하지
말라고 하였습니다. 운운

🔠 안자(顏子)의 잘못은 안자가 충신하지 않음이 있는 것과 증자
(曾子)가 세 가지를 살핌에 충실하지 않았는가, 신실하지 않았
는가. 운운 주자(朱子)가 바로 말하기를 "잘못이 있으면 고친
다."373)라고 하였는데, 고친다는 것은 고쳐야 할 일이 있는 것이
니, 고쳐야 할 일이 허물이 아니면 무엇이겠습니까?

🔠 군자의 학문은 충신을 주로 삼아, 가슴 속에 쌓은 것이 오래되
면 밖으로 드러난 것이 위엄 있고 중후하지 않음이 없습니다.
이 장은 위엄과 중후함을 먼저 언급하고 충신을 뒤에 말하였습
니다. 그렇다면 학문을 하는 것이 모름지기 밖에 있는 것을 우
선하여 공부하는 것입니까?

🔠 일반인이 행한 것이 비록 충신이라 할지라도, 타고난 자질이 본
래 경탁(輕濁)한 사람이 이미 충신에 능하다는 것은 어불성설
이고, 언행이 경박하고 중후하지 못하다면 이 충신은 더욱 위엄
과 중후함을 믿을 수 없습니다. 하물며 성인이 사람들을 교화할
적에 매양 밖에 있는 것을 말하여 사람들로 하여금 고수하게
함이 있겠습니까.

🔠 자금문어자공장(子禽問於子貢章)374)에서 '온화하고, 선량하고,

---

373) 잘못이 있으면 고친다 : 『논어』 「학이」 제4장. 주자주. "曾子以此三者 日省其身 有則改
之 無則加勉其"

374) 자금문어자공장(子禽問於子貢章) : 『논어』 「학이」 제10장. "子禽問於子貢曰 夫子至於
是邦也 必聞其政 求之與 抑與之與 子貢曰 夫子溫良恭儉讓以得之 夫子之求之也 其諸
異乎人之求之與"

공손하고, 검소하고, 겸양하다[溫良恭儉讓]' 이 다섯 가지는 하나의 일입니까? 각각의 일입니까?

답 일찍이 노사(蘆沙)[375] 선생께 이를 질문하였는데, 선생께서 말씀하기를 "때마다 다섯 가지가 모두 있는 것이다."라고 하였다.

문 『논어집주』에 이르기를 "이 다섯 가지는 공자의 성대한 덕이 사람들을 접할 적에 빛나는 것이다."[376]라고 하였는데, 사람들을 접하지 않는다면 이 다섯 가지는 어떻게 빛나겠습니까?

답 '사람'은 군주를 가리킵니다. 성인이 군주를 만나지 않을 적에 이 다섯 가지의 빛남은 또한 정해진 것이 없습니다. 예컨대 밝은 거울을 볼 적에 거울 속에 일찍이 아름다운 것과 보기 싫은 것이 있는 것과 같지 않겠습니까.

문 대개 '공(恭)'은 온화하고 겸손한 뜻이 있고, '경(敬)'은 엄장하고 단정한 뜻이 있습니다. 이 장의 주자주(朱子註)에서 '공은 장엄하고 공경함이다'라고 풀이 하였는데, '공' 자의 바른 뜻이 아닌 듯합니다. 『소학』의 제자직(弟子職)[377]을 언급한 곳[378]의 주자주에 "'공'은 공손함이다."[379]라고 하였습니다.

답 다섯 가지 중에 경(敬)이 주가 됩니다. '경' 한 글자를 더한 것은

---

375) 노사(蘆沙) : 기정진(奇正鎭, 1798-1879)이다. 자는 대중(大中), 호는 노사, 시호는 문간(文簡), 본관은 행주(幸州)이며, 현 전라북도 순창군 출신이다. 저술로 30권 17책의 『노사집』이 있다.

376) 이……것 : 『논어집주』 「학이」 제10장 주자주에 나온다.

377) 제자직(弟子職) : 『관자(管子)』의 편명이다.

378) 『소학』의……곳 : 『소학』 입교(入敎). 제9장. "弟子職曰 先生施敎 弟子是則 溫恭自虛 所受是極"

379) 『소학집주』 입교 제9장 주자주. "溫和也 恭遜也 自虛 心不自滿也"

성인이 군주를 접할 적에 볼 만한 점이 있음을 볼 수 있습니다.

〔문〕 이 장의 『주자집주』에서 "양(讓)은 겸손함이다."라고 하였습니다. 서산진씨(西山眞氏)[380]가 이 손(遜) 자를 풀이하여 말하기를 "손은 자기의 선을 미루어 다른 사람에게 귀의하는 것이다."[381]라고 하였고, 『소학』의 「제자직」을 인용한 곳의 주자주에도 또한 "공(恭)은 공손함이다."라고 하였습니다. 그렇다면 위 문장 '온양공검[溫良恭儉]'의 '공'자도 또한 자기의 선을 미루어 다른 사람에게 귀의하는 것입니다.

〔답〕 '공' 자를 이미 '엄장하고 공경함이다[莊敬]'라고 훈해한 것은 '공손'으로 볼 수 없습니다. 「제자직」의 '공' 자도 또한 그 문장의 해석에 사용된 것으로, 그 아래 문장의 '스스로 겸허하다[自虛]'[382]를 마땅히 눈여겨보아야 합니다.

〔문〕 이 장의 『논어집주』에 이르기를 "성인이 지나가면 교화되고 마음에 보존함이 신묘해지는[過化存神] 묘리를 엿보아 헤아리기가 쉽지 않다."[383]라고 하였습니다. 그렇다면 공자께서 이 나라에 이르셔서 그 나라의 정사를 들었으니, 그 나라의 임금은 모

---

380) 서산진씨(西山眞氏) : 진덕수(眞德秀, 1178-1235)를 가리킨다. 남송(南宋)의 성리학자로 주자학을 계승하여 '소주자(小朱子)'로 불린 사람이다. 자는 경원(景元)·희원(希元)이고, 호는 서산이다.

381) 손은……것이다 : 『논어집주대전(論語集註大全)』 「학이」 제10장 小註. "西山眞氏曰 謙謂不矜己之善 遜謂推善以歸人"

382) 스스로 겸허하다 : 『소학』 입교(入教). 제9장. "弟子職曰 先生施教 弟子是則 溫恭自虛 所受是極"

383) 성인이……않다 : 『논어집주』 「학이」 제10장 주자주. "聖人過化存神之妙 未易窺測 然卽此而觀 則其德盛禮恭而不願乎外 亦可見矣 學者所當潛心而勉學也"

두 교화되지 않았겠습니까?

🈳 교화와 존신은 경솔히 보아서는 안됩니다. 당시에 과연 성인에게 정사(政事)를 맡겨 둠이 있었겠습니까.

🈯 『중용』에 이르기를 "성인은 힘쓰지 않고도 도에 맞으며, 생각하지 않고도 터득하여 조용히 도에 맞는다."[384]라고 하였습니다. 이장의 『논어집주』 주자주에는 "검(儉)은 절제를 말한다."라고 하였고, 또 말하기를 "검소함은 방종하지 않고 항상 마음을 수렴한다는 뜻일 뿐이다."[385]라고 하였습니다. 서산진씨가 '제(制)' 자를 풀이하여 말하기를 "'제' 자는 힘을 쓰되 재량하여 절제[裁制]한다는 뜻이다."[386]라고 하였습니다. 성인이 또 수렴하고 힘을 써서 터득하는 것입니까?

🈳 '힘쓴다'는 것은 배우는 것을 힘쓰는 것이고, '생각한다'는 것은 배운 것을 생각하는 것입니다. 성인은 마음이 하고자 하는 바를 따라도 법도를 넘지 않는데, 마음이 하고자 하는 바를 따를 때 재제와 수렴의 의사가 없을 수 있겠습니까? 만약 의심하는 것이 이와 같다면 성인을 진흙으로 만든 인형으로 보는 것입니다.

🈯 맹자가 말하기를 "재아(宰我)와 자공(子貢)은 언사를 잘하였고,

---

384) 성인은……맞는다 : 『중용장구』 제20장 18절. "誠者 天之道也 誠之者 人之道也 誠者不勉而中 不思而得 從容中道 聖人也 誠之者 擇善而固執之者也"

385) 검소함은 뿐이다 : 『논어집주대전(論語集註大全)』 「학이」 제10장 小註. "朱子曰 儉非止儉約 只是不放肆 常收斂之意"

386) 제 자는……뜻이다 : 『논어집주대전(論語集註大全)』 「학이」 제10장 小註. "西山眞氏曰 節者自然之界限 制者用力而裁制"

염유(冉有)와 민자건(閔子騫)과 안연(顏淵)은 덕행을 잘 말하였다."[387]라고 하였습니다. 이 장의 『논어집주』 주자주에 사씨(謝氏)가 말하기를 "자공도 또한 덕행을 잘 말했다고 이를 수 있을 것이다."[388]라고 하였습니다. 사씨는 단지 이 장에서 말한 것으로써 말한 것입니까? 또 자공이 염유・민자건・안연 이 세 사람의 선한 것을 겸한 것입니까?

🈁 옛 사람이 말한 '언사'는 오늘날과 같지 않습니다. 더구나 '역(亦)'자 한 글자에 착안해서도 또한 알 수 있습니다.

🈂 덕은 제반사에 예의가 공손함을 모두 포함한 것인데, 『논어집주』에서 이미 '성대한 덕[盛德]'을 말하고서 또 '예의가 공손함[禮恭]'을 말한 것[389]은 어째서입니까?

🈁 '성대한 덕'은 오히려 범범하게 볼 수 있다. '예의가 공손함'을 범범하게 볼 수 없는 것은 단지 사람을 접할 때만을 가리키기 때문이다.

🈂 '자왈부재관기지장(子曰父在觀其志章)'[390]은 행함이 있어서 말한 것입니까, 아니면 범범하게 말한 것입니까?

🈁 행함이 있는 것으로 보는 것이 무방할 듯합니다. 그러나 본문의

387) 재아(宰我)와……말하였다 : 『맹자』 「공손추 상」 제2장. "宰我子貢 善爲說辭 冉牛閔子顏淵善言德行 孔子兼之 曰我於辭命 則不能也 然則夫子旣聖矣乎"

388) 자공……것이다 : 『논어집주』 「학이」 제10장 주자주. "謝氏曰 學者觀於聖人威儀之間 亦可以進德矣 若子貢亦可謂善觀聖人矣 亦可謂善言德行矣"

389) 성대한……것 : 『논어집주』 「학이」 제10장 주자주. "然卽此而觀 則其德盛禮恭而不願乎外 亦可見矣" 이 주자주의 '德盛'을 『회와집』 원문에서는 '盛德'으로 바꾸었다.

390) 자왈부재관기지장(子曰父在觀其志章) : 『논어집주』 「학이」 제11장. "子曰 父在 觀其志 父沒 觀其行 三年無改於父之道 可謂孝矣"

바른 뜻은 그렇지 않은 듯합니다.

图 '뜻[志]'은 행동이 아직 드러나지 않은 것으로 사람들이 헤아리기 어려운 것입니다. 윗 구절에서 '그 뜻을 관찰한다[觀其志]'고 말했습니다. 그렇다면 무엇을 말미암아 그 뜻을 관찰한다는 것입니까?

답 뜻은 말과 행동거지 사이에서 저절로 드러납니다.

图 부모가 살아 계실 때에 관찰하면 결과적으로 그 자식의 뜻을 관찰할 수 있지만 그 행실을 볼 수 없고, 부모가 돌아가신 뒤에는 결과적으로 그 자식의 행실을 관찰할 수 있지만 그 뜻을 관찰할 수 없는 것입니까?

답 그 자식의 뜻을 관찰할 때는 행실은 부모가 살아 계실 때로 보아야하고, 그 행실을 관찰할 때는 그 뜻이 행실에 있는 것으로 보아야 합니다.

图 이 장의 『논어집주』에 유씨(游氏)[391]가 말하기를 "3년 동안 고치지 말라는 것은 마땅히 고쳐야 할 바가 있으나 아직 고치지 않을 수 있는 것이다."[392]라고 하였고, 윤씨(尹氏)가 말하기를 "만약 그 도리가 아니라면 어찌 3년을 기다리겠는가."[393]라고 하였습니다. 이 두 설은 서로 맞지 않는 듯합니다.

---

391) 유씨(游氏) : 『회와집』 원문에 '사씨(謝氏)'라 한 것은 '유씨(游氏)'의 오기이다.

392) 3년……것이다 : 『논어집주』 「학이」 제11장 주자주. "游氏曰 三年無改 亦謂在所當改而可以未改者耳"

393) 만약……기다리겠는가 : 『논어집주』 「학이」 제11장 주자주. "尹氏曰 如其道 雖終身無改可也 如其非道 何待三年 然則三年無改者 孝子之心有所不忍故也"

🔲 윤씨의 설이 어찌 일찍이 본문에 해가 되겠습니까. 다만 유씨가 말한 것은 윤씨의 설을 바로 이해하여 본문의 여의(餘意)를 풀이한 것입니다. '부모의 도[父之道]' 세 글자를 관찰하면 여의를 알 수 있습니다.

🔲 '자왈부재관기지장'에서 문장의 뜻을 만약 다음과 같이 말하면 어떻습니까? "부모가 살아계시면 비록 어리석을지라도 자식은 제멋대로 할 수 없으므로 항상 힘써서 부모의 명을 따른다. 그러나 그 자식의 뜻은 알 수 있으므로 그의 뜻을 관찰하는 것이 어떻겠는가. 부모가 돌아가시면 자식은 그 뜻을 행할 수 있다. 그 행실을 알 수 있으므로 그 행실을 관찰하는 것이 어떻겠는가. 3년 동안 황망한 듯 아득한 듯 애통하게 사모하는 것이 마치 부모가 살아 계신 것처럼 하여 행한 바가 마음에 들지 않는 곳이 있을지라도 차마 뜻대로 바꾸지 못하는 것을 효라고 말할 수 있을 것이다."

🔲 그렇습니다.

🔲 유자(有子)가 말하기를 "예(禮)의 쓰임은 조화를 귀하게 여기니, 선왕의 도는 이렇게 하는 것이 아름다운 것이 되었다."라고 하였습니다. 학자는 무릇 일상에서 일을 하는 사이에 모두 마땅히 조화롭게 하는 것을 아름답게 여겨서 말미암아야 하는데, 단지 선왕을 말미암을 뿐이겠습니까?

🔲 이치가 말 속에 있음을 보아야합니다. 이와 같은 곳들은 모두 상하를 통틀어 볼 수 있습니다.

문 다른 곳에서는 '예(禮)'를 훈석하기를 단지 '천리(天理)의 절문(節文)'이라 하였는데, 이 장 『논어집주』에서는 또 '인사(人事)의 의칙(儀則)'을 추가한 것[394]은 어째서입니까?

답 리(理)를 주로 하여 말하면 그 중함이 리에 있고, 일을 주로 하여 말하면 그 중함이 일에 있습니다.

문 '천리의 절문'은 단지 속에 있는 것이 일에 드러나는 것입니다.[395] 규구(規矩)가 의지할 수 있는 절(節)이 바로 '칙(則)'이고, 찬연하게 형상할 수 있는 문(文)이 바로 '의(儀)'입니다. 이는 두 가지 일이 아니고, 바로 한 가지 일이 아닙니까?

답 절문(節文)・의칙(儀則) 4글자의 면모가 비록 같지 않으나, 그 실상은 또한 다름이 있지 않습니다.

문 만약 예의 쓰임이 조화를 귀하게 여겨, 제사와 상(喪)을 치를 때 결과적으로 엄경(嚴敬)과 화락(和樂)을 드러내게 되면 저절로 슬피 사모하고 비통해하는 마음이 없어지겠습니다.

답 슬피 사모하고 비통해하는 마음은 모름지기 이와 같아야 마음이 편안해집니다.

문 『논어집주대전』 소주에 이르기를 "단지 조화가 귀한 줄을 알아서 오로지 조화만을 쓴다면 반드시 방탕함에 이르러서 예의 근

---

394) 인사(人事)의……것 : 『논어집주』 「학이」 제11장. 주자주. "禮者 天理之節文 人事之儀則也"
395) 일에 드러나는 것입니다 : 원문의 '간(干)' 자는 '우(于)' 자의 오기인 듯하다.

본을 잃게 된다."³⁹⁶⁾라고 하였습니다. 그렇다면 조화가 도리어 예의 근본입니까?

답 조화를 쓰는 것이 예의 근본을 말미암는다고 말한다면 옳겠지만, 예의 근본이라고 말한다면 옳지 않습니다.

문 『논어집주대전』 소주에 이르기를 "공경과 조화는 작은 덕은 냇물의 흐름이요, 큰 덕은 화육을 돈후하게 하는 것과 같다."라고 하였는데, 그 뜻의 근거가 무엇입니까?

답 주자가 말하기를 "공경을 취합한 것이 조화이고, 조화를 발산한 것이 경이다. 취합한 것은 화육을 돈후하게 하는[敦化] 뜻이 있고, 발산한 것은 냇물의 흐름[川流]을 뜻한다."라고 하였습니다.³⁹⁷⁾

문 『논어집주』에 이르기를 "내가 생각건대 엄하면서 태연하다."³⁹⁸⁾라고 하였으니, 태연함은 곧 조화입니다. 그렇다면 '엄하면서[嚴而]'의 아래에 화(和) 자를 더하지 않고 특별히 '태(泰)' 자를 더한 것은 어째서입니까?

답 태연함[泰]은 발양의 뜻이 있으니 엄(嚴) 자와 상대해서 보아야하고, 조화[和]는 아직 태연한 것이 아니니 절(節) 자와 상대해 보아야합니다.

---

396) 단지……된다 : 『논어집주대전』 「학이」 제12장 小註. "間禮之體雖截然而嚴 然自然有箇撙節恭敬底道理 故其用從容和緩 所以爲貴 苟徒知和而專一用和 必至於流蕩而失禮之本"

397) 주자가……하였습니다 : 『주자어류』 권22. 論語四 「學而篇下」 "仲思問 敬固能和 和如何能敬 曰和是碎底敬 敬是合聚底和 蓋發出來無不中節 便是和處"

398) 내가……태연하다 : 『논어집』 「학이」 제12장 주자주. "愚謂嚴而泰 和而節 此理之自然 禮之全體也"

문 신근어의장(信近於義章)³⁹⁹⁾의 『논어집주』에 이르기를 "종(宗)은 주인[主]과 같다."라 하고, 그 아래 구절에서 또 "의지한 자가 그 친할 만한 사람을 잃지 않았다면 또한 종주로 삼아서 주인으로 삼을 수 있다."⁴⁰⁰⁾라고 하였습니다. 종(宗) 자를 이미 '주인'으로 훈해하였으니, 종 자를 여기서 다시 제기할 필요가 없는데 또 아울러 말한 것은 어째서입니까?

답 종(宗)이 주인[主]이 된다는 것은 바른 훈해로 볼 수 없습니다. '그 친할 만한 사람을 잃지 않는다'를 의거하면 장래에 또한 그를 존중하여 주인으로 삼을 수 있기 때문입니다.

문 소주에 이르기를 "그리하여 의지함이 형세상 적이면 교제가 얕고, 종주로 여겨 주인으로 삼으면 상대방이 존귀하고 나는 비천하다."⁴⁰¹⁾라고 하였습니다. 그렇다면 오늘은 자기에게 적임을 살펴서 의지하고, 훗날에는 단지 자기보다 존귀함을 살펴서 주인으로 삼는 것입니까. 이와 같지 않은 듯합니다.

답 자기를 적대하는 사람에게 스스로 어짊을 드러내지 않음이 있고, 자기보다 존귀한 자도 또한 스스로 어질거나 어질지 못함이 있다. 그러나 적과 존귀·비천은 단지 종(宗) 자를 인하여 경전의 문장을 자세히 풀이한 것이지, 어찌 일찍이 두 가지 양상의 사람이 있어서 지금 의심하는 바와 같겠습니까.

---

399) 신근어의장(信近於義章) : 『논어』 「학이」 제13장. "有子曰 信近於義 言可復也 恭近於禮 遠恥辱也 因不失其親 亦可宗也"

400) 종(宗)은……있다 : 『논어집주』 「학이」 제13장 주자주. "宗 猶主也 言約信而合其宜 則言必可踐矣 致恭而中其節 則能遠恥辱矣 所依者不失其可親之人 則亦可以宗而主之矣"

401) 『논어집주대전』 「학이」 제13장 小註. "朱子曰 因之爲依 勢敵而交淺 如先主之依劉表是 也 宗之爲主 彼尊我賤 而以之爲歸"

문 『집주』에서 글자를 해석할 적에 유(猶) 자를 쓰거나 자(者)를 쓰거나 혹은 위(謂) 자를 쓰거나 혹은 유왈(猶曰), 혹은 유언(猶言), 혹은 위언(爲言), 혹은 직언(直言)하는데 그것이 혹 경중(輕重)과 심천(深淺)의 의미가 있습니까?

답 없습니다. 고훈(古訓)에는 반드시 별자(別字)를 썼습니다. 예를 들어 유(猶)를 쓰거나 자(者)를 쓰거나, 위(謂)를 쓰거나, 유왈(猶曰), 유언(猶言), 위언(爲言)을 쓰는 경우입니다. 직언은 고훈에 있습니다.

문 유자(有子)가 말하기를 "그 사람됨이 효성스럽고 공경스러우면서 윗사람 범하기를 좋아하는 자는 드물다."[402]라고 하였습니다. 이미 드물다고 말했으니, 효제(孝悌)하는데도 혹시 윗사람을 범한 일이 있습니까?

답 효성스럽고 공경스러운 사람이 반드시 윗사람 범하기를 좋아하지 않음을 보존한 것은 아니지만, 윗사람 범하기를 좋아하지 않는다는 것에 나아가 본다면 바야흐로 난 일으키기를 좋아하지 않음을 믿을 수 있습니다.

문 『논어집주』에 이르기를 "인(仁)은 사랑의 이치이고 마음의 덕이다."[403]라고 하였고, 『맹자집주』에 이르기를 "마음의 덕이고 사랑의 이치이다."[404]라고 하였습니다. 각각 같지 않은 것은 어째서

---

402) 『논어』 「학이」 제3장. "有子曰 其爲人也孝弟 而好犯上者 鮮矣 不好犯上 而好作亂者 未之有也"

403) 『논어집주』 「학이」 제3장 주자주. "仁者 愛之理 心之德也"

404) 『맹자집주』 「양혜왕 상」 제1장 주자주. "仁者, 心之德 愛之理"

입니까?

답 유자장(有子章)은 효제로부터 말을 시작하였으므로 '사랑의 이치[愛之理]'를 앞에 둔 것입니다. 그러나 설이 같지 않다고 여길 수 없습니다. 어찌 그 이치가 같지 않다고 의심하십니까?

문 '효제(孝弟)라는 것이 그 인을 행하는 근본이다'라 하니, 그렇다면 의(義)와 예(禮)와 지(智)의 근본은 무엇입니까?

답 맹자가 대개 "이를 절문(節文)하고, 이를 알아서 버리지 않는 것이다."[405]라고 한 것에서 '이[斯]'는 효제를 가리켜 말한 것입니다. 그렇다면 어찌 효제를 도외시하고서 세 가지의 근본을 구할 수 있겠습니까.

문 종전에 일삼성장(日三省章)에서 군자는 마땅히 일마다 성찰해야 하는데, 증자는 단지 이 세 가지에 나아가서 날마다 성찰하였는지를 여쭈었습니다. 한 단락으로 답하여 설명해주신 것을 생각해도 아직 깨닫지 못했습니다. 지금 별도로 자답하기를 "증자는 엄정하게 다른 일을 살피지 않은 것은 아니지만, 다만 이 세 가지 일에 대해 세밀한 데에 이르지 못했음을 자각하였기 때문에 특별히 이 세 가지를 더하여 말한 것이다."라고 하였습니다. 어떻게 생각하시는지 알지 못하겠습니다.

답 설이 좋습니다.

---

405) 『맹자』「이루 상」제27장에 "인(仁)의 실상은 어버이를 섬기는 것이고, 의(義)의 실상은 형에게 순종하는 것이다. 지(智)의 실상은 이 두 가지를 알아서 버리지 않는 것이고, 예(禮)의 실상은 이 두 가지를 절문(節文)하는 것이다.[孟子日 仁之實 事親是也 義之實 從兄是也 智之實 知斯二者弗去是也 禮之實, 節文斯二者是也]."라고 하였다.

問 증자가 말하기를 "집안의 어른이 돌아가셨을 때 그 상례를 삼가고 돌아가신지 오래된 조상을 추모하면[愼終追遠] 백성의 덕이 후한 데로 귀의할 것이다."라고 하였는데, 어찌 유독 상제(喪祭) 상에서 말한 것입니까?

答 증자는 본래 신종추원을 말미암아 말한 것이지, 백성의 덕이 후한 데로 귀의함을 말하려 한 것이 아닙니다.

問 빈이무첨장(貧而無諂章)에서 공자께서 말씀하기를 "가난하면서도 즐거워하는 것만 못하다."라고 하였는데, 이 즐거움은 무슨 일을 즐거워하는 것입니까?

答 공자와 안회(顏回)가 즐거워한 곳을 주자(周子) 또한 제기만하고 알려주지 않았습니다. 주자가 어찌 그들이 일상생활에 처하면서 이런 즐거움이 있는 것을 스스로 견득하리라 여기지 않았겠습니까.

問 주자(朱子)가 락(樂) 자를 훈해하여 말하기를 "마음이 넓어지고 몸이 펴진다."[406]라고 한 것은 광대해진다는 것입니다. 그렇다면 손사막(孫思邈)[407]이 말하기를 "보는 것이 크고자 하면 마음은 작아지고자 한다."[408]라고 하였으니, 두 설이 또한 같지 않은 듯합니다.

答 마음이 넓어지는 때 마음이 작아지는 것에 해가 되지 않고, 마

---

406) 『논어집주』 「학이」 제15장 주자주. "樂則心廣體胖而忘其貧"

407) 손사막(孫思邈) : 581~682. 당(唐)나라 경조(京兆) 화원(華原) 사람으로, 의약학가(醫藥學家)이다.

408) 보는……한다 : 이 구절은 『唐書』 「隱逸孫思邈傳」에 나온다.

음이 작을 때 또한 넓게 하는데 해가 되지 않습니다.

🔵 위정장(爲政章)[409]의 『논어집주』에 이르기를 "북신(北辰)은 북극성이니, 하늘의 중추(中樞)이다."[410]라고 하였는데, 이른바 '북신'이 어찌하여 하늘의 중추가 되는 것입니까?

🔴 문에 지도리가 없으면 곧 넘어지고, 하늘도 중추가 없으면 또한 넘어집니다. 그러나 학자는 마땅히 이런 것들을 급선무로 여겨, 차례차례 이해하여도 무방합니다.

🔵 시 삼백 편을 한마디 말로 개괄하면 "생각에 사악함이 없다."고 하였는데, 시의 교화가 어떻게 유독 사람의 생각 상에 사악함이 없게 합니까?

🔴 사람의 천 가지 방향과 백 가지 행위로 하여금 어찌 항상 심사를 말미암지 않는 것이 있겠습니까.

🔵 위정편 수장에서는 "정사를 덕으로 하는 것"을 말하였고, 도지이정장(道之以政章)[411]의 하문에 "덕으로써 인도하고 예로써 가지런히 한다."[412]라고 하였습니다. 수장에서는 어찌 덕을 말하고 예를 말하지 않았습니까?

---

409) 위정장(爲政章) : 『논어』 「위정」 제1장. "子曰 爲政以德 譬如北辰 居其所而衆星共之"

410) 북신(北辰)……중추(中樞)이다 : 『논어집주』 「위정」 제1장 주자주. "北辰 北極 天之樞也"

411) 도지이정장(道之以政章) : 『논어』 「위정」 제3장. "子曰 道之以政 齊之以刑 民免而無恥 道之以德 齊之以禮 有恥且格"

412) 덕으로써……한다 : 『회와집』 원문에 '齊之以和'로 되어 있으나 『논어』 원문은 '齊之以禮'이므로, 이를 기준으로 번역함.

답 '정사를 덕으로 하는 것[爲政以德]'의 '덕' 자는 통섭하여 말한 것으로 예(禮)가 그 속에 있음을 겸한 것입니다. 하문에서 나누어 말한 것은 당시 예가 비로소 하나의 일이기 때문입니다.

문 이순(耳順)은 소리가 들려오면 마음에 깨달아져서 어긋나거나 거스름이 없는 것이라고 하였습니다.[413] 만약 이와 같다면 모두 깨달을 수 있을 뿐만 아니라 소리가 있는 수많은 사물들은 모두 들으면 그 소리가 연유한 바를 알지 못함이 없는 것입니까?

답 그 소리의 시비를 알지 않음이 없고, 통(通) 자는 범범하게 볼 수 없습니다.

문 '60세가 되어서 귀로 들으면 그대로 이해되었다'고 하니 성인이 본 것은 모두 막히는 바가 없어서 확연하게 통철하여 모두 알지 않음이 없는 것입니다. 보는 것을 말하지 않고 단지 듣는 것을 말한 것은 어째서입니까? 눈이 도달한 곳의 형상은 그 아직 발하지 않은 것이 있을 뿐이니, 어찌 귀에 비교하는 것이 많습니까?

답 자신에게서 체험해야 알 수 있습니다.

문 신종추원장(愼終追遠章)에서는 '제사에 그 정성을 다한다'[414]라고 하였고, 무위장(無違章)[415] 상의 글에 이르기를 "예로 제사지

---

413) 『논어집주』「위정」제4장 주자주. "聲入心通 無所違逆 知之之至 不思而得也"

414) 제사에……다한다 : 『논어집주』「학이」제9장 주자주. "愼終者 喪盡其禮 追遠者 祭 盡其誠"

415) 무위장(無違章) : 『논어』「위정」제5장. "孟懿子問孝 子曰 無違 樊遲御 子告之曰 孟孫問 孝於我 我對曰 無違 樊遲曰 何謂也 子曰 生事之以禮 死葬之以禮 祭之以禮"

낸다."라고 하였으니, 두 설이 같지 않은 것은 어째서입니까?

🈸 예로써 한다는 것은 노(魯)나라 삼가(三家)의 참람함을 경책한 것입니다. 예로써 할 적에 바야흐로 그 정성을 볼 수 있고, 참람하여 예로써 하지 않는다는 것은 정성에 전일하지 못한 것입니다. 성인은 단지 정성으로 깨우칠 뿐입니다.

🈔 대개 효자가 어버이를 깊이 사랑하면 반드시 온화한 기운이 생기게 되고, 온화한 기운이 생기면 반드시 기쁜 표정을 짓게 되고, 기쁜 표정을 짓게 되면 반드시 부드러운 태도를 지니게 됩니다.[416] 자하(子夏)의 질문에 공자께서 '얼굴빛을 온화하게 하는 것이 어려울[色難] 뿐임을 말한 것은 어째서입니까?

🈸 병에 따라서 약을 투여하는 것처럼 효자는 얼굴빛을 온화하게 하는 것이 어려울 뿐입니다.

🈔 '옛 것을 찾아서 풀어내고 새 것을 아는 것'[417]은 학문의 도가 대개 이와 같아 자기 분수상 마땅히 해야 할 바인데, 그 반드시 남의 스승이 되고자 한다면 이와 같아야 합니까?

🈸 만약 남의 스승이 되고자 하는 마음이 있다면 비록 새 것을 알지라도 또한 옳지 않습니다. 그러므로 정자(程子)가 시험하는 계집종의 노모를 거론하여[418] 사람들을 경책하였습니다.

---

416) 효자가……된다 : 『예기』 「제의(祭儀)」에 나온다.

417) 『논어』 「위정」 제11장. "子曰 溫故而知新 可以爲師矣"

418) 정자(程子)가……거론하여 : 『二程子抄釋』 권5 "정자가 말하기를 '내 일찍이 계집종을 사서 시험하고자 했는데, 그 계집종의 어머니가 노하며 허락하지 않았다. 그리고서 말하기를 내 딸은 시험할 수 있는 것이 아니라고 하였다. 지금 그대가 남의 스승이 되기를 구하고자 시험한다면 반드시 이 노파의 비웃음을 사게 될 것이다.'라고 한 일이 있

⽂ "그 말한 것을 먼저 실행하고, 이후에 말이 행동을 따르게 하는 것이다."[419]라는 것은 생각건대 사람이 이와 같은 착실한 도리를 알고 말해낼 수 있어야지 그저 언어로 간주하여 헛되어 지나쳐서는 안 됨을 말하는 것이다. 모름지기 본래 걸음걸음 실천한 연후에 낱낱이 말해낸다면 자연히 언행이 서로 어긋나지 않습니다. 이것이 바로 군자의 진덕수업(進德修業)의 도입니까?

⽈ 설이 매우 좋습니다.

⽂ '은(殷)나라는 하(夏)나라의 예를 인습하였으니 손익(損益)한 것을 알 수 있으며 …… 혹 주(周)나라를 잇는 자가 있다면 비록 백세(百世) 뒤라도 알 수 있을 것이다.'라고 하였습니다.[420] 삼대 (三代)가 인습하여 손익한 것은 하나하나 이치에 맞아 지나치거나 모자람의 폐단이 없습니다. 진(秦)나라가 흥해서는 덜 것은 더욱 덜고, 더할 것은 더욱 더하여 이와 같이 난폭하였습니다. 그러므로 한(漢)나라가 흥해서는 관대(寬大)를 확정하니 손익과 같은 경우에는 삼대와 모두 합치되었고, 오히려 삼대와 큰 차별을 알 수 있었습니다. 무엇을 말미암아 백세 뒤를 아는 것입니까?

⽈ 성인은 단지 그 일정함을 알 뿐입니다. 그 변화와 같은 경우에는 성인도 일찍이 예언하지 못하는데, 술수의 학문으로 어찌 언

다.[謝湜自蜀之京師過洛而見程子 子曰爾將何之 曰將試教官 子弗答 湜曰何如 子曰吾 嘗買婢欲試之 其母怒而弗許 曰吾女非可試者也 今爾求爲人師而試之 必爲此嫗笑也 湜 遂不行]"

419) 『논어』 「위정」 제13장. "子貢問君子 子曰 先行其言而後從之"

420) 『논어』 「위정」 제23장. "子張問十世可知也 子曰 殷因於夏禮 所損益 可知也 周因於殷禮 所損益 可知也 其或繼周者 雖百世 可知也"

어서 알 수 있겠습니까.

問 삼통(三統)은 하나라의 정월은 인월(寅月)을 세웠으니 인통(人
統)이 되고, 상나라의 정월은 축월(丑月)을 세웠으니 지통(地統)
이 되고, 주나라의 정월은 자월(子月)을 세웠으니 천통(天統)이
됨을 말한다.[421] 어찌하여 그렇습니까?

答 아직 그 설을 추론한 적이 없습니다. 그러나 우선 시비에 급급
한 것을 버리십시오.

●

虛白說

日李公某丈 徵余以一言曰 吾平生貧病之 故役役無所猷爲 而歲月
浸深 齒髮遽如許 此吾所以虛白之爲號也 請子之一言 可乎

余作而言曰 今之負儒名能文章者 吾州多有其人 而求文不於是而
於余 是所謂借聽於聾 求道於盲 抑又何意 然自顧末學小生 重違長者
之請 敢爲之說

大丈夫斯世也 必有事焉 而其或窮餓其身 顚倒其志 終一身而無事
可稱 何哉 蓋有命焉 非心力之所可致也 不然則顏淵困於陋巷 豈道義
之不足也 伯道終於無兒 豈誠意之不孚也 侏儒飽死 而方朔告飢 豈才
智之不及也 皆所以不當得而得之 而命於天者然矣 是故 朱夫子之言
曰 天莫之爲而爲 非我所能 必但當順受而已 韓愈氏亦曰 賢不肖 存

421) 삼통(三統)은……말한다 : 『논어집주』「위정」 23장 주자주. "三統 謂夏正建寅爲人統 商
正建丑爲地統 周正建子爲天統"

乎己 貴與賤 禍與福 存乎天 盖存乎己者 吾將勉而及之 存乎天者 吾
當任彼而不用吾力焉 可也

噫彼世之人 久約必濫 分疏我不當得 此或染指於竈鼎 或乞憐於墦
間 一朝忽然拔身要路 比肩靑紫 列鼎而食 累茵而坐 以是作元來大事
業看者 則其爲榮也大矣 爲福也亦厚矣 然考其行而無所可稱 則其所
得此者 必僥倖而然矣 若曰 順受於天 則吾不信也

然則如李公所爲 其亦順受於天乎 不慽慽於困窮 不汲汲於富貴 惟
力穡資業 而行誼廉潔孝友篤至 盖其性質之受於天而順之也 然則向
之所謂必有事者 豈有他哉 是亦存乎己之一事也 又何有無所事之可
言乎

然公之所謂虛老爲者 抑何歟 盖天道自在輪回報應之數 必有然也
此所以碩大之果 不見食 如有復生之理 而匪風下泉之居 變風之末者
也 然則公之自謂虛於前者 安知其不虛於後也 是爲之說

허백설(虛白說)

어느 날 이(李)공 모 어른이 나를 불러 한마디 말씀하시길 "내 평
생 가난과 병 때문에 허덕이며 도모할 것이 없었는데 세월이 흘러
치아와 머리카락만 이렇게 홀연 노쇠하고 말았으니 이것이 내가
허백(虛白)이라고 이름 한 이유이지. 그대에게 한마디 청해도 되겠
는가?"라고 하셨다.

내가 일어서서 말하길 "지금의 선비들 중 문장에 능한 자들, 우리
고을에도 그런 사람이 많은데 이들에게 문장을 구하지 않고 저에
게 구하는 것은 귀머거리에게 귀를 빌리고, 맹인에게 길을 묻는 것

이니, 무엇 때문인지요? 스스로 생각건대 보잘 것 없는 제가 어른의 청을 거듭 거절하기 어려워 감히 설을 짓습니다."하였다.

대장부는 이 세상에 살면서 반드시 일할 것을 마련해야하지만 혹 그 몸이 궁핍하고 그 뜻이 꺾여 평생토록 가히 칭할 만한 일이 없는 것을 어찌 하리오. 대개 운명은 마음으로 애써서 미칠 수 있는 것이 아니다. 그렇지 않다면, 공자의 제자 안연(顏淵)이 누항(陋巷)에서 곤란을 당한 것이 어찌 도의(道義)가 부족해서겠는가. 백도(伯道)[422]가 끝내 아들이 없었던 것이 어찌 성의(誠意)가 믿음직스럽지 못해서겠는가. 주유(侏儒)[423] 가 배불러 죽고 동방삭(東方朔)이 굶주린 것이 어찌 재주와 지혜가 미치지 못해서겠는가. 모두다 마땅히 당할 일이 아닌데도 당한 것이니 하늘에서 명한 것이 그런 것이다. 그러므로 주부자(朱夫子)가 말하길 "하늘은 그렇게 되도록 하지 않아도 저절로 그렇게 되니, 내가 능히 예측할 수 있는 것이 아니고 다만 순순히 받아들일 뿐이다.[424]"라고 하였고, 한유(韓愈)또한 말하기를 "현명함과 어리석음은 자기에게 달려있고, 귀천과 화복은 하늘에 달려있다."[425]고 하였다. 대개 자기에게 달린 것은 내가 장차 힘써서 미치면 되지만 하늘에 달린 것은 내 마땅히 거기에 맡겨두고 그대로 두는 것이 옳을 것이다.

아아! 저 세상 사람들은 오래 곤궁하면 반드시 넘친다. 내가 마땅히 언

---

422) 백도(伯道) : 진(晉)나라 하동 태수(河東太守) 등유(鄧攸)가 석늑(石勒)의 병란 때에 아들과 조카를 데리고 피난하다가 둘을 모두 보호할 수 없겠다고 판단하고는, 자기 아들은 버려두어 죽게 하고 먼저 죽은 동생의 아들을 대신 살렸다. 그 뒤에 끝내 후사를 얻지 못하자 사람들이 안타까워하며 "하늘이 무지해서 백도에게 아들이 없게 했다.〔皇天無知 使伯道無兒〕"라고 탄식했다는 고사가《진서(晉書)》권90 등유전에 나온다. 백도(伯道)는 등유의 자이다.

423) 주유(侏儒) : 궁중의 배우. 난장이

424) 하늘은……뿐이다 :『논어』「안연」12장.

425) 현명함과……달려있다 :『唐宋八大家文抄』「與衛中行書」: 賢不肖存乎己 貴與賤 禍與福 存乎天 名聲之善惡存乎人

어서는 안 되는 일이라고 여기저기 변명을 한다. 혹 자라를 삶은 솥에 손
가락을 담가 맛을 보기도 하고[426] 혹 묘제의 남은 음식을 구걸 하기도 하
나가[427] 하루아침에 갑자기 요직에 발탁되어 대신들과 어깨를 나란
히 하고, 솥을 늘어놓고 밥을 먹고, 깔개를 포개어 앉게 되면, 이것
으로 원래 큰 사업을 하는 자로 간주하니 그 영예로움이 크고, 그
복이 두터워서이다. 그러나 그 행동을 살펴보면 가히 칭탄할 만 한
것이 없다면 그 얻은 것들은 반드시 요행으로 얻어진 것이다. 만약
'천명을 순순히 받았다.'고 한다면 나는 믿지 않겠다.

　그러면 이(李)공이 한 일은 하늘에서 순순히 받은 것인가? 곤궁
함에 슬퍼하지 않고 부귀에 연연하지 않고 오직 힘써 농사를 지어
학업에 보탬이 되었으며, 행동이 바르고 청렴하고 효도와 우애가
각별하였다. 대개 그 성품은 하늘에서 받은 대로 따른 것이다. 그렇
다면 앞서 말한 '반드시 일할 것을 마련한다.'는 것이 어찌 다른 것
이겠는가. 이것은 또한 자기를 보존하는 한 가지 일이니, 또 어찌
일삼을 것이 없다고 말할 것이 있겠는가.

　그러나 공이 헛되이 늙었다고 한 것은 무엇 때문인가. 대개 천도는 윤
회와 응보(應報)의 운수에 필연(必然)이 있다. 이는 '큰 과일 하나는 먹지
않고 남겨둬 장차 다시 생겨날 도리가 있는 것[428]'과 같고, 『시경』의 「비

---

426) 손가락을 담가 맛을 보다 : 《좌전(左傳)》에, "초인(楚人)이 정 영공(鄭靈公)에게 자라
　　를 드리자, 자공(子公)의 식지(食指)가 움직이니, 자공은 말하기를, '다른 날에 내가 손
　　가락이 이러하면 반드시 진미(珍味)를 먹게 된다.' 하였다. 이윽고 영공이 대부(大夫)들
　　에게 자라를 나누어 먹이면서 자공에게는 주지 아니하니, 자공은 노하여 솥에 손가락
　　을 담가 맛보고 나갔다." 하였다.

427) 묘제의 음식 : 묘제(墓祭)를 지내고 남은 음식을 구걸하여 먹는 것을 말하는데, 이런 식
　　으로 여기저기 기웃거리며 배를 채우고 집에 돌아와서는 귀인(貴人)들과 노닐었다고
　　처첩에게 거드름을 부리는 천장부(賤丈夫)의 이야기가 《맹자》〈이루 하(離婁下)〉에 나
　　온다.

428) 큰 과일……같으니 :《주역(周易)》박괘(剝卦)의 정전(程傳)에, "박괘는 모든 양이 다
　　떨어져 없어지고 유독 상구 일효만 남아 있어 마치 큰 과일 하나만 먹히지 않아서 장차

풍(匪風)과 「하천(下泉)」은 변풍(變風)의 끝에 나오는 것[429]과 같다. 그러면 공이 스스로 앞에서 허(虛)라고 한 것이 나중에 허가 아닐지 어찌 알겠는가. 이에 설을 짓는다.

●
主宰說

朱子曰 心固是主宰底 而所謂主宰者卽理也 心之理便是性 而性不得爲主宰何也 盖心性雖非二物 所指以立名 亦不能無別 性爲各具而心則其總會也 性爲分殊而心則其理一也 性則仁義禮智 各專其一 而仁作義不得 禮做智不能 心則合仁義禮智爲一 故以仁言則都是仁 而仁中有義有禮有智 以義言則義中有仁有禮有智 以禮以智言 亦皆如是性則仁主愛義主惡禮主讓智主別 各一其情 而心則愛而能惡 讓而能別 貫衆情而無不通 性則對情而言 性指其寂然而靜 情指其動而直遂 心則總性情而爲名 故靜中有動 動中有靜 性爲體 情爲用 而心則本體之中妙用已具 妙用之中本體常定 是以心能檢性而性不能檢其心者 一能命殊而殊不能命一 總能涵各而各不能涵總 寂然而靜者不能自主 而靜中能動之妙爲之主 動而直遂者不能自宰 而動中能靜之妙爲之宰

다시 생겨날 도리가 있는 것과 같으니, 상구 일효 또한 변하면 순음으로 되어 버리긴 하지만, 양이 완전히 다 없어질 리는 없으므로, 위에서 변하면 아래서 생겨 잠시도 멈출 틈이 없는 것이다.[剝之爲卦 諸陽消剝已盡 獨有上九一爻尙存 如碩大之果不見食 將有復生之理 上九亦變則純陰矣 然陽無可盡之理 變於上則生於下 無間可容息也]" 한 데서 온 말이다.

429) 시경……나오게 되다 : 《시경(詩經)》조풍(曹風) 하천(下泉)을 평한 정자(程子)의 해설 중에 "혼란이 극도에 이르면 원래 치세(治世)를 그리워하게 마련이다.[亂極則自當思治] 그래서 비풍(匪風)과 하천(下泉) 장이 변풍(變風)의 끝에 나오게 된 것이다."라는 구절이 나온다. 모두 주나라의 왕업이 쇠퇴하고 정사가 가혹해진 것을 슬퍼하는 내용이다.

爾 盖其合四者而爲一 貫動靜而無間 故能相資交濟而致主宰之功 非若性之各一其能 而又立名於至靜者而已也 此則心之爲主宰而性不可以主宰目之也 然而心之主宰 豈有他理哉 即亦性底理而已矣 凡仁義禮智之偏言者性也 專言者心也 專言則性情意志皆心也 而性之澄然含藏 智爲主 情之藹然發生 仁爲主 意之粲然品節 禮爲宰 志之確然斷定 義爲宰 以仁義對言則仁者心之德而包禮爲體 爲酬酢萬變之至 義者心之制而包智爲用 爲裁割萬事之宰 四德之均之爲主宰者 固此心之全體然也 第以水升火降 交濟相資 以造化萬物者 最爲天地之功用 故心之臟屬火而腎水滋輸之 火神水精 絪縕亭毒於方寸之內 火之理禮也而禮居本宮專一心之德者敬也 水之理智也而智爲配位專一心之德者智也 敬主虛明而其收斂不散資乎知 知主涵蓄而其照徹不昧資乎敬 是其知敬合而專一心之妙 檢四性約衆情而爲萬化之主宰者也 知固是智之德而不可便謂之智 敬固是禮之德而不可便謂之禮 此又心性之別也 於是乎由知而觀則愛者仁之知也 惡者義之知也 讓者禮之知也 別者智之知也 由敬而觀則純一無私 仁之敬也 裁制無差 義之敬也 節而不紊 禮之敬也 知而不去 智之敬也 知敬之爲主宰有如是者矣 是以君子之爲心學也 亦必以致知居敬爲第一義 但敬當火臟之本宮而知爲其配故曰敬爲一心之主宰 學敬而知在其中矣

398

주재설(主宰說)[430]

주자(朱子)가 말하길 "마음은 주재(主宰)하는 것이다. 소위 주재라는 것이 바로 리(理)이다.[431]"라고 하였다. 심(心)의 리가 성(性)이라면 성이 주재자가 되지 못하는 것은 무엇 때문인가. 대개 심과 성이 비록 다른 이물(二物)을 가리키는 것이 아니나 이름을 세움에는 또한 구별이 없을 수 없다.

성(性)은 각기 갖추어져 있으나 심(心)은 총합되어 있다. 성은 분수(分殊)하는데 심(心)은 그 리(理)가 하나이다. 성(性)은 인의예지(仁義禮智)가 각각 하나씩 전담하여 인이 작용 할 때는 의가 안 되고 예를 할 때는 지를 할 수 없다. 심(心)은 인의예지가 합해져 하나가 되므로 인(仁)으로 말하면 모두 인이어서 인 속에 의가 있고 예가 있고 지가 있다. 의(義)로 말하면 의 속에 인·예·지가 있다. 예·지 또한 모두 이와 같다. 성(性)의 경우 인이 애(愛)를 주재하고, 의가 오(惡)를 주재하고, 예가 양(讓)을 주재하고 지가 별(別)을 주재하여 각기 그 정(情)을 하나씩주재 한다. 심(心)의 경우 사랑하면서도 능히 미워할 수 있고, 사양하면서도 능히 분별할 수 있어 모든 정을 꿰뚫어 통하지 않음이 없다.

성(性)은 정(情)과 상대하여 말한 것으로 성은 그 적연(寂然)하여 정(靜)한 것을 가리키고, 정(情)은 동(動)하여 곧바로 수행하는 것을 가리킨다. 심은 성·정을 총괄하여 이름 한 것이므로 정(靜)

---

430) 주재설(主宰說) : 1925년에 간행된 곽종석(郭鍾錫)의 문집 『면우선생문집(俛宇先生文集)』권 130의 잡저에 따르면 「주재설(主宰說)」은 곽종석이 신축년(1901)에 지은 글이다. 조병희가 곽종석의 글을 인용하여 적은 것을, 1963년 『회와집』 발행 과정에서 조병희의 글로 잘못 알고 간행된 것으로 보인다. 면우집과 비교해보면 중간중간 탈자와 오자가 총 7군데로 글의 뜻에는 영향이 없는 정도나, 오탈자를 비교를 통해 이 글이 면우의 글임이 확신하게 된다.

431) 마음은……리이다 : 이 말은 『주자어류』권1 「이기상(理氣上)」 편에 보인다.

가운데 동(動)이 있고, 동 가운데 정이 있다. 성은 체(體)가 되고 정은 용(用)이 된다. 심은 본체(本體) 속에 묘용(妙用)이 이미 갖추어져 있고, 묘용 속에 본체가 늘 정해져 있다. 이 때문에 심(心)은 능히 그 성(性)을 검속할 수 있으나, 성은 그 심을 검속할 수 없는 것이다. 일(一)은 능히 분수(分殊)를 명할 수 있으나 분수는 일을 명할 수 없다. 총합은 각각을 받아들일 수 있으나 각각은 총합을 받아들일 수 없다.

적연(寂然)하여 정(靜)한 것은 스스로 주재할 수 없고 정(靜) 가운데 능히 동(動)하는 묘가 그것을 주재한다. 동(動)하여 곧바로 수행하는 것은 스스로 주재할 수 없고 동 가운데 능히 정하는 묘가 그것을 주재한다. 대개 그 네 가지를 합하여 하나가 되어 동정을 관통하여 간극이 없다. 그러므로 능히 서로 돕고 구제하여 주재(主宰)의 공을 이루니, 성(性)처럼 각기 그 공능(功能)을 하나만 하고 또 주로 지극히 정한 데[至靜]서 명명한 것과는 다르다. 이것은 바로 심이 주재가 되고 성이 주재가 될 수 없음을 지목한 것이다. 그러나 심(心)의 주재에 어찌 다른 리(理)가 있겠는가. 바로 성(性)의 리(理)뿐이다.

무릇 인의예지를 떼어놓고 말한 것이 성이요, 통틀어서 말한 것이 심이다. 통틀어 말하면 성(性)·정(情)·의(意)·지(志)가 모두 심이다. 성(性)이 맑게 머금어 감추는 것은 지(智)가 주재하고, 정(情)이 아련히 발생하는 것은 인(仁)이 주재하고 의(意)가 찬연히 조절하는 것은 예(禮)가 주재하고, 지(志)가 확실히 단정하는 것은 의(義)가 주재한다. 인·의를 상대하여 말하면 인(仁)은 심의 덕으로 예(禮)를 포괄하여 체(體)가 되어

온갖 변화를 주고받는 주재가 된다. [432] 의(義)는 심의 제(制)로 지(智)를 포괄하여 용(用)이 되고 온갖 일을 통제하는 주재가 된다. 사덕(四德)이 고르게 주재하는 것은 진실로 이 심(心)의 전체가 그런 것이다.

다만 수(水)는 올라가고 화(火)는 내려와서 서로 구제하고 도와 만물을 조화롭게 하는 것이 천지의 최고 공용(功用)이다. 그러므로 심장은 화에 속하므로 신장의 물이 자양분이 되어, 화의 신(神)과 수의 정(精)이 마음속에서 화합하여 성숙한다. 화(火)의 리(理)는 예(禮)로 예가 본궁(本宮)에 머물며 심의 덕을 전일(專一)하는 것이 경(敬)이다. 수(水)의 리는 지(智)로 지가 나란히 자리하여 심의 덕을 전일(專一) 하는 것이 지(知)[433]이다. 경(敬)은 허명(虛明)을 주재하여 그것이 수렴되어 흩어지지 않아 지(知)에 도움이 된다. 지(知)는 함축(涵蓄)을 주재하여 밝게 비춰 몽매하지 않아 경(敬)에 관통한다. 사성(四性)을 검속하고 중정(衆情)을 수약(守約)하여 온갖 변화의 주재가 되는 것이다. 지(知)는 원래 지(智)의 덕이나 곧바로 지(智)라고 해서는 안 된다. 경(敬)은 원래 예의 덕(德)이나 곧바로 예(禮)라고 해서는 안 된다. 이것이 또 심·성의 분별이다.

이에 지(知)를 말미암아 살펴보면 애(愛)는 인(仁)의 지(知)요, 오(惡)는 의(義)의 지요, 양(讓)은 예(禮)의 지요, 별(別)은 지(智)의 지이다. 경(敬)을 말미암아 살펴보면 순일(純一)하여 사사로움이 없는 것이 인(仁)의 경이요, 재제하여 차별이 없는 것이 의(義)

---

432) 주재가 된다 : 조병희의 주재설 원문에는 지(至)로 되어 있으나 뒷글의 재(宰)와 대구가 되므로 주(主)로 되어있는 면우의 글을 원용하여 번역하였다.

433) 지(知) : 조병희의 주재설에는 지(智)로 되어 있으나 면우의 주재설에 지(知)로 되어있다. 내용의 흐름으로 보아 지(知)로 보는 것이 옳다.

의 경이요, 절제하여 어지럽히지 않는 것이 예(禮)의 경이요, 치지
(致知)하여 버리지 않는 것이 지(智)의 경이다. 지(知)、경(敬)이
주재함은 이와 같은 것이 있다. 이 때문에 군자는 심학(心學)을 공
부함에 또한 반드시 치지(致知)와 거경(居敬)을 제일의 의(義)로
삼는다. 다만 경(敬)은 화장(火臟)의 본궁에 해당하고 지(知)는 그
짝이 된다. 그러므로 말하길 "경은 일심(一心)의 주재가 된다."라고
하였다. 경(敬)을 들면 지(知)는 그 속에 있다.

●

主宰說

곽종석(郭鍾錫)

※__ 표시한 부분은 조병희의 주재설에 누락되거나 글자가 다른 부분임.

朱子曰 心固是主宰底 而所謂主宰者卽理也 心之理便是性 而性不得
爲主宰何也 盖心性雖非二物 所指以立名 亦不能無別 性爲各具而心
則其總會也 性爲分殊而心則其理一也 性則仁義禮智 各專其一 而仁
作義不得 禮做智不能 心則合仁義禮智爲一 故以仁言則都是仁 而仁
中有義有禮有智 以義言則都是義 而義中有仁有禮有智 以禮以智而
言 亦皆如是 性則仁主愛義主惡禮主讓智主別 各一其情 而心則愛而
能惡 讓而能別 貫衆情而無不通 性則對情而言 性指其寂然而靜 情
指其動而直遂 心則總性情而爲名 故靜中有動 動中有靜 性爲體 情
爲用 而心則本體之中妙用已具 妙用之中本體常定 是以心能檢性而

性不能檢其心者 一能命殊而殊不能命一 總能涵各而各不能涵總 寂
然而靜者不能自主 而靜中能動之妙爲之主 動而直遂者不能自宰 而
動中能靜之妙爲之宰爾 盖其合四者而爲一 貫動靜而無間 故能相資
交濟而致主宰之功 非若性之各一其能 而又立名於至靜者而已也 此
則心之爲主宰而性不可以主宰目之者也 然而心之主宰 豈有他理哉
卽亦性底理而已矣 凡仁義禮智之偏言者性也 專言者心也 專言則性
情意志皆心也 而性之瀅然含藏 智爲主 情之藹然發生 仁爲主 意之
粲然品節 禮爲宰 志之確然斷定 義爲宰 以仁義對言則仁者心之德而
包禮爲體 爲酬酢萬變之主 義者心之制而包智爲用 爲裁割萬事之宰
四德之均之爲主宰者 固此心之全體然也 第以水升火降 交濟相資 以
造化萬物者 最爲天地之功用 故心之臟屬火而腎水滋輸之 火神水精
絪縕亭毒於方寸之內 火之理禮也而禮居本宮專一心之德者敬也 水
之理智也而智爲配位專一心之德者知也 敬主虛明而其收斂不散資乎
知 知主涵蓄而其照徹不昧資乎敬 是其知敬合一而專一心之妙 檢四
性約衆情而爲萬化之主宰者也 知固是智之德而不可便謂之智 敬固
是禮之德而不可便謂之禮 此又心性之別也 於是乎由知而觀則愛者
仁之知也 惡者義之知也 讓者禮之知也 別者智之知也 由敬而觀則純
一無私 仁之敬也 裁制無差 義之敬也 節而不紊 禮之敬也 知而不去
智之敬也 知敬之爲主宰有如此者矣 是以君子之爲心學也 亦必以致
知居敬爲第一義 但敬當火臟之本宮 而知爲其配而已 故曰敬爲一心
之主宰 舉敬而知在其中矣

晦窩集 卷之四

〈회와집 권4〉

諸儀禮戴記亦有可言者嘗以質諸師門
而受其評批者并可考也公之先昌寧人
自先生以上世系己著曾大父鶴振始有
德山移元塘皆古晉州地也大父錫大父
義淳母金州李氏公生卒葬俱在元塘而
庚辰十月一日乙丑四月二十六日則其
晬與忌也瓦谷山友封其墓也配文化柳
大淳女有七男子麟燮龍燮龜燮鳳燮虎
燮春燮七燮孫男女長成者十餘餘幼方
未艾意者公雖夭而志氣之凝有足敷衍

有得於啓瀹疏瀹之功也為人平易曠逸
而中確然有操不以世守覬色為拘不以
時變趨舍為汨勤惟日疊焉孳孳竭力以
求其至瀜蓄之深而發之沛然有莫禦之
勢其昕自期與師友所期待者并省不輕
以重而卒以年四十六遺疾須逝噫乎其
可惜也有詩文數卷遺存身後其中所論
太極圖解人物性同異本然氣質性主宰
心之說識者多以為可采又論深衣裳服
頹項首経朱子說有大全家禮之不同參

** 其他

1. 祭文

〈1. 제문〉

●

愼謙夫傳

謙夫 名益晟 愼氏 貫居昌 其先世 有衣冠 有參奉 諱恬 自京始來居晉州之栢谷里 於君爲十二世 四世而諱衍 更居昆陽 曾祖曰揆 祖曰元極 曰宗行 卽其父也 娶晉陽鄭氏守敬女 忠莊公諱苯爲所蒙祖 宗行更居晉之元堂里

君時四歲 端緖卽見 長而就舅氏永箕學 舅甚愛之 君事親力供甘旨或不足 每獵川而繼之 事無難易 父母令之 卽當之而無難色 故其父母常言曰 吾未見其貽憂於我 隣里之或勉其子弟者 必以君爲言

其父每訓戒之曰 人不學 非人 學之不易 惟勤必成 以吾之不學 思於而 而遂之而其勉矣 且我在 家事 非他事 可遊學四方 君惕然有動于中曰 子而不體父志 非子矣 於是不憚遠近 擇師廣交 以相磨礱浸灌 貯於心者 日茂 檢於身者 日密 庶日有進者 君之業于外也

父殆老矣 猶力穡求辦 躬自負米 雖遠必往 間又數往 不懈益勤 家

故貧 每出粮 家人難之 則曰但使渠學進 寧致乏於家 人曰 某於子 其
誠乎 君素以鈍根 加已十已百之功 鍊精之久 所見日高 父有力焉

歲丁酉 聞惺溪仲昭曹公居德山之偶然亭 父命曰 可矣 而其往學 君
則以父命告謁 遂受小學書 刻意向前 有疑輒問 難不置 曹公稱曰 愼
君篤實可望 君益加不住之工 向之鈍根者 漸至利順 艱澁者 漸至活熟
實 自曹公發焉 爲詩多自警省語 如曰 黃卷中間對聖人履臨罔敢誤心
身 諸作可見 明年春 又往學 不幸得疾 輿歸家 竟不起 實戊戌三月日
年廿七 其父泣且曰 吾十年之功 而乃歸於虛地耶 逮其病臥家 曹公數
遣書診偵 其沒 人莫不悲惜 而曹公尤甚之也 嗚乎 夫人之尤耶 抑命
於天者 然耶 孰謂其可望之而終不可望耶 得使長其生 充其志 其進也
豈至於是而止耶

君才諝不足 而忠信有餘 聲音雖訥 而體氣肥大 平生無勝人意忮人
心 不爲反覆心 不爲貳參言 行己與人俱皆無失 友一弟甚篤 相嗁嗁然
處衆含默寡言笑 當劇紛未嘗遽聲色 故外雖若無能者 而內有餘地 惡
衣食而不以爲意 君父本於農務 老猶不廢 君在家 家務 必躬爲之 每
請父代勞曰 老父于役 而吾托以讀書之名 可安坐爾乎 盖其心之近仁
率而質 實之近道 望之 知其爲善人

妻晉陽人河姓慶雲女 君在配君子以順 君沒 奉尊章 執婦道甚恪 誓
不嫁以終云 生二子 長早失 次子君沒時 始三歲 君之父嘗膝之曰 吾
以敎乃父敎乃子學可乎

昌山曹柄彩曰 君沒且八年 君之父過余謂曰 我子不天短而死 吾重
哀其生志不就 知其生無吾君若 若君憐我子 必賜一言 足爲其生世表
且慰其父若子 且死且有知 將不悼 其不幸於土中矣 余辭之不獲命 則
因念 吾之父素業農 行己無失 議論明達有條 貧而敎子惟誠 子沒又收

406

拾其遺文 以圖其后承示 嗚呼 世執如君父者其前后於其子 其事皆可
書 余故爲之言 而又竊怪 福善禍淫 天理則然 以若父而不食報於其子
何哉

신겸부전(愼謙夫傳)

겸부(謙夫)의 이름은 익성(益晟), 성은 신씨(愼氏), 본관은 거창(居昌)
이다. 그 선조는 벼슬을 지낸 이도 있고, 참봉(參奉)을 지낸 이도 있다. 휘
염(恬)이 서울에서 내려와 처음 진주 백곡리(栢谷里)[434]에 거주하였는데
군에게는 12세조가 된다. 4세조 휘 연(衍)부터 다시 곤양(昆陽)[435]으로
옮겨 살았다. 증조부 휘는 규(揆), 조부 휘는 원극(元極), 아버지 휘
는 종행(宗行)이다. 어머니는 진양(晉陽) 정씨(鄭氏) 수경(守敬)의
여식인데, 충장공(忠莊公) 휘 본(苯)의 후손이다. 종행은 다시 진주
원당(元堂)으로 이거하였다.

군이 4세 무렵 두각이 곧 나타났고, 자라서는 외삼촌 영기(永箕)
에게 나아가 배웠는데 외삼촌은 그를 매우 사랑하였다. 군은 어버
이를 모심에 맛있는 음식으로 힘껏 받들고, 혹시 부족하면 냇가에
서 물고기를 잡아 봉양하였다. 일이 쉽든 어렵든 부모님께서 명하
면 즉시 시행하였고 꺼리는 기색이 없었다. 그러므로 그 부모는 늘
"우리에게 걱정을 끼치는 것을 본적이 없소."라고 말하였다. 마을에
혹 그 자식을 면려(勉勵)하려는 사람들이 있으면 반드시 군을 예로
들어 말하였다.

---

434) 백곡리(栢谷里) : 경남 의령군 정곡면 백곡리
435) 곤양 : 경남 사천시 곤양면

그 아버지가 매번 훈계(訓戒)[436]하여 말하시길 "사람이 배우지 않으면 사람이 아니다. 배움이 쉽지 않으나 오직 부지런히 힘쓴다면 반드시 이룰 것이다. 내가 배우지 못했기에 너를 생각하니, 너는 내 뜻을 이루도록 힘쓸지어다. 또 내가 있는 한, 집안일은 네 일이 아니다. 사방으로 종유하며 배우는 것이 좋겠다."하였다. 군이 가슴 가득 감동을 받아 말하길 " 자식이 되어 아버지의 뜻을 따르지 않는다면 자식이 아닐 것입니다."하고서, 이에 거리의 멀고 가까움을 따지지 않고 스승을 택하고 교유를 넓혀 절차탁마(切磋琢磨)하였다. 마음에 쌓인 것이 날로 무성해지고 몸에 검속하는 것이 날로 면밀해졌다. 거의 날마다 진보함이 있는 것은 군이 밖에서 학업을 행함이었다.

아버지께서 매우 연로하셨는데도 여전히 힘써 농사를 지으며 살림을 꾸렸다. 몸소 쌀을 지고 비록 먼 거리라도 반드시 가고 또 자주 가니, 군은 게을리 하지 않고 더욱 부지런히 하였다. 집안의 형편이 가난하여 양식을 낼 때마다 집사람이 난색을 표하니, 말하길 "그가 만약 학문이 진보하기만 한다면, 어찌 가정을 궁핍하게 하겠는가."라고 하였다. 사람들이 말하길 "아무개는 자식에게 정성을 다하는구나."라고 하였다. 군은 평소에 노둔하였으나 열 번이고 백 번이고 거듭하는[己十己百][437] 공을 더하여 정밀하게 닦은 지 오래되자 소견이 날로 높아졌는데, 아버지의 힘이었다.

정유년(1897) 성계(惺溪) 조용(曺鏞)[438]이 덕산(德山)의 우연정(偶

---

436) 훈계(訓戒) : 원문에는 훈융(訓戎)으로 되어 있으나 원문의 오류로 보이며, 계(戒)로 바꾸어야 의미가 통한다.

437) 열 번이고 백 번이고 거듭하는[己十己百] : 『중용』 참조.

438) 조용(曺鏞) : 1837 - 1903. 자는 중소(仲昭), 호는 성계(惺溪), 본관은 창녕(昌寧)이다. 거주지는 진주 덕산(晉州 德山)이다. 문집은 『성계집(惺溪集)』이 있다.

然亭)에 기거하였는데, 아버지가 명하길 "잘 되었구나. 너는 가서 배우도록 하여라."하자, 군이 아버지의 명으로 선생을 알현하고 마침내 『소학(小學)』책을 받았다. 의지를 단단히 하고 앞으로 나아가, 의심나는 부분이 있으면 곧바로 물어보고 어려운 것을 내버려 두지 않았다. 조공이 공을 칭찬하여 말하길 "신군은 독실하여 기대할 만하다."하니, 군이 더욱 쉬지 않고 공부하여 예전의 노둔한 근기가 점점 영리해지고, 어렵고 껄끄러웠던 것이 점점 원활하고 익숙해졌으니 이는 조공으로부터 계발된 것이다.

지은 시에는 스스로 깨우치고 살피는 말이 많았는데 예를 들면,

책 속에서 성인을 마주 대하니 　　　　　　　　(黃卷中間對聖人)

조심조심[439] 감히 심신을 그르치지 못하겠네. 　(履臨罔敢誤心身)

등 여러 작품들에서 볼 수 있다.

이듬해 봄 또 가서 배웠지만, 불행히도 병을 얻어 집으로 돌아와 끝내 일어나지 못하였다. 무술년(1898) 3월 어느 날, 나이 스물일곱이었다. 그 아버지가 울면서 말하길 "내 십년 공이 헛되이 돌아갔구나."하였다. 그가 병으로 집에 누워있을 때 조공이 수차례 편지를 보내 안부를 살폈다. 그가 세상을 떠나자, 슬퍼하고 안타까워하지 않은 이는 아무도 없었지만, 조공은 더욱 심하였다.

아아! 무릇 사람의 잘못인가. 아니면 천명이 그런 것인가. 어찌 그 기대할 만하다 했으나 결국 가망이 없단 말인가. 만약 그 삶이

---

439) 조심조심 : 원문의 이임(履臨)은 항상 두려워하는 자세로 조심하는 것을 뜻한다.《시경》〈소아(小雅) 소민(小旻)〉에 "매우 두려워하고 조심하여 깊은 못에 임한 듯, 얇은 얼음을 밟는 듯이 한다.[戰戰兢兢 如臨深淵 如履薄氷]" 하였다.

장수하여 그 뜻이 확충되었다면, 그 진보가 어찌 여기에서 그쳤겠는가.

군의 재주와 식견은 비록 부족하나 충신(忠信)은 넉넉했다. 음성은 비록 어눌하였으나 몸집은 살찌고 장대하였다. 평생토록 남을 이기려는 뜻이나 남을 해치려는 마음이 없었으며 마음을 번복하지 않고 말을 이랬다저랬다 하지 않아, 자신을 다스림과 남과 어울림에 모두 과실이 없었다. 아우 한명과 우애가 매우 돈독하고 서로 화락했다. 여러 사람과 있을 때는 조용히 말수와 웃음이 적었고, 바쁘고 어지러운 일을 당하여도 성색(聲色)을 급작스럽게 한 적이 없었다. 그러므로 겉으로는 비록 무능한 듯하지만, 내면은 여유가 있었으며, 거친 옷과 음식에도 개의치 않았다.

군의 아버지는 본래 농사에 힘써 연로하여도 그만두지 않았다. 군이 집에 있으면 집안일에 힘써 반드시 몸소 하였으며, 매번 아버지께 대신하겠다고 청하여 말하길 " 늙으신 아버지가 일을 하시는데 나는 글을 읽는답시고 편안히 앉아 있을 수 있겠습니까."하였다. 대개 그 마음은 인에 가까워 진술하고 솔직하였으며, 행실은 도에 가까워 보기만 해도 착한 사람임을 알 수 있었다.

부인은 진양(晉陽) 하씨(河氏) 경운(慶雲)의 여식으로 군이 살아 있을 때는 군자의 배필이 되어 따르고, 군이 죽자 시부모를 봉양하며, 부녀자의 도를 지킴이 매우 각별 하여, 죽을 때까지 재가를 하지 않겠다고 맹세하였다.

아들 둘을 낳았는데 큰 아들은 일찍 잃고, 둘째 아들은 군이 세상을 떠났을 때 겨우 3살이었다. 군의 부친이 늘 무릎에 앉혀놓고 말하길 "내가 너의 아버지를 가르쳤는데, 너 자식에게도 학문을 가르치는 것이 되겠느냐." 하였다.

창산(昌山) 조병채(曹柄彩)[440]는 말한다.

"군이 죽은 지 8년이 되자 군의 아버지가 나에게 와서 '내 자식이 불행히 단명하여 죽었으나 내 그 녀석이 살아서 뜻을 이루지 못한 것이 매우 슬프오. 그 삶을 아는 이는 그대만한 이가 없으니 만약 그대가 내 아들을 가련히 여겨 반드시 한 말씀 지어준다면, 족히 그 삶의 세표(世表)로 삼고, 또 그 아버지와 자식을 위로할 것이네. 또한 장차 죽은 자가 앎이 있다면, 지하에서도 자기 불행을 슬퍼하지 않을 것이네.'라고 하였다. 나는 사양하였으나 허락을 받지 못하였다.

생각해보건대, 군(君)[441]의 아버지는 평소 농사를 지었으나 행동에 실수가 없었으며, 의론이 명달하고 조리가 있었다. 가난하지만 자식을 가르침에 오직 정성을 다하였다. 자식이 죽자 또 그 생전에 남긴 글을 수습하여 후세에 계승하여 보여줄 것을 도모하였다.

오호라! 세상에 누가 군의 아버지같이 그 자식의 전후를 챙기는 이가 있겠는가. 그 일은 모두 기록할 만한 것이다. 나는 그러므로 그를 위해 말한다. 또 속으로 살며시 괴이한 생각이 든다. '착한 이에게 복을 주고, 황음한 이에게 화를 주는 것은 하늘의 이치가 그러하다. 이런 아버지인데도 그 자식에게서 보답을 받지 못한 것은 무엇 때문인가.'"

---

440) 조병채(曹柄彩) : 조병희의 초명이다.
441) 군(君) : 원문은 오(吾)로 되어 있으나 문맥상 군(君)의 오자로 보임.

祭四從祖 惺溪先生文
사종조부(四從祖父)[442] 성계(惺溪)[443] 선생을 제사지내는 글

嗚乎惟公	아! 공이시여
天賦之美	타고난 자질이 아름다워
坦蕩淳慤	마음이 너그럽고 정성스러우며
溫爽樂易	온화하고 화락하셨네
屈首問學	전심하여 학문할 적에는
樂在是矣	즐거움이 그곳에 있으셨지
濬源扵經	경전에서 근원을 깊이 궁구하고
觀瀾于史	역사서에서 파란을 살폈으며
餘事葩藻	화사한 문장에 마음 쓰지 않고
本分踐履	실천을 본분으로 삼으셨네
維存不邪	마음에 보존한 것은 삿되지 않았고
維執不倚	굳게 잡은 것은 치우치지 않았으며
維出不貧	재물을 내주고도 가난하게 여기지 않아
有遠其自	자신을 원대하게 함이 있으셨네
身親力助	스스로 힘쓰고 도와
養深積邃	수양이 깊고 축적이 정심하여
于形有色	형체에서 빛이 나고

---

442) 사종조부(四從祖父) : 조부의 8촌 형제들을 가리키는 것으로, 조병희와는 10촌 관계이다.

443) 성계(惺溪) : 조용(曺鏞, 1837—1903)이다. 초명은 석진(錫晉), 자는 중소(仲昭), 호는 성계, 본관은 창녕이며, 현 경상남도 산청군 시천면 덕산(德山)에 거주하였다. 남명 조식의 9세손이다.

于面有粹	얼굴은 순수하였으며
自治及人	자신을 다스려 남에게 미치니
耦俱無墜	상대에게 모두 실추함이 없으셨네
不事邊幅	외관 꾸밈을 일삼지 않고
惟質與比	오직 바탕을 따를 뿐이셨고
卑讓肫肫	겸손함이 정성스럽고 간절하여
無離無詖	배반함도 없고 아첨함도 없으셨네
士林推德	사림은 그 덕을 추앙하였고
宗黨服義	종족들은 그 의리에 감복하여
而世滔滔	세상에 성대하였으니
誰則不士	누군들 선비라 여기지 않았으리요
道理所縛	도리에 속박되고
文字所使	문자의 부림을 받아
貌蠟言桅	가식적인 면모와 언사[444]를 꾸미며
而不近裡	공의 속마음을 가까이하지 않는다면
其視於公	공을 보는 것이
誰之近似	무엇인들 참모습에 가깝겠습니까
偶然有亭	우연정(偶然亭)[445]이 있어

---

444) 가식적인 면모와 언사 : 원문의 '모납언위(貌蠟言桅)'는 치모납언(桅貌蠟言)을 변용한 것이다. 당(唐)나라 유종원(柳宗元)이 지은 「편고(鞭賈)」에 "어느 부잣집 자제가 채찍을 사는데, 그 채찍이 노랗고 윤택하여 보기 좋으므로 5만 냥을 주고 샀다. 그 채찍을 끓는 물에 불려서 씻어내니 노랗던 것이 희어지고, 윤택하던 것이 딱딱하여졌다. 그 노란 것은 치자물을 바른 것이요, 윤택한 것은 밀칠을 했던 것이다. 요즈음 그 얼굴에 치자물을 바르고 그 말에 밀칠을 하여 조정에서 재주를 팔려는 자들은 한결같이 그릇되었다.[今之桅其貌蠟其言 以求賈伎於朝者一誤]"라고 한데서 나온 말로, 가식적인 면모와 언사를 가리킨다.

445) 우연정(偶然亭) : 조병희의 부친이 지은 정자다.

考盤永矢	은거하며 안빈낙도를 맹세하셨네[446]
朋至命觴	벗들이 찾아오면 술상을 차리고서
歡言共醉	즐겁게 이야기하며 함께 취하셨지
醉則吟哦	술에 취하면 시를 읊었는데
氣調淸緻	기상은 청아하고 율조는 치밀하였네
山光盆麗	산빛은 더욱 수려하고
水色盆媚	물빛은 더욱 아름답습니다
引進后學	후학들을 인도할 적에는
誨誘淳摯	가르침을 순후하고 지극히 하셨네
憲也顓蒙	어리석은 저는
躓焉莫起	넘어지면 일어날 줄 몰랐는데
踵門請學	문하에 나아가 배움을 청한 것이
盖自今始	대개 그때부터 시작되었습니다
古聖賢言	옛 성현의 말씀은
其旨密秘	그 지결이 은밀하여
從前妄想	종전의 저는 망상에 사로잡혀
枉費鑽燧	헛되이 세월[447]을 보냈습니다
聞公諄諄	공의 정성스런 가르침을 듣고서는
如盲得視	맹인이 눈을 뜬 듯 환하였습니다
平生深憂	평소에 깊이 걱정하는 것은

---

446) 은거하며 안빈낙도를 맹세했습니다 : 원문의 고반(考盤)은 고반(考槃)과 같다. 『시경』 위풍(衛風) 「고반(考槃)」에 "은자의 오두막 언덕에 있으니 현인이 은거하는 곳이로다. 혼자 잠들고 일어나 결코 남에게 알리지 않으리라 맹세하네.[考槃在陸 碩人之軸 獨寐寤宿 永矢弗告]"라고 하였다. 산림에 은거하며 안빈낙도의 생활을 즐긴다는 말이다.

447) 세월 : 『논어』 「양화(陽貨)」에 "묵은 곡식이 없어지고 새 곡식이 나며, 불 일으키는 나무도 고치나니, 1년이면 그만 둘만 합니다.[舊穀旣沒 新穀旣升 鑽燧改火 期可已矣]"라는 말이 나온다.

慕翁文字	흠모하는 명옹(冥翁)[448]의 유문이라
辛勤採摭	각고의 노력을 다해 채집하여
用圖后示	후손에게 보여줄 것을 도모하셨네
公曰此事	공께서 말씀하기를 "이 일은
惟我汝議	오직 너와 의론할 것이다"라고 하셨네
余懼不克	저는 감당하지 못할까 걱정스러워
慄慄惴惴	두려움에 전전긍긍 하였습니다
我僑于他	제가 타관살이 하는 곳은
元湖之沚	원호(元湖)의 물가[449]였습니다
時月離闊	떨어져 지내는 세월동안
渴焉難置	애타는 그리움을 내버려 두기 어려워
或書或面	혹 편지를 쓰거나 찾아뵐 때면
警策周至	경책이 주밀하고 지극하셨으니
豈徒免親	어찌 단문친(袒免親)[450]일 뿐이랴
生師有誼	스승의 정의(情誼)가 있으셨네
我去公憂	제가 떠나면 공은 우울해하셨고
我來公喜	제가 찾아가면 공은 기뻐하셨지요
越在仲秋	지난 중추에
拜公于第	집에서 공을 뵈었는데

---

448) 명옹(冥翁) : 『惺溪集』 권4, 曹孤淵 撰, 「家狀」에 의하면 조용(曹鏞)은 문정공(文貞公) 남명(南冥) 조식(曹植)의 유문이 임진왜란을 거치면서 산실된 것을 걱정하여 1892년 (임진)에 중간(重刊)을 도모하여 10년간 정성을 다하였다.(先祖文貞公遺集 自經王燹 收錄得略千卷 頗有訛誤 經三百載 爲士林之嗟 往在壬辰始設重刊 而府君周旋其間 苦心殫誠者 首尾十有餘年)

449) 원호(元湖)의 물가 : 현 경상남도 산청군 단성면 사월리 원당 마을의 경호강 가를 가리킨다.

450) 단문친(袒免親) : 사종형제(四從兄弟) 간을 말한다. 무복친(無服親)이라고도 한다.

公曰何遲	어찌 이리도 늦었냐며
久汝之思	오래도록 저를 생각했다 하셨네
余拜而退	제가 절하고 물러나자
公將于外	공께서 밖으로 따라 나오시며
公曰勉哉	말씀하기를 "힘쓸지어다.
吾愛汝最	내 너를 가장 아끼노라
屹彼鴨嶺	우뚝 솟은 저 압령(鴨嶺)
天末迢遞	하늘 끝 저 멀리 있는데
我欲斯往	내가 가보려고 한다네
來月之際	다음 달 즈음에는
往汝雖透	네게 가는 길이 굽어 멀지라도
必訪是計	꼭 방문할 계획이다"라고 하셨네
余應曰唯	나는 알겠습니다라고 대답하고서
惟恐不逮	뒤따르지 못한 것을 걱정했네
歸則難忌	돌아오시면 꺼려한 것 힐난하길 바라며
掃榻以俟	책상을 치우고서 기다렸습니다
誰知此行	누가 알았으랴. 이 행차가
客中夷▼(유ネ+遺)=殪와 동자)	객중에 세상을 떠나게 될 줄을
輿襯百里	영구를 모시고 백리를 오는 동안
行路有淚	길에서 눈물만 흘릴 뿐이네
奈何乎公	공을 어이하랴
蒼蒼者彼	아득한 곳 저기인데
吾門無祿	우리 가문 복이 없고
吾黨何事	우리 마을 무슨 일을 할까

416

已矣已矣	끝이로다 끝이로다
後生何寄	후학들은 누구를 의지하랴
今夕何夕	오늘 밤은 어떤 밤인가
儀形永閟	공의 모습 영원히 뵐 수 없네
言念平昔	지난날을 생각해보니
實余有愧	진실로 나는 부끄럽네
哭薦心香	곡하며 정성어린 마음 바치니
有淚如泌	눈물이 샘처럼 쏟아집니다
靈乎格思	영령께서는 자리에 임하셔서
感此誠意	저의 성의에 감응하소서
嗚乎哀哉	아! 애통하도다

●

祭族叔復菴先生文

嗚乎痛哉 天果不可測耶 胡稟公以剛毅果決之姿 而不並假以耆耄期耋之壽 胡豐公以道德仁義之學 而不遂入於聖神功化之域 天固不可測 而先生之遽至於此極也耶 道學將誰爲之明 而斯文將誰使之托耶 縫掖章甫將誰與之追逐 而后生小學將何所從而學耶 我文貞公之文集之刊役 將孰爲之擔夯 而吾門之浸衰頹落 將誰爲之復耶 至若秉憙之愚 則未知焉而將孰爲之啓之 有問焉而將孰爲之答耶 病將孰爲之箴而昏將孰爲之覺耶 然則吾復菴先生之沒也 豈不使秉憙失聲長痛臟摧而心裂者乎

越有宋之休明 蔚群賢之輩出 實前聖之所繼 羌考亭之尤傑 世易降

而且遠 凜遺緒之一髮 紛百家之擾振 俗漸偸而丕變 士趍習而不拔

天眷斯人 我文貞公崛起於東國 人文宣朗 乾坤再闢 斯文旣晦而復明 道統旣絶而復續 環嶺之冠儒服儒者 何莫非我文貞公之所賜 而至今人知其孔子孟子之道之爲可貴者 抑亦伊誰之力歟

試言今世之弊 盖學者徒事于文華辭朶之末 而無眞實踐履之功 論理者 轉入於偏枯倚著之域 而無大中至正之路 其著盈箱而充篋 愈多而愈失 其說驚天而動地 愈新而愈窒 旣所學之各有所受 不能相通而合一 做得這一事則却把那一事來爭 說得東一邊則便將西一邊來詰 說來說去 益致夫險薄

於是 道術爲天下之陷穽 理氣爲學者之糟粕 旣口耳之徒然 固流弊之難革 惟吾復菴先生 起於道學擾壤之中 不由師承 卓然有立 屈首窮經 默有所入 士於文辭以華爲習 公無不爲而不以文急 士於見聞以博爲能 公無不知而不以博稱

絶意外慕 雲浮而山遠 踏脚實地 金鍊而玉成 溫溫乎其謙恭之德 懇懇乎其樂義之誠 謂聖門可勉勵而入也 奮發乎早夜 恐先緒之或失墜也 戰兢乎造次 盖嘗刊落枝葉 專精乎六經 口講心惟 愈求愈索 微而陰陽道器之分 近而心性理氣之合 此固今人之所口耳者 而能以心以身 默默乎其自得方其致思也 積漸沈貫 反覆紬繹 勞心而焦思 汗流而背洽 雖其才思之似涉遲鈍 而及其有得也 縷解而刃迎 理順而氷釋

心固合理氣 而言其本體 則理爲之主宰也 太極含動精 而言其發用則氣爲之資挾也 性之與情 固是一理 而或四或七 自有理發氣發之屬 人之與物 雖無二理 而曰同曰異 自有一原異體之別 旣所觀之各有攸當 不以彼此而防遏 旣不倚着於一偏 各圓通而快活 涵養其所知 而益

418

探其本 致知其所養 而益求其切 主理而制氣 即事而踐實

及其積之之多 驗之之久 則益見道理之所以然而不可易 所當然而不容已者 沛乎其河決 而條達 凜凜乎常若鬼神之參而上帝之臨也 不敢有一毫欺慢之心 則涵養戒懼之深也 屬屬乎恒若盈水之執而頭燃之驚也 不容有一時懈弛之意 則省察持守之密也 退然身若不勝衣 而自勝有以舉烏獲之任 訥然 言若不出諸口 而衛道有以摧髠衍之鍔

惻怛乎其愛人之誠 而密勿乎其處事之篤 蓋其得乎天之所賦者 既不偶矣 而兼其趨向之正 察理之明 守之固而行之力 故處于家則孝慈絕于人 交于外則忠信孚于友 接于事則至誠動乎物 講于學則日星于中天矣 立于世則砥柱于衝波矣 以至閭巷村曲 無遠無近 兒童之君 實走卒之司馬 紛藉藉而吃吃矣 此其盛德之積於己 而形於外者既然矣 而猶恐其自治之或失也

所以存養而省察之者 愈嚴愈密 酬酢而應接之者 愈恭愈屈 方且俛俛孜孜 期入於遠大之域 使文貞公之道 有所發明 吾黨有所依歸 而天固難諶 遂齎志而沒也 此天下有識之士 已是齎嗟而慨惜矣 而自先生言 則獨有一大至冤 通天地且萬古而不滅者焉

恭惟我文貞之道學德術 既如彼矣 而但恨其當時遺文之裒集 不幸出於道聽而途說 既未得其人矣 而又不能無傳會而訛脫者 雖其後之累經繡梓 而因仍苟且 乃不免乎舊轍 此三百年神人之所共憾 而至於后孫軆 尤有所飲血 蓋莫不有圖所以重刻之意 而顧事大重 無有能向前而擔責者 惟吾復菴先生 獨慨然感泣曰 此吾職也 奉遺編以周旋 思無忝于平昔 心思而口讀 字求而句覓 既證據之分明 資見聞乎廣博

積一生屹屹 乃克有所施設 奈一生之夙崇嬰身 出入不可以一日而能安 八耋之老慈在堂 定省不忍以一時而或闕也 然而且徒步重繭 懇

懇矻矻 跋涉遠道 山險而水阻 盛夏隆冬 天焦而風烈 家喻而戶詢 東征而西出

嗟 世道之交下 概人心之詭譎 朝變而暮幻 紛異論之交迭 各私意之橫 却敢大事之沮拂 惟先生之不撓 益堅指天而誓日 旣血誠之所到 天感而神徹 到衆議之稍歸 庶事役之過半 所以勘校而洗櫛之者 維不能盡如所料 而其視舊猶可無恨也 尙歧貳之出於料外 乃遷延而渙散 淹四載於斗芳 曾孔席之無煖 盖一平生之所蓄積 十餘稔之所汗漫 異論將漸次乎歸一 事役將非久而告斷 而何天之不測 遽一疾之牽絆 使其生而抱一生之至憾死 而爲千古之至寃也

懿也小生 才卑志昏 雖知此學之爲可爲 而悵悵乎不得其門 惟先生之不遐而棄之 特蒙愛存懇懇乎爲學之方而眷眷乎主理之論 至於刊事尤所諄諄 顧此昧事薄誠 常傍觀而退逡

越在孟春 獲侍山間 事到極處 乃復多艱 公無可奈 徒爾發歎 客散坐罷 余欲歸還 命曰 汝坐與語 如某如此某如彼 汝後來看 拜辭以還了了銘肝 誰知此言 乃爲永訣 及後到彼事多悅惚 恨不當時盡爲問質事不如料 似有添缺 惟公之獲侍我文貞公之靈于地下也 未知我文貞公之當如何說也

嗚乎痛哉 昔我來斯 溫春之滿座 今我來斯 乃柳車之載飭 八耊慈老在堂 十餘年之刊事 將幾日其可落 而乃先生之遽何適耶 蒼蒼之果難信而漠漠之果難測耶 斯文之將無任 而吾門之將無祿耶 長痛一哭 心膽墮落 先生之知耶不識耶 嗚乎哀哉

420

족숙(族叔) 복암(復菴)[451] 선생을 제사지내는 글

아! 애통합니다. 하늘의 뜻은 과연 헤아릴 수 없습니까. 어찌 공에게 굳세고 과감한 자질을 부여하고도 고년(高年)의 장수[452]를 빌려주어 누리게 하지 않았으며, 어찌 공에게 도덕과 인의의 학문을 풍부하게 하고도 성인(聖人)의 공업과 교화의 영역에 들어감을 완수하지 못하게 하였는가. 하늘의 뜻을 진실로 헤아릴 수 없어서 선생이 갑자기 이런 망극한 지경에 이르게 되셨는가. 도학은 장차 누가 밝히며, 사문은 장차 누구를 의탁하겠습니까. 유자(儒者)들은 장차 누구와 더불어 따르며 후생들은 앞으로 누구를 따라서 배우겠습니까. 우리 문정공(文貞公)[453]의 문집 간행은 장차 누가 맡으며, 우리 가문의 쇠락은 누가 회복시키겠습니까. 저처럼 어리석을 경우에는 알지 못하면 장차 누가 계도해줄 것이며, 질문하면 누가 대답해주겠습니까. 병은 장차 누가 치료해주며 혼매한 정신은 장차 누가 깨우쳐주겠습니까. 그렇다면 우리 복암 선생이 세상을 떠나신 것은 어찌 저로 하여금 목이 쉬도록 길게 통곡하여 간장이 끊어지고 가슴이 찢어지게 하는 것이 아니겠습니까.

이에 송(宋)나라 성세(盛世) 때 성대하게 많은 현인들이 배출되었는데,

---

451) 복암(復菴) : 조원순(曹垣淳, 1850 —1903)을 가리킨다. 자는 형칠(衡七), 호는 복암, 본관은 창녕(昌寧)이다. 현 경상남도 산청군 삼장면 대포리에서 태어났다. 허전(許傳)과 이진상(李震相)에게 수학하였다. 조식(曺植)의 10대손으로, 조식의 학문을 선양하는데 노력하였으며『남명집』간행을 주도했다. 그가 완간하지 못하고 사망하자, 아들 조용상(曺庸相)이『남명집』을 완간하였다. 교유인물로는 박치복(朴致馥)、김인섭(金麟燮)、최익현(崔益鉉)、허유(許愈)、최숙민(崔琡民)、곽종석(郭鍾錫) 등이 있다. 저술로 7권 3책의『복암집』이 있다.

452) 고년(高年)의 장수 : 대개 원문의 기(耆)는 60~70세를, 모(耄)는 70~90세를, 기(期)는 100세를, 질(耊)은 80세를 가리킨다.

453) 문정공(文貞公) : 조식(曺植, 1501 —1572)의 시호이다. 자는 건중(健仲), 호는 남명(南冥), 본관은 창녕(昌寧), 현 경상남도 합천군 삼가 출신이다. 이황(李滉)과 더불어 당대 학문을 대표하였다. 김해의 산해정(山海亭), 합천의 뇌룡정(雷龍亭), 덕산의 산천재(山天齋) 등에서 학문하며 후진을 양성하였다. 저술로 4권 3책의『남명집』과『학기유편(學記類編)』등이 있다.

진실로 앞 시대 성현을 계승한 것은 고정(考亭)⁴⁵⁴⁾이 더욱 걸출하였습니다. 세도(世道)가 쉽게 떨어진데다 또 멀어져, 늠연한 성현이 남긴 학문의 단서가 겨우 명맥을 잇고 어지러이 백가(百家)들이 난립하였습니다. 그러니 풍속은 점점 투박해져 크게 변하였고, 인사들은 습속을 추향하여 도를 부지하려 하지 않습니다.

하늘이 이 사람들을 돌아보아, 우리 문정공을 우리나라에 우뚝 서게 하니, 인문(人文)이 세상에 밝아지고 천지가 다시 개벽하였습니다. 어두워졌던 사문이 다시 밝아졌고, 끊어졌던 도통이 다시 이어졌습니다. 영남의 유관(儒冠)을 쓰고 유복(儒服)을 입은 자들은 누군들 우리 문정공이 은택을 입지 않음이 없습니다. 그래서 지금 사람들이 공자와 맹자의 도가 귀한 줄 알게 된 것은 또한 누구의 힘이겠습니까.

시험 삼아 말해보면, 지금 세상의 폐단은 대개 학자들이 문사(文辭)를 수식하는 말단을 일삼고 진실과 실천의 노력이 없는 데 있습니다. 이(理)를 논하는 자는 도리어 편벽되거나 치우친 영역에 들어가서 크게 중정하고 지극히 공정하게 할 길이 없습니다. 그 저술이 상자에 차고 넘치지만 많을수록 더욱 그 길을 잃게 되고, 그 설이 경천동지하지만 새로울수록 더욱 그 길이 막혀 있습니다. 이미 배운 것은 각각 전수 받은 바가 있어서 서로 관통하여 하나로 합치될 수 없습니다. 하나의 일을 하면 도리어 다른 하나의 일을 가지고 논쟁하고, 동쪽을 설명하면 다시 서쪽을 가지고 힐문하면서 설왕설래하니 더욱 험난하고 경박함에 이릅니다.

---

454) 고정(考亭) : 주희(朱熹)의 호이다. 중국 복건성 건양 서남쪽에 있는 지명인데, 주희가 말년에 이곳에 거처하면서 창주정사(滄洲精舍)를 지었다. 그 뒤 송나라 이종(理宗)이 고정서원(考亭書院)이란 이름을 하사하였다.

이에 학술은 천하의 함정이 되고, 이기(理氣)는 학자의 찌꺼기[455]가 되었습니다. 구이지학(口耳之學)이 이미 그러하니, 진실로 말류지폐(末流之弊)는 개혁하기 어렵습니다. 오직 우리 복암 선생은 도학이 어지럽게 무너진 가운데 일어나셔서 스승의 가르침을 말미암지 않고도 우뚝히 서서, 마음을 전일하게 해서 경서를 궁구하여 묵묵히 깨닫는 바가 있었습니다. 사인(士人)들은 문장의 화려한 수식을 습속으로 여겼지만, 공은 글을 짓지 않은 것은 아니나 문장을 급선무로 여기지 않았습니다. 사인들은 견문에 대해 박식한 것을 능사로 여겼지만, 공은 모르는 것이 없으면서도 박식으로 일컬어지려고 하지 않았습니다.

세상의 명리에 마음을 끊은 것은 구름이 떠가고 산이 멀리 있는 듯하였고, 실지를 밟는 것은 쇠를 단련하고 옥을 쪼아 완성하는 듯하였습니다. 온화하도다! 겸손과 공경의 덕이여, 간절하도다! 도의(道義)를 즐기는 정성이여. 성인의 경지는 면려하면 들어갈 수 있다고 여겨 밤낮으로 분발하셨고, 선현의 단서를 혹 실추할까 두려워하여 창졸간에도 전전긍긍하셨네. 일찍이 지엽적인 것을 깎아 버리고 오로지 육경(六經)을 정밀히 하였습니다. 입으로 강석하고 마음으로 사유하며 도를 갈구할수록 더욱 의미를 탐색하였는데 은미한 것으로는 음양(陰陽)과 도기(道器)의 분별이고, 비근한 것으로는 심성(心性)과 이기(理氣)의 합이었습니다. 이는 진실로 요즘사람들이 구이지학하는 바의 것인데, 공은 능히 심신으로 하여 묵묵

---

455) 찌꺼기 : 원문의 '조박(糟粕)'은 술찌꺼기를 말하는데, 『장자』 「천도」의 "그렇다면 대왕께서 읽으시는 것은 옛사람의 찌꺼기일 뿐입니다.[然則君之所讀者 古人之糟粕已夫]"라고 한 데서 나왔다. 고인(古人)의 진면목을 추구하지 않고 껍데기만 익힘을 가리킨다.

히 그 스스로 방법을 터득하고 사고를 치밀히 하였습니다. 차근차근 쌓아 침잠하여 관통하고 반복하여 궁구하였는데, 노심초사하며 흘린 땀이 등을 적실 정도였습니다. 비록 그 재사(才思)가 노둔한 듯하지만, 터득함에 이르러서는 상세하게 분석하여 명확히 이해하고 조리가 순조로워 얼음이 녹듯 하였습니다.

심(心)은 진실로 이(理)와 기(氣)를 합한 것인데, 그 본체를 말하자면 이가 주재가 됩니다. 태극(太極)은 동(動)과 정(靜)을 포함하는데, 그 발용을 말하자면 기가 자협(資挾)이 됩니다. 성(性)과 정(情)은 진실로 하나의 이(理)인데, 사단(四端)이나 칠정(七情)은 저절로 이발(理發)과 기발(氣發)의 소속이 있습니다. 인성(人性)과 물성(物性)은 비록 두 가지 이치가 없지만, 같다고도 하고 다르다고도 하여 저절로 일원(一原)과 이체(異體)의 구별이 있습니다. 공이 본 바는 각각 마땅함이 있어서 피차간을 방해하지 않고, 한 쪽에 의지하지 않아서 각각 원통(圓通)하여 쾌활하였습니다. 그 아는 바를 함양하여 그 근본을 더욱 탐색하고, 그 함양한 바를 치지(致知)하여 그 긴절함을 더욱 탐구하였습니다. 이(理)를 주로 하여 기를 억제하고, 일에 나아가서 실질을 밝았습니다.

그 쌓은 것이 많고 징험한 것이 오래되었으니, 도리가 그렇게 한 까닭[所以然]을 바꿀 수 없고 마땅히 그러한 바[所當然]를 그칠 수 없음을 더욱 알게 되었습니다. 두려워하기를 늘 귀신이 참여하거나 상제가 곁에 임하듯 하여 감히 털끝만큼도 기만하는 마음이 있지 않았으니, 함양과 계신공구(戒愼恐懼)가 깊어졌습니다. 전일하게 삼기기를 항상 가득 채운 물을 잡고 있거나 머리털이 불에 타 놀라듯 하여 한 때라도 해이한 마음이 있음을 용납하지 않았으니 성찰과 지수(持守)가 주밀해졌습니다. 겸손함은 몸이 옷을 이기지 못할 듯하지만 스스로 이김은 오확(烏獲)[456]의 짐을 질 수 있고, 어눌함은 말이 입에서 나오지 못할 듯하지만 도를 보위함은 곤연(髡衍)의 칼날을 꺾을 수 있었습니다.[457]

측은하게 남을 사랑하는 것이 정성스러웠고, 부지런히 일을 처리하는 것이 독실한 것은 대개 하늘이 부여한 바에서 얻은 것이지만 때를 얻지 못하였습니다. 그러나 그 추향의 바름과 이치를 살피는 밝음을 겸하여 지킴을 견고히 하고 행함을 힘썼습니다. 그러므로 집에 거처할 적에는 효성과 자애가 남들보다 뛰어났고, 밖에서 교우할 적에는 충신이 벗에게 미더웠고, 일을 처리할 경우에는 지성으로 남들을 감동시켰고, 학문을 강론할 적에는 중천의 해와 달처럼 빛났고, 세도를 확립할 적에는 거센 물결 속의 지주(砥柱)[458] 같았습니다. 여항(閭巷)ㆍ촌곡(村曲)의 먼 곳이나 가까운 곳 할 것 없이 아이들의 임금이 되어 실로 주졸(走卒)도 아는 사마광(司馬光)[459]처럼 명성이 자자하게 입에 오르내렸습니다. 이는 그 성대한 덕이 자기에게 쌓여 밖으로 드러난 것이 그러한데도 오히려 혹 자신을 단속함에 실수가 있을까 두려워하였습니다.

존양하여 성찰하는 바의 것은 더욱 엄격하고 주밀하게 하였고, 남과 술을 마시거나 대접하는 것은 더욱 공손히 자신을 낮췄습니다. 게다가 부지런히 힘써 원대한 영역에 들어가기를 기약하였습니다.

---

456) 오확(烏獲) : 옛날 힘이 있던 사람으로 천균(千鈞)을 들어 옮길 수 있었다. (『맹자』 고자하」)

457) 검손함은……있었습니다 : 주희(朱熹)가 지은 「정정사 화상 찬[程正思畫像贊]」에 나온다.

458) 지주(砥柱) : 중국의 황하(黃河)의 거센 물살 가운데 우뚝이 서 있는 바위산으로, 혼탁한 세속에 휩쓸리지 않고 꿋꿋하게 자신의 절조를 지키는 군자를 비유한다.

459) 주졸(走卒)도 아는 사마광(司馬光) : 송(宋)나라 때 사마광이 낙양(洛陽)에서 생활한 지 15년이 되자, 온 천하 사람들은 그가 참다운 재상이라고 여겼으며, 전부(田夫)와 야로(野老)들은 모두 사마 상공(司馬相公)이라고 불렀고, 아낙네와 어린아이들까지도 그의 이름을 알았다 한다. 여기서는 복암 조원순이 사마광처럼 모든 이에게 알려져 있음을 말한 것이다.

문정공의 도를 드러내어 밝힌 한 바가 있어서 우리들이 귀의할 바가 있게 하였는데, 하늘은 참으로 난감하여 끝내 공은 뜻을 간직한 채 돌아가셨습니다. 이는 천하의 식견 있는 인사들이 탄식하며 개탄하고 애석해하는 것입니다. 선생의 말씀을 말미암으면 크고 지극한 원통함이 있지만 천지와 만고를 통틀어 멸하지 않을 뿐입니다.

공손히 생각건대 우리 문정공의 도학과 학술은 이미 저와 같았습니다. 다만 한스러운 점은 그 당시 유문의 수집이 불행히도 도청도설에서 나와 그 적임자를 얻지 못했고, 또 견강부회하여 와전과 탈락이 없을 수 없습니다. 비록 그 후인들이 누차에 걸쳐 간행할지라도 구차함을 그대로 답습하여 전철을 면하지 못하였습니다. 이는 삼백 년간 귀신과 사람들이 공감하는 바이고, 후손에게 있어서도 더욱 피눈물을 삼키게 합니다. 대개 중간(重刊)의 뜻을 도모하지 않음이 없었으나, 일의 중대함을 돌아보니 앞장서서 책임을 전담할 자가 있지 않았습니다. 오직 우리 복암 선생께서 홀로 개연히 감격하여 눈물을 흘리며 말씀하기를 "이 일은 나의 직분이다."라고 하시며 유집을 받들어 주선하며 지난날 문정공의 덕행에 더럽힘이 없기를 생각하였습니다. 마음속으로 생각하고 입으로 읽으며 문의 (文意)를 글자마다 구하고 구절마다 찾았는데, 이미 증거가 분명한 것과 견문의 광박을 바탕으로 하였습니다.

평생에 쌓은 것이 우뚝하여 능히 펼친 바가 있었을 것인데, 일생 일찍부터 몸에 병이 들어[460] 출입을 하루라도 편안히 할 수 없었으며, 80세 노모가 살아 계시니 혼정신성(昏定晨省)을 차마 한 시라도 빠뜨릴 수 없었음을 어찌하겠는가. 그러나 걸음으로 발이 부르틀지라도

---

460) 몸에 병이 들어 : 원문의 '숭(崇)' 자는 '수(祟)' 자의 오기인 듯하다.

정성스럽고 부지런히 먼 길을 가서 산이 험하거나 물이 막거나, 더운 여름이나 추운 겨울이나, 뙤약볕이 나거나 바람이 매서울지라도 집집마다 깨우치고 사람마다 물으며 동분서주하였습니다.

아! 세도가 서로 떨어지니 대개 인심이 괴이해져 아침저녁으로 변하여 어지럽게 이론(異論)이 번갈아 생기고 각각의 사의(私意)가 횡행하여 도리어 감히 대사를 저지합니다. 오직 선생만은 꺾이지 않고 더욱 굳게 하늘의 해를 가리키며 맹세하였습니다. 이미 참된 정성이 이른 곳은 하늘이 감응하고 귀신에게 통하였습니다. 대중의 의론이 점점 귀의함에 이르러서는 간행의 일이 반을 넘어섰습니다. 교감하여 정리하는 것은 생각처럼 극진할 수 없었으나 그 옛것에 견주어 한이 없었습니다. 오히려 뜻밖에 두 가지 의론[461]이 나와 이에 간행이 지체되고 분산되어 두방재(斗芳齋)[462]에서 4년을 머물렀는데, 일찍이 공자처럼 앉을 겨를도 없이 사방으로 분주하였습니다. 대개 일평생 축적한 바와 십여 년간 땀 흘린 바로 이론이 점차 하나로 귀결되어 간행의 일이 오래지 않아 끝났음을 고할 듯하였습니다. 그런데 어찌 하늘은 헤아려 주지 않아 갑자기 병에 걸리게 하여, 공으로 하여금 평생의 지극한 유감을 안고 눈을 감게 하여 천고의 지극한 원통함이 되게 하였습니다.

저와 같은 소생은 재주도 비천하고 지향도 어둡습니다. 비록 이 학문이 할 만한 줄을 알지만 슬프게도 그 문을 통하여 들어가지 못

---

461) 두 가지 의론 : 조원순이 1894년 남명 선생의 「신명사도(神明舍圖)」를 교정하면서 남명에게 누가 될만한 '국군사사직(國君死社稷)' 글자 및 노장(老莊)과 관련한 부분을 삭제하였는데, 당시 곽종석(郭鍾錫) 등 경상우도 학자들이 반대하면서 논란이 생겼다. 또 허목(許穆)의『기언(記言)』별집 권6 「답학자서(答學者書)」란 글에 "만약 조식이 지금 세상에 살아 있다면 나는 또한 만나 뵙고서 그의 됨됨이를 알기를 원한다. 그러나 그와 더불어 벗을 삼으라면 나는 그렇게 하지 않겠다.[若其人在世 吾亦願見而一識其爲人也 然與之友則吾不爲也]"라는 구절이 빌미가 되어 조원순은 허목이 지은 「남명선생신도비」를 제거해야한다고 주장한 일을 가리키는 듯하다.

462) 두방재(斗芳齋) : 현 경상남도 하동군 옥종면 두양리에 있다.

하였습니다. 오직 선생께서 멀리하여 버리지 않아 저는 특별한 애정을 입어 정성스레 가르쳐 주신 학문하는 방법과 주리(主理)의 논의를 보존하게 되었습니다. 간행의 일에 이르러서는 더욱 차근차근 깨우쳐주셨는데, 이 사리에 어둡고 박한 성의를 돌아보니 항상 방관하면서 뒷걸음질 하였습니다.

지난 초봄 산속에서 모실 적에 일이 극도에 이르러 다시 어려움이 많았습니다. 공은 어찌할 수 없어서 그저 탄식할 뿐이고, 객들은 흩어지고 자리가 파하여 저도 돌아가고자 하였습니다. 공이 명하기를 "너와 앉아 이야기하고 싶구나. 예컨대 아무개는 이와 같고 아무개는 저와 같으니, 네가 훗날 살펴보아라."라고 하였습니다. 하직 인사를 하고 돌아와 분명하게 가슴에 새겼습니다. 누가 알았겠습니까. 이 말씀이, 영원할 이별이 될 줄을. 이후 그 일에 모호함이 많게 되니, 한스러운 점은 살아계실 당시에 모두 여쭤보지 못해 일이 생각대로 되지 않아 첨결(添缺)이 있는 듯한 것입니다. 생각건대 공이 지하에서 우리 문정공의 영령을 모시게 된다면 우리 문정공이 마땅히 어떻게 말씀하실지 모르겠습니다.

아! 애통하도다. 예전에 내가 여기에 왔을 적에는 온기가 자리에 가득하였는데, 지금 내가 여기에 오니 상여가 장식에 덮였네. 여든 살 모친도 살아계시고, 십여 년의 간행일 며칠이면 끝날 텐데 선생은 갑자기 어디로 가십니까. 하늘은 과연 믿기 어렵고 아득한 저세상은 과연 헤아리기 어렵습니다. 사문을 장차 맡길 데 없으니 우리들은 복이 없습니다. 오래도록 아파하며 한 번 곡하니, 가슴이 무너지는 듯합니다. 선생께서는 아시는지요 모르시는지요. 아! 슬프도다.

祭正齋金公宗于文

嗚乎哀哉 惟公耿介之質 得於天者甚厚 精博之學 積於己者甚密 便便乎其言議之有據 存存乎其持守之不失 悟雙驥之前 非謂吾學之可學 始回車而改圖 整鞍彎於曠谿 指神明而矢之 頗專心於簡冊 尤致力於四子之書 微辭奧旨 莫不精卜而昭析 推至於古今事物之變遷 禮儀器數之曲折 微而爲陰陽道器之所以分 近而爲心性理氣之所以別 無不涉其流而溯其源 造其堂而嚌其肉 既以索之於句讀文義之間 復以資之於言語講論之末 究之於文也既洽博 體之於身也亦切實 滿園花木 歌於斯 咏於斯 坐臥於斯 人莫能窺者

閒居自適之時也 左右圖書 讀於斯 誦於斯 玩索於斯 己所獨知者 從容自得之樂也 繼自今而俛焉 儒林賀有人學者期有 則遽何一疾之不淑 而中道而短折 天道之不可諶耶 人事之不可必耶 抑鈞天之無人 巫陽其招耶 厭世之混獨欲爲之潔耶 亦周旋乎濂洛之藪 與尹謝諸公相揖讓耶 馳騁乎木假之下 與三蘇父子者相唯喏耶

長者宿儒 孰與嬉遊而相好 后生末學 於何考德而問業焉 凡縫掖章甫之東西行過是地者 無所禮拜於其室 則公之一存亡 豈不重輕於吾學也哉 秉憙也受氣甚愚 學不知所入 幸荷公之不遐而棄之 偏蒙提掖之勤幅

華山三庚 山高而水闊 紫陽多時風朝而月夕 或扶策而追隨 或開卷而問質 在己亥之窮冬 執笒箵而請益 矧同鼎之情好 無以仰報其萬一 病不問訊 葬不執紼 辜負精靈 只此已多 安得不有愧於平昔

惟令似之式穀 既有秀而且實 有過相規 有善相勗 有疑相問 有得相及 務以直道而與之 豈不周旋以勉力 再拜慟哭 只此菲薄 感此愚衷 靈其來格 嗚呼哀哉

정재(正齋) 김종우(金宗宇)[463] 공을 제사지내는 글

아! 애통하다. 생각건대 공의 정직하고 개결한 성품은 하늘로부터 매우 후하게 얻었고, 정밀하고 박식한 학문은 매우 주밀하게 자신에게 쌓았습니다. 명백하고 유창한 그 의론은 근거가 있었고, 항상 마음을 보전하여 그 지조를 잃지 않았습니다.

두 천리마의 학문[464]을 깨닫기 전에는 우리의 유학은 배울 만하다고 여기지 않았습니다. 비로소 수레를 돌려 생각을 바꾸고[465] 초야에서 안장과 고삐를 치우며 신명을 가리키며 맹세하였습니다. 자못 서책에 마음을 오로지하였는데, 사서(四書)에 더욱 힘을 다하였습니다. 은미한 말과 심오한 뜻을 정밀히 본받고 밝게 분석하지 않음이 없었습니다. 고금・사물의 변천과 예의・기수(器數)의 곡절에까지 미루어 나아갔습니다. 은미한 것으로는 음양과 도기(道器)의 구분이고, 가까운 것으로는 심성과 이기의 구별이었는데, 그 유파를 섭렵하여 그 근원을 거슬러 올라가고 그 집에 나아가서 그 고기를 맛보지 않음이 없었습니다. 구두와 문의(文義) 사이에서 탐색하고 다시 언어와 강론의 끝에서 캐물었습니다. 글에서 궁구한 것이 광박하였고, 몸에서 체득한 것 또한 절실하였습니다. 꽃과 나무가 가득한 정원에서 노래하고 읊조리고 앉거나 눕기도 하였는데, 사람들이 엿볼 수 있는 것이 아니었습니다.

---

463) 김종우(金宗宇) : 1854 —1900. 자는 주서(周胥), 호는 정재(正齋), 본관은 경주(慶州)이며, 현 경상남도 산청군 단성(丹城)에 거주하였다. 저술로 2권 1책의 『정재유고』가 있다.

464) 두 천리마의 학문 : 『정재유고』 권2 「가장(家狀)」에 의하면, 김종우는 30년 간 과거공부를 하였으나 뜻을 이루지 못하자 과거를 그만두었고, 이후 주자(朱子)와 퇴계(退溪)를 학문의 종주로 삼았다.

465) 생각을 바꾸고 : 김종우가 과거공부를 그만 두고 정양(正養)이라 편액한 서옥에서 학문에 잠심한 일을 가리키는 듯하다.

한가로이 유유자적할 적에는 곁에 책을 두고 읽기도 하고 외기도 하고 완미하기도 하였습니다. 자기만 아는 것은 자득의 즐거움을 조용히 하였는데, 그때부터 끊임없이 부지런히 노력하였습니다.

유림에서는 학자로 기대할 만한 사람이 있다며 축하하였는데 갑자기 어찌 병이 낫지 않아 중도에 단절되었으니, 천도는 믿을 수 없고 인사는 기필할 수 없습니다. 천상에 사람이 없어 무양(巫陽)[466]이 부른 것입니까. 염세가 혼탁[467]하여 깨끗이 하고자해서입니다. 또한 염락(濂洛)[468]의 수풀에서 주선하여 윤돈(尹焞)[469]、사양좌(謝良佐)[470] 제공들과 서로 읍양(揖讓)하기 위해서입니다. 목가산(木假山)[471] 아래로 말을 달려 소씨 삼부자(蘇氏三父子)[472]와 서로 응답하기 위해서입니까.

장자(長者)와 숙유(宿儒)는 누구나 공과 더불어 유희하며 서로 좋아하였습니다. 저와 같은 말학은 어디서 덕을 고찰하고 학업을 질문하겠습니까.

---

466) 무양(巫陽) : 고대 신화에 나오는 무당의 이름으로, 천제(天帝)의 명을 받들어 죽은 사람의 영혼을 불러들인다고 한다.(『楚辭』「招魂」)

467) 혼탁 : 원문의 '독(獨)' 자는 '탁(濁)' 자의 오기인 듯하다.

468) 염락(濂洛) : 염계(濂溪)의 주돈이(周敦頤)와 낙양(洛陽)의 정호(程顥)、정이(程頤) 형제를 말한다. 송대(宋代) 이학의 대표적인 학자로, 관중(關中)의 장재(張載)와 민중(閩中)의 주희(朱熹)를 포함하여 염락관민(濂洛關閩)이라 일컫는다.

469) 윤돈(尹焞) : 1071─1142. 자는 언명(彦明) 또는 덕충(德充), 호는 화정(和靖), 낙양 사람이다. 정이(程頤)에게 수학하였다. 내성 함양(內省涵養)을 중시하고 박람을 추구하지 않았으며 오로지 경(敬) 공부를 위주로 하였는데, 정이의 학설을 전적으로 계승하여 선학(禪學)에 빠지지 않고 순정함을 지킨 것이 특징이라 할 수 있다. 저술로『논어해(論語解)』,『맹자해(孟子解)』,『화정집』등이 있다.

470) 사양좌(謝良佐) : 1050─1103. 자는 현도(顯道), 시호는 문숙(文肅), 상채(上蔡) 사람이다. 정호(程顥)가 지부구사(知扶溝事)로 있을 때 수학하였다. 상채학파(上蔡學派)의 비조로서 상채(上蔡) 선생으로 불렸다. 저술로『논어해(論語解)』가 있다.

471) 목가산(木假山) : 나무뿌리가 기묘하게 서로 얽히고 중첩해서 산의 형상을 이룬 것을 말한다. 송(宋)나라 소순(蘇洵)이 지은 「목가산기(木假山記)」에 "나무가 태어나 가장 다행한 것은 몇 백 년간 급류의 모래 사이에서 표류하고 골몰하다가 침식된 나머지 산처럼 생기기도 하는데, 일을 좋아하는 사람이 그것을 가져다가 억지로 산이라고 한다." 라고 한 데서 유래하였다.

472) 소씨 삼부자(蘇氏三父子) : 북송 때 문학가로, 아버지 소순(蘇洵)과 그의 아들 소식(蘇軾)、소철(蘇轍)을 통칭한 말이다.

무릇 봉액(縫掖)[473]을 입고 장보관(章甫冠)[474]을 쓴 유자들 중 동서로 이곳을 지나다니는 자가 그 집에 예배(禮拜)하는 바가 없다면 공의 일생 존망이 어찌 우리 유학에 중요한 일이 아니겠습니까. 저는 매우 어리석은 기질을 품부 받아 배움으로 들어갈 바를 알지 못했는데, 다행히 공이 저를 멀리하여 버리지 않고 오로지 이끌며 받쳐주시는 수고와 정성을 받았습니다.

화산(華山)[475]은 삼복더위[476]에 산이 높고 강물이 드넓으며, 자양(紫陽)[477]은 아침에 바람 불고 저녁에 달이 뜨는 때가 많아서, 혹 지팡이 짚고서 뒤따르기도 하고 더러는 책은 펴서 질문하기도 하였습니다. 기해년(1899) 한겨울에 영성(笭箵)[478]을 가져가 가르침을 청하였고, 더구나 한솥밥을 먹으며 정의(情誼)가 두터웠습니다. 우러러 만분의 일도 갚을 길이 없는데도 공이 병들었을 적에 문안하지도 못했고, 장례 때는 상여줄을 잡지도 못해 정령의 은혜를 저버렸습니다. 다만 이런 점이 많을 뿐이니, 어찌 평소의 정리(情理)에 부끄럽지 않을 수 있겠습니까.

생각건대 가령 좋은 방향을 닮게 하려면[479] 싹이 잘 자라야 열매가 맺

---

473) 봉액(縫掖) : 선비가 입는 소매가 넓게 터진 도포의 별칭이다. 공자(孔子)가 이 옷을 입었다 한다.

474) 장보관(章甫冠) : 상(商)나라 때 쓰던 모자로, 흔히 선비들이 쓰는 관을 가리킨다.

475) 화산(華山) : 지리산의 동쪽편 산을 가리킨다. 하겸락(河兼洛), 『사헌유집(思軒遺集)』 권2「화산정기(華山亭記)」에 의하면 "방장산은 우리나라의 남악(南嶽)이고, 그 동쪽편의 웅장한 것을 화산(華山)이라고 한다.[方丈爲國之南嶽 而其東裔之雄曰華山]"라고 하였다.

476) 삼복더위 : 원문의 삼경(三庚)은 음력 하지(夏至) 이후 세 번째 경일(庚日)로, 이날이 바로 초복(初伏)이다. 일반적으로 삼복(三伏)을 뜻한다.

477) 자양(紫陽) : 현 경상남도 산청군 단성면 자양리를 가리킨다.

478) 영성(笭箵) : 물고기를 담는 대바구니인 종다래끼인데, 어구(漁具)의 총칭으로 쓰이기도 한다. 여기서는 스승을 찾아뵙는 폐백의 의미로 쓰인 듯하다.

479) 좋은 방향을 닮게 하려면 : 『시경』「소완(小宛)」의 "언덕 가운데의 콩을 서민들이 거두

432

는 것처럼, 잘못이 있으면 서로 규계(規戒)하고, 잘한 것이 있으면 서로 권면하고, 의심나는 것이 있으면 서로 질문하고 터득한 것이 있으면 서로 기급(企及)하며 곧은 도로써 함께하기를 힘썼는데 어찌 면려하며 주선하지 않으십니까. 두 번 절하고 통곡하며 소박한 제수를 바칩니다. 저의 정성에 감응하여 영령께선 부디 강림하소서. 아! 슬프도다.

어 가는 것처럼, 명령의 새끼를 과라가 업어 데리고 가서 키우니, 그대도 아들을 잘 가르쳐서, 좋은 방향으로 닮도록 하라.[中原有菽 庶民采之 螟蛉有子 蜾蠃負之 敎誨爾子 式穀似之]"라는 말에서 유래하였다.

2. 祭文

〈2. 제문〉

祭文 河晦峰

하회봉(河晦峰)[480] 지음

歲丙寅二月卄七日戊辰 晉山河謙鎭謹以果脯之奠 哭告于曹君晦仲之靈

병인년(1926) 2월 27일(무진) 진양(晉陽) 하겸진(河謙鎭)이 삼가 과일과 포를 차려놓고 조군(曹君) ―자 회중(晦仲) ―의 영전에 곡하며 고합니다.

吁嗟晦仲	아, 회중이여
自子從余	그대가 나를 종유한 이래로
屈指其間	그 기간을 손꼽아 보니
二十年餘	이십 여 년이 되었네
世變日劇	세사의 변화가 날로 심해져
載胥以顚	너도나도 엎어져 넘어지네
子獨何爲	그대는 유독 어찌하여
不余棄損	나를 버리지 않았는가
金石或渝	쇠나 돌이 변한다 해도
誓心無貳	그 마음 변치 않겠다 맹세했지

---

480) 하회봉(河晦峰) : 하겸진(河謙鎭, 1870 ―1946)이다. 자는 숙형(叔亨), 호는 회봉, 본관은 진양(晉陽)이다. 곽종석(郭鍾錫)에게 수학하였고, 이승희(李承熙)・장석영(張錫英)・송준필(宋浚弼) 등과 교유하였다. 저술로 50권 26책의 『회봉집』과 30권의 『동유학안』등이 있다.

余有何長	나에게 무슨 장점이 있으며
將何報子	장차 그대에게 어떻게 보답하랴
子之於學	그대는 배움에 있어
旣竭爾智	그 지혜를 다하였지
亦肆爲文	마음대로 글을 지을 적에도
矢口以宣	시구(矢口)[481]로써 펼쳐나갔지
不屑雕鏤	수식하는 것을 달가워하지 않고
直造無前	앞으로 거칠 것 없이 나아갔으니
昂昂駃騠	기운차게 내달리는 준마에게
腹不及鞭	채찍이 필요 없는 것과 같았네
奈何一疾	어쩌다 한 번 병에 걸려서는
積歲沈綿	여러 해 자리에 누워만 있었네
遠大有期	원대하게 성취할 기약이 있었건만
忽然中折	문득 중간에 그 뜻 꺾이게 되었네
聞訃後時	부고를 들은 것이 때가 늦어
不壙與訣	장례에 참여해 영결하지 못했네
興言念舊	그대와의 지난날을 생각해보니
一慟腹絶	너무 애통하여 애가 끊어지네
血漬于酒	피눈물을 흘리며 술을 따르고
侑之以文	위로의 글을 지어 권하네
情見于辭	정감어린 나의 말을
子聞不聞	그대는 듣고 있는가
嗚乎尙享	아, 흠향하소서

---

481) 시구(矢口) : 사색하지 않고 민첩하게 글을 쓰는 것을 말한다.

又 鄭奭基

정석기(鄭奭基)[482] 지음

以歲之乙丑四月二十六日壬寅 昌寧處士曹公晦仲歿 壽僅四十六
四方多士 莫不會集而痛哭焉 越三日甲辰 後死者晉山鄭奭基 亦哀其
寃 謹具荒辭薄奠來 告靈筵之前曰

을축년(1925) 4월 26일(임인) 창녕(昌寧) 처사 조공(曹公) 一자
회중(晦仲) 一이 세상을 떠났으니, 향년은 겨우 46세이다. 사방의 많
은 인사들이 모여서 통곡하지 않음이 없었다. 삼일 뒤 28일(갑진)
후생 진양(晉陽) 정석기가 또 그 원통함을 슬퍼하며 삼가 변변찮은
말과 소박한 제수를 갖추어 와서 영령이 계신 자리 앞에서 다음과
같이 고합니다.

嗚乎	아!
君之生於世	그대는 이 세상에 태어나
若將有爲	큰일을 할 수 있을 듯했네
胡止於斯	어쩌다 여기서 그치게 되니
鬼耶天耶	귀신의 뜻인가 하늘의 뜻인가
天何椓之	하늘은 어찌하여 해를 입히고
鬼何猜之	귀신은 무엇 때문에 시샘했는가
質諸無地	따지려해도 따질 곳 없으니
誰領我訴	나의 하소연을 누가 들어주랴

---

482) 정석기(鄭奭基) : 1881 一? 자는 순일(舜一), 본관은 진양(晉陽)이며, 현 경상남도 하동
    군 옥종면 북방리(北芳里)에 거주하였다. 김진호(金鎭祜)·하겸진(河謙鎭)에게 수학
    하였다.

只哭我私	나 홀로 슬피 곡할 뿐임을
靈或知耶	영령께서는 혹 아십니까
與君結交	그대와 함께 교분을 맺고서
情竇加深	서로 정의가 더욱 깊었지요
我酬君作	내가 그대에게 술을 따르면
君和我吟	그대는 시를 지어 화답했네
春風蕭寺	봄바람 불 땐 절을 유람하고
秋月華岑	가을 달빛 언덕에서 감상했지
相隨如影	그림자처럼 서로를 따랐고
相合如簪	곧은 비녀처럼 서로 합치되었네
峨洋古調	종자기는 높은 산과 넓은 바다의 고조라며
伯牙知音	백아의 거문고 연주를 알아주었네[483]
出入函筵	스승의 문하에 출입하면서
早被勸獎	그대는 일찍 권면과 장려를 받았네
余素蒙滯	나는 바탕이 어리석고 꽉 막혀
聽解懜慌	듣고 이해하는 것이 황당했었지
從傍振發	그대를 따라 분발한 것이
如得搔痒	가려운 곳을 긁듯이 하였네
源源相尋	끊임없이 서로 어울리면서
歲月共長	세월 따라 함께 늙어가자 했네
是何薄暮	이 무슨 황혼인가 여겼더니

---

483) 종자기는……알아주었네 : 『열자』「탕문」에 의하면 백아(伯牙)는 거문고를 잘 탔고, 종
자기(鍾子期)는 소리를 잘 들었다. 백아가 연주하며 높은 산의 분위기를 그려내면 종
자기는 "멋지다. 마치 태산처럼 높기도 하구나.[善哉峩峩兮若泰山]"라고 하고, 넓은 강
의 분위기를 그려내면 "멋지다. 마치 강하처럼 넘실대는구나.[善哉洋洋兮若江河]"라고
하였다. 종자기가 죽자 백아는 거문고 줄을 끊었다. 여기서는 조병희(曺秉憙)와 정석
기가 서로 지기(知己)였음을 표현한 것이다.

訃星忽臻	문득 밤에 부고가 이르렀네
儒藪無光	유림에 광영이 없어져
吾道將淪	우리의 도가 잠기려하네
我蒙我滯	나는 어리석은데다 꽉 막혔으니
誰復申申	누가 다시 우리의 도를 펼칠까
如鳥失捿	둥지를 잃어버린 새 같고
如魚失淵	연못을 잃은 물고기 같네
九原重泉	그대가 구천으로 떠나버리니
捨我何歸	버려진 나는 어디로 귀의할까
靑山重疊	겹겹이 쌓인 청산을
白雲繞圍	흰 구름이 둘러 감쌌네
儀刑永隔	그대의 풍모 영원히 멀어지니
涕泚玆揮	흐르는 눈물이 흩뿌리네
冥爺先院	남명(南冥) 선생 모신 서원[484]에
草茂多春	풀이 무성하게 자라있었지
君獨賢勞	그대 홀로 분주히 고생하며
擔力謀詢	도맡아 힘을 다해 자문을 구했지
南士齊恨	마침내 영남의 인사들이 한을 품어
咸欲重新	모두 새로 중건하고자 하였네
突兀眼前	눈앞에 서원을 우뚝하게 지어놓고
未將享禋	남명 선생을 제사지내지도 못했네
遽至於斯	갑자기 그대가 세상을 뜨게 되니

---

484) 남명(南冥) 선생 모신 서원 : 남명 조식(曺植)을 제향한 덕천서원(德川書院)으로, 현 경
　　상남도 산청군 시천면 덕산(德山)에 있다.

士失仁隣	인사들 모두 어진 이웃 잃게 되었네
嗚乎痛矣	아! 애통하도다
邂逅無因	그대를 다시 만날 길 없네
昔我來斯	지난날 내가 여기 왔을 적엔
談笑津津	매우 기뻐하며 담소를 나누었지
今我來斯	지금 내가 여기 다시 왔는데
寂其無人	그대는 없고 적막하기만 하네
謝此閙界	이 혼란한 세상를 떠나서
償作帝賓	보상으로 염라대왕의 손님이 되었네
寢門長呼	침문에서 길게 불러보지만
涕濕庭塵	눈물만 뜰을 적실뿐이네
惟靈不在	영령께서 곁에 있지 않다면
誰道我眞	누구에게 나의 진심을 말하랴
玆擧一觴	이에 한 잔 술을 들어 권하니
庶歆格斯	자리에 강림하여 흠향 하소서
상향(尚饗)	

晋康 河寓敬

故友昌山曹君 諱秉憙 字晦仲 初諱柄彩 字貫一 名其書室曰晦窩 卽南冥先生十一世孫也 高祖 諱允賢 通德郎 號主一軒 精寫朱書節要 一帙 封其麓曰 此吾家寶藏子孫 慎守之 以孝聞 曾祖 諱 鶴振 自德 山移本州元堂 祖曰大錫 父曰義淳 妣全州李恒淳女也 以庚辰十月一 日 君生于元堂里第

及就塾文思夙達 甫十有歲 讀十九史 小大學等書 能綴句作文 端緒 己有見 與隣坊數三友 日夜攻苦 自以爲曲學 難成其大 於是挾書 從 當世長德先進學不問遠近 始得聞性命之說 而歸閱所藏書讀之曰 學 之指南 在是紬繹反覆 如有所得 更扣前日納拜之門得其可否然 不深 契于中則亦不肯輕從而服事

且山海遺書刊佈己久 而以當日勘校未得其中 嶺藪諸大家積歲年 罄心力論議竟不一 而君之族父復庵垣必淳氏與君商謀 蓋君雖少而見 識精透故也 糾同志合衆長克成新本 而君與復公得償其本志 則曰未 可己

君鬆渥其顔 炯朗其眸 城府甚坦平 眼界極曠遠時 尙所謂黨目曾無 一言及之 自世潮忽變 士皆喪其操 而君獨毅然如常日 但患吾學力之 未能到古人地之 孟子豈不曰周于德者邪世不能亂者乎

或賦詩遣興 性本孝友 身在重堂之下而日纔辨色 卽冠帶修定省 退 與諸弟幹家務 而於甘旨之供 必欲無闕連擧七男 而長已勝冠亦敏而

440

擔事少無遺失 君遊學于外 曾不以柴鹽爲憂

及己酉正月 父公先歿 君上慰癃祖 下卹諸弟 雖哀纏于中 未敢擧聲
放哭 至臘月祖又見背 能收拾神精葬祭以禮 及闋制 在家料理舊業 而
讀大全頗疑所說 或與家禮有異 如深衣首絰制度是已 又與儀禮戴記
亦不合 卽歷擧而質茶田山丈 山丈或與或不與 又如太極圖解剝 如人
物性同異 如本然氣質性云云 如陰陽道器之分 皆能獨造奧域 筆勢纙
纙 如長江大河之滾滾不竭 以章家繩尺律之 或不無枝葉多之弊 而其
直邁俊厲之氣 長老與諸名碩亟加獎詡 而就中主宰說一篇 圓滿條邑
雖謂不刊之書 未爲不可也 然而肘案積苦 舊崇益肆 不能遠學 寐間景
仰不弭者 惟俛宇郭先生河晦峰曹深齋也 平昔往復書簡與詩章 藏于
深篋 而餘皆不收曰 此則吾所不屑 蟲唫蛙叫畜之何用 一日病忽大 就
自知難起 謂兒們曰 而吾所抱汝 安得知 吾雖死 汝輩以勿失傳來儒業
可矣 居數日恬然而逝 實乙丑四月二十六日年 止四十六歲也

葬所居 坊內元堂瓦谷山首亥之原 操文來哭者甚衆 嗟乎 吾與君距
在莽蒼地 會當不難 而余以窮居隱約 地近而面闊 君亦簡默 是尙追逐
常慳然 而或值佳境加數酌 端坐吟哦 風流信弘長 譚論超凡 常雜以詼
謔 聽者絶纓 旋爾斂袵高拱 儀度莊儼 儒門律尺 自能故在也

今余狀君事行 自不禁瓦全玉碎之歎 配文化柳大淳女也 柔惠莊婉
君之有刑 可認而來 祿蕃衍伊可卜 有子麟燮龍燮龜燮鳳燮虎燮又燮
七燮 龍圭泰圭麟出 文圭鄭俊玉妻龍出 玄圭允圭龜出 閏圭貞圭虎出
昌圭又出 餘皆幼不錄 麟燮知余筆蕪 而屢請不已者 以余性拙戇無華
言 亦如之其父心曲直寫無僞故也 故先叙其志之不草草 且惜其年之
不長 遂撰次如右 佗日作銘表者 或不無采擇之資云 庚寅四月日

晉康河寓敬撰

행략(狀略)

진강(晋康) 하우경(河寓敬) 지음

옛 친구 창산(昌山) 휘 병희(秉憙)의 자는 회중(晦仲)이다. 초명은 병채(柄彩), 자는 관일(貫一))이었다. 그 서실은 회와(晦窩)라 이름 하였다. 남명(南冥)선생의 11세손이다. 고조부 휘 윤현(允賢)은 통덕랑(通德郞)을 지냈고, 호가 주일헌(主一軒)이다. 『주서절요(朱書節要)』한 질을 정밀히 베껴 상자에 봉하고 "이것은 우리 집안의 가보다."라고 하였는데, 자손들이 그것을 신중히 간직하였다. 이 분은 효로 소문이 났다. 증조부의 휘는 학진(鶴振)이다. 덕산(德山)[485]에서 원당(元堂)[486]으로 이거하였다. 할아버지의 휘는 대석(大錫), 아버지의 휘는 의순(義淳)이다. 어머니는 전주(全州) 이항순(李恒淳)의 딸이다. 군(君)은 경진년(1880년) 10월 1일 원당에서 태어났다.

마을의 글방에 나아가 배워 문사가 일찍 통달하여 겨우 10세에 『십구사략(十九史略)』·『소학(小學)』·『대학(大學)』등의 책을 읽었으며 능히 글귀를 엮어 글을 지을 줄 알아, 단서가 벌써 드러났다. 인근 고을의 여러 벗들과 더불어 밤낮으로 정진하였으나, 스스로 곡학으로는 그 큰 학문을 이루기 어렵다고 여겼다. 이에 책을 들고 당세의 덕이 뛰어난 선진을 따라 배웠는데, 거리의 멀고 가까움을 따지지 않았다. 성명(性命)의 설을 듣고 나면 돌아와 장서(藏書)를 열어 읽으며 말하길 "학문의 지남(指南)은 이렇게 실마리를 찾

---

485) 덕산(德山) : 현 경남 산청군 시천면 덕산.
486) 원당(元堂) : 경남 진주시(진양군) 수곡면 원당마을.

아 반복하는 것에 달려 있다."라고 하였다. 만약 얻은 것이 있으면 다시 전날 찾아가 뵈었던 어른의 문을 두드려 글의 가부(可否)를 얻었다. 그러나 그 속에 깊은 우의가 없으면 또한 가벼이 쫓아 따르려 하지 않았다.

또 『남명집(南冥集)』[487]이 간행 배포된 지 오래되었는데, 당일 교감으로 그 적합함을 얻지 못하였다. 영남의 대가들이 여러 해 심력을 다해 논의였으나 끝내 일치를 보지 못하였다. 군의 족부 복암(復庵) 조원순(曺垣淳)[488]이 군과 더불어 상의하였는데, 아마 군이 비록 어리나 견식이 정밀하고 투철하기 때문이다. 동지들을 규합하고 여러 어른들을 모아 새 판본을 만들어서 군은 복공(復公)과 함께 그 본뜻을 이룰 수 있게 되었으나, 말하길 "끝난 것이 아니다."고 하였다.

군은 그 얼굴이 검고 윤이 나고 그 눈동자는 형형히 밝았다. 성격이 솔직하고 시계가 매우 넓어 당시 다른 당파의 사람들이 일찍이 한마디도 비난을 하지 않았다. 세상의 흐름이 갑자기 변하여 선비들이 모두 그 지조를 잃었으나 군은 홀로 의연하기가 늘 한결같았다. 다만 우리의 학력이 옛 사람들의 경지에 이를 수 없음을 걱정하였다. 『맹자』「진심 하」에 "덕을 주도면밀히 하는 사람은 사세(邪世)가 되어도 그를 어지럽힐 수 없다."고하지 않았던가!

때로는 시를 지어 감회를 폈는데 성품이 본래 효도하고 우애하여

---

487) 『남명집(南冥集)』: 남명(南冥) 조식(曺植)이 김해에 산해정(山海亭)을 짓고 강학하였기 때문에 『산해유서(山海遺書)』는 『남명집』을 가리킨 것이다.

488) 복암 조원순(復庵 曺垣淳): 1850~1903. 조선 말기 유학자. 자는 형칠(衡七) 호는 복암(復菴)이다. 본관은 창녕(昌寧)이며, 출신지는 경상남도 산청군(山淸郡)이다. 남명(南冥) 조식(曺植)의 후손이다. 허전(許傳)의 문인으로 학문의 방도와 예법(禮法)을 배웠으며, 이진상(李震相)의 문하에서 수학하면서 주리론적(主理論的) 입장에서 성리학을 연구하고 전수하였다. 1894년(고종 31) 남명의 「신명사도(神命舍圖)」를 교정하면서, 경상우도(慶尙右道)의 유학자 사이에서 논란이 컸던 '국군사사직(國君死社稷)'의 다섯 글자를 빼는 등 상당부분을 수정하였다. 저서로 『복암집(復菴集)』이 있다.

몸소 중당(重堂)의 아래에 서 있다가 막 여명(黎明)이 떠오르면 곧 관과 띠를 갖춰 입고 혼정신성(昏定晨省)을 행하였다. 물러나서는 여러 아우들과 함께 집안일에 힘쓰고 맛있는 음식을 올릴 때는 반드시 7남을 연이어 빠뜨리지 않고 열거하였다. 약관의 나이가 되자 민첩하여 일을 담당함에 조금도 실수가 없었다. 군이 밖에서 유학해도 일찍이 생활비를 걱정한 적이 없었다.

기유년(1909년) 정월에 아버지가 먼저 돌아가시자 군은 위로 위독하신 할아버지를 위로하고, 아래로는 여러 동생들을 걱정하였다. 비록 마음속에서 슬픔이 올라와도 감히 소리 내어 울지 않았다. 12월, 조부 또한 세상을 떠나자 혼신의 예를 다해 장제(葬祭)를 수습하였다. 삼년상을 마치고 나서는 집에서 구업(舊業)을 처리하였다. 그리고 『주자대전(朱子大全)』을 읽고 논의가 의심스럽거나 『가례(家禮)』와 다른 부분, 예를들어 심의(深衣)와 수질(首絰)의 제도의 경우와 또 『의례(儀禮)』와 『대기(戴記)』 또한 합치되지 않은 부분이 있는 경우에는 곧 낱낱이 열거하여 다전산장(茶田山丈)[489]에게 질의하였다. 산장께서는 어떤 것은 허여(許與)하기도 하고 어떤 것은 허여하지 않았다. 또 태극도해(太極圖解)의 빠진 부분, 인물성동이(人物性同異), 본연기질성(本然氣質性)운운한 경우, 음양도기(陰陽道器)의 분별의 경우 모두 능히 홀로 깊은 경지를 만들었는데, 필세(筆勢)가 잘 엮여 장강대하(長江大河)가 도도히 흘러 마르지 않은 것처럼 하여 문장가들의 표본이 되었다. 혹 지엽이 많은 폐단이 없지 않으나 그 곧고 준려(峻厲)한 기운은 어른과 여러 이름난 석학들에게

---

489) 다전산장(茶田山丈) : 다전은 경남 산청, 산장은 서원에 초빙한 덕망 높은 선비를 이른다. 곧 면우(俛宇) 곽종석(郭鍾錫)을 이르는 것으로 보임.

자주 칭찬을 받았다. 그 중에서 특히 「주재설(主宰說)」한 편은 뜻이 원만하고 창달하여, 간삭(刊削)할 수 없는 글[不刊之書]490)이라고 해도 틀리지 않을 것이다. 하지만, 오랫동안 애써 공부하느라 오랜 질병이 더욱 심해져 멀리 가서 배울 수 없었다.

오매불망 경앙하여 그치지 않은 이는 오직 면우(俛宇) 곽종석(郭鍾錫)491)과 회봉(晦峰) 하겸진(河謙鎭)492), 심재(深齋) 조긍섭(曺兢燮)493)이다. 평소 편지와 시·문장을 주고받으며 상자에 보관하였으나 나머지는 모두 수습하지 않으며 말하길 "이것은 내가 달가워하지 않는 것들로 벌레가 울고 개구리가 우는 것 같이 별거 아닌 것들을 어디에 쓰겠는가."라고 하였다.

하루는 병이 문득 커져 스스로 일어나기 어려움을 알고서 아이들에게 일러 말하길 "내 포부를 너희들이 어찌 알겠느냐. 내 비록 죽더라도 너희들은 유업(儒業)을 전하는 일을 놓쳐서는 안 될 것이다."라고 하고서, 며칠 있다 편안히 세상을 떠났다. 을축년(1925년) 4월 26일, 나이 46세였다. 장지는 원당의 와곡산(瓦谷山)머리 해방

490) 간삭(刊削)하지 못할 글[不刊之書] : '아무도 수정하지 못하여 영원히 전해지고 마멸되지 않을 글'이란 뜻이다. 유흠(劉歆)의 「답양웅서(答揚雄書)」에, "이는 해와 달에 걸리어 간삭되지 못할 글이다.[是懸諸日月 不刊之書也]"라 하였음.

491) 곽종석(郭鍾錫) : 1846 ~ 1919. 아명은 석산(石山), 경술국치 후에는 도(鉤)라고도 하였다. 자는 명원(鳴遠), 호는 면우(俛宇). 본관은 현풍(玄風)이다. 경상도 단성(丹城) 출신이다. 저서는 『면우문집(俛宇文集)』이 있다. 본집이 63책 165권, 속집이 13권, 연보 4권, 승교록 1권, 도합 183권의 영인본이 나와 있다.

492) 하겸진(河謙鎭) : 1870 ~ 1946. 자는 숙형(叔亨). 호는 회봉(晦峰) 또는 외재(畏齋). 본관은 진주이다. 송정(松亭) 하수일(河受一)의 후손으로 곽종석(郭鍾錫)의 문인이다. 저서는 『주어절요(朱語節要)』10권, 『도문작해(陶文酌海)』6권, 『명사강목(明史綱目)』18권, 『동유학안』30권, 『해동명장열전』을 지었으며, 만년에 『동시화』를 엮었다.

493) 조긍섭(曺兢燮) : 1873 ~ 1933. 자는 중근(仲謹), 호는 심재(深齋). 본관은 창녕(昌寧)이다. 창녕에서 나서 달성(達成)의 비슬산(琵瑟山)에서 오래 살았다.일정한 스승이 없이 학식이 해박하고 시문(詩文)이 법도가 있어 당시 영남 사람에서 거목으로 지목되었다. 황현(黃玹) · 김택영(金澤榮) · 이건창(李建昌) 등과 교유하였으며 저서는 『암서집(巖西集)』·『심재집(深齋集)』·『조명록(措明錄)』등이 있다.

(亥方) 언덕이었다. 글을 지어 문상을 온 사람이 매우 많았다.

아! 내가 군이 사는 곳과 지척이라 만나기는 어렵지 않았으나 내가 궁핍한 생활을 평계로 가까운데도 자주 만나지 못했다. 군은 또한 말이 없고 조용함을 숭상하여 늘 수줍은 듯하였으나, 혹 아름다운 풍경을 마주 대하면 술 몇 잔을 마시고 단정히 앉아 시를 노래하니, 풍류가 진실로 폭넓고 담론이 보통을 넘어 늘 해학을 섞어 말했다. 듣는 사람이 갓끈이 끊어질 정도로 웃다가도 곧바로 옷깃을 추스르고 공경하였다. 위의가 장엄하여 유생들의 본보기가 되었으니 저절로 능히 보존하였다.

내가 군의 사행(事行)을 짓는데 스스로 재주가 부족하기에 와전옥쇄(瓦全玉碎)의[494] 탄식을 금치 못하였다. 부인은 문화 유씨 유대순(柳大淳)의 딸이었다. 온순하고 아름다워 군이 병이 있음을 알고도 시집을 오니, 복록이 번성하고 흘러넘칠 것을 점칠 수 있었다.

자식은 인섭(麟燮)·용섭(龍燮)·귀섭(龜燮)·봉섭(鳳燮)·호섭(虎燮)·우섭(又燮)·칠섭(七燮)으로 용규(龍圭)·태규(泰圭)는 인섭(麟燮)이 낳았고, 문규(文圭)와 정준옥(鄭俊玉)의 처는 용섭(龍燮)이 낳았고, 현규(玄圭)·윤규(允圭)는 귀섭(龜燮)이 낳았고, 윤규(閏圭)·정규(貞圭)는 호섭(虎燮)이 낳았고, 창규(昌圭)는 우섭(又燮)이 낳았다. 나머지는 모두 어려서 기록하지 않는다. 인섭은 내 글이 거친 것을 알았으나 자주 청하기를 그치지 않았다. 내가 졸렬하고 어리석고 화려한 말솜씨가 없었지만, 그 아버지 마음

---

494) 와전옥쇄(瓦全玉碎):보잘 것 없는 기와가 온전함. 아무 보람 없이 목숨을 보전하여 감. 겨우 구명도생(救命圖生)함. 옥(玉)이 못 되고 가치 없는 기와가 되어 안전하게 남음을 비유하기도 함. 大丈夫寧可玉碎 何能瓦全(대장부 옥처럼 부서지지는 못할망정 어찌 와전하리.)『북제서北齊書』「원경안전元景安傳」

의 곡직을 거짓 없이 그려낼 수 있기 때문이었다. 그러므로 먼저 그 뜻이 작지 않았음을 서술하고 또 그 나이가 오래 살지 못했음을 안타깝게 여겨, 마침내 위와 같이 짓는다. 다른 날 명표(銘表)를 짓는데에 혹 채택할 자료가 없지 않을 것이다.

경인(庚寅1950)년 4월 모일. 진강(晋康) 하우경 (河寓敬) 지음

3. 墓碣銘

〈3. 묘갈명〉

●

墓碣銘

南冥曹先生 十一世孫 有諱秉憙 字晦仲 而號以晦窩 盖宗仰朱子而擬之顧思也 公生而穎慧夙詣 十餘歲 已能綴句作文 旣長 謁俛宇郭先生 聞性理之說 難疑究覈 久乃渙然 遂傾心而師事之 其在隣坊 首得河先生晦峰 從遊請質 略無虛日 深齋曹仲謹先生之往來德山也 公慕其才 學追隨之 如恐不及 二公 盖亦俛翁之徒 而公之左右 逢原不第 以其先輩前列 實有得於啓淪疏流之功也 爲人平易 曠遠而中 確然有操 不以世守黨色爲拘 不以時變趣舍爲沮勸 惟日俛焉 孶孶竭力 以求其至 涵蓄之深 而發之沛然 有莫禦之勢 其所自期 與師友所期待者 并皆不輕以重 而卒以年四十六 遭疾殞逝 噫乎 其可惜也 有詩文數卷遺在身後 其中所論 太極圖解 人物性同異 本然氣質性 主宰心之說 識者 多以爲可采 又論深衣喪服 頹項首経 朱子說 有大全家禮之不同 參諸儀禮戴記 亦有可言者 嘗以質諸師門 而受其評批者 并可考也 公之先 昌寧人 自先生以上世系 已著曾大父 鶴振 始自德山移元堂 皆古晉州地也 大父大錫 父義淳 母全州李氏 公生卒葬 俱在元堂 而庚辰十月一日乙丑 四月二十六日 則其晬與忌也 瓦谷山亥封 其墓也 配文化柳大淳女 有七男子 麟燮 龍燮 龜燮 鳳燮 虎燮 又燮 七燮 孫男長成者 十餘 餘幼方未艾 意者 公雖夭而志氣之凝 有足數衍厥後者乎 此固於理而可信也 麟燮君 以其先執潛齋河丈廣叔之狀 求余銘公墓 以余事同一室 不宜以未獲平日而辭 遂爲之銘曰

448

經義之世 理學之門 內紹外受 有駃其源 日見之行 未了其志 式昭
紆寃 來後宜視

聞詔 金梴 撰

묘갈명(墓碣銘)

　남명(南冥) 조선생(曹先生)의 11세손 중 희(諱) 병희(秉憙), 자
(字) 회중(晦仲)이 있으니 호(號)는 회와(晦窩)이다. 곧 주자(朱子)
를 종앙(宗仰)하며 그대로 본받고자 하였다. 공(公)은 나면서부터
영혜(穎慧)[495]하고 숙예(夙詣)했으며 10여세 나이에 이미 자구(字
句)를 잇고 문장을 지을 줄 알았다. 장성해서는 곽면우(郭俛宇)선생
을 찾아뵙고 성리설(性理說)을 얻어듣고 어렵고 의심난 부분을 오
래도록 깊이 연구하다가 곧 풀어내고선 드디어 마음을 두고 사사(師
事)하였다. 애초 이웃에 계신 하회봉(河晦峰)선생을 맨 처음 찾아가
묻고 청하며 조금도 헛되이 보낸 날이 없었으며 심재(深齋) 조중근
(曹仲謹)선생은 덕산(德山)을 왕래할 때 뵙곤 하였다. 공은 그분들
의 재주를 사모하여 오직 배우고자한 마음으로 따라다니며 마치 따
라잡지 못할까 두려워했으니 두 분은 역시 만옹(俛翁)의 제자이다.
공은 좌우로 근원을 놓치지 않아 선배들이 앞에 나열해 있을 뿐만
아니라. 실로 계륜소류(啓淪疏流)[496]한 공에서도 얻음이 있었다. 사
람 됨됨이가 평이(平易)하고 광원(曠遠)했으며 마음속에 확실한 지
조가 있어 세수(世守)나 당색(黨色)으로 구애받지 않고 때에 따라

---

495) 영혜(穎慧): 남보다 뛰어나고 슬기로움.

496) 계륜소류(啓淪疏流): 잔물결들을 모아 큰 물결로 만들어감.

변하는 취사(趣舍)로 저권(沮勸)⁴⁹⁷⁾을 삼지 않았으며 오직 날마다 힘쓰고 부지런히 힘을 다해 그 지극함을 구하였으니 함축된 것이 깊고 드러낸 것이 패연(沛然)⁴⁹⁸⁾하여 막을 수 없는 형세를 지니고 스스로 기약한 바와 사우(師友)들이 기대한 바들을 모두 가볍게 여기지 않고 중요시 여겨왔지만 마침내 46세 나이에 병을 만나 돌아가셨으니 아! 참으로 애석하다.

몇 권의 시문(詩文)을 남겨두었으니 그 중에 논한 것들은 '태극도해(太極圖解)', '인물성동이(人物性同異)', '본연기질성(本然氣質性)', '주재심(主宰心)에 관한 얘기들이다. 식자(識者)들이 모두 채택할 만한 것으로 여겼다. 또 심의상복(深衣喪服)⁴⁹⁹⁾과 규항수질(頍項首経)⁵⁰⁰⁾을 논할 때 주자설(朱子說)에서 대전(大全)과 가례(家禮)의 다른 점이 있으면 의례(儀禮), 대기(戴記)⁵⁰¹⁾까지 참고했으며 또 할 말이 있으면 일찍이 사문(師門)에 질문해서 거기서 받은 비평까지 함께 참고하였다.

공의 선조는 창녕인(昌寧人)이다. 선생이상의 세계(世系)는 이미 증대부(曾大父) 학진(鶴振)이 처음 덕산(德山)에서 원당(元堂)으로 옮겨온 내력에 모두 기록되어 있으니 두 곳 모두 옛날 진주땅이다. 대부(大父)는 대석(大錫)이며, 부(父)는 의순(義淳)이며, 모(母)는 전주이씨(全州李氏)이다.

공의 생졸장(生卒葬) 내력도 모두 원당에 기록되어 있으니 경진(庚辰) 10월 1일 을축(乙丑)과 4월 26일은 공의 생신날과 제삿날

---

497) 저권(沮勸): 선한 일을 권하고 악한 일을 막음.
498) 패연(沛然): ① 비가 세차게 내리는 모양 ② 왕성하다 ③ 매우 크다
499) 심의[深衣]: 예전에 높은 선비들이 입던 웃옷. 대개 흰 베로 두루마기 모양으로 만들며 소매를 넓게 하고 검은 비단으로 가를 둘렀다.
500) 규항(頍項): 冠을 단단히 쓰기 위해 목덜미에 잡아 맨 건(巾).
501) 대기(戴記): 『예기(禮記)』의 편 이름.

이다. 와곡산(瓦谷山) 해봉(亥封)은 공의 묘이다. 배(配)는 문하유(文化柳)씨 대순(大淳)의 따님이다. 일곱 아들을 두었으니 린섭(麟燮), 용섭(龍燮), 귀섭(龜燮), 봉섭(鳳燮), 호섭(虎燮), 우섭(又燮), 칠섭(七燮)이다. 장성(長成)한 손남(孫男)은 10여명이며 나머지는 아직 어리다.

생각하건대 공은 비록 일찍 세상을 버렸지만 지기(志氣)가 웅결되면 족히 그 후손을 넉넉히 해낸다고 하더니 이는 실로 이치에 있어서도 믿을 만한 일이다. 인섭(麟燮)군이 그 선집(先執)[502]인 잠재(潛齋) 하광숙(河廣叔) 어른이 지은 행장을 들고 나를 찾아와 공의 묘에 새길 글을 청하는데 내가 같은 방에서 함께 지낸 사이라는 이유 때문이리라. 평소 한 일에 대해 잘 모른다는 이유만으로 사양하지 못하고 마침내 이와 같이 명(銘)을 짓노라.

경의(經義)를 선대로부터 전해 받았으며
이학(理學)을 실천해 온 집안이었도다.
내면으로 선대의 뜻을 계승하고
외면으로 선대의 업을 이어 받았으니
그 근원을 따라 변함없이 달려온 것이로다.
날마다 보여주던 공의 행실이
마침내 이루고자 한 뜻을 마무리하지 못해
이에 그 아쉬움을 밝게 드러내노니
후손 되는 이들은 마땅히 살펴볼지어다.
문소(聞韶) 김황(金榥)은 짓노라.

---

502) 선집(先執): 아버지의 친구.

4. 跋文

〈4. 발문〉

●

跋

吾少友 曹君麟燮 奉其先大人 晦窩遺稿 若干卷者 請余正其訛誤
盖以余爲其父同硏執友故也 余豈可以識短辭諸 槩整次其先後 補其
缺漏而送還 君又請其跋尾之文曰 吾先子 自弱齡嗜學 簡棄細務 挾書
遠遊 當世之自命爲鉅匠者 無不欲出其門 而韓代心性之學 紹述宋賢
而淳風久死 眞源益遠 後生小子 濫觴之餘 不躬騰口 漸至分乖 而專
其訴學 以訾其所異 黨枯竹 護朽骨 其弊滋甚 先君子心 甚不韙 於是
高步廣視 不主一門 而惟其善是從 雖時儒所定論 必搜賾覆校 合古今
散同異 徧質先進之門 一擧數千言不止 而自以學未至所至 曾不留抄
不幸年未克充志 以四十有四 棄諸孤 不肖兄弟七人 深痛父志未伸 而
第平日有詠之什 書牘之講案 無片貯 麟燮 積歲年 徧尋覓廑聚得如此
幸丈人 將此意敍之 使來世儒苑 知有吾父 寔不肖輩之願 余爲愍測而
言曰 君之昆季 不忘先馥 將以所得 入梓傳佈 誠則然矣 然姑試擧疇
昔而論之 不啻如此子之先君才識 早自卓詣詠物 必逼臻其玅 性命之
說 則不熹踏襲 而超出常窠 下筆亹亹 必使肯綮之旨 發露無餘 遺此
眉山蘇氏所謂意之所到 筆力曲折 無不盡意者也 天假其年 而至今日
則南方之學 決不寥寥如此 此吾尋常撫古歎惜 而今此數編 遺唾之在
人世者 豈足償晦窩君之夙志也否 太息而書此 以慰諸君孝思無窮 晉
州 河寓 跋

452

발(跋)

　나의 젊은 친구 조인섭(曹麟爕)군이 그의 선대인(先大人)의 회와 유고(晦窩遺稿) 몇 권을 받들고 나를 찾아와 그 와오(訛誤)[503]를 교정해달라고 청하니 아마도 내가 그의 아비와 함께 공부했던 친구라는 이유였을 것이다. 내가 어찌 지식이 짧다는 이유만으로 사양을 할 수 있으랴. 대개 앞뒤의 순서를 가지런히 하고 누락된 부분을 보충해서 보냈더니 군은 또다시 발문(跋文)을 청하며 말하기를 "우리 선자(先子)께서 약령(弱齡)때부터 학문을 즐기시어 하찮은 것은 간략히 버리고 책을 끼고 멀리 유학하였으니 당시 스스로 이름한 거장(鉅匠)분들이 대부분 그 문하에서 글을 읽고 싶어 했습니다. 한대(韓代) 심성학(心性學)은 송현(宋賢)을 소술(紹述)하였으나 순풍(淳風)은 오래전에 죽었으며 진원(眞源)은 더욱 멀어 후생소자(後生小子)들이 남상(濫觴)한 나머지 몸소 구설수에 오르지 않았더라도 점차 분괴(分乖)에 이르러 배우는 바에만 오로지 치우치고 그 다른 바에 대해선 욕을 하고 마른 대나무와 무리를 하고 썩은 뼈를 보호하고 있으니 그 폐단이 더욱 심해져 선군자(先君子)의 마음은 몹시도 편치 못했나이다. 이에 고보광시(高步廣視)[504]로 일문(一門)만을 주장하지 않고 오직 선(善)만을 따르며 비록 당시 유학자들이 정한 바라 하더라도 반드시 수색복교(搜賾覆校)[505]하여 고금(古今)을 합치시키고 동이(同異)를 흩어 선진(先進)들의 문하에 두루 질문하여 일거에 수천 마디 말씀이라도 멈추지 않고 스스로 학문이 미지(未至)

---

503) 와오(訛誤): ①착오 ②실수 ③잘못.
504) 고보광시(高步廣視): 높은 발걸음과 폭넓은 시각.
505) 수색복교(搜賾覆校): 깊이 찾아내고 반복해서 비교함.

하다 여기고 이른 바에는 일찍이 베끼는 데만 머물지 않았으나 불행하기도 그 뜻을 넉넉히 펼치지 못하고 44세 나이로 여러 고아들을 버렸으니 불초 형제(不肖兄弟) 7인(七人)이 아버지께서 뜻을 펼치지 못한 것을 몹시 아파하며 다만 평소 읊었던 시문과 간찰로 주고받으며 강학했던 자료를 그냥 놔둘 수 없어 인섭(麟燮)이 여러 해 동안 두루 찾아 모은 것이 이것입니다. 다행이 어르신께서 이 뜻을 펼쳐주셔서 훗날 유원(儒苑)으로 하여금 우리 아버지가 있었다는 것을 알게 해주신다면 이는 실로 우리 불초배(不肖輩)들의 원한 바입니다."라고 하는 것이다. 나는 그대들을 매우 측은하게 여기며 말하기를 "그대의 곤계(昆季)가 선복(先馥)[506]을 잊지 않고 장차 얻은 바로 등재해서 전포(傳佈)하겠다는 것은 정성으로써 그런 것이리라. 그러나 아직 시험 삼아 주석(疇昔)[507]을 들어 논하자면 이와 같은 정도에 그칠 뿐만 아니다. 그대 선군(先君)께서 가진 재식(才識)은 일찍이 탁예(卓詣)해서 영물(詠物)을 하노라면 반드시 그 오묘한 경지에 이르곤 하며 성명지설(性命之說) 같은 경우는 답습을 좋아하지 않고 상과(常窠)[508]에서 벗어나 하필(下筆)이 미미(亹亹)[509]하여 반드시 긍계(肯綮)[510]한 취지(趣旨)로 하여금 발로(發露)시켜 남김이 없게 하였으니 이는 미산소씨(眉山蘇氏)[511]가 이른 바 '뜻이 이른 바에 필력(筆力)이 곡절(曲折)하여 그 뜻을 다하지 않음이 없다.'는 것

---

506) 선복(先馥): 선조가 남겨놓은 것.
507) 주석(疇昔): 지난 과거.
508) 상과(常窠): 평상적인 공간.
509) 미미(亹亹): ①근면하며 지칠 줄 모르는 모양, ②시간이 흐르는 모양.
510) 긍계肯綮: ①요점 ②핵심 ③뼈와 살이 접한 곳.
511) 미산소씨(眉山蘇氏): 송나라 소동파 집안.

과 같은 것이다. 하늘이 그분에게 몇 년을 더 빌려주어 지금에 이르렀다면 남방(南方)의 학문이 결코 이처럼 요요(寥寥)[512] 하지는 않았을 것이다. 이는 내가 매번 옛 것을 어루만지며 탄석(歎惜)하게 여긴 것이다. 이제 여기 남겨진 몇 편을 세상에다 내놓는 것이 족히 회와(晦窩)군의 숙지(夙志)에 조금이라도 보상이 될지는 모르겠다. 크게 한 숨을 내쉬며 이를 써서 제군(諸君)들의 무궁(無窮)한 효사(孝思)를 위로하노라."

  진주(晉州) 하우(河㝢)는 발문을 쓰노라.

---

512) 요요(寥寥): ①매우 적다 ②적막하고 공허한 모양.

附錄

此 吾先人所著遺詩文也 始先人 自蚤年 從晦峰河先生學 而質書問
殆無虛月矣 先人 不幸 不得壽以沒 爲士友所嗟惜 而先生 尤慟之甚
爲文祭之後見不肖 每言而父文字之遺 而其收輯以來 我當校之 不肖
不早自爲力 及最後收輯 而方將就校 則先生遽棄世矣 迺就潛齋河公
考整以藏于家 今年春 始謀刊行 請成于亭士 瞻更加修理而序之 嗚呼
先人之嚮慕先生 先生之知遇先人 此可見古師弟之義 故敢爲之書後
如此焉.

癸卯 春三月 晦日 不肖子 麟燮 泣血謹識

이 문집은 우리 선인(先人)이 지어 남기신 시문(詩文)이다. 처음
선인께서 이른 나이에 하회봉(河晦峰)선생을 따라 배우고 글로 지어
질문도 하면서 자못 헛되이 보낸 세월이 없었다. 선인께서는 불행
히도 수(壽)를 얻지 못하고 돌아가시게 되자, 사우(士友)들이 몹시
도 애석하게 여겼고 선생께서는 더욱 비통하게 여기셨다. 제문을 지
어주신 후, 불초(不肖)를 보시면 매번 말씀하시기를 "아버지가 남긴
글을 수집해서 가져오면 내가 당연히 교정을 해주겠노라."라고 하였
다. 불초(不肖)가 일찍이 스스로 힘을 갖지 못하다가 늦게나마 수집
을 해서 곧 찾아가 교정을 부탁드리려고 했더니 선생께서는 이미 세

상을 별하시고 말았다. 다시 하잠재(河潛齋)어르신을 찾아가 교정을 봐서 집에 보관하고 있다가 금년 봄에 비로소 간행을 하여 정자에 모인 선비들에게 완성을 요청하고 다시 수리(修理)를 거쳐 순서를 잡게 되었다.

아! 선인께서 선생을 흠모한 점이나 선생께서 선인을 알아보고 대우해준 점을 보고 여기서 옛 사제(師弟) 간의 의리를 엿볼 수 있다 할 것이다. 그럼으로 감히 서후(書後) 짓기를 이와 같이 하노라.

계묘(癸卯) 춘삼월(春三月) 그믐날, 불초자(不肖子) 인섭(麟爕)은 피눈물을 흘리며 삼가 기록하노라.

國譯 晦窩集

2020년 3월 14일 초판 1쇄 펴냄

저자 조병희
편저 조서호
펴낸이 김흥국
펴낸곳 보고사

등록 1990년 12월 13일 제6-0429호
주소 경기도 파주시 회동길 337-15 보고사 2층
전화 031-955-9797(대표), 02-922-5120~1(편집), 02-922-2246(영업)
팩스 02-922-6990
메일 kanapub3@naver.com/bogosabooks@naver.com
http://www.bogosabooks.co.kr

ISBN 979-11-5516-984-1 93810

정가 30,000원